1권 도원결의(桃園結義)

일신서적출판사

삼국지 1

차례

순욱

조비

사마의

위(魏) 220~265

환관의 양자의 아들인 조조는 기반이 미약했으나 명신들의 도움으로 정권을 확고히 할 수 있었고 220년 11월, 그의 아들 조비가 문제로 즉위, 위를 성립시켰다. 문제 이래 왕권을 계승한 황제들을 보필했던 사마의가 조상과 외척을 제거하고 실권을 장악하였다. 265년, 사마의의 손자인 사마염이 진을 건국함으로써 위는 멸망했다.

조조

촉(蜀) 221~263

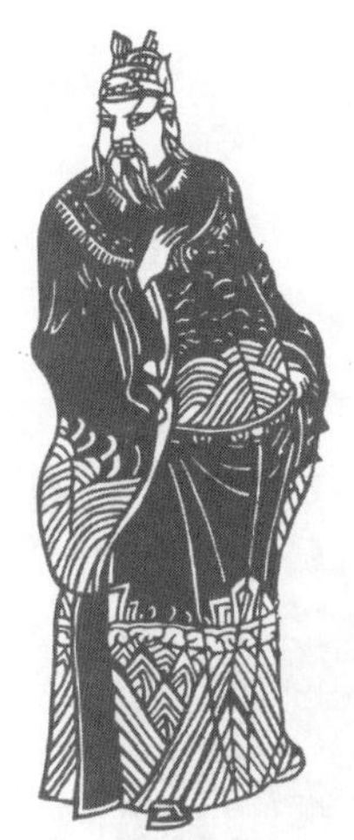

유비

장비·관우 등과 함께 오와 연합하여 적벽에서 조조를 이긴 후 221년 제위에 오른 유비는 관우를 죽이고 형주를 빼앗은 오에 보복코자 군사를 일으키나 패해, 장비마저 잃고 결국 223년 병사하였다. 유비의 천하통일의 뜻을 이어 위와 여러 차례 전쟁을 치른 제갈공명마저 234년 병사한 후 환관 황호의 전횡으로 국력이 급격히 약화된 촉은 263년, 사마소가 이끄는 위의 공격을 받아 멸망하였다.

장비

제갈공명

관우

오(吳) 222~280

손견, 손책의 뒤를 이은 손권은 정권을 잡은 후 208년, 적벽에서 조조를 대파해 형주의 중부를 차지했고 여몽의 지략으로 관우를 죽여 남부마저 병합했다. 222년, 손권은 스스로 오왕이라 칭하고 229년, 마침내 황제에 즉위하였다. 손권이 죽은 뒤, 어린 손호가 진에 항복함으로써 280년 멸망했다.

손권

노숙

육손

주유

■ 머리말

　《삼국지연의(三國志演義)》는 《수호전(水滸傳)》·《서유기(西遊記)》·《금병매(金瓶梅)》와 함께 중국 사대기서(四大奇書) 중 하나로 후한(後漢) 말부터 위(魏)·촉(蜀)·오(吳) 삼국의 정립시대(鼎立時代)를 거쳐 진(晋)나라에 의해 천하통일되기까지의 역사를 조조(曹操)에 대응하는 유비(劉備)·관우(關羽)·장비(張飛) 등 세 인물의 무용(武勇)과 제갈공명(諸葛孔明)의 지모(智謀)를 중심으로 하여 엮은 중국 최대의 장편 역사소설로 정사(正史)인 진수(陳壽)의 《삼국지》를 기초로 하여 70%의 사실에, 30%의 허구를 섞어서 부연(敷衍)한 것이다.

　나관중은 원(元)나라 때 간행되었던 《삼국지평화(三國志平話)》와 원나라 말, 명나라 초에 걸친 복각본(覆刻本) 《삼분사략(三分事略)》을 기초로 하여 황당무계한 부분은 사서(史書)에 의해 고치고, 촉한정통론(蜀漢正統論)의 입장에서 유비·조조의 선악구분을 분명히 하고 장비 중심을 관우 중심으로 고쳐 쓰는 한편 《삼국지》의 배송지(裴松之)의 주(註)나 당시 행해지던 삼국극(三國劇)이나 민간설화까지 첨가, 원래 분량의 10배 정도를 늘려 《삼국지연의》를 만들었다.

　나관중의 원본에 가장 가깝다고 일컬어지는 것이 24권 240절로 된 〈가정본(嘉靖本)〉이다. 그 후 명나라 신종(神宗) 때 일찍이 설창사화(說唱詞話)로서 이야기되어 왔던 화관색(花關索) 이야기를 담은 간본(刊本)이 차례차례 간행되었는데, 이탁오평본(李卓吾評本)을 바탕으로 문어와 구어를 성격·신분에 따라 사용한 연의체를 고쳐 쓴 19권 120회의 〈모종강본〉이 간행되어 널리 유포되었다.

　이 책은 그 당시 가장 유행했던 <모종강본>을 번역한 것으로 4년 동안의 준비기간에 걸쳐 이번에 펴내게 되었다. 독자들의 이해를 돕기 위해 중요한 전투 지도와 《삼국지》에 나타난 인간관계학, 무기·무구도 그림과 함께 실었으며 끝권의 부록에는 《삼국지》에 나오는 중요인물들의 자세한 약력을 실었다. 대체로 어려운 한문투나 어려운 단어들은 피하고 현대적인 문장이 되도록 교열했으며 고사성어나 어려운 단어에는 주(註)를 자세하게 달아 이해하기 쉽도록 했다. 각 회마다 가장 중요한 장면에 삽화를 집어 넣어 상황이 더욱 극적으로 상승되도록 했다. 일신 《삼국지》를 통해 영웅들의 웅대한 기상과 삶의 지혜를 만끽할 수 있기를 바란다.

을축년 편역자 씀

■ 해설

한무희(단국대 중어중문학과 교수)

《삼국지(三國志)》는 명(明)나라 때의 가장 유명한 중국 최초의 장편 역사 소설이다. 《삼국지》의 원명은 《삼국지통속연의(三國志通俗演義)》인데 《삼국지전통속연의(三國志傳通俗演義)》·《삼국지영웅지전(三國志英雄志傳)》·《삼국지전(三國志傳)》 또는 《삼국연의(三國演義)》라고도 한다. 오늘날 볼 수 있는 최초의 《삼국연의》의 간본(刊本)은 갈수록 많아져서 명나라 말기에 가서는 20여 종이나 되었다. 그 중에서도 가장 많이 유행하였던 판본은 청(淸)나라 초기에 모종강(毛宗崗)이 수정(修訂)한 120회의 《삼국연의》이다.

《삼국지》는 위(魏)·촉(蜀)·오(吳) 삼국의 흥망 성쇠의 역사를 시대 배경으로 하여 당시의 복잡한 군사적·정치적 사건들을 생동감 있게 잘 묘사하여 마치 하나의 화폭(畵幅)을 대하는 듯하다. 특히 《삼국지》는 한(漢)나라 영제(靈帝) 중평(中平) 원년(元年:184)에 황건적이 군사를 일으키는 것을 기점으로 진(晋)나라 무제(武帝) 태강(太康) 원년(元年:280), 전국이 통일되기까지 약 100년 동안의 크고 작은 사건들을 잘 묘사한 소설이다. 이 시기의 역사에 대한 고사(故事)들은 일찍부터 민간에 널리 전해지고 있었다. 남북조(南北朝) 때 배송지(裴松之)가 진수(陳壽)의 《삼국지》를 주석(註釋)할 때 민간의 전설과 고사들을 많이 사용하였다.

《삼국연의》의 작자 나관중(羅貫中)은 풍부하고 다양한 민간의 고사와 평화(平話)·희곡(戲曲)의 기초 위에서 《삼국지》와 배송지의 주석 등에 근거를 두고, 또한 나관중 자신의 생활 경험 등을 여기에 결합시켜서 이러한 장편 역사 소설을 써냈던 것이다.

《삼국지》는 형형 색색의 인물들과 다양하게 나타나는 모순(矛盾)들을 통해 삼국 시대의 사회 정치상을 폭넓게 반영하여 당시 봉건 통치자들의 이해 관계로 나타나는 내부 알력과 갈등, 격렬한 대립과 투쟁을 부각시키는 데 중점을 두고 있다. 《삼국지》는 그 시작부터가 동한(東漢) 말기에 사회 모순이 누적되고 그로 인해 위기가 도처에 도사리고 있어 혼란이 거듭되는 사회상을 낱낱이 잘 묘사하고 있다.

환제(桓帝)・영제(靈帝) 때 통치자들은 용렬하고 부패하여 이리 같은 무리들이 조정에 가득 차 있고 노예의 근성을 가지고 비굴하게 무릎을 꿇는 무리들이 제각기 정권을 탐하여 정치는 그릇되어 가고 백성들은 도탄에 빠지게 되었다. 또한 당시 특권층의 잔악한 경제적 착취와 정치적 압박은 마침내 백성의 반항을 불러일으키고 1840년 드디어 장각(張角)을 우두머리로 하는 황건적이 군사를 일으킴으로써 폭발하고 만다. 그 당시 상황을 살펴보면 '사방의 백성들이 황건을 두르고 장각을 따라 반군(反軍)에 참여하니, 그 수가 4, 50만에 이르렀다' 한다. 이러한 거사는 결국 얼마 가지 않아서 진압되었으나, 동한(東漢) 말기 왕조의 부패한 통치에는 심각한 타격을 주었다. 이와 같은 시기에 특권층의 내부 모순과 사회적 위기는 날이 갈수록 심화되어 가고 있었다.

한편 황건적을 진압하는 과정 중에 각 지방의 봉건 군벌들이 이러한 기회를 틈타 서로 모략과 흉계를 일삼고, 속이고 속으며, 무력 충돌을 일으켰다. '환관(宦官)을 주살(誅殺)'하는 것에서 '손호(孫皓)를 항복'시키는 데 이르기까지는 그야말로 '저쪽에서 노래를 끝내자마자 이쪽에서 성급히 무대에 오르는' 즉, 극도의 무

질서와 혼란상이며, 특권층의 각양 각색의 대표적 인물들이 번갈
아 가며 어지럽게 무대에 등장하여 제멋대로 연기를 펼치는 장
면들을 보여준다. 그들은 음모와 흉계로 각종 사기술을 동원하여
재산, 권력의 쟁탈을 꾀한다. 그 당시 이러한 과정에서 있었던 상
상도 못 할 각양 각색의 기괴한 간계(奸計)를 하나도 빠짐 없이
모조리 등장시켜 당시 봉건 사회의 특권층을 중심으로 펼쳐지는
그들의 이기성(利己性), 허위성(虛僞性), 탐욕(貪慾)과 잔악(殘惡)함
을 여실히 폭로하고 있다. 이러한 묘사들은 당시 봉건 사회의 암
흑상을 인식하는 데 큰 도움이 되는 것이다.

　또한 이 소설의 대부분이 분열과 혼란의 사회 속에서 통치자
들의 각종 파벌, 각 집단간의 정치·군사·사상상에 있어서 가장
격렬한 투쟁을 묘사하는 것으로 일관되어 있다. 혼란을 일으키고
분열을 조성하여 할거(割據)한 집단들과 그 대표적 인물인 동탁
(董卓)·여포(呂布)·원소(袁紹) 등은 차례로 제거된다. 그리고 조
조(曹操)·유비(劉備)·손권(孫權)의 세 집단이 끝까지 남아서 서
로 비슷한 세력을 형성하여 이들 중에 누가 통일을 이루는가 하
는 문제를 둘러싸고 오랫동안 서로 죽고, 죽이는 싸움이 벌어진
다. 마지막으로 위(魏)를 계승, 이를 기반으로 한 사마씨(司馬氏)
가 마침내 오(吳)나라와 촉(蜀)나라를 흡수해버리지 이로부터 삼
국은 진제(晉帝) 사마염(司馬炎)에게 돌아가게 되고 통일의 기반
이 이룩된다.

　《삼국지》는 전쟁을 중요한 소재로 삼은 장편 역사 소설이다.
작자는 삼국시대의 역사와 고대 전쟁의 원칙들에 대하여 깊은
이해를 갖고 있었다. 그는 고도의 예술적 표현을 통해 생동감 있
고, 웅장한 많은 전쟁 장면을 묘사하여 전쟁의 일반적인 원리와
경험들을 총괄하는 데 도움을 주는 살아 있는 선례(先例)들을 적

지 않게 제공해주고 있는 것이다.

원소와 조조의 '관도의 싸움(官渡之戰)', 오나라와 위나라의 '적벽의 싸움(赤壁之戰)', 오나라와 촉나라의 '이릉의 싸움(彝陵之戰)' 등은 모두 역사상 유명했던 대전(大戰)이며 《삼국지》 안에서 구체화되어 다시 살아 있는 것이다. 이 소설은 적대적(敵對的)인 두 세력이 처한 특수한 상황 아래 약자가 정확한 전략 전술을 수행하여 마침내 강적에게 승리를 거두는 과정을 비롯하여 다양한 책략(策略)과 전투 과정의 변화를 잘 보여주고 있다.

이 밖에 《삼국지》의 전쟁 묘사는 적잖이 연구할 만한 가치를 지니고 있다. 즉, 지휘자가 어떻게 상황의 변화에 근거하여 전략 전술을 잘 운용해야 하는지, 또 어떻게 유리한 진지(陣地)와 유리한 반공(反攻) 시기를 선택해야 하는지, 어떻게 정찰하고, 판단·결정 등을 신속히 내려 각 부서의 계통을 다루어야 하는지, 나아가 속결전(速決戰), 지구전(持久戰), 퇴각과 반격, 적의 유인과 매복 등의 각종 전쟁 원리와 책략 등이 그것이다.

《삼국지》는 확실히 유비를 옹호하고 조조를 배척하는, 즉 '옹유반조(擁劉反曹)'하는 경향을 갖고 있다. 이는 봉건 정통 사상의 한 표현이라 할 수 있다. 봉건적 정통 사상이란 통치자들이 봉건 전제주의(封建專制主義)를 실행하여 그 제도를 유지하는 데 필요한 정신적 무기이다. 봉건 통치자들은 일인 일성(一人一姓)의 일가 천하(一家天下)를 유지하고 압박받는 백성의 반란과 봉기를 방지하기 위해 '군권신수(君權神授)', '만세일계(萬世一系)' 등의 황당 무계한 논리를 펴고 황제의 무한한 권력과 지극히 높은 지위가 자연스럽고 합리적이며 절대적인 합법성을 지녀 천하의 신하와 백성들은 반드시 응보(應報)를 받게 된다는 주장을 선양하고 있다. 《삼국지》는 비록 한(漢)나라의 기운과 형세가 이미 종말을 고했음을 인정하였으나, 동한(東漢) 왕조의 부패한 정치의 와해와 전복에 대해서는 깊은 동정과 애석함을 나타내고 있으며 유씨(劉氏)의 후예가 나타나 한실(漢室)의 천하를 재정비할 수 있으리라는 환상을 가지고 있었다. 위·촉·오 세 봉건 집단의 통치자 중 유비만이 한(漢) 왕실의 종실(宗室)이며, 황제의 자손이어서 오직 그만이 정통(正統)을 이어 한(漢)나라를 재건할 인물로 보았다. 조조는 아무리 문재(文才)와 무략(武略)이 출중하여 공(功)이 중원(中原)을 덮었으나, 성(姓)을 달리하고 있기 때문에 한실(漢室)에 대한 권리가 없으며 제위(帝位)를 찬탈하여 존왕(尊王)을 칭해서는 안 된다고 하였다. 이것은 바로 《삼국지》가 유비를 옹호하고 조조를 배척함을 통해서 표현한 봉건 정통 사상이다.

《삼국지》는 봉건 정통 사상을 선양하는 이외에 유비와 조조의 두 예술적 전형(典型)에 대한 시비(是非)와 선악(善惡)을 통해 봉건 시대의 백성의 명군(明君)과 폭군(暴君)에 대한 애증(愛憎)의 태도를 잘 표현하고 있다. 또 《삼국지》는 봉건의 윤리, 도덕을 선양하고 있다. 이 소설은 '충의(忠義)'로 시비를 판단하고 인물의 선악을 가려내는 기준으로 삼고 동승(董承)·왕자복(王子服) 등을 충신·의사(義士)의 계열에 두어 묘사하고 있다. 이들 인물들은 한실에 충성하여 그 생명을 아끼지 않고 찬위(簒位)를 기도하는 간신 적자(奸臣賊子)들과 죽음을 무릅쓰고 투쟁을 벌인다. 작자는 이들 하나하나에 대해 찬양을 아끼지 않고 있다. 그 밖에 몇몇 주요 인물들을 통해 충의 사상을 구체적으로 형상화시키고 있으며, 이 형상화를 통해 봉건적인 도덕 관념을 고취하고 있다.

《삼국지》에 묘사된 400여 명의 인물 가운데 주요 인물들은 모두 그 성격이 뚜렷하고 생동하는 예술적 전형(典型)으로 형상화되어 있다. 이들 전형적 인물들은 곧 작자의 사상적 경향이 구체화되어 표현된 것으로 작품의 예술적 가치를 결정 짓는 중요한 요소가 되고 있다.

조조는 《삼국지》에 등장되는 여러 인물의 성격들 가운데 매우 성공적으로 구성된 전형이라고 할 수 있다. 역사상 조조란 인물이 걸출한 정치가요, 군사가이면서 한편 잔혹(殘酷)한 압제자였던 사실과 부합되게 소설에서도 긍정적인 측면과 부정적인 측면을 동시에 지닌 양면적인 인물로 형상화되어 있다. 그는 황제의 측근인 환관(宦官)에게도 차별없이 벌을 내릴 정도로 법을 집행함에 있어서 엄격한 면도 있었으며, 동탁을 토벌하려고 동맹을 맺은 군벌들이 자신들의 세력과 영토를 확장하기에만 급급하자 "오늘날 서로 의심만 하고 진군(進軍)치 않으면 크게 천하의 희망을 잃는 것이니, 이를 부끄럽게 여긴다."라고 하여 질책하는 기질도 있었다. 그는 스스로 영웅을 논하여 "영웅이란 가슴에 큰 뜻을 품고 뱃속에는 좋은 계책을 가지고 있으며 우주의 정기를 안으로 감추고 천지의 뜻을 삼키고 뱉는 자이다."라고 하였다. 그의 부하들은 그를 평하여 법도가 분명하고 생각이 세심하며 계책을 얻으면 곧 실행에 옮기는 인물이라고 칭찬하였고 그를 반대하는 사람들도 그가 천하를 다스릴 만한 인재임을 인정하지 않을 수 없었다.

조조는 사람을 쓰는데 그 출신의 귀천(貴賤)이나 직위의 높고 낮음을 따지지 않았다. "공을 세운 자에게 상을 내리는데 귀천은 따져서 무엇하겠는가!" 하는 그의 휘하에 많은 인재들이 모여들고 마침내는 수많은 적들을 물리치고 중원(中原)을 통일할 수 있었던 것은 당연한 일이라고 할 수 있다.

그는 병법(兵法)에도 뛰어나 항상 소수로써 다수를 이기고 약세(弱勢)로써 강세를 극복해 왔다. 여포에게 거의 잡히게 된 위급한 상황에서도 침착하게 '장계 취계(將計就計: 상대편의 계략을 미리 알아채고 그것을 이용하는 계략)'로 끝내는 마릉산(馬陵山)에서 여포를 대패시켜 패배를 승리로 돌리고, 위기를 안전으로 바꾸는 능력을 보인다.

한편 조조의 부정적 성격도 여실히 묘사되어 있다. 즉 여백사(呂伯奢)의 전 가족을 몰살한 뒤 "내가 천하 사람들을 저버릴 수는 있어도 천하 사람들이 나를 배반해서는 안 된다."고 하여 이기성(利己性)을 드러내기도 한다. 또 그 부친의 복수를 위해 서주(徐州)를 점령하고 "성 안의 백성을 모두 죽여라."라는 명령을 내리는 잔혹성을 보여주기도 한다. 이러한 성격은 특히 유비와 대비될 때 더욱 부정적으로 묘사되어 작자의 경향을 알 수 있게 한다.

《삼국지》에서 유비는 어질고 너그러운 명군(明君)이다. 그에게 부여된 작자의 사상은 봉건 시대의 백성이 폭군을 반대하고 명군을 염원했던 정치적 이상으로 잘 반영하고 있다. 유비는 왕도(王道)를 주장하고 인정(仁政)을 베풀어 조조와 뚜렷한 대비가 된다. 작자는 그에 대한 찬양과 미화(美化)를 아끼지 않아 그는 백성들로부터 무한한 신임과 존경을 받는다. 그는 인재를 알아볼 줄 알았고, 또 한번 신임하면 그것이 변치 않았다. '삼고 초려(三顧草廬)'하여 제갈공명(諸葛孔明)에게 대임(大任)을 맡긴 뒤에는 어떠한 상황에서도 그를 믿었으며 생명이 다할 때까지 그에 대한 신뢰는 변하지 않아 제갈량에게 그의 아들을 부탁할 수 있었던 것이다. 이와같이 성실과 신임으로 군신 관계를 유지할 수 있었던 것은 봉건 사회에서는 보기 드문 일로 유비의 능력을 잘 말해주고 있다.

제갈공명은 《삼국지》의 등장 인물 중 비교적 형상화에 성공한 예이다. 작자는 그를 이상적인 어진 재상으로 부각시키려는 의도로 그를 찬양하고 미화시켰다. 유비가 명군의 표상(表象)으로 묘사된 것처럼 제갈공명도 《삼국지》에서 볼 수 있는 긍정적인 인물의 한 사람이다. 그는 유비의 '삼고 초려'에 대한 보답으로 그의 충정과 지혜를 다하여 자신의 몸을 돌보지 않고 일생을 오로지 유비를 위해 분투하는 인물로 묘사되고 있다. 그는 천하를 다스릴 만한 뛰어난 재능으로 촉·한이 패업을 이루는 데 지대한 공을 세운다. 촉한의 흥망 성쇠와 삼국의 중대한 정치, 군사적 사건들은 모두 그와 관련되어 있다. 그는 소설에 등장한 이후 계속 사건의 중심 인물이 되어 많은 사건들에 있어서 관건이 되어 준다.

관우(關羽)는 《삼국지》에서 매우 중요한 인물 중 하나이다. 작자는 그를 대의(大義)를 중시하고 강직하며 죽음을 두려워하지 않는 영웅으로 묘사하고 있다. 소설 중에서의 관우는 충의의 화신(化身)이며 작자가 강조하는 것은 그의 대적할 만한 상대가 없는 무의(武威)가 아니라 의(義)를 신같이 중히 여기는 그의 성격이라 할 수 있다. 잠시 조조의 신세를 지면서 그를 아끼는 조조로부터 숱한 유혹을 받았으나 끝내 유비를 잊지 않고 돌아가는가 하면 또한 조조에게 끼친 신세를 보답하기 위해 그의 생명을 한 번 살려주기도 한다. 그러나 군령(軍令)을 어기면서까지 가장 중요한 시기에 조조를 놓아주는 그의 의리(義理)는 천하를 위한 대의(大義)라기보다는 개인적인 은원(恩怨)에 이끌린 소의(小義)라 할 수 있겠다. 대국(大局)을 볼 줄 모르고, 마침내 살신(殺身)의 화(禍)는 물론 오·촉 연맹의 파괴까지를 몰고 오는 그의 처신은 개인적인 의리와 그에 대한 사소한 공명심(功名心)에 대한 집착이라는 관우의 또 다른 성격을 보여주는 것이다. 물론 그의 성격으로 인한 파국(破局)은 훌륭히 소설적 효과를 거두고 있다.

《삼국지》 중 장비(張飛)도 역시 매우 인상 깊은 인물 중의 한 사람이다. 그는 팔척 거구의 사납게 생긴 용모와 벼락 같은 목소리를 지니고 있으며 그 기세(氣勢)가 항시 달리는 말처럼 드센 호장(虎將)이다. 그는 호탕하나 성질이 급하고 악을 원수 보듯 하며 마음은 곧고 생각없이 느끼는 대로 말해버리는 성격이다. 탐관 오리를 본능적으로 증오하며 권세를 두려워하지 않는 인물이다. 그러나 원래 그리 달갑게 여기지 않았던 제갈공명에게 한번 감탄하게 되자 곧 말에서 내려 배복(拜伏)하여 승복할 만큼 사실을 중시하고 자신의 의견만을 고집하지 않을 줄 아는 일면도 보인다.

그는 장판교(長板橋)의 일전(一戰)에서 단신(單身)으로 조조의 군사를 막아내는 위용을 보여 이름을 떨친다. 그 역시 관우와 함께 충의의 화신으로 이 소설 속에 구체화된 인물이다.

이 밖에도 많은 인물들이 생동감 있게 또한 독특한 성격으로 형상화되어 소설 속에서 살아 숨쉬고 있다.

《삼국지》는 인물 성격의 형상화와 전형의 창출로 예술적 가치를 높이 평가받고 있으며, 작자는 여기서 한 걸음 더 나아가 이 인물들을 모순(矛盾)이 충돌하는 첨단(尖端) 위에 올려놓아 그 성격들을 더욱 뚜렷이 대비하여 드러내고 있다. '적벽의 싸움'의 묘사를 통해 제갈공명·조조·주유(周瑜) 등 주요 인물의 각기 다른 성격들을 확연히 드러나게 한 기법이 그 예이다.

작자는 또한 인물의 특징적이고 개괄적인 묘사뿐만 아니라, 그 사상·정신면에 대한 섬세한 묘사로 실감을 자아내고 있다. 죽음을 앞둔 제갈공명의 애상(哀傷)에 대한 정교한 심리 묘사 같은 것은 그 좋은 예라고 할 수 있다.

《삼국지》는 40여 차례의 전쟁을 다루면서 하나하나 현실감 있는 전투의 면을 펼쳐 보인다. 이 전투 장면의 묘사는 천편 일률적으로 전투하는 쌍방의 군사적 대치를 서술한 것이 아니라 전쟁의 다양한 상황 진행을 역시 다양한 예술적 표현으로 묘사한 것이다. 작자는 약자가 강자를 이기기도 하고 패배를 승리로 돌리기도 하며 화공(火攻), 수전(水戰), 강공(强攻), 투지(鬪智)의 변화, 무궁한 전쟁의 복잡성과 다양성을 충실하게 잘 표현하고 있다. 같은 형식의 전쟁들은 그 갈등의 특수성을 파악한 작자의 전개 방식에 의해 각기 그 특색을 갖게 된다. '관도의 싸움', '이릉의 싸움', '적벽의 싸움' 등이 중복되는 느낌이 없이 독자에게 전해지는 것은 바로 이 때문인 것이다.

'관도의 싸움'은 70만의 군사와 풍족한 식량, 건초를 보유하고 유리한 지세(地勢)에 힘입었던 원소의 군사에게 조조의 7만 군사가 승리를 거둔 전투이다. 조조는 속전 속결과 기습 작전을 원칙으로 삼고 먼저 원소의 식량과 건초를 불태움으로써 지구전(持久戰)을 꾀했던 원소의 우세를 꺾고 심리적인 동요를 일으키게 한 다음 병력의 분산을 획책하여 기습 작전으로 승리를 거둔다. 설상가상으로 원소는 자신의 우세를 이용하지 못했을 뿐만 아니라, 전투가 시작되자마자 내부의 모순과 약점을 노출시켜 조조를 유리하게 만들었던 것이다. 이것은 우세가 열세로 바뀐 예이다.

'이릉의 싸움'은 10여 차례를 연패(連敗)하여 사기가 떨어진 오군(吳軍)이 성세(聲勢)를 크게 떨치던 촉군(蜀軍)을 물리친 전투이다. 피동적인 입장에 있었던 오군은 형세를 바꾸기 위해 우선 촉군으로 하여금 적을 경시케 하고 또 피로로 긴장이 풀어지도록 만든 다음 그 틈을 타 공격을 개시하여 촉군을 패하게 한다. 이것은 약세(弱勢)가 강세(强勢)를 제압한 예라고 볼 수 있다.

'적벽의 싸움'은 위·촉·오의 정족세(鼎足勢)가 결정되는 일차 관건이 되었던 전투이다. 작자는 제43회에서 54회에 이르기까지 8회의 상당한 편폭(篇幅)을 할애하여 이 전쟁의 발생과 발전, 그리고 그 결과를 상세하게 묘사하였다. 그는 우선 전쟁하기 이전

의 형세와 사실들을 묘사하여 이 전쟁의 필연성을 암시하고 있다

《삼국지》의 전쟁 묘사에는 또 한 가지 '동중유정(動中有靜)'의 표현 기법이 특출하여 자칫하면 격렬하게 긴장되게만 묘사될 전쟁 과정을 여유있게 해준다. '공성계(空城計)'에서 향(香)을 사르며 거문고를 타던 제갈공명이나, '적벽의 싸움'에서 창을 놓고 시를 읊던 조조의 '동중정(動中靜)'은 전쟁의 묘사를 더욱 다채롭고 정취있게 하는 뛰어난 수법이라 할 수 있다.

이상과 같이 《삼국지》는 인물 묘사·전쟁 묘사 등을 고도의 예술적 기법으로 생동감 있고 다채롭게 묘사 하였을 뿐만 아니라 사료(史料)의 처리, 소설의 구성, 문사(文辭)의 운용(運用) 등이 뛰어난 소설로서 문학적인 가치가 높은 소설이라고 하겠다.

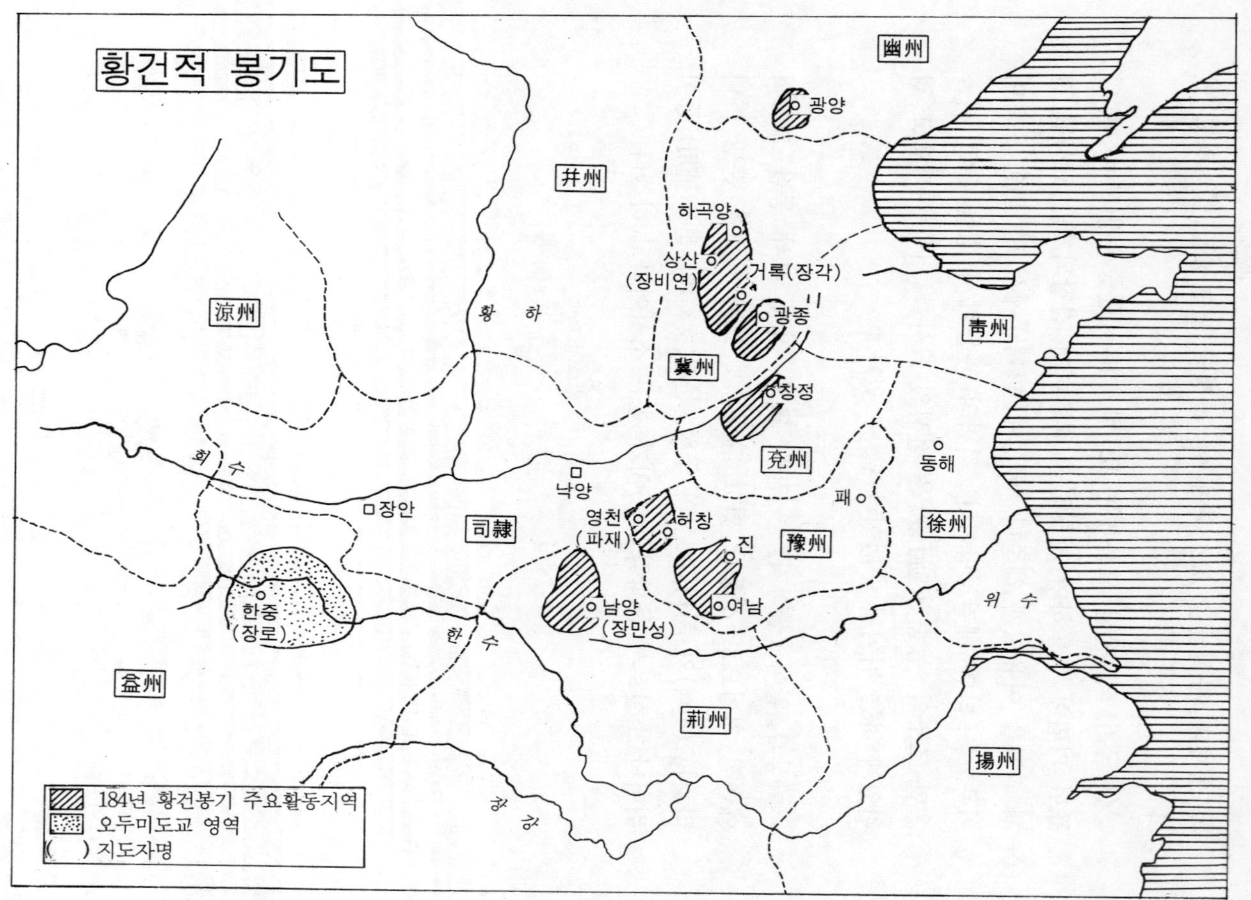
황건적 봉기도
광양
幽州
并州
하곡양
상산
(장비연)
거록(장각)
광종
靑州
涼州
황 하
冀州
창정
兗州
동해
회 수
낙양
패
장안
영천
(파재)
허창
진
豫州
徐州
司隸
남양
(장만성)
여남
위 수
한중
(장로)
한 수
荊州
益州
揚州
184년 황건봉기 주요활동지역
오두미도교 영역
( ) 지도자명

서사(序詞)

기나긴 강은 동으로 흘러흘러 가고	滾滾長江東逝水
바람처럼 머물다 간 숱한 영웅들,	浪花淘盡英雄
애초에 시비와 성패가 허무하도다!	是非成敗轉頭空
청산은 예나 이제나 변함없건만	靑山依舊在
석양은 몇 번을 타올랐던가!	幾度夕陽紅
강물에 낚시 드리운 백발 노인네야	白髮漁樵江渚上
가을 달 봄바람을 그렇게도 보았으니	慣看秋月春風
한 잔의 탁주로 즐거이 서로 만나	一壺濁酒喜相逢
고금의 하고 많은 얘깃거리를	古今多少事
술잔과 웃음으로 흘려보내네	都付笑談中

제 1 회 도원결의

연 도 원 호 걸 삼 결 의　　참 황 건 영 웅 수 입 공
宴桃園豪傑三結義　　斬黃巾英雄首立功

복사꽃 정원에서 세 호걸이 의형제를 맺고
황건적을 물리쳐 공을 세우다

난세의 황건적

본시 천하의 대세란 나누어져서 오래 되면 반드시 합쳐지게
마련이고, 합쳐져 오래 되면 다시 나누어지는 법이다. 기원 전
250여 년 전 중국의 주(周)나라 말기에 일곱 나라가 서로의 힘을
다투더니 곧 진(秦)나라에 통합되었다. 그러나 진나라 역시 망하
여 초(楚)와 한(漢)나라로 나뉘었다가 이마저 한과 합해지게 되었
다. 한은 고조(高祖)*가 백사(白蛇)를 베어 죽이고, 혁명군을 일으

---

*고조(高祖):중국 전한(前漢)의 초대 황제. 진시황이 죽자 혁명군을 일으켜 항우(項

켜 천하를 통합하게 되었으나, 뒤에 광무제(光武帝)의 중흥을 거쳐 헌제(獻帝)*시대에 이르러 난이 일어나 세 나라로 분열되었다.

분열의 원인은 환(桓)과 영(靈)**의 양제에서 비롯되었다고 할 수 있다.

환제는 어질고 총명한 사람을 가까이 하지 않고, 오로지 아첨 잘하고 자신의 이익에만 혈안이 된 환관(宦官:내시)의 무리를 가까이 하였다. 환제가 세상을 떠나고 영제가 즉위하자 환관 등의 작폐가 심함을 깨닫고 대장군(大將軍:대원수)인 두무(竇武)와 태부(太傅:황제의 교육 담당관)인 진번(陳蕃)이 황제의 보조를 맡았다. 그때 환관 조절(曹節) 등이 제멋대로 권세를 휘두르고 다니자 두무와 진번은 먼저 환관 조절의 죄를 물어 그를 처단하고자 했으나 사전에 기밀이 누설되어 도리어 죽음을 당하고 말았다. 이로써 남자이면서 남자가 아니고 천박하며 요사스럽기 짝이 없는 환관들은 더더욱 기세가 등등해져 온 나라를 떡 주무르듯 하기에 이르렀다.

건녕(建寧) 2년 4월 15일, 영제가 온덕전(溫德殿)에 납시어 옥좌에 오르려는데, 전각(殿閣) 안에 별안간 회오리바람이 휘몰아치더니 천장에서 청사(靑蛇) 한 마리가 뚝 떨어져 옥좌 위에 몸을 틀었다. 영제가 놀라 까무라치자 당황한 시종들이 영제를 부축하여 내전으로 모셨고 문무백관(文武百官)들은 혼비백산하여 모두들 도망쳐버렸다. 밖에 있던 신하들이 무슨 일인가 하여 황급히 내전

羽) 등과 합세하여 B.C.206에 진나라의 수도 함양을 점령하고 한왕(漢王)이 됨. 이후 항우는 초나라 왕이 되자 싸움이 계속되어 홍문회(鴻門會) 사건이 일어난다.

*헌제(獻帝):영제(靈帝)와 왕미인(王美人)사이에서 낳은 협황자(協皇子)임. 동탁(董卓)에 의해 황제에 올라 후한의 최후 황제가 됨(189~220년 재위).

**영제(靈帝):유굉(劉宏). 후한 12대 황제. 변 황자(弁皇子)·협 황자(協皇子)의 생부. 11대 환제(桓帝)가 세손이 없기 때문에 하간(河間)의 농촌 귀족에 지나지 않았으나, 12세 때 일약 황제에 오름.

으로 들어가자 청사(靑蛇)는 이미 자취를 감춘 뒤였고, 갑자기 천둥 번개와 함께 바람이 몰아치며 장대 같은 빗줄기가 쏟아져 내리고, 콩알만한 우박까지 퍼부어대는 것이었다. 밤새도록 계속된 이 기이한 현상은 날이 밝아옴에 따라 차츰 잦아들기는 하였으나 수많은 전각과 집들이 무너져내려 그 잔해가 뒹구는 참상은 차마 눈 뜨고는 볼 수 없을 지경이었다.

2년 후인 건녕 4년 2월 도성인 낙양(洛陽)에서는 지진이 일어나고, 인근 바다에서는 해일이 일어 목숨을 잃은 사람의 수는 이루 헤아릴 수 없을 정도였다.

이런 기이한 현상은 좀처럼 진정의 기미를 보이지 않더니, 광화(光和) 원년에는 암탉이 수탉으로 변하는 해괴한 일이 일어나는가 하면, 같은 해 6월 1일에는 백 척(百尺)도 넘을 듯한 검은 안개가 온덕전을 뒤덮더니 7월에는 궁중의 옥당(玉堂)에 무지개가 서고 때맞춰 오원(五原) 쪽에서는 어마어마한 산사태가 일어났다.

불길한 징조의 연속이었다. 상황이 이에 이르자 영제는 문무백관을 불러모아 이 모든 기이한 일들이 끊이지 않는 이유를 물었다. 여러 신하들 중 어질고 사리에 밝기로 이름난 의랑(議郎:고문관) 채옹(蔡邕)이 무지개가 서고, 암탉이 요사를 부리는 것은 여자와 환관들이 지나치게 정사(政事)에 관여하기 때문인데 이는 필시 망국의 징조이며 따라서 악한 무리들을 처단함이 마땅하다고 상소문을 올렸다.

영제가 상소문을 읽고 한숨을 내쉬며 근심하는 동안 환관 조절이 상소문을 훔쳐 읽고는 그 내용을 일일이 다른 환관들에게 알렸다.

결국, 채옹은 환관들에게 모함을 당해 터무니없는 죄를 뒤집어

쓰고 조정으로부터 멀리 떨어진 변방으로 추방되는 신세가 되었다. 그 후 장양(張讓)·조충(趙忠)·봉서(封諝)·단규(段珪)·조절(曹節)·후람(侯覽)·건석(蹇碩)·정광(程曠)·하운(夏惲)·곽승(郭勝) 등 열 명의 환관들이 영제의 주위에서 파벌을 형성하여 제멋대로 권세를 누렸다. 사람들은 그들을 '항상 황제를 받들어 모시는 열 사람'이라는 뜻으로 '십상시(十常侍)'라 불렀고, 영제 또한 환관의 무리 중 가장 나이가 많은 장양을 존중하여 '아버님'이라 부르기까지 하였다. 시간이 흐를수록 정치는 부패되어 가고 온 나라가 도적의 무리로 가득하니, 백성들의 인심은 이 모든 상황을 뒤바꿔줄 반란이 일어나기를 은근히 고대하기에 이르게 되었다.

그 무렵 거록군(鉅鹿郡)에 장각(張角)·장보(張寶)·장량(張梁) 삼형제가 살고 있었는데, 그들 삼형제 중 장각은 벼슬길에 오르지 못한 서생으로 산에서 약초를 캐는 일로 하루하루를 연명하고 있었다. 그러던 어느 날 평소와 마찬가지로 산에 약초를 캐러 간 장각이 한 노인을 만났다. 그 노인의 눈은 파랗고 얼굴 생김새는 어린아이와 같았으며 손에는 명아주로 만든 지팡이를 쥐고 있었다.

그는 장각을 동굴 안으로 불러들이더니 세 권의 천서(天書)를 건네주며 가르쳐 주었다.

"이것은 《태평요술(太平要術)》이라는 책이니라. 너는 이 책을 밤낮으로 읽어 하늘의 뜻을 받들며 세상을 바로잡아 널리 백성을 구제하도록 하라. 만일 도리에 어긋난 생각을 품어 이 비법을 악용하면 마땅히 그에 상응하는 대가를 치르게 될 테니 명심하도록 하라."

장각은 책을 받아들고는 흥분을 감추지 못하며 노인의 정체에 대해 물었더니 노인이 이렇게 답하였다.

"이 몸은 남화노선(南華老仙)이니라."

그러고는 말이 끝나기 무섭게 한바탕 불어대는 청풍 속으로 자취를 감추고 말았다.

그 후 장각은 밤을 낮 삼아 《태평요술》을 통독하니 마침내 비바람을 자유자재로 부릴 수 있는 신통력을 얻게 되었고 자기 스스로는 '태평도인'이라 일컬었다.

중평(中平) 원년 정월, 온 나라에 역병(疫病)이 번지기 시작하였다. 장각은 영험이 있다는 약수(藥水)나 질병을 막아준다는 부적 따위를 나누어 주며 병자를 치료해주고는 대현양사(大賢良師)라 자칭했다.

장각에게는 그를 따르는 백여 명의 사도(使徒)가 있었는데, 그들 모두가 부적을 만들 줄 알았고 주문을 외울 줄도 알았다. 그러므로 그들이 장각을 따라 사방을 돌아다니며 병을 고쳐주자 그를 따르는 무리의 수는 날이 갈수록 늘어갔다. 이에 장각은 서른여섯 개의 방(方:지역단체)을 세우고 대방(大方)에는 일만여 명, 소방(小方)에도 육칠천 명이나 되는 제자를 두었다. 또 각 방(方)에서는 '장군'으로 불리는 우두머리를 선발하여 나머지를 통솔하였다.

또한 장각은 다음과 같은 말을 퍼뜨리게 했다.

창천(영제를 뜻함)은 이미 죽었으니	蒼天已死
마땅히 황천이 일어서리라	黃天當立
갑자 해에 이르면	歲在甲子
천하가 대길하리라	天下大吉

그러는 한편, 부하들로 하여금 집집마다 돌아다니며 백토(白土)

로 '갑자'라는 두 글자를 대문에 써 붙이게 하였다. 또한 팔주(八州)*의 백성들은 모두 '대현양사 장각'의 명패를 받들며 장각을 신처럼 모셨다. 사정이 이에 이르자 장각은 천하를 거머쥐고픈 욕망에 불타올랐다. 장각은 심복인 마원의(馬元義)로 하여금 황금과 비단을 가지고 도성으로 가서 환관 봉서와 은밀히 내통하게 하고 두 아우를 불러 일렀다.

"얻기 어려운 것이 백성의 마음인데 지금 그것이 바야흐로 우리의 손 안에 있으니 바로 이럴 때 천하를 거머쥐어야 하는 것이다."

그러고는 거사 준비로 황색 깃발을 만들게 하는 한편, 제자인 당주(唐周)로 하여금 거사 계획이 기록되어 있는 밀서를 봉서에게 전달하게 하였다. 그러나 당주는 도중에 마음이 변하여 명(命)을 거역하고 이 사실을 당국에 밀고해버렸다.

이에 영제는 대장군 하진(何進)에게 명하여, 마원의를 붙잡아 목을 치게 하고 봉서 등 그와 가까운 이들을 투옥시켰다. 장각은 기밀이 누설되자 서둘러 그날 밤으로 군사를 일으켜 계획한 바를 실행하였다. 그는 스스로를 천공장군(天公將軍:하늘과 함께 하는 대장군)이라 칭하고, 둘째인 장보는 지공장군(地公將軍:땅과 함께 하는 대장군), 막내 아우인 장량을 인공장군(人公將軍:백성과 함께 하는 대장군)이라 불렀다. 그러고는 곳곳에 격문(檄文)을 붙여 백성들을 선동하기 시작하였다.

> 한나라 왕조는 이미 저물었고
> 위대한 성인이 나타나시니
> 천명에 따라 이 품안으로 들어오면
> 꿈에 그리던 태평세월을 누리리라

---

*팔주(八州):청(靑)·유(幽)·서(徐)·기(冀)·형(荊)·양(揚)·연(兗)·여(予) 여덟 주.

이런 방(榜)이 사방에 나붙으니 방방곡곡에서 머리에 누런 두건을 두른 사람들이 장각의 황색 깃발 아래 모여들어 그 수가 사오십만 명에 육박하였다. 구름처럼 몰려드는 이들의 세력에 관군(官軍)이 대항하기란 역부족이었다. 관군의 대장 하진은 영제에게 상소를 올려 대대적인 황건적 토벌의 조칙(詔勅)을 내려주길 간청하였다. 한편, 중랑장(中郞將:여단장) 노식(盧植)·황보숭(皇甫嵩)·주전(朱儁)의 세 장수에게 각기 세 방향에서 출병하도록 명하였다.

한편, 장각의 한 부대가 유주(幽州)의 경계를 향해 전진할 때였다. 유주의 태수(太守:지방 장관) 자리에 유언(劉焉)이라는 사람이 있었다. 그는 강하(江夏)의 경릉(竟陵) 사람으로 한나라 노(魯)의 공왕(恭王)과 같은 핏줄이었는데, 적병이 밀려온다는 소식을 듣고 교위(校尉:수비대장)인 추정(鄒靖)을 불러 대책을 모색하였다.
추정이 아뢰었다.
"적병은 들끓고 우리 진지는 대비책이 없으니 서둘러 의병을 모집해야만 승산이 있습니다."
그의 진언에 따라 유언은 즉각 의병을 모집한다는 내용의 방(榜)을 걸었다.

탁현의 유비

방(榜)이 탁현(涿縣)에 나돌았을 때 탁현에는 이미 그 방을 기다리던 한 영웅이 있었다.
그는 독서를 즐겨하는 사람은 아니었으나 사람됨이 대범하고 너그러우며 말수가 적었을 뿐만 아니라 좀처럼 자신의 감정을 드러내지 않았다. 그는 일찍이 큰 뜻을 품은 바 있어 평소에 영웅호걸을 가까이 하였다.

그는 키가 칠 척이 넘고, 두 귀는 어깨까지 늘어지고 두 손이 무릎 아래까지 닿아 있었다. 제 눈으로 제 귀를 볼 수 있을 정도로 눈이 컸으며, 얼굴은 옥처럼 희고, 입술은 기름을 바른 듯 윤이 났다. 그는 중산(中山)의 정왕 유승(劉勝)의 핏줄로 한나라 경제(景帝)의 먼 손자뻘이 되는 사람으로 성은 유(劉)요, 이름은 비(備), 자는 현덕(玄德)이라 하였다.

그 옛날 한나라 무제(武帝) 때, 유승의 아들 유정(劉貞)은 탁록정후(涿鹿亭侯)에 봉해졌다. 그 후 종묘의 제사 때 헌납한 금의 질이 규격보다 떨어진다 하여 작위를 박탈당하고 평범한 신분으로 떨어졌는데 그 핏줄을 이어받은 일족이 탁현에 남아 있었던 것이다. 유비의 조부는 유웅(劉雄)이며 부친은 유홍(劉弘)이라는 사람이었다. 유홍은 성품이 어질고 효성이 지극하여 지방 학생 중에서 특별히 선발되어 관리로 채용되기도 하였으나 일찌감치 세상을 떠나고 말았다. 유비는 어린 나이에 아버지를 여의었으나 짚신을 삼고 가마니를 짜는 것으로 근근이 생계를 이어나가며 홀로 남은 어머니에게도 효도가 극진하였다.

그의 집은 탁현의 누상촌(樓桑村)에 있었다. 그의 집 앞 동남쪽에는 높이가 다섯 장(丈:1장은 2.25m)을 넘는 커다란 뽕나무가 울창하게 자라고 있었는데, 멀리서 보면 그 형세가 마치 수레를 덮고 있는 지붕과도 같았다.

어느 날 한 점쟁이가 유비의 집 앞을 지나가다가 그 집과 뽕나무를 유심히 살펴보며 이렇게 말했다.

"이 집에서는 필시 귀인(貴人)이 나올 것이오."

유비가 어렸을 때 마을 아이들과 이 뽕나무 밑에서 놀면서, '나는 장차 황제가 되어 이 수레를 타고 말겠다'라고 말했는데 어느 날 숙부인 유원기(劉元起)가 지나가다 이 말을 듣고, 해괴한 말이라고 여기면서도 한편으로는 '어쩌면 저놈은 보통 녀석이 아닐지도 모른다, 장차 큰 인물이 될 수도 있으리라'고 생각하여 가난한 그의 집에 양식거리를 대주며 뒷바라지를 하였다.

유비의 나이 열다섯에 이르자 어머니가 그를 공부시키니, 정현(鄭玄)·노식(盧植)으로부터 학문의 길을 배우고 공손찬(公孫瓚) 등을 벗으로 사귀었다.

의병 모집을 알리는 방이 나붙었을 때, 유비의 나이 이미 스물여덟이었다.

어느 날, 유비가 방의 내용을 유심히 읽으며 세태(世態)를 개탄하고 있는데 등 뒤에서 우렁찬 목소리가 들려왔다.

"사내 대장부로 태어나서 나라를 위해 공을 세우지는 못할망정 한숨만 내뱉고 있으니 가엾은 친구로군."

깜짝 놀란 유비가 뒤를 돌아다보니 거기에는 키는 팔 척이요, 표범 같은 얼굴에 부리부리한 눈, 투실투실한 턱에는 호랑이 같은 덥수룩한 수염, 천둥처럼 터져나오는 목소리에다 그 기세가 내닫는 말과 같은 사나이가 서 있었다.

유비는 그 기이한 생김새에 압도되어 그가 평범한 사람은 아니라는 것을 깨닫고 예를 갖추어 상대방의 신분을 물으니 그 사나이는 이렇게 대답하였다.

"성은 장(張)이며, 이름은 비(飛)이고 자는 익덕(翼德)이라 하오. 조상 대대로 탁현에서 살아왔으며 잠 잘 수 있는 집이 있고 양식거리를 얻을 밭도 있소. 그리고 술과 돼지고기 장사를 하면서 천하호걸들과 가까이 지내는 것이 인생의 즐거움이라오. 그런데 형씨가 방을 들여다보며 한숨만 쉬고 있어 내가 한 마디 한 거요. 그런데 도대체 무슨 까닭이오?"

유비는 이 사나이의 거친 말투와는 딴판으로 의젓하게 대답하였다.

"나는 유비라 하며, 본래 한나라 황실의 혈족이오. 지금 나는 황건적의 난리를 막아야겠다는 생각은 간절하오만 그럴 만한 힘이 없으니……. 그래서 나도 모르게 한숨만 내뱉고 있었구려."

유비의 차분한 대답에 장비는 반색을 하며 응수하였다.

"그렇소? 그렇다면 다행히 내게 적은 돈이나마 가진 것이 있으니 그것으로 군병을 모집하여 큰일을 도모하는 것이 어떻겠소?"

유비의 기쁨은 말로 형언할 수 없을 정도였다. 그 길로 두 사나이는 마을 어귀에 있는 선술집으로 향했다. 그들이 막 술잔을 기울이려는데 요란한 수레바퀴 소리가 들려왔다. 잠시 후 수레바퀴 소리가 멈추더니 웬 거구(巨軀)의 사나이가 성큼성큼 주막 안으로 들어섰다. 그는 들어서기가 무섭게 큰소리로 호령했다.

"얼른 술 가져오너라. 의병을 모집한다고 하니 서둘러 한잔하고 의병으로 나서야겠다."

도원에서의 결의

그의 생김새를 자세히 살펴보니 키는 아홉 척쯤 되어 보이고 긴 수염이 배 언저리를 넘실대는데, 일굴은 잘 익은 홍시 같고 입술은 흡사 기름을 바른 듯하며 봉황새의 눈에, 누에가 기어가는 듯한 짙은 눈썹은 한눈에 보아도 당당한 풍채에 늠름한 위풍을 겸비한 대장부로 보였다.

유비가 자신의 이름을 밝히고는 합석하기를 정중히 권하자, 그는 권유에 못 이겨 자리에 앉고는 다음과 같이 자신의 신분을 밝혔다.

"성은 관(關)이요, 이름은 우(羽)이며 자는 예전에 장생(長生)이라 했으나 지금은 운장(雲長)으로 바꿔 부르고 있소. 나는 원래 하동(河東) 땅 해량(解良) 사람이올시다만 그 고장의 가진 놈들이 백성을 못 살게 구는 꼴을 보다 못해 그놈들을 때려 죽이고 도망쳐 나와 떠돌이 신세로 지낸 지가 오륙 년이 되는데, 마침 이곳에서 의병을 모집한다는 소식을 듣고 지원하고자 온 것이외다.”

이렇게 술잔을 주고받으며 가슴속의 숨은 뜻을 실토한 세 호걸은 크게 기뻐하며, 그 기세를 몰아 장비의 집으로 가서 대사(大事)를 모의하기로 했다.

한창 이야기가 무르익어갈 무렵 장비가 뒤뜰을 가리키며 말했다.

“이 뒷마당에는 복숭아나무가 가득합니다. 때마침 꽃이 한창이니 내일 여기서 하늘과 땅에 제사를 올리고 우리 세 사람이 형제의 결의를 맺어 ‘대사’의 첫발을 내딛기로 합시다.”

유비와 관우가 기뻐하며 응수했다.

“그거 좋겠소.”

이튿날, 세 사람은 장비의 도원에 다시 모였다. 검은 소와 흰 말을 비롯한 갖가지 제물이 제단 앞에 푸짐하게 준비되었다. 연령순에 따라 유비를 큰 형으로, 관우를 둘째로, 장비를 막내로 정하고 형제의 의(義)를 다짐하였다. 세 사람은 차례로 향을 피우고 재배(再拜)한 다음 준비한 서약문을 읽어 내려갔다.

유비·관우·장비 세 사람은 비록 서로 성은 다르지만 형제의 의를 다짐했으니 마음을 함께 하고 힘을 합하여 고통받는 백성을 돕고 위기에 처한 사람을 구제하며, 위로는 국가에 보답하고 아래로는 만민을 편안케 할 것이옵니다. 비록 우리 삼형제가 같은 해, 같은 달, 같은 날 태어나지는 못하였으나 부디 한날 한시에 함께 죽고자 하니 하늘과 땅의 신이시여, 우리의 뜻을 굽어

살피소서. 만일 우리들 중에 신의를 버리고 은혜를 잊는 자가 있으면 사지가 찢기는 벌도 마다하지 않으리다.

뒤이어 축배를 들고 잔치를 크게 벌이니 삼백여 명에 달하는 젊은이들이 갖가지 무기를 들고 복숭아꽃 만발한 마당으로 모여들었다.

그럭저럭 싸우러 갈 사람들과 무기는 준비되었으나 안타깝게도 탈 말이 없었다. 군마(軍馬)가 없음을 걱정하고 있을 때 한 젊은이가 숨을 몰아쉬며 세 사람에게 달려오고 있었다.

"나그네 두 사람이 한 떼의 말을 몰고 이쪽으로 오고 있습니다."

"오, 하늘도 우리를 도우시는구나!"

잠시 후 유비를 비롯한 삼형제가 그들을 맞아들이니 두 나그네는 중산(中山)이라는 고장에서 능한 말장사꾼으로 이름 난 장세평(張世平)과 소쌍(蘇雙)이라는 사람이었다. 그들은 해마다 말을 사러 북방으로 찾아가곤 했는데, 요즈음은 황건적의 난으로 세태가 어수선하여 다시 말을 이끌고 돌아가는 참이라는 것이다.

삼형제는 이들에게 술과 고기를 푸짐하게 대접하고는 황건적을 토벌하여 세상을 평안케 하고자 하는 자신들의 의중을 털어놓았다. 두 사람 모두 흔쾌히 그 뜻을 받아들이며 이렇게 말했다.

"좋은 말 오십 필을 제공하고 돈도 오백 냥을 드리겠으니 요긴하게 쓰십시오. 그리고 무기를 만드는 데에는 무쇠가 필요할 테니 무쇠 천 근도 놓고 가지요."

유비·관우·장비 삼형제는 하늘의 후덕하심에 다시 한 번 고개를 숙이고, 장·소 두 사람에게도 고마운 마음을 표시하였다.

두 사람이 돌아간 뒤에 유비는 그 길로 명공(名工)으로 소문이 자자한 대장장이에게 부탁하여 수중에 들어온 무쇠로 무기를 만들게 하여 자기 몫으로는 끝이 두 갈래로 갈라진 검을 만들게 하고, 관우에게는 청룡언월도(靑龍偃月刀)*를 만들게 했는데 이것은 일명 냉염거(冷艶鋸)라고 하는 것으로 어마어마한 크기에, 무게는 82근을 넘는다. 마치 옛날 장도(長刀)**와 비슷했다.

장비에게는 길이가 1장(丈) 8척(尺)***이 넘고 예리한 쌍날로 끝을 마무리한 거대한 창을 만들어주도록 하였다. 그 밖에 갑옷, 투구까지 준비되니 유비·관우·장비의 기세는 하늘을 찌를 듯했으며 그들의 충천한 사기 아래 모인 의병의 숫자는 오백 명이 넘었다.

황건적 토벌

이윽고 유비·관우·장비는 오백여 명의 의병을 거느리고 유주의 교위 추정(鄒靖)과 대면하였다. 추정이 그들을 태수 유언(劉焉)에게 소개하니, 유언은 감격하며 매우 기쁘게 이들을 맞이하였다. 세 사람은 각각 자신의 신분을 밝히고 예를 갖추어 인사를 올리다가 유언과 유비는 같은 혈통으로, 항렬상(行列上) 유비가 유언의 조카뻘이 됨을 알았다. 사정이 이렇게 되고 보니 그들 사이의 친근감은 더욱 돈독해졌다.

얼마 뒤, 황건적의 장수인 정원지(程遠志)가 이끄는 오만 병력이 탁현을 침범하였다. 유언은 추정에게 병력 오백 명을 줄 테니 유비·관우·장비와 더불어 적을 격파하라고 명하였다. 삼형제는 자신들의 실력을 발휘할 시기가 왔다는 생각에 매우 기뻤다. 유

---

*언월도(偃月刀):칼자루의 길이가 여섯 자 네 치, 칼날의 길이가 두 자 여덟 치 되는 긴 칼.
**장도(長刀):긴 자루 끝에 뒤로 젖혀진 넓은 날을 붙인 옛날의 무기.
***1장 8척(一丈八尺):지금은 1척이 33.3㎝(우리는 30.3㎝)이나, 고대 중국1~3세기 때는 1척이 23.04㎝이다. 1장은 10척이므로 2.304m이고, 8척은 184.32㎝, 즉 1장 8척은 4.1472m이다.

비는 관우·장비와 함께 오백여 명의 의병을 이끌고 대흥산(大興
山) 기슭에 이르렀는데 바로 그곳에서 산발한 머리에 누런 두건
을 두른 황건적과 맞닥뜨렸다.

적군은 오만 명을 웃도는 대군(大軍)이요, 아군(我軍)은 불과 오
백 명 안팎의 보잘것없는 무리였으나 관우·장비 두 아우의 듬
직한 모습과 의병의 분기탱천(憤氣撑天)한 모습을 보니 유비에게
승산이 없지도 않았다. 황건적은 구름처럼 모여들고 그에 대항하
여 유비가 앞장서니 왼쪽에는 청룡도를 든 관우가, 오른쪽에는
쌍날창을 거머쥔 장비가 자리를 잡았는데, 먼저 유비가 위세당당
하게 앞으로 나가 채찍을 휘두르며 호통쳤다.

"역적 놈들, 어서 투항하지 못할까!"

이 말에 적장 정원지는 흥분하여 부대장 등무(鄧茂)에게 진격
을 명했다. 장비가 그 광경을 보고 있다가 8척짜리 창을 들고 뛰
어나가서는 한마디의 고함 소리와 함께 등무의 가슴팍 한가운데
를 찔러버렸다. 그러자 등무는 외마디 비명을 남기고 말에서 떨
어졌다.

노할 대로 노한 정원지가 장비를 향해 덤벼들자 이번에는 오
른쪽에서 대기 중이던 관우가 청룡도를 휘두르며 말을 몰았다.
청천벽력(靑天霹靂) 같은 관우의 고함 소리와 청룡도의 어마어마
함에 기가 질린 정원지는 그대로 얼어붙은 듯 옴짝달싹 못 하다
가 관우의 대검(大劍)에 두 동강이 나고 말았다.

적병들은 대장인 정원지의 목이 베이는 것을 보고 일제히 뺑
소니쳤다. 유비가 부대를 지휘하여 추격하니 항복하는 사람의 수
가 이루 헤아릴 수 없을 만큼 많았다. 결국 삼형제가 대승을 거
두고 돌아오니 유언은 몸소 마중나와 장병들의 노고를 치하하고
위로하였다.

이튿날, 이번에는 청주(靑州)의 태수 공경(龔景)으로부터 통첩

이 왔다. 황건적의 선공을 받아 성이 포위되었으니 조속히 구원해주기 바란다는 요청이었다.

유언이 유비를 불러 그 대책을 물으니, 유비가 기꺼이 대답하였다.

"제가 가서 청주성을 지키겠습니다."

유비·관우·장비는 추정의 오천 병력을 이끌고 청주로 향했다. 지원군이 당도한 사실을 확인한 황건적이 군사를 나누어 대항하니 양쪽은 혼전을 거듭할 수밖에 없었다. 더 이상 버틸 수 없게 된 유비는 퇴각하여 멀리 삼십 리쯤 떨어진 곳에서 다시 진영을 가다듬었다.

"적의 군사는 구름 같고 우리 병력은 손가락으로 헤아릴 수 있을 정도니 계책 없이는 승리할 수 없을 것 같네."

유비는 두 아우에게 자신의 생각을 밝히면서 관우·장비로 하여금 각각 일천 명의 병력을 거느리고 산의 왼쪽 기슭과 오른쪽 기슭에 매복해 있다가 징소리가 울리면 그것을 신호로 일제히 나와 싸우도록 지시하였다.

동이 트자, 유비는 추정과 더불어 나머지 삼천 병력을 이끌고 우렁찬 함성 소리와 함께 진군하였다. 전날의 승세에 힘입어 상승세를 타고 있던 적군은 먹이를 쫓는 범처럼 달려들었다. 유비가 얼마간 맞서 싸우다가 적군을 등지고 달아나니 적은 온 병력을 동원하여 그들을 추격하였다. 이윽고 산등성이를 넘어서자 유비는 일제히 징과 꽹과리를 울리도록 했다. 그러자 그 소리에 맞춰 산기슭 좌우에서 매복 중이던 병사들이 쏟아져 나왔다. 이에 당황한 적군의 병사들은 도망치기에 바빴다.

청주성 가까이까지 진격해 들어가니, 청주의 태수 공경이 병력을 지원하며 싸움을 도왔다. 황건적은 크게 패해 전사자의 시체만 산더미처럼 남겨놓고 줄행랑을 쳤다. 결국 청주성은 포위에서 풀려나게 되었다.

공경이 지원군으로 온 병사들을 위로하고 나자 추정은 군사를 거느리고 다시 유주로 돌아가려 하였다.

이때 유비가 추정에게 말했다.

"지금 광종(廣宗)에서 중랑장 노식(盧植)이 황건적의 두목인 장각을 포위하고 있다는 소문이 들립니다. 노식은 나의 옛 스승이시니 이 몸은 지체없이 광종으로 가서 그분을 돕고자 합니다."

이리하여 추정은 유주로 돌아가고 유비는 관우·장비와 더불어 오백 명의 병력을 거느리고 광종으로 향하였다. 광종에 이르러 노식을 만난 삼형제는 예를 갖추어 인사를 올리고 청주성에서 이곳 광종까지 단숨에 달려온 뜻을 전하니 노식은 몹시 기뻐하며 급히 달려온 삼형제에게 잠시 숨을 돌리기를 권했다.

당시, 노식은 장각을 포위하고 있긴 하였으나 장각의 수하에는 십오만의 황건적 군사가 있었고 노식에게는 불과 오만의 병력뿐이었다. 그러니 싸움은 좀처럼 결판의 기미를 보이지 않았다.

하루는 노식이 유비에게 이렇게 제안했다.

"나는 장각을 포위하고 있소만 영천(潁川)에서는 장각의 아우인 장보와 장량이 우리측 장수 황보숭·주전과 대치하고 있다 하오. 내 귀공의 병력 외에 관군 일천 명을 보태줄 테니 그 군사들을 거느리고 급히 영천으로 향하여 부디 황건적 토벌에 협력해주었으면 좋겠소."

유비는 매우 지쳐 있었으나 옛 스승의 명을 받들어 다시 진군하였다. 때마침 영천에서는 황보숭과 주전의 작전이 성공하여, 적군은 장사(長沙)까지 퇴각하여 숲속에 진을 치고 있는 상황이었다.

황보숭이 주전에게 말했다.

"적은 지금 깊은 숲속에 진을 치고 있으니 화공법(火攻法)을 쓰기에 더할 나위 없이 좋을 것이오.”

두 사람의 생각은 일치했다. 이에 즉시 군사들로 하여금 짚을 한아름씩 안고 은밀히 매복하도록 하였다.

날이 저물자 어디선가 거센 바람이 불어왔다. 이 기회를 놓칠세라 황보숭과 주전은 전열을 정비하고 말에 올랐다. 모든 준비가 완료된 것이다. 바람의 방향을 가늠한 후 신호를 보내자 짚에서 짚으로 옮겨 붙은 불은 춤을 추듯 넘실대며 번져나갔다. 동시에 황보숭과 주전이 적의 진지에 공격을 가했다.

불길은 공중 높이 솟구쳐 활화산을 이루고 하늘마저 검게 그을려 보이는 것이라곤 아무것도 없었다. 황건적의 군사들은 그야말로 독 안에 든 쥐의 형국이었다. 안장도 얹지 못한 채 말의 엉덩이에 올라타는가 하면, 투구는 거꾸로 쓰고, 갑옷은 질질 끌며 목숨을 부지하기 위해 도망치기에 급급하였다.

동이 트자, 승산이 없음을 깨달은 장량과 장보는 패잔병을 이끌고 퇴각하기 시작하였다.

퇴로를 찾아 장량·장보의 무리가 허둥대는 순간 난데없이 붉은 깃발을 펄럭이며 당당한 기세로 몰려드는 기병 한 부대가 있었다. 그들이 순식간에 장량·장보 무리의 퇴로를 막아서니 황건적의 무리는 한발짝도 움직일 수 없었다.

간웅 조조

장량과 장보가 가까스로 정신을 수습하여 보니, 범상치 않은 인물이 부대의 선두에 버티고 서 있었다. 키는 7척쯤 되어 보이고, 가느다란 눈매에 긴 수염을 휘날리고 있었다. 그의 직함은 기도위(騎都尉:기병대장)로, 패국(沛國)의 초군(譙郡) 사람이며, 성은 조(曹)요, 이름은 조(操)이며, 자는 맹덕(孟德)이라 불리는 인물이었다.

조조의 부친인 조숭(曹崇)은 원래 하후(夏侯)씨였으나 나중에 중상시(中常侍:환관) 자리에 있던 조등(曹騰)의 양자가 되어 조씨가 되었다. 이런 조숭이 조조를 낳은 것이었다.

조조는 어린 시절, 아만(阿瞞) 혹은 길리(吉利)라고 불리웠는데 그는 어려서부터 사냥놀이와 가무(歌舞)를 즐겼으며 권모술수(權謀術數)에도 능하였다. 이러한 조조의 방정치 못한 품행을 보다 못한 그의 숙부는 조조의 아버지 조숭에게 조카의 행실을 나무라며 아들에게 주의를 주라고 일렀다.

조숭이 조조를 꾸짖자 조조는 계책을 하나 생각해냈다. 숙부가 그의 집을 방문한다는 사실을 미리 알아낸 조조는 그가 도착할 시간에 맞춰서 중풍이 일어난 척 땅에 쓰러졌다. 깜짝 놀란 숙부가 조숭에게 달려가 이 사실을 알리니, 조숭은 한걸음에 달려나와 아들을 찾았다. 그런데 정작 쓰러져 있어야 할 조조는 아무 일도 없었다는 듯 시치미를 떼는 것이 아닌가!

"애야, 숙부께서는 네가 중풍으로 쓰러졌다고 하시던데, 어찌된 일이냐?"

"중풍이라뇨? 당치도 않습니다. 숙부께서 필시 그런 말씀을 하셨다면 아마도 제게 억하심정이 있어 공연히 사실이 아닌 것을 사실인양 아버지께 고하셨겠지요."

이렇듯 조조는 자기의 친아버지마저 보란 듯이 속여넘겼다. 결국 조숭은 아우보다 자기 자식의 간사한 혀를 믿은 것이다. 숙부는 사실을 이야기하고자 했지만 조숭의 마음은 이미 그로부터 떠나 있었다. 그 후로 조조는 더욱 짓궂은 장난을 쳤고 자연히 그의 행실은 방탕해져갔다.

세월이 흘러 어느덧 조조가 청년이 되었을 때, 교현(橋玄)이라는 자가 조조의 집에 들렀다가 그에게 이렇게 말했다.

"천하는 어지러워질 것이고, 그 혼란한 세상을 바로잡을 수 있는 이는 천명(天命)을 부여받은 사람뿐이네. 그런데 그 천명을 받은 이가 자네일지도 모른다는 생각이 드는군."

또 남양(南陽) 땅의 하옹(何顒)이라는 사람도 조조를 보고 이렇게 말했다.

"한나라가 망하여 세상이 어지러울 때 천하를 통합하는 자는 필시 자네일세."

그러나 이런 말들은 조조를 만족시키지 못했다. 그래서 그는 여남(汝南) 땅으로 갔다. 그곳에 관상을 잘 보기로 소문난 허소(許劭)라는 사람이 살고 있었기 때문이다.

조조가 물었다.

"내 관상을 좀 보아주시오."

그런데 웬일인지 허소는 대답하기를 꺼려 했다.

조조가 다시 채근하자 그제서야 그는 힘들게 입을 열었다.

"치세(處世)에는 능신(能臣)이요, 난세(亂世)에는 간웅(奸雄)이로세."

조조는 뛸듯이 기뻤다. 그의 나이 스무 살 때의 일이었다.

얼마 후, 조조는 특대생으로 천거되어 서기관으로 임명되는 동시에 낙양의 북도위(北都尉:치안장관)로 선임되었다. 부임 초기에 그는 사대문을 지키는 일을 맡았는데 각 문마다 다섯 가시 빛깔의 몽둥이를 십여 개씩 배치해두고 그 몽둥이로 밤중에 통행을 범하는 자라면 고관천직(高官賤職)의 구별없이 징벌하였다.

한 번은 중상시(中常侍)인 건석(蹇碩)의 숙부뻘 되는 자가 칼을 차고 밤거리를 활보하는데, 마침 야간 순찰을 돌던 조조는 그를 잡아 어린 아이 꾸짖듯 호령했을 뿐 아니라 두 팔을 결박하고는 다섯 가지 빛깔의 몽둥이로 사정없이 두들겨댔다. 당시 중상시라고 하면 황제를 보좌하는 십상시 중에서 가장 큰 권세를 누리던 사람으로서, 명색이 숙부라는 사람까지 그 권세에 빌붙어 득세하는 상황이었다. 그런데 중상시의 숙부에게 몽둥이 찜질을 내려 성문 밖으로 내쳤으니 어느 누구도 규율을 어길 엄두를 내지 못했고, 조조의 이름은 낙양 땅 전체에 널리 퍼지게 되었다.

얼마 후, 그는 돈구령(頓丘令:지사)으로 승진되었는데 때마침 황건적의 난이 일어나 기도위로 선임되어 보병, 기병 도합 오백여 명의 군사를 거느리고 영천으로 향하던 중 장량·장보의 무리와 맞닥뜨린 것이었다.

싸움의 결과는 뻔한 일이었다. 만 명에 이르는 황건적의 목이 바닥에 뒹굴었고 빼앗은 무기와 군마는 처치곤란할 지경이었다.

요행히 목숨을 건진 장량과 장보는 달아나기에 바빴다. 의기양양해진 조조는 황보숭과 주전을 만나 간단한 인사를 나누고 곧바로 달아나는 장량과 장보의 뒤를 쫓았다.

호송당하는 노식

한편, 유비는 관우·장비와 더불어 오백 명의 의병을 거느리고 영천 땅에 도착하였다. 멀리서 전투의 함성이 메아리 치고 치솟아오르는 불길은 하늘을 그을릴 것 같았다. 급히 말을 몰아 전장에 도착하니 적군은 이미 대패하여 도주한 뒤였다.

유비는 황보숭·주전을 만나 노식 어른께서 영천의 사정이 여의치 않음을 염려하여 자신으로 하여금 영천으로 가 함께 싸우라 하셨다고 전했다.

황보숭이 중랑장의 뜻을 헤아리겠다는 듯 고개를 끄덕이며 말했다.

"장량과 장보는 대패하였고, 그들이 즉시 남은 군사를 정비하여 다시 대항하기는 어려운 일이므로 필시 광종 땅에 있는 장각에게 구원을 요청할 것이오. 그러니 귀공은 급히 광종으로 가보는 것이 좋을 듯하오.”

이에 유비는 다시 군사를 이끌고 광종으로 돌아갔다. 일행이 한참을 말을 몰아 달려가는데, 반대편으로부터 다가오는 한 떼의 군마와 마주쳤다. 그들은 죄수를 태운 수레를 호송해가는 길이었다. 수레 안을 들여다보니, 그 죄수라는 이는 다름아닌 중랑장 노식 어른이 아닌가.

유비는 소스라치듯 놀랐다. 말에서 내려 영문을 물으니 노식이 힘없이 대답하였다.

“나는 여러 차례 장각의 무리를 물리칠 기회를 얻었네만 그때마다 장각의 요술에 걸려들어 번번이 실패하고 말았다네. 때마침 조정에서는 군정을 시찰한다는 명목으로 환관 좌풍(左豊)을 내려보냈는데, 이 군정 시찰자라는 작자가 내게 뇌물을 요구했다네. 그래서 그자에게 이렇게 말했지. ‘병사들에게 돌아가야 할 군량미도 모자라는 상황인데 어찌 황제의 사신께 바칠 여분의 재물이 있을 수 있겠소’ 하니 좌풍은 노기를 품고 조정으로 돌아가서 내가 좀처럼 싸우려들지 않고 때를 기다리고 있다는 핑계만 댄다며 나를 모함했다네. 그러니 황제께서는 진노하실 수밖에. 이에 중랑장 동탁(董卓)을 보내어 군대를 이끌게 하고 나는 이렇게 죄인의 몸이 되어 서울로 올라가 그에 응당한 처벌을 받게 되었네.”

분노하는 장비

노식의 한숨 섞인 사연을 듣고 분을 참지 못한 장비는 당장 칼을 뽑아 수레를 호송하는 병사들의 목을 치려 하였다.

그러나 유비가 장비의 앞을 가로막으며 말했다.

“조정에도 올바른 판단을 하는 자가 있을 테니 조급한 행동으로 일을 그르쳐서는 안 되네."

그 사이 호송병들은 노식을 태운 수레를 끌고 황급히 사라졌다. 관우가 생각 끝에 입을 열었다.

"노식 어른은 누명을 쓰고 서울로 호송되셨고, 지금 광종에서는 다른 사람이 군대를 이끌고 있다 하니 우리가 그곳으로 간들 별다른 묘책이 생길 것 같지도 않습니다. 그러니 아무래도 고향 땅으로 돌아가는 것이 좋을 듯한데 형님과 아우의 생각은 어떠십니까?"

삼형제는 의견을 같이하였다. 그리하여 세 사람은 오백 명의 의병을 거느리고 탁현을 향해 북진했다. 행군을 계속한 지 이틀이 채 못 되어 부대가 막 산기슭에 이르렀을 때 갑자기 산너머 저쪽에서 커다란 함성 소리가 들려왔다. 유비 일행이 말을 달려 언덕 위로 올라가 아래를 내려다보니 관군은 대패하여 도망치기에 바빴고, 그 후방에는 머리에 황색천을 동여매고 손에는 천공장군의 깃발을 부여잡은 황건적의 무리가 산과 들을 뒤덮고 있는 것이 보였다.

"저것은 장각의 무리임이 분명하네. 자, 서둘러 진격하세!"

유비의 말이 끝나기 무섭게 세 사람은 일제히 말을 달려 관군이 수세에 몰려 있는 싸움터로 진격하였다.

이때 장각은 동탁의 군사를 격파하고 그 기세를 몰아 패주하는 그의 군사를 추격하는 중이었다. 그러나 뜻밖에 나타난 세 장수의 당당한 모습에 전의를 상실한 장각의 군사는 칼 한 번 휘둘러보지 못하고 그대로 오십여 리까지 달아나버렸다.

유비·관우·장비가 동탁을 구해내어 본진으로 돌아오니 동탁은 고마움을 표시하며 세 사람의 신분을 물었다.

"별다른 벼슬길에 오르지 못한 사람들입니다."

유비가 이렇게 대답하자 동탁은 조금 전까지의 예를 갖춘 태도를 바꾸어 아랫사람 대하듯 무례한 어투로 세 사람에게 돌아가라고 말했다.

이런 동탁의 행동은 불 같은 장비의 성미를 또 한 번 건드린 셈이었다.

"우린 목숨을 걸고 자기를 살려냈는데 생명의 은인에게 고맙다는 말 한마디 건네질 않다니, 도대체 이런 경우가 어디 있단 말이오. 당장 저 무례한 놈의 목을 쳐버리고야 말겠소."

그리고 칼을 뽑아드니 유비와 관우가 다급히 장비의 앞을 가로막았다.

권세에 눈먼 자들의 어리석음이란 예나 지금이나 다를 바 없었다. 진정한 영웅을 알아보지 못하는 의리없는 자들은 과연 장비의 손에 의해 처단될 것인가? 동탁 그의 운명은 어떻게 될까?

제 2 회 혼란에 빠진 조정

장 익 덕 노 편 독 우　　하 국 구 모 주 환 수
張翼德怒鞭督郵　　何國舅謀誅宦豎

장비는 화가 나서 독우*를 매질하고
하진은 환관을 몰살할 것을 도모하다

장보의 요술

그렇다면 동탁은 과연 어떤 인물인가? 그의 자는 중영(仲穎)이
요, 농서(隴西) 땅 임조(臨洮) 태생으로 당시에는 벼슬이 태수에
올라 있었는데, 이미 유비에게 드러낸 무례한 행동을 보아 알 수
있듯이 덕성이 부족하고 오만하기 이를 데 없는 인물이었다.

그러니 동탁의 무례함은 장비의 노여움을 사고도 남았다. 장비

---

* 독우(督郵):군수의 수하 직원으로 있으면서 군 관할의 행정을 감독하던 감찰사.
한대(漢代)에 설치하였다가 당대(唐代)에 와서 폐지됨.

가 칼을 뽑아들고 당장이라도 동탁의 목을 베어 버릴 듯하자 유비와 관우가 그의 앞을 가로막으며 말하였다.

"동탁은 조정의 녹을 받아먹고 사는 벼슬아치이니, 함부로 대하면 더 큰 화를 면하지 못할 걸세."

그래도 분을 가라앉히지 못한 장비가 투덜거렸다.

"그렇다면 저 돼먹지 못한 놈의 부하로 눌러앉아야 한다는 말씀이오? 저따위 놈을 위해 이 창을 드느니 나 혼자라도 당장 여기를 떠나는 편이 낫겠소."

유비가 침착한 목소리로 만류했다.

"자네는 우리의 맹세를 벌써 잊었나? 우리 셋은 태어난 날은 달라도 죽음만은 같이하기로 결의한 형제가 아닌가? 정히 자네의 결심이 그렇다면 우리 셋이 함께 이곳을 떠나도록 하세."

장비는 잠깐 생각에 잠기는 듯 하더니 마음을 돌려 말하였다.

"형님의 뜻이 그러시다면 거역할 이유는 없습죠."

앞으로의 행로를 고심하던 삼형제는 황건적 소탕 작전에 함께 가담한 바 있는 주전을 찾아가기로 했다. 밤낮을 가리지 않고 말을 몰아 주전이 있는 곳에 당도하니 그가 삼형제를 정중히 맞이했다. 후한 대접을 받은 삼형제는 다시 주전과 뜻을 모아 황건적의 두목인 장보를 치기로 했다.

한편, 그 무렵 조조는 황보숭과 더불어 곡양(曲陽) 땅에서 장량을 상대로 한판 싸움을 벌이고 있었다. 주전과 유비가 장보를 몰아치자, 장보는 8, 9만의 황건적 무리를 거느리고 산 모퉁이 그늘진 곳에 진을 쳤다.

주전이 유비를 선두에 세우고 군사들로 하여금 그 뒤를 따르게 하니, 장보는 유비를 경계하여 직접 나서지 않고 부대장인 고승(高昇)을 내세웠다. 고승이 나서는 걸 확인한 유비는 그 상대로 장비를 내보냈다. 창을 높이 치켜든 장비는 쏜살같이 말을 몰아 고승을 향해 달려나갔다. 얼마간 창을 치고 받으며 힘을 겨루다가 결국 고승은 장비의 창에 찔려 말에서 떨어지고 말았다.

이때를 놓치지 않고 유비가 군사를 몰아 진격하니 장보는 말 위에 앉은 채로 머리를 풀어헤친 다음 칼 끝을 하늘을 향해 세우고 주문을 외우기 시작했다.

그러자 갑자기 사나운 바람이 몰아치고 번개가 번쩍이더니 천둥이 으르렁대며 하늘이 온통 검은 구름으로 뒤덮였다. 그때 검은 구름 안쪽에서 무엇인가 끊임없이 쏟아지기 시작했는데 자세히 살펴보니 그것은 다름아닌 군사와 말이었다.

유비가 급히 퇴각을 명령했으나 난데없이 나타난 수많은 군마 앞에서 유비의 군사들은 당황할 수밖에 없었다. 결국 유비는 대패했다.

이런 사태를 보고 받은 주전이 말하였다.

"장보란 놈이 요술을 부린 것 같소. 그렇다면 우리 쪽에선 당장 돼지·양·개를 잡아 그 피를 준비해둡시다. 그리고 적이 공격하기를 기다렸다가 때가 되면 그들의 머리 위에 피를 뿌리는 것이오. 그렇게 한다면 장보의 요술도 맥을 못 출 것이오."

유비는 주전의 지시대로 관우·장비에게 각각 일천 명의 병력을 주어 돼지·양·개의 피와 오물을 준비하도록 하였다.

이튿날, 장보는 깃발을 앞세우고 요란스레 북을 두드리며 공격을 개시하였다. 유비가 이에 맞서자 장보는 또다시 주문을 외기 시작했다. 그러자 거센 바람이 불어오고 번갯불과 천둥 소리가 천지를 진동하였다. 예의 검은 구름이 하늘을 뒤덮더니 모래가 날리고 돌이 구르는데, 그 사이로 봇물 터지듯 군마가 쏟아져나왔다.

유비가 말머리를 돌려 도주하는 체하자 장보는 군사를 이끌고 유비의 뒤를 추격하였다. 쫓기던 유비의 군사가 산기슭에 이르니 매복 중이던 관우와 장비는 호포(號砲:군대에서 화약의 힘으로 쏘는 대포)를 신호로 하여 일제히 피와 오물을 쏟아부었다.

순간 유비의 뒤를 쫓던 군사와 말들은 사라지고 사람의 형상을 한 종이와 말의 모양을 본뜬 짚더미가 힘없이 땅에 곤두박질쳤으며 약속이나 한 듯 천둥 소리와 거센 바람마저 자취를 감추었다. 낭패한 장보가 황망히 퇴각을 명하자 산기슭 왼쪽에서는 관우가, 오른쪽에서는 장비가 뛰어나와 덤벼들고 유비와 주전 또한 말머리를 돌려 장보의 뒤를 쫓았다.

지공장군(地公將軍)의 깃발을 발견한 유비가 그것이 펄럭이는 곳을 향하여 달려나갔다. 기겁한 장보는 죽을 힘을 다해 도망쳤다. 순간 화살 하나가 날아와 장보의 팔꿈치 깊숙이 박혔다. 그것은 다름아닌 유비가 쏜 화살이었다. 장보는 팔꿈치를 움켜쥔 채 더욱 다급히 말을 몰아 양성(陽城)에 도착하자마자 성문을 굳게 닫고 한 발자국도 움직이지 않았다.

주전은 양성을 포위하는 한편, 염탐꾼을 보내 황보숭측의 사정이 어떠한지 알아보도록 하였다. 이에 염탐꾼이 돌아와 보고하였다.

"황보숭은 연일 대승을 거두고 있습니다. 사실인즉, 조정에서는 동탁이 번번이 패하자 그를 불러들이고 대신 황보숭을 내보냈는데 그때는 이미 장각이 죽은 뒤였고 장량이 그 뒤를 맡아 싸움을 이끌어가고 있었습니다. 황보숭은 일곱 차례에 걸쳐 장량을 공격하였고, 마침내 곡양에서 그를 참한 동시에 장각의 시신을 파내어 효수한 뒤 도성으로 보냈다고 합니다. 그러자 조정에서는 황보숭을 거기장군(車騎將軍:원수) 겸 기주(冀州)의 목(牧)으로 임명하였고 이에 황보숭이 노식 어른이 공을 세우고도 억울한 누명을 쓰고 있음을 조정에 아뢰자 조정에서는 이를 받아들여 노식을 다시 중랑장 벼슬에 복직시키고, 조조 또한 그 공을 인정받아 제남(濟南) 땅의 상(相:민정관)으로 임명되었다 합니다.”

염탐꾼의 보고가 끝나자 주전은 서둘러 양성에 대한 총공격을 감행하였다. 그러자 적군의 장수 엄정(嚴政)이 전세가 불리함을 깨닫고 장보를 사살한 뒤 그의 목을 들고 투항해왔다. 주전은 이렇게 여러 고을을 평정한 후 조정에 승전보를 아뢰었다.

황건적의 소탕

그러나 황건적의 우두머리였던 장각·장량·장보 삼형제가 모두 죽음을 당했다 해도 황건적이 완전히 소탕된 것은 아니었다. 그 잔당인 조홍(趙弘)·한충(韓忠)·손중(孫仲)이 다시 황건적의 누런 깃발을 높이 들고 장각 삼형제의 원수를 갚겠다며 수만 명을 거느리고 이곳저곳에 불을 지르고 무고한 사람을 죽이는가 하면 젊은 부녀자들을 욕보이기에 이르렀다.

조정에서 주전에게 적을 토벌하도록 명을 하달하자 주전은 군마를 정비하여 진격 준비를 갖추었다. 당시 황건적의 잔당은 원성(宛城)이라는 곳에 진을 치고 있었다. 주전이 공격을 개시하니 조홍은 한충을 내세워 대항하게 하였다. 한편 주전은 유비·관우·장비 세 사람으로 하여금 성의 서남쪽을 공략하게 하고 주전은 주전대로 철기(鐵騎)군 2천 명을 이끌고 동북쪽에 있는 성문을 공격했다. 유비·관우·장비의 서남쪽 공략에 대항하기 위해 군사를 총동원해버린 한충은 철기군이 잇달아 동북쪽을 치자 당황하지 않을 수 없었다.

대패한 적군은 원성으로 도피하였다. 주전이 그 뒤를 쫓아 원성에 당도하여 성을 포위하니, 적은 독 안에 갇힌 쥐의 신세였고, 설상가상으로 군량미까지 바닥이 난 지경이었다. 한충이 성 밖으로 사자를 내보내어 투항의 뜻을 밝혔으나 주전은 이를 받아들이지 않았다.

유비가 주전에게 말하였다.

"옛날 한나라 고조(高祖)가 천하를 얻을 수 있었던 것은 적의 투항을 모두 수용하신 덕택이었습니다. 그런데 장군께서 한충의 투항을 거절하시는 까닭은 무엇이온지요?"

주전이 대답하였다.

"그것은 지나간 과거의 일이고 지금은 사정이 다르네. 과거 진(秦)나라 말기에는 천하가 어지러워 백성에게 일정한 주인이 없었기 때문에 사람들을 회유하기 위한 정책의 하나로 투항을 장려했소만, 오늘날에는 천하가 하나로 서고 오직 황건적만이 그 반대편에 있을 뿐 아닌가. 만일 분별없이 그들의 투항을 용납한다면 형세가 유리할 땐 날뛰고, 불리할 땐 항복해버리면 그만이라 여길 테니 필경 반란군의 기세를 조장하게 될 뿐 좋은 방책이라 할 수 없소."

유비가 재차 말하였다.

"지당하신 말씀입니다만, 지금 적들의 투항을 받아들이지 않으면 그들은 달리 선택의 여지가 없으므로 죽을 힘을 다해 싸우려 들 것입니다. 게다가 성 안에는 목숨 아까운 줄 모르는 수만 명의 포악한 무리들이 버티고 있으니 무모하게 맞설 것이 아니라 동쪽과 남쪽에 퇴로를 마련해주고 서쪽과 북쪽을 공격하면 적군은 틀림없이 동남쪽으로 줄행랑을 칠 것입니다. 그때 달아나는 놈들을 사로잡으면 별 어려움 없이 성을 탈환하고 동시에 적도 소탕할 수 있을 것입니다."

주전은 유비의 계책을 받아들여 즉시 동쪽과 남쪽의 포위망을 풀게 하는 동시에 서쪽과 북쪽을 집중공략하였다.

예상대로 한충은 동남쪽으로 난 퇴로를 향하여 퇴각하기 시작

하였다. 유비·관우·장비의 부대가 그 뒤를 쫓아 한충의 가슴에
화살을 꽂으니 나머지 병사들은 산산이 흩어져 달아나버렸다. 삼
형제는 거기서 추격을 멈추지 않고 계속 진격하여 마침내 그들
은 조홍·손중의 부대와 마주치게 되었다. 주전이 대열을 정비하
기 위하여 일보 후퇴하자 조홍과 손중의 부대는 그 기회를 틈타
원성을 재탈환하였다.

전열을 가다듬은 주전이 부대를 이끌고 공격을 개시하려는 순
간, 동쪽 방향으로부터 한 무리의 부대가 달려오는 것이 보였다.
선두에서 군마를 지휘하는 장군을 보니, 그 생김새가 넓은 이마
에 벌건 얼굴, 허리는 곰과 같고 몸은 호랑이처럼 날렵했다.

그는 오군(吳郡) 땅 부춘(富春) 사람으로, 손(孫)씨 성에 이름은
견(堅)이요 자를 문대(文臺)라 하니, 병서(兵書)《손자(孫子)》로 유
명한 손무(孫武)의 자손 되는 인물이었다.

그의 나이 열일곱 살 때의 일이었다. 하루는 부친을 따라 전당
(錢塘)에 놀러갔는데, 때마침 강변에서 십여 명의 해적이 상인의
물건을 약탈하고 있었다.

이를 보다 못한 손견이 부친에게 말하였다.

"저놈들의 버릇을 고쳐놓겠습니다."

그러고는 칼을 뽑아들고 마치 자기 뒤에 수백 명의 군사가 매
복해 있는 것처럼 지휘하는 시늉을 했다. 그러자 해적들은 관군
이 자기들을 토벌하러 나온 것으로 알고 혼비백산하여 빼앗은
물건을 내동댕이치고 달아나기에 바빴다. 손견은 달아나는 해적
가운데 한 놈을 붙잡아 그 목을 베어버렸다. 이로 인해 온 고을
에 손견의 이름이 알려졌고 교위(校尉:수비대장)직에 천거되었다.

그로부터 얼마 후 회계(會稽) 땅에서는 허창(許昌)이라는 자가
스스로를 양명황제(陽明皇帝)라 일컬으며 큰 반란을 일으켰는데

그를 따르는 병사만 해도 수만 명을 웃돌았다. 손견은 고을의 사마(司馬:부대장)와 더불어 일천 명의 민병을 모집하고 토착군의 힘을 빌려 반군을 무찌르는 한편 허창과 그 아들 허소(許詔)의 목을 베어 버렸다.

회계의 자사(刺史:장관)인 장민(臧旻)이 그의 공훈을 상주하자 조정에서는 손견에게 염독승(鹽瀆丞)이라는 벼슬을 내리고 다시 우이승(盱眙丞)·하비승(下邳丞)의 자리에 오르게 하였다. 그러던 중 황건적의 난이 일어나자 손견은 몸소 의병을 모집하는 격문을 돌려 마을의 젊은이 뿐만 아니라 지나가는 장사꾼까지 모여들게 하였다. 그렇게 해서 모인 천오백여 명의 정병을 이끌고 주전을 돕기 위해 달려온 것이었다.

주전은 크게 기뻐하며 즉각 손견을 성곽의 남문에, 유비를 북문에 배치하고 자신은 서문으로 향했다. 그리고 동문만을 비워놓아 적군을 그쪽으로 몰아갈 수 있도록 하였다.

공격이 개시되자마자 손견이 먼저 성벽으로 기어올라가 적군 스무 명의 목을 베니 적군은 서서히 무너지기 시작하였다.

조홍이 예리한 쌍날 창을 휘두르며 손견에게 덤벼들자 손견은 성벽에서 뛰어내려 순식간에 조홍의 창을 빼앗아 들었나. 조홍이 당황하자 손견은 그 틈을 이용하여 일격을 가했고 조홍은 맥없이 말 위에서 떨어져버렸다. 이에 주인을 잃은 말이 미친 듯 날뛰니 수많은 적병이 그 말발굽에 짓밟혀 피를 토했다.

한편 손중은 북문을 통해 달아나려다가 그곳에 대기하고 있던 유비와 마주쳤다. 그러나 이미 사기가 떨어져 있는 터라 싸울 엄두도 내지 못하고 다시 달아나기에 바빴다. 유비가 활시위를 당기자 손중은 가슴에 꽂힌 화살을 쥐고 말에서 떨어져 나뒹굴었다.

주전을 비롯한 유비·손견이 일제히 성을 공격하니 수만 명의 황건적이 사살되었으며 투항하는 자 또한 수만 명에 이르렀다. 이로써 원성 일대의 십여 군(郡)이 평정되어 황건적은 완전히 토벌되었고 주전은 입성하여 거기장군 겸 하남(河南) 땅의 윤(尹)에 봉해졌다. 주전이 손견과 유비의 군공을 상주한 것은 물론인데, 손견은 조정에 연줄이 닿아 있어 별부사마(別部司馬:연대장)에 임명되었으나 유비에게는 별다른 기별이 없었다.

유비 삼형제는 별 재미가 없었다. 거리에 나가 하릴없이 돌아다니는 것이 하루 일과가 되었다. 그러던 어느 날, 여느때와 다름없이 거리 구경을 나갔다가 수레를 타고 가는 장균(張鈞)과 마주쳤다. 그는 낭중(郎中:省의 과장) 벼슬에 있는 사람이었는데 유비와 약간 안면이 있는 사이였으므로 수레에서 내려 유비와 반갑게 인사를 나누었다. 그간의 신상에 대해 이런 저런 얘기를 나누던 중, 유비는 노식·주전과 함께 황건적을 소탕한 일에 대해서도 언급하게 되었다.

장균은 유비가 세운 공에 비해 그 대접이 지나치리만큼 소홀함에 깜짝 놀랐다.

그리하여 그 길로 황제께 상주하였다.

"황건적의 난이 일어난 이유는 십상시의 매관매직으로 인해 온 천하가 어지러워졌기 때문입니다. 그들은 자신에게 이로운 자가 아니면 아무리 훌륭한 공을 세워도 모른 체했으며 자신의 원수가 아니면 대역죄인이라도 눈 감아주었습니다. 조정이 이토록 어지러우니 세상이 혼란스러워지는 것은 이미 정해진 이치 아니겠습니까? 아무쪼록 십상시를 참하셔야 합니다. 십상시의 목을 내걸고 천하에 포고하시길, 공이 있는 사람에게 빠짐없이 벼슬을 내리겠다고 하십시오. 그래야만 사해청평(四海淸平)을 이룰 수 있을 것입니다."

장균의 상소에 당황한 십상시들이 입을 모아 상소하였다.

"장균은 지금 근거없는 거짓말로 우리를 모함함과 동시에 황제 폐하를 속이고 있습니다."

이미 십상시의 계략에 놀아날 대로 놀아난 황제는 즉각 장균을 내쫓아버렸다. 이에 십상시는 다시 모략을 획책하였다.

"이번 일은 황건적을 치는 데 이바지하고도 벼슬길에 오르지 못한 것들이 투덜거린 결과이니 급한 대로 우선 적당한 벼슬자리 하나씩을 주었다가 나중에 하나하나 처치하도록 하세."

유비의 말단 벼슬

이리하여 유비는 정주(定州) 땅 중산부(中山府) 안희현(安喜縣)이라는 곳의 현위(縣尉:경찰서장)에 임명되었다. 유비는 일단 부대를 해산하여 함께 싸우던 의병들을 귀향시킨 후, 귀향을 거부하고 남아 있기를 원하는 이십여 명의 부하를 거느리고 관우·장비와 함께 안희현에 부임하였다.

부임 후 한 달이 지나자 유비는 백성들로부터 깊은 신임을 얻었다. 안희현으로 거처를 옮긴 삼형제는 식사는 물론이고 잠자리도 같이했으며 유비가 관청에 나가 집무할 때에는 관우·장비 두 사람이 으레 유비의 곁에 서서 시중을 들며 종일 곁을 떠나지 않았다.

안희현에 부임한 지 넉 달이 채 못 돼서였다. 소문에 의하면 전쟁에서 세운 공으로 군·현의 벼슬자리에 오른 이들이 차례차례 도태되고 있다는 것이었다.

소문과 때를 같이하여 조정으로부터 독우가 내려왔다. 유비는 예의를 갖추어 정중히 독우를 맞이하였으나 정작 독우는 말 위에 앉은 채로 채찍을 두어 번 흔들 뿐이었다. 이를 지켜본 관우와 장비의 심정이 편할 리 없었다.

숙소에 도착한 후에도 독우의 거만함은 수그러들지 않았다. 유비는 뜰 아래에서 선 채로 경의를 표하였으나 독우는 높은 곳에 자리잡고 남쪽을 향하여 돌아앉은 채 유비에게는 눈길 한 번 주지 않았다.

한참 동안 침묵을 지키고 있던 독우가 마침내 입을 열었다.

"유 현위, 그대의 출신은 어떠한가?"

"이 몸은 중산(中山) 정왕(靖王)의 마지막 후예로, 황건적의 난이 일어났을 때 탁현에서 의병을 모집하여 그 토벌전에 삼십여 회 가담했던 공을 인정받아 현직에 임명되었습니다."

유비가 공손하게 대답하자 뜻밖에도 호통 소리가 들려왔다.

"중산 정왕의 후손이라고? 여기가 어디라고 함부로 그런 말을 지껄이느냐! 허위로 출신을 조작하고 근거없는 공훈까지 들먹거리다니. 바로 그대 같은 작자들의 벼슬을 거두어 들이라는 황제의 명이 계셨느니라!"

유비는 고개를 숙인 채 굳게 입을 다물고 있을 뿐 아무런 대꾸도 하지 못하고 물러나왔다. 관청으로 돌아온 유비는 관리들에게 자초지종을 설명하고 의견을 물었다.

그 중 나이가 지긋한 한 관리가 귀띔해주었다.

"독우가 원하는 것은 다름아닌 뇌물입니다."

"사사로운 명목으로는 단 한 푼의 돈도 백성들로부터 거두어 들이지 않는 나에게 독우에게 바칠 뇌물이 있을 리 없지 않은가?"

유비는 깊은 한숨을 내쉬었다.

이튿날 독우가 관청의 한 벼슬아치를 체포하였다. 그를 닦달하여, 유비가 백성들을 괴롭히고 자기 자신의 이익에만 눈이 어두워 있다는 거짓 고백을 받아내려는 심산이었다. 유비가 몇 번이고 그의 석방을 탄원하러 갔지만 번번이 거절당하고 말았다.

한편, 장비는 홧김에 몇 잔의 술을 들이키고 말을 몰아 숙소 앞을 지나다가 마을 주민 오륙십여 명이 문 앞에 모여 대성통곡하고 있는 것을 보고 그 까닭을 물었다.

"독우 나리께서 우리 고장 현리를 문초하고 계시오. 유 현위를 죄인으로 몰아 곤경에 빠뜨리려는 수작이지요. 그래 우리는 유 현위의 무고함을 말씀드리려고 이렇게 찾아왔으나 독우 나리를 뵙기는커녕, 문지기들 손에 이렇게 얻어맞기만 했지 뭡니까?"

화가 머리끝까지 치밀어오른 장비는 말에서 뛰어내려 숙소의 문을 박차고 들어갔다. 문지기들도 장비의 당당한 기세에는 손을 쓸 도리가 없었다.

한달음에 숙소 안으로 들어가보니 독우는 정면에 앉아 불호령을 내리고 있고, 관청의 벼슬아치는 오랏줄에 꽁꽁 묶인 채 심한 문초로 거의 정신을 잃은 상태였다.

"이놈! 나를 모르겠느냐?"

장비가 소리쳤다. 독우가 입을 떼기도 전에 장비는 큼지막한 손으로 독우의 머리채를 움켜쥐고는 현문까지 끌고나와 말뚝에 묶어버렸다.

그러고는 현문 가까이 보기 좋게 우거진 버드나무 가지를 꺾어 그것으로 독우의 정강이를 후려쳤다. 부러진 버드나무 가지가 수북이 쌓일 때까지 장비의 매질은 계속되었다.

한편, 유비는 청사 안에서 착잡한 심정을 달래고 있었다. 그때 갑자기 문 바깥쪽에서 요란한 소리가 들려와 유비가 시중 드는 이에게 무슨 일이냐고 물었다.

"장비 어른께서 말뚝에 사람을 묶어놓고 매질하고 계십니다."

유비가 현문 밖으로 뛰어나가 보니, 묶여 있는 것은 다름아닌 독우였다. 놀란 유비가 그 연유를 물었다.

장비가 분을 삭히지 못하고 대답하였다.

"독우라는 작자가 마땅히 해야 할 일은 하지 않고 남에게 거짓 죄를 뒤집어씌울 요량으로 죄없는 백성만 괴롭히고 있으니, 이런 놈에겐 따끔한 맛을 보여줘야 합니다."

장비의 이같은 소리를 들은 독우는 지금까지의 거만한 태도를 버리고 유비의 바짓가랑이를 부여잡더니 애걸복걸하기 시작했다.

"유 현위, 내가 무례하여 큰 실수를 저질렀소. 제발 나를 좀 살려주시오."

유비는 장비에게 당장 매질을 그만두게 하고 독우의 오랏줄을 손수 풀어주었다.

그때 사태를 지켜보고 있던 관우가 입을 열었다.

"큰 공을 세우신 형님이십니다. 그런데 고작 현위 자리에서 독우에게 모욕을 당하고 계시다니요. 가시나무 숲에서는 봉황새가 노닐 수 없는 법입니다. 차라리 이놈의 목을 치고 현위 벼슬도 던져버리신 다음 고향으로 돌아가 훗일을 도모하심이 어떠하실지요?"

"아무리 간악한 독우라 해도 그는 조정에서 내려온 황제 폐하의 사람이니 우리 마음대로 그를 처벌할 수는 없는 법이다. 죽여 마땅한 놈이지만 우리가 그의 죄를 논하여 징벌한다면 예기치 못한 사태가 벌어질 수도 있다."

유비는 두 동생을 진정시킨 후 독우를 향해 말하였다.

"자, 여기 현위 벼슬의 표식인 인수(印綬)가 있소. 내게 더 이상 이따위 벼슬은 필요없으니 가지고 올라가서 요량껏 처분하시오."

유비는 독우의 목에 인수를 걸어주었다.

가까스로 목숨을 건진 독우가 부리나케 정주의 태수에게 달려가 자초지종을 고해 바치니 태수는 공문을 돌리고 유비 삼형제

의 뒤를 쫓았다. 유비·관우·장비는 대주(代州)의 유회(劉恢)를 찾아가 피신을 의뢰하였다. 사정을 파악한 유회는 유비가 한나라 황실의 혈통임을 감안하여 삼형제를 숨겨주었다.

충신들의 죽음

한편 십상시들은 막강한 권력을 손에 넣고 서로 통모하여 자신들의 마음에 들지 않는 무리는 모두 잡아들여 목을 쳤다. 조충·장양은 황건적 토벌에 공을 세운 장병들에게 사람을 보내어 돈과 피륙을 요구하며 닦달하였는데 그 요구에 응하지 않는 자는 가차없이 면직처분을 당하고 말았다. 황보숭과 주전도 예외는 아니었다.

한편 영제는 십상시 무리 중 조충을 거기장군에 임명하는가 하면, 장양을 비롯한 13인을 열후(列侯)에 봉하는 등 십상시의 세력을 공고히 하는 데 일조하였다. 그럴수록 백성들의 원성은 높아만 갔고 마침내 장사(長沙)의 적 구성(區星)이 반란을 일으키기에 이르렀다. 어양(漁陽)에서도 장거(張擧)·장순(張純)이 궐기하여 장거는 스스로를 황제라 칭하고 장순은 스스로를 대장군이라 일컬었다. 이와 같은 조정 밖에서의 급박한 사태를 보고하는 공문이 빗발쳤으나 십상시는 그것을 비밀리에 소각해버렸다.

여느 날과 마찬가지로 영제는 십상시와 더불어 정원에서 주연(酒宴)을 베풀고 있었다. 그런데 갑자기 간의대부(諫議大夫:고문관) 유도(劉陶)가 영제 앞에 엎드려 대성통곡하였다. 깜짝 놀란 영제가 흥취를 깨버린 유도를 질책하자 유도는 울먹이며 다음과 같이 상주하였다.

"천하의 위기가 아침저녁으로 닥쳐오고 있사온데, 어찌 이따위 천한 무리들과 한가로이 어울리려 하시나이까?"

영제가 의아한 표정으로 답하였다.

"짐(朕)이 알기로는 천하는 전에 없던 태평 세월이로세. 도대체 무엇이 위기이고 어디가 위태롭다는 말인가?"

"사방에 도적떼가 득실거리고 있습니다. 이는 모두 십상시가 제멋대로 관직을 사고 팔아, 백성을 괴롭히고 폐하를 기만하는 데서 비롯된 일입니다. 정의를 편들던 사람들은 조정을 떠났고 남은 것은 피할 길 없는 화난(禍難)과 반란뿐입니다."

유도의 간언이 끝나기 무섭게 십상시들은 일제히 관모를 벗고 영제 앞에 엎드려 울먹였다.

"이런 비난을 받은 이상 저희들은 도저히 살아갈 수가 없습니다. 그러니 저희들의 벼슬과 재산을 모두 거두어 새로운 사람에게 벼슬을 봉하시고 재산은 군비에 충당하소서."

이렇게 십상시들이 통곡하는 체하자 영제가 진노하여 유도에게 호령하였다.

"그대에게도 가까이 지내는 신하가 있을 것 아닌가? 짐이 십상시를 신하로써 가까이 하는 것과 그대가 가신(家臣)을 가까이 하는 것에 무슨 차이가 있단 말인가?"

그러고는 무신들에게 유도를 참하라고 명하니 유도가 뜻을 굽히지 않고 재차 상주하였다.

"소신의 목숨은 추호도 아깝지 않사오나 사백 년 한나라의 전통이 하루 아침에 무너진다고 생각하면 가슴이 메일 듯합니다."

그러나 그의 충언에는 아랑곳없이 무신들은 영제의 명에 따라 처형 준비를 갖추었다. 마침내 유도의 목이 베어지려는 순간 어디선가 고함 소리가 들려왔다.

"멈추어라!"

이렇게 외친 사람은 사도(司徒:민정, 교육의 대신) 진탐(陳耽)이었다. 진탐이 영제 앞에 엎드려 간하였다.

"유 간의가 무슨 죄로 참형에 처해지는지 여쭙고자 합니다."

영제가 답하였다.

"유도는 짐의 가까운 신하를 비방했을 뿐 아니라 짐을 모독하였다."

진탐도 굽힘없이 진언하였다.

"백성들은 지금 십상시들을 살코기처럼 씹어 먹고 싶은 심정인데 폐하께서는 그런 십상시들을 부모처럼 공경하고 계십니다. 아무런 공훈도 없는 자가 열후에 봉해졌을 뿐 아니라 그 가운데에서도 특히 봉서(封諝)라는 자는 황건적과 결탁하여 내란을 획책한 인물입니다. 폐하께서 이대로 관망하시다가는 한나라 천하가 붕괴되는 건 시간 문제인 줄로 압니다."

이에 황제가 궁색한 변명을 했다.

"봉서에게는 전혀 모반의 증거가 없으며 십상시 중에도 엄연히 충신이 있다는 사실을 기억하도록 하라."

진탐이 돌층계에 머리를 부딪히며 재차 간언하였지만 영제는 오히려 무사들로 하여금 진탐과 유도를 가두게 하였다. 십상시들은 그날 밤에 진탐과 유도를 독살하였다.

두 태후의 암투

십상시의 횡포는 여기서 그치지 않았다. 이번에는 황제의 조서(詔書)를 위조하여 손견(孫堅)을 장사(長沙) 땅 태수로 임명하고 구성(區星)을 토벌하게 하였다.

한 달 반이 채 못 되어 손견으로부터 토벌에 성공했다는 기별이 왔다. 강하(江夏) 땅이 평정된 것이었다. 이로써 손견은 오정후(烏程侯)에 봉해졌으며 유우(劉虞)는 유주(幽州)의 목(牧:총독)에 임명되어 어양으로 출정하였다. 이는 장거·장순을 치기 위함이었다.

그럴 즈음, 대주(代州)의 유회가 유비를 유우에게 소개하였다. 유우는 크게 기뻐하며 유비에게 도위(都尉:대장)라는 직함을 주고 유비의 군대는 즉각 적군의 본거지를 공략하여 4, 5일간이나 계속된 싸움 끝에 마침내 적의 중심부를 무너뜨렸다.

장순은 본래 성품이 포악하였고, 전세 또한 기운 상황이었으니 부하들의 신임을 잃은 것은 뻔한 이치였다. 마침내 부하 하나가 장순의 목을 베어 들고 수많은 부하를 거느린 채 관군에 투항하였다. 이를 지켜본 장거는 절망하여 스스로 목숨을 끊어버렸다.

이리하여 어양 땅은 완전히 평정되었고 유비의 활약에 크게 힘입은 유우는 유비의 공훈을 상주하였다. 그러자 유우의 상주 덕분에 지난날 감찰사를 채찍질하고 조정에서 내린 벼슬을 팽개 쳐버린 과거의 죄과가 사면되었고, 먼저 하밀(下密)의 승(丞:과장)에 봉해졌다가 곧 고당(高堂)의 위(尉:서장)로 승진하였고 또 얼마 후에는 공손찬(公孫贊)이 유비가 과거에 세운 공훈을 상주하자, 별부사마(別部司馬:연대장) 겸 평원현(平原縣)의 영(令:지사) 자리에 임명되었다.

유비는 평원현에 재임하는 동안 금전이나 양식 등 모든 면에서 모자랄 것이 없었으므로 과거의 위세를 회복할 수 있었다. 유우 또한 정토(征討)의 공으로 태위(太尉:참모총장)의 벼슬에 봉해졌다.

중평(中平) 원년 4월, 영제는 병세가 위독해지자 후사를 논하겠다며 대장군 하진(何進)에게 입궐하라는 명을 내렸다.

하진은 원래 백정의 신분이었는데 그의 누이 동생이 궁중에 들어가 귀인(貴人:황후 다음의 지위)이 된 다음, 태자 변(辨)을 낳고 황후 자리에 오르자 하후(何后)라 불렸다. 그 덕분에 하진은 중신에 등용되었다.

영제는 따로 왕씨(王氏) 성의 미인(美人:귀인 다음의 자리)과의 사이에 태자 협(協:뒤에 헌제(獻帝)가 됨)을 낳았는데 하 황후가 이를 질투하여 왕 미인을 독살하고 말았다. 그리하여 태자 협은 영제의 생모인 동 태후(董太后)가 맡아 키우게 되었다.

동 태후는 영제의 생모이자 해독정후(解瀆亭侯) 유장(劉萇)의 아내였다. 환제(桓帝)는 자신에게 혈육이 없었으므로 해독정후의 아들을 맞아들여 황태자로 세웠는데, 그가 바로 영제였다. 대통을 계승하게 된 영제는 자신의 생모를 궁중으로 맞아들여 태후로 모신 것이었다.

동태후는 영제에게 태자 협을 황태자로 봉하기를 권하였고, 영제 역시 태자 협을 사랑하여 그런 생각을 품고 있었다.

영제의 병이 위독해지자 중상시 건석(蹇碩)이 상주하였다.

"만일 폐하께서 태자 협을 황태자로 봉하시려면 먼저 하진을 처치하여 후환을 없애야 합니다."

영제 역시 건석의 의견에 동의하였다. 하진은 바로 이러한 경위로 입궐하라는 명령을 받은 것이었다.

하진이 궁문 앞에 이르렀을 때 사마 반은(潘隱)이 그의 앞을 가로막으며 말하였다.

"지금 입궐하셔서는 안 됩니다. 건석이 장군의 목숨을 노리고 있습니다."

하진은 크게 놀라 집으로 발길을 돌렸다. 급히 측근을 불러 모아 대책을 논의하는데 그 중 한 사람이 일어나 말하였다.

"환관의 세력이 오래 전부터 확장되어 지금은 조정 안팎으로 널리 퍼져 있습니다. 그들을 한꺼번에 없애기란 매우 힘든 일이지요. 게다가 행여 기밀이라도 새어나간다면 도리어 멸족을 당할 것이니 신중을 기해야 할 것입니다."

이렇게 말한 자는 바로 곡군교위(曲軍校尉:경비대장) 조조(曹操)였다.

조조의 말이 끝나자 하진이 그를 꾸짖었다.

"미관말직의 신분으로 무얼 안다고 나서느냐?"

그때 반은이 달려와 아뢰었다.

"방금 황제께서 승하하셨습니다. 그러나 건석을 비롯한 십상시들은 이 사실을 숨기고 하 장군에게 입궐을 명하여 장군을 없앤 뒤에 태자 협을 황제로 추대하려고 합니다."

반은이 이 말을 채 마치기도 전에 사신이 도착하여 반은의 말대로 황제께서 후사를 의논하시길 원하니 서둘러 입궐하라는 명을 전하였다.

방금 책망을 들은 조조가 다시 입을 열었다.

"지금은 새 황제를 세우는 일이 우선이고 환관을 처치하는 것은 그 다음 일입니다."

그러나 하진은 조조의 말에 아랑곳하지 않고 사람들을 향해 물었다.

"그대들 중에 나와 함께 새 황제를 모시고 잔악한 십상시의 무리를 처단하여 천하를 평온케 하고자 하는 인물은 없는가?"

말이 끝나기 무섭게 한 사람이 나섰다.

"저에게 오천의 병력을 주신다면 당장 궁으로 들어가 태자 변을 황제로 모시고 십상시 무리를 소탕하겠습니다."

이렇게 말한 이는 사도 원봉(袁逢)의 아들이자 원외(袁隗)의 조카인 사예교위(司隸校尉:낙양의 군정장관) 원소(袁紹)였다. 하진이 크게 기뻐하며 그에게 근위부대 오천을 내주자 원소는 갑옷과 투구로 무장을 하였다. 그리고 하진은 하옹(何顒)·순유(荀攸)·정태(鄭泰) 등 삼십여 명의 대신을 거느리고 입궐하였다.

이윽고 하진은 영제의 관이 모셔진 곳에서 태자 변을 새로운 제왕으로 내세웠다. 문무백관들이 황제의 즉위를 축하하는 연회를 베푸는 동안 원소는 군사를 이끌고 건석을 찾아 나섰다. 갑자기 들이닥친 하진의 무리를 보고 당황한 건석은 정원으로 도망쳤으나 숨어 있던 중상시 곽승(郭勝)의 손에 잡혀 목숨을 잃었다. 사태가 심상치 않음을 깨달은 곽승은 살아남기 위해 자기 손으로 자기 편을 죽인 것이었다. 건석이 죽자 건석의 통솔하에 있던 근위대는 일제히 항복하였다.

원소가 하진에게 진언하였다.

"환관들은 모두가 한통속입니다. 이번 기회에 이들을 뿌리째 없애지 않으면 훗날 어떤 후환이 생길지 알 수 없습니다."

한편 장양을 비롯한 십상시들은 하 황후에게 달려가 사정했다.

"본래 대장군의 목숨을 노린 것은 건석이었습니다. 대장군을 죽이고 태자 협을 황제로 추대하려는 음모는 건석의 생각이지 저희와는 아무런 관계가 없습니다. 그런데 대장군께서는 이러한 사정은 모르신 채 원소의 말만 믿고 저희들을 처단하려 하십니다. 황후 폐하, 부디 저희들을 불쌍히 여겨 목숨만은 부지하게 해 주십시오."

십상시들의 애원에 하 황후는 일단 그들을 안심시켜 돌아가게 한 다음 은밀히 하진을 불러 다음과 같이 말했다.

"오라버니와 저는 모두 미천한 출신이옵니다. 돌아보건대, 장양과 같은 환관이 없었더라면 오늘날 오라버니나 제가 누리고 있는 부귀영화는 이미 우리의 것이 아니었겠지요. 건석은 무모한 짓을 저지르려다 자신의 죄값을 치렀습니다. 그 죄에 대한 처벌이 이미 끝났는데 어째서 다른 사람의 얘기만 믿고 죄없는 환관들까지 처단하려 하십니까? 필시 우리에게 해로운 자들은 아닐 테니 살려주도록 하세요."

하진은 한참 동안 입을 굳게 다물고 있다가 마침내 군신들에게 명령하였다.

"이번 사태에서 내 목숨을 노렸던 건석 일족은 모두 사형에 처하되 그 외의 다른 환관들은 처벌하지 않도록 한다."

원소는 하진의 이런 명령을 납득할 수 없었다.

"환관의 무리를 살려두는 것은 풀만 베고 뿌리는 뽑아내지 않는 격입니다. 그 근원을 없애지 않으면 반드시 후환이 있을 것입니다."

"이미 내가 명령을 내렸으니 그대의 임무는 명령을 수행하는 일뿐이다. 더 이상 이 문제를 거론하는 자가 있으면 용서하지 않겠다."

이렇게 하진이 원소를 꾸짖으니 모여 있던 군신들과 군사들도 슬금슬금 물러났다.

다음날, 하 태후(전날의 하 황후)는 하진에게 녹상서사(錄尙書事:국무총리)를 겸하게 하는 한편, 그 밖에 공을 세운 사람들에게도 그에 알맞은 벼슬을 내렸다.

한편, 동 태후는 장양을 불러들여 자신의 심정을 토로했다.

"하 태후는 본디 이 몸이 귀인의 자리로 끌어올린 사람입니다. 그런데 하 태후의 자식인 태자 변이 황제의 자리에 오르자 내외의 신하들이 모두 그쪽으로 모여들어 그 권세가 하늘 높은 줄 모르고 치솟고 있으니 이 몸의 앞날이 어떠할지 참으로 막막하군요."

이에 장양이 대답하였다.

"태자 협을 왕으로 봉하시고 오라버니 되시는 동중(董重)께 군권을 맡기십시오. 또 저희들을 믿고 정사를 의논하신다면 마침내 천하는 동 태후 마마의 손에서 움직이게 될 것이옵니다."

동 태후는 이미 천하를 손에 얻은 것처럼 흡족해했다.

다음날 아침 동 태후는 태자 협을 진류왕(陳留王)으로 봉하는 한편, 동중을 표기장군(驃騎將軍:원수)에 임명하고 장양 등 환관들에게도 정사에 관여할 수 있는 권한을 부여했다.

하 태후는 동 태후의 갑작스런 태도에 당황하면서도 한편으론 다른 계책을 마련하였다. 어느 날 하 태후는 궁중연희를 베풀어 시어머니인 동 태후를 초대하였다. 잔치가 한창 무르익어갈 때 하 태후가 동 태후에게 술잔을 올렸다.

동 태후가 술잔을 받아들자 공손하게 말하였다.

"어머님이나 저는 모두 여자의 몸이옵니다. 그런데 여자의 몸으로 정사에 관여한다는 것은 온당치 못한 일로 여겨집니다. 옛날 여후(呂后:한나라 황조의 황후)께서도 권력을 손에 쥐고 함부로 휘두르시다가 수많은 사람이 목숨을 잃지 않았습니까? 왕가의 부녀자라면 왕가의 부녀자답게 내궁에 들어앉아 조정의 정사는 원로대신들에게 맡기시는 것이 좋을 듯합니다. 이 모두가 나라를 위한 일이니 부디 언짢게 생각하지 마시고 저의 뜻을 받아들여 주시옵소서."

잠자코 하 태후의 말을 듣고 있던 동 태후는 슬며시 화가 치밀었다.

"네가 지금 누구를 가르치려 하느냐? 일찍이 왕 미인을 질투하여 독살하더니 멋대로 제 아들을 황제의 자리에 앉히고, 그것도 모자라 이젠 오라버니의 권세에 기대 시어머니에게까지 훈계를 늘어놓느냐? 네 오라비 목숨쯤은 내가 마음먹기에 달려 있으니 언행을 조심하도록 하라."

하 태후도 더 이상 참을 수 없었다.

"저는 다만 어머님과 이 나라를 생각하는 마음에서 말씀드린 것이온데 말씀이 지나치십니다."

동 태후는 더욱 크게 꾸짖었다.

"비천한 출신 주제에 무엇을 안다고 입을 함부로 놀리느냐?"

장양이 두 태후를 진정시켜 겨우 말다툼은 끝났지만 그것으로 사태가 수습된 것은 아니었다.

그날 밤, 하 태후는 하진을 불러들여 자초지종을 설명하였다. 상황을 파악한 하진은 집으로 돌아와 삼공(三公)인 태위(太尉)·사도(司徒)·사공(司空)과 함께 대책을 논의하였다.

이튿날 아침, 하진은 궁중 신하로 하여금 동 태후에게 다음과 같은 말을 전하게 하였다.

"동 태후께서는 본디 지방 후(侯)의 비(妃)로, 언제까지나 지금처럼 궁중에 머물러 계실 수는 없습니다. 그러니 속히 도성을 떠나 하간(河間) 쪽으로 거처를 옮겨주소서."

그리하여 동 태후를 낙양에서 쫓아내는 동시에 금군을 동원하여 표기장군 동중의 집을 포위, 장군의 인수를 반납하도록 협박하였다.

동중은 이미 사태가 결단났음을 깨닫고 스스로 목숨을 끊었다.

장양·단규 등 환관의 무리들은 동 태후 일가가 몰락한 사실을 알고 자신들의 신변을 염려하였다. 곧 환관이 소탕될 것이라는 소문이 퍼지자 장양은 하진의 아우 하묘(何苗)와 그 모친인 무양군(舞陽君)에게 엄청난 양의 금은·주옥을 바치면서 애걸복걸하였다. 역시 하 태후에게 자신들의 딱한 처지를 말씀드리고 목숨만은 부지케 해달라는 부탁이었다.

이에 뇌물을 챙긴 하묘가 하 태후에게 달려가 사정하니 십상시는 하 태후의 보호 속에서 날로 세력을 키워 나갔다.

같은 해 6월, 하진은 염탐꾼을 시켜 궁 밖 하간의 숙소에 머물러 있던 동 태후를 독살한 후 유해를 낙양으로 가져와 영제의 문릉(文陵)에 합장하였다. 그러나 하진이 신병을 구실로 장례 절

차에 일체 참석하지 않고 두문불출하고 있자 원소가 그를 찾아가 진언하였다.

"지금 장양·단규 등의 환관들이 유언비어를 퍼뜨리고 있습니다. 내용인즉 대장군께서 동 태후를 독살하고 큰일을 도모하고 있다는 것입니다. 당장 그들을 처단하지 않으면 앞으로 어떠한 환란이 닥칠지 아무도 장담할 수 없습니다. 과거에 두무(竇武)가 환관을 제거하고자 하였으나 기밀이 누설되어 도리어 죽음을 당한 일이 있습니다만, 현재 대장군의 형제분들이나 그 분들 밑에서 시중을 드는 부하들은 한결같이 명석한 인재들이니 대장군의 단 한 마디 분부만 떨어지면 일은 이미 성사된 것이나 다름없습니다. 그러니 장군님, 속히 분부를 내려주십시오."

"섣불리 일을 꾸미다가는 오히려 일을 그르칠 수도 있으니 내게 생각할 시간을 좀 주게."

하진은 신중을 기하고자 하였으나 그의 측근 중 한 사람이 장양에게 달려가 이 사실을 고해 바쳤다. 장양 일당은 또다시 뇌물을 들고 하묘를 찾아가 사정하였다.

하묘가 하 태후에게 아뢰었다.

"대장군께서는 이제 새 황제를 보좌하여 어진 정치를 펼치셔야 하옵니다. 그런데 정사를 돌볼 생각은 하지 않으시고 난폭하고 살벌한 일만을 도모하시니, 실제로 대장군께서 계획하는 일이 실현된다면 내란으로 번질 수도 있습니다. 그러니 태후께서 마냥 관망하실 일이 아닌 줄 아옵니다."

하 태후는 하묘의 말에 공감하였다. 태후의 부름을 받고 입궐한 하진이 환관 소탕 계획을 밝히자 태후는 하진을 근엄하게 꾸짖었다.

"환관이 궁중의 제반사를 처리하는 것은 한나라 황실의 전통적인 관례입니다. 선제께서 승하하신 지 얼마 안 된 지금 선제를 모시던 옛 신하를 처단한다는 것은 이 나라 종묘를 위해서도 유익하지 못할 뿐만 아니라 나라 전체를 위태롭게 만드는 일입니다.”

우유부단한 하진은 하 태후의 말을 거역하지 못하고 그대로 물러가고 말았다.

하진을 기다리고 있던 원소가 물었다.

“거사는 언제 개시됩니까?”

“태후께서 뜻을 달리하시니 어찌 하면 좋을지 모르겠네.”

하진의 풀 죽은 표정과는 달리 강경한 어조로 원소가 말했다.

“각지의 무신에게 연락하여 낙양에 집결하도록 하여 일거에 환관을 처치해야 합니다. 지금은 태후마마의 의견을 일일이 살피고 있을 상황이 아닙니다.”

“그게 좋겠군.”

하진은 즉시 각 지방에 낙양으로 집결하라는 내용의 격문을 돌렸다. 격문의 내용을 본 주부(主簿:문서과장) 진림(陳琳)이 반대하며 나섰다.

“이는 당치않은 일입니다. 옛말에 ‘눈 감고 제비 잡는다’는 말이 있습니다. 제비와 같은 미물도 속임수로는 잡기 어려운 법인데, 하물며 국가의 대사는 말해 무엇하겠습니까? 대장군께서는 바야흐로 황제의 권위를 배경으로 병권(兵權)을 장악하시어 천하를 호령하실 수 있는 당당한 지체이시옵니다. 그러니 환관을 처단하는 일쯤은 용광로에서 머리카락 한 올 태우는 것과 다름없습니다. 모름지기 큰일을 도모하시려거든 부디 과감하게 하십시오. 격문을 돌려 지방의 무신들을 도성으로 끌어들인다면 그 무신들은 나름대로의 꿍꿍이속을 갖고 모여들 테니 도리어 일을 그르칠 수도 있을 것입니다.”

하진이 이에 응수하였다.

"그것은 겁쟁이들의 변명에 불과하다."

하진의 말이 끝나자 곁에서 한바탕 웃어젖히며 빈정대는 자가 있었다.

"이까짓 일에 무슨 논의가 그리 번거롭습니까?"

이렇게 말한 이는 바로 조조였다.

군주의 측근 중 반란자를 제거하려면 모름지기 지혜있는 사람의 모계를 들어야 하는 법, 과연 조조는 어떠한 계책을 제시하려는 것일까?

제 3 회 동탁의 위세

의온명동탁질정원　　궤금주이숙세여포
議溫明董卓叱丁原　　饋金珠李肅說呂布

온명원에서 동탁이 정원을 꾸짖고
이숙은 뇌물로써 여포를 유혹하다

하진의 고집

조조는 하진에게 자신의 계략을 설명했다.

"환관으로 인한 폐해는 예나 지금이나 다름이 없습니다. 황제가 그들을 신임하여 권력을 쥐어주니 그들이 무엇을 두려워하겠습니까? 그들의 죄를 다스리시려거든 그 우두머리를 제거하면 될 일로 단 한 사람으로도 충분한 일입니다. 그러니 일부러 군사를 소집하여 일을 크게 벌이실 필요가 없는 것이지요. 그들을 몰살하겠다고 법석을 떨면 오히려 일을 그르치기 십상입니다."

하진은 버럭 성을 냈다.

"네 이놈, 너는 무슨 속셈으로 입을 놀리는 것이냐?"

조조는 그 자리에서 물러나와 혼자 중얼거렸다.

'천하를 그르치고 어지럽게 할 자가 바로 하진이다.'

결국 하진은 급히 사방으로 밀사를 보내 군사를 집결시키기에 이르렀다.

하진의 지령을 받은 무신들 가운데 가장 쾌재를 부른 이는 동탁이었다. 전장군(前將軍:7장군의 하나)이며 오향후(鰲鄕侯)이자 서량(西涼) 땅의 자사(刺史)였던 동탁은 황건적 토벌작전에서 뚜렷한 공을 세우지 못하여 그 죄가를 치뤄야 했으나 십상시에게 뇌물을 써서 감쪽같이 면죄받은 바 있었다. 그 뒤에 그는 또다시 뇌물로써 서주(西州)의 이십만 대군을 통솔하는 벼슬에 올랐는데 좋은 기회가 오면 모든 불명예를 씻고 권세를 누리고자 하는 야망을 품고 있었다. 따라서 하진이 발송한 밀서는 동탁의 야망을 부채질하기에 충분한 것이었다.

동탁은 자신의 부대를 총동원하여 심중에 있던 계략을 추진하였다. 근거지인 섬서(陝西)에 사위인 중랑장 우보(牛輔)를 남겨놓고, 그 자신은 이각(李傕)·곽사(郭汜)·장제(張濟)·번주(樊稠) 등과 더불어 군병을 이끌고 낙양을 향해 진군하였다.

이때 또 다른 사위인 모사(謀士:참모) 이유(李儒)가 조심스레 건의하였다.

"이렇게 황제의 명을 따르고는 있으나 미심쩍은 구석이 없지 않으니, 우선 조정에 상주문을 올려 명분을 확인하는 편이 좋을 듯합니다. 그리하여 그 명분이 확인된다면 그때 본격적인 계획에 착수하도록 하지요."

동탁은 이유의 뜻에 동감하여 상주문을 올렸는데 상주문의 내용은 다음과 같았다.

　천하가 이렇게 어수선하고 크고 작은 환란이 끊이지 않는 것
은 환관의 무리들이 군신 간에 지켜야 할 도리를 지키지 않기
때문입니다. 모름지기 끓는 물을 식히기 위해서는 부채질을 하
는 것보다는 장작불을 끄는 것이 상책이며, 종기는 가만 놔두기
보다는 고통스럽더라도 째서 터뜨리는 것이 옳은 방법입니다.
이 몸이 군사를 이끌고 낙양에 들어가는 것은 바로 장양의 무
리를 제거하실 것을 청원하기 위해서이며 이것이 바로 한나라
황실을 구하고 천하를 바로잡는 일이기 때문입니다.

　하진이 대신들에게 상주문을 공개하고 의견을 물었더니 대신
가운데 시어사(侍御史:검찰관)인 정태(鄭泰)가 간언하였다.
　"동탁은 매우 간사하고 포악한 놈입니다. 그러니 그가 도성으
로 들어오면 많은 사람이 다치게 될 것입니다."
　"자네처럼 그렇게 의심이 많아서는 큰일을 도모할 수 없는 법
이네."
　하진은 정태의 간언을 대수롭지 않게 받아 넘겼다.
　그러자 노식이 정태를 거들어 재차 간언하였다.
　"저는 동탁의 됨됨이를 잘 알고 있습니다. 그는 겉과 속이 달
라 좀처럼 그 속셈을 파악할 수가 없습니다. 만약 그가 입궐하게
되면 시어사의 말대로 큰 화를 면하지 못할 것이니 말머리를 돌
려 돌아가도록 하는 편이 안전하리라 생각됩니다."
　그러나 하진은 노식의 말에도 귀를 기울이지 않았다. 그러자
정태와 노식은 관직을 버리고 귀향하였으며 대부분의 대신들이
그렇게 하진의 곁을 떠나갔다.

십상시들의 죽음

하진은 괘념치 않고 면지(澠池) 사절단을 보내 동탁을 맞이했는데 동탁은 이미 그곳에서 군사를 거느린 채 주둔하고 있는 상태였다.

한편, 장양은 자신을 처단하기 위해 변방으로부터 군사들이 몰려온다는 소식을 전해듣고 환관의 무리를 불러 공모하였다.

"이는 하진의 계략임이 분명하네. 그러니 우리가 먼저 선수를 쳐 하진을 없애야만 멸족의 위기에서 벗어날 수 있네."

장양은 우선 오십 명의 칼잡이를 장락궁(長樂宮) 가덕문(嘉德門) 안쪽에 매복시키고 하 태후를 찾아가 하소연하였다.

"대장군께서 거짓으로 조서를 꾸며 지금 지방의 군사들을 도성으로 불러모으고 계시니 이제 저희들은 꼼짝없이 죽을 목숨입니다. 태후께서는 부디 저희들을 굽어 살펴주시옵소서."

"제가 나서는 것보다는 직접 대장군을 찾아뵙고 선처를 호소하는 것이 좋을 듯합니다."

장양이 다시 사정했다.

"안 될 말씀입니다. 그랬다가는 그 자리에서 송장이 되고 말 것입니다. 거듭 청원하오니 태후마마께서 명을 내리셔서 대장군이 입궐하시면 그때 대장군께 저희들의 사정을 말씀해주십시오. 그것이 불가능하다면 차라리 태후마마 전(前)에서 죽음을 기다리겠습니다."

하 태후도 더 이상 거절하지 못하고 하진을 입궐토록 했다. 하진이 궁으로 들어가려고 하자 주부인 진림이 하진의 앞을 막으며 진언하였다.

"이것은 십상시가 태후마마를 배후에서 조정하여 꾸민 계략임에 틀림없습니다. 궁으로 들어가시면 큰 화를 당하게 될 것입니다.”

그러나 하진은 듣지 않았다.

“태후마마의 부르심인데 무슨 화가 기다리고 있단 말이냐?”

곁에 있던 원소도 진림의 말을 거들었다.

“십상시를 처단하려는 계획은 이미 누설되었습니다. 그러니 그들이 어떤 식으로 대처할는지 불을 보듯 뻔한 일입니다. 그래도 모든 위험을 감수하고 궁으로 들어가시렵니까?”

조조도 자신의 계책을 진언하였다.

“십상시를 궁 밖으로 불러내신 후에 궁으로 들어가시는 것이 좋을 듯합니다.”

하지만 하진은 좀처럼 자신의 뜻을 굽히지 않았다.

“내 수하에 있는 자들은 모두 겁쟁이뿐이더냐? 천하의 모든 권력을 손에 쥔 내가 무엇이 두려워서 몸을 사린단 말이냐?”

보다 못한 원소가 절충안을 제의하였다.

“기어이 가시겠다면 만일의 사태에 대비해서 저희가 호위하도록 하겠습니다.”

그리하여 원소와 조조는 각기 오백 명의 정병을 선별하여 원소의 아우인 원술(袁術)로 하여금 그 지휘를 맡게 하였다. 원술은 병력을 청쇄문(靑瑣門) 밖으로 이끌고 나갔다.

원소와 조조는 대검(帶劍)으로 무장하고 하진을 장락궁 앞으로 모셔갔다. 궁 앞에 이르자 환관은 원소·조조의 입궁을 막으며 말했다.

“대장군 어른 한 분만 입궐하시라는 태후마마의 명이 계셨습니다.”

그러자 하진은 아무 의심 없이 의기양양하게 혼자 입궐하였다. 그가 가덕전(嘉德殿) 문 앞에 이르렀을 때였다. 난데없이 장양과 단규가 나타나더니 하진을 좌우로 둘러쌌다.

하진은 놀라서 아무 말도 할 수가 없었다. 장양이 호통을 치며 하진을 꾸짖었다.

"악독하고 간사한 놈, 너는 어찌하여 동 태후마마를 독살하고 그것도 모자라 꾀병을 빙자하여 장례식에조차 참석하지 않았느냐? 백정이라는 비천한 신분 출신을 황제께 천거하여 출세를 시켜놓았더니, 그 은혜를 모르고 우리의 목을 베려 하는구나. 이 고얀 놈, 더럽고 썩어빠졌다고 우리를 욕하는 너는 얼마나 깨끗한 놈인지 한번 보여다오."

하진은 달아나려 했지만 한 발자국도 움직일 수 없었고 궁문마저 모두 굳게 잠겨 있었다.

마침내 숨어 있던 칼잡이들이 일제히 쏟아져 나와 하진을 내리치자 하진의 몸은 두 동강이 나고 말았다.

궁으로 들어간 하진에게서 기별이 없자, 원소는 기다리다 못해 궁문 가까이 다가가 소리쳤다.

"대장군 어른, 빨리 나오십시오."

장양 일당은 하진의 목을 담 밖으로 내던지며 응수하였다.

"듣거라. 하진은 모반(謀反)을 기도한 죄로 처형되었다. 그러나 그를 따르던 여타의 사람들에 대해서는 그 죄를 묻지 않고 살려주도록 하겠다."

원소는 격분하여 호령하였다.

"환관 놈들이 하 장군을 모살했다. 모두 쳐들어가서 환관 무리를 처단하라!"

하진의 부하 장수 오광(吳匡)은 즉각 청쇄문 바깥 쪽에 불을 질렀다. 원소는 군병을 이끌고 궁 안으로 뛰어들어가 환관들을 닥치는 대로 죽였다. 원소와 조조도 문을 부수고 안으로 들어갔다.

조충(趙忠)·정광(程曠)·하운(夏惲)·곽승(郭勝)은 모두 취화루(翠花樓)로 도망쳤으나 결국 참혹하게 살해되고 말았다.

궁궐은 오광이 지른 불로 인해 불바다를 이루었다. 이런 난리 속에서 장양·단규·조절·후람 등은 태후와 황제, 진류왕을 내전으로부터 강제로 끌어내고 그들을 인질로 삼아 북궁(北宮)으로 달아나려 하였다.

이때 관직을 버리고 귀향 채비를 하던 노식이 낙양에 머물러 있다가 궁중에 일대 환란이 일어났다는 소식을 듣고 급히 달려왔다. 때마침 단규가 하 태후를 협박하여 끌어내려는 순간이었다.

노식은 크게 노하여 소리쳤다.

"이 무엄한 놈, 감히 태후마마를 협박하려들다니. 내 너를 가만두지 않겠다."

이에 단규는 겁에 질려 줄행랑을 쳤다. 태후는 노식의 도움으로 가까스로 위기에서 벗어나 안전한 곳으로 몸을 피했다.

한편, 오광은 환관을 처치하기 위해 칼을 휘두르며 궁궐로 쳐들어갔다. 그때 칼을 뽑아든 하묘가 궁문을 나서는 것이 보이자 오광이 벽력같이 소리쳤다.

"권세에 눈이 어두워 제 형까지 죽인 비정한 놈, 저자를 절대로 살려두지 말라."

오광의 명령이 떨어지기 무섭게 군사들이 달려들어 달아나는 하묘를 난자하였다.

원소는 부대를 여러 조로 나누어 십상시의 일족을 모조리 처단하였다. 이 과정에서 환관이 아닌 사람이 환관으로 오인되어 무고한 목숨을 잃기도 하였다.

한편 조조는 궁궐의 화재를 진압하여 사태를 일단 진정시킨 후 하 태후로부터 대권(大權)을 잠정적으로 위임받았다. 또 부대를 파견하여 장양을 뒤쫓게 하고 한편으로는 황제와 진류왕의 행방을 찾도록 하였다.

그 무렵 장양과 단규는 소제(少帝)와 진류왕을 납치한 후, 쉬지 않고 도망쳐 북망산에 이르렀다. 모두 지쳐 허덕이고 있을 때 그들 뒤쪽에서 커다란 함성과 함께 기마병이 몰려왔다. 부대의 선두에 선 하남(河南) 땅 중부의 연리(掾吏·감찰사) 민공(閔貢)이 큰 소리로 꾸짖으며 달려들었다.

"게 섰거라. 천하의 몹쓸 역적들아!"

그 바람에 오도가도 못하게 된 장양은 강물로 뛰어들어 죽음을 택했고, 소제와 진류왕은 민공의 무리가 적군인지 아군인지 분간하지 못하여 숨을 죽인 채 강가의 풀섶에 숨어 있었다. 병사들은 황제와 진류왕을 찾아봤지만 끝내 발견하지 못하고 다른 곳으로 이동해버렸다. 황제와 진류왕은 새벽 서리가 내릴 때까지 그곳에서 꼼짝하지 않았기 때문에 몹시 지치고 허기진 상태가 되었다.

"폐하, 마냥 이대로 있을 수는 없습니다. 길을 찾아 여기를 빠져나가도록 하지요."

진류왕은 황제의 손을 이끌고 숲속을 빠져 나가기 시작했다. 얼마를 가다보니 온통 가시덤불로 뒤덮힌 곳이 나왔다. 게다가 주위는 칠흙 같은 어둠뿐이었으므로 황제와 진류왕은 당황하지 않을 수 없었다. 그때 갑자기 수많은 반딧불이 무리 지어 날아오더니 황제의 앞을 환하게 밝혔다.

"하늘이 우리를 도우시는군요."

두 형제는 반딧불을 따라 걸음을 재촉하였다. 한참을 걷다가 새벽녘에는 다리가 아파 한 걸음도 움직일 수 없게 된 그들이 어느 산기슭 아래쪽에 있는 짚더미에 몸을 기대어 쉬고 있는데 짚더미 저쪽으로 큰 농가가 보였다.

그날 밤, 농가 주인은 기이한 꿈을 꾸었다. 붉게 타오르는 해 두 개가 자신의 집 뒤로 떨어지는 꿈이었다. 주인이 잠에서 깨어나 재빨리 옷을 입고 집 밖으로 나가보니 짚더미 사이에서 붉은 빛이 반짝이고 있는 것이 보였다. 의아하게 생각하며 다가가 살펴보니 두 소년이 짚더미 사이에 누워 있는 것이 보였다.

"두 분은 어느 댁 도령이신지요?"

주인은 정중히 물었지만 황제는 아무런 대꾸를 하지 않았다.

이에 진류왕이 황제를 가리키며 말하였다.

"이분은 황제 폐하이신데 십상시의 반란으로 인해 이곳까지 오게 되었습니다. 그리고 나는 폐하의 아우 되는 진류왕입니다."

깜짝 놀란 주인은 그 자리에 엎드려 절을 올린 후 자신을 소개했다.

"이 몸은 선조(先朝:전 왕조, 곧 전한) 때 사도(司徒)였던 최열(崔烈)의 아우 최의(崔毅)라 하오며 십상시의 횡포 때문에 이곳에서 농사를 지으며 숨어 살고 있습니다."

주인은 황제와 진류왕을 집으로 모신 후 정중하게 음식을 대접하였다.

한편, 예의 민공은 황제를 찾지 못하고 있다가 단규의 뒤를 쫓아가서 황제의 행방을 물었으나 그 역시 중간에서 헤어졌기 때문에 자기도 아는 바가 없다고 말했다. 민공은 단규의 목을 치고 그 목을 말머리에 매단 후, 부대를 나누어 사방으로 황제를 찾도록 하였다. 민공은 홀로 탐색을 계속하다가 우연히 최의의 집 앞에 닿게 되었다.

최의가 말머리에 매달린 단규의 목을 보고 그 까닭을 묻자 민공은 그 연유에 대해 자세히 설명하였다. 의아함이 풀린 최의가 지금 황제가 자기 집에 있음을 이야기하고 황제 앞으로 민공을 데리고 가니 황제와 민공은 서로 손을 맞잡고 울음을 터뜨렸다. 한참 후에 민공이 눈물을 거두며 아뢰었다.

"모름지기 나라에는 한시라도 군주가 없어서는 안 됩니다. 원하옵건대 서둘러 도성으로 돌아가소서."

민공의 진언을 듣고 세 사람은 떠날 채비를 하였다. 그러나 최의의 집에는 말라빠진 말 한 필이 있을 뿐이었으므로 민공은 황제를 그 말에 태우고 자신은 진류왕과 함께 자기의 말에 올랐다.

길을 떠난 지 얼마 안 되어, 사도 왕윤(王允)과 태위(太尉:참모총장) 양표(楊彪)를 비롯한 좌군(左軍)의 순우경(淳于瓊), 우군(右軍)의 조맹(趙萌), 후군(後軍)의 포신(鮑信), 중군(中軍)의 원소 등 교위(校尉:연대장)들이 수백의 말과 부하를 거느리고 황제를 맞이하기 위하여 나와 있었다.

군신 모두가 울음을 터뜨리며 재회의 기쁨을 나눴다. 차츰 분위기가 진정되자 민공은 우선 단규의 목을 도성으로 가져가 효시하게 하는 한편, 황제와 진류왕을 태울 좋은 말을 골랐다. 황제의 뒤를 따르는 행렬은 그 끝을 볼 수 없을 만큼 길었다.

환관들이 난을 일으키기 전 낙양에서 아이들은 이런 동요를 즐겨 불렀다.

황제이면서 황제가 아니고	帝非帝
왕이면서 왕이 아니구나	王非王
수많은 말들이	千乘萬騎
북망산을 향해 달리는구나	走北邙

동탁의 음모

도성을 향한 행렬이 수십 리를 왔을 때 멀리서 맹렬한 기세로 달려오는 한 부대가 있었다. 신하들은 모두 새파랗게 질렸고 황제 역시 두려움에 몸을 떨었다. 원소가 나서서 신분을 밝히라고 하니 펄럭이는 깃발 뒤쪽에서 장군 하나가 나타나 큰소리로 되물었다.

"황제께서는 어디 계시오?"

공포에 질린 황제가 입을 떼지 못하자 진류왕이 말을 앞세우고 앞으로 나와 이렇게 물었다.

"황제를 찾는 그대는 누구요?"

"나는 서량 땅의 자사인 동탁이오."

진류왕이 다시 물었다.

"그렇다면 황제를 호위하러 나왔는가, 아니면 무슨 다른 뜻이 있어서 나왔는가?"

"황제를 보호하려고 나왔소."

"호위하려고 나왔다면 어째서 말에서 내려 예를 갖추지 않는가? 황제는 바로 여기 계시다."

깜짝 놀란 동탁이 황급히 말에서 내려 길 한쪽으로 비켜섰다. 그러자 진류왕은 조금 전과는 달리 부드러운 말투로 동탁을 칭찬하였다. 그의 훌륭한 언변에 동탁은 감복하여 마음속으로 황제를 폐위하고 진류왕을 새 황제로 모시리라 다짐했다.

그날 궁중으로 돌아온 황제는 하 태후와 재회하였다. 천신만고 끝의 상봉이었으므로 그 감회는 남달랐다. 어느 정도 마음을 가라앉히고 나서 태후와 황제가 궁중의 안팎을 살펴보니 난리로 인해 조상 대대로 전해 내려오는 옥새(玉璽)가 없어져버렸다.

한편, 황제를 호위한 동탁의 부대는 여전히 성 밖에 주둔하고 있었는데 날마다 철갑마 부대를 이끌고 도성으로 들어가 거리를 활보하였다. 성 안의 백성들은 무장한 군사들 때문에 겁을 집어먹고 이리저리 피해다녔다. 뿐만 아니라 동탁은 궁 안에도 아무 거리낌 없이 드나들었다. 이를 못마땅히 여긴 후군교위 포신(鮑信)이 원소를 찾아가 말했다.

"동탁은 필시 딴 마음을 먹고 일을 저지를 테니 한시바삐 제거해야 합니다."

원소가 말하였다.

"이제 겨우 환관의 난리가 가라앉은 마당이니 섣불리 일을 저지르는 것은 현명치 못한 처사일세."

포신은 왕윤에게도 같은 의견을 말했으나 왕윤도 시원찮은 반응이었다.

"차차 상황을 보아 결행하도록 하지."

낙망한 포신은 자기 부대를 이끌고 태산(泰山)을 향해 떠나버렸다.

이때 동탁은 하진 형제의 부하였던 무리들을 하나씩 포섭하여 수하에 두는 동시에 은밀히 사위인 이유(李儒)에게 자신의 의중을 밝혔다.

"지금의 황제를 폐하고 진류왕을 새로운 황제로 추대하려 하는데 자네 생각은 어떠한가?"

이유는 동탁의 말에 동조하였다.

"지금 조정에는 이렇다할 권력자가 없으니 결행하시려거든 지금이 좋은 시기입니다. 빠를수록 좋으니 내일이라도 당장 문무백관을 온명원(溫明園)에 불러모아 폐립(廢立)을 선언하시고 거역하는 자는 그 목을 치십시오. 그렇게만 하신다면 위권(威權)에 감히 어느 누구도 등을 돌리지 못할 것입니다."

이유의 말에 동탁은 매우 흡족해졌다.

다음날 동탁은 문무백관을 초대하여 성대한 연회를 베풀었다. 무기력한 백관들은 어쩔 도리 없이 참석하여 동탁에 대한 예를 표했다.

내빈이 모두 모이자 동탁은 칼을 차고 거드름을 피우며 자리에 앉았다. 술잔이 오가고 가무가 펼쳐졌다. 한창 잔치의 분위기가 무르익었을 때 동탁은 악사들에게 음악을 멈추라고 손짓하고는 근엄하게 말을 꺼냈다.

"이 사람이 제공들에게 제안할 것이 있소."

긴장한 백관들은 숨을 죽이고 동탁의 말에 귀기울였다.

"황제는 만민의 주인이시오. 위엄있는 몸가짐과 권위를 갖추지 못하면 나라의 기강이 흔들리는 건 너무도 당연한 일이오. 그런데 지금의 황제는 나약하고 진류왕은 총명하니, 이 나라 종묘 사직을 위하여 소제(少帝)를 폐하고 진류왕을 황제로 옹립하고자 하는데, 제공의 의견은 어떠십니까?"

뜻밖의 말에 좌중은 찬물을 끼얹은 듯 조용해졌다. 그때 한 사람이 자리에서 벌떡 일어나 동탁을 향해 호통을 쳤다.

"안 될 말이오. 장군은 어째서 그런 망발을 서슴지 않고 내뱉는 거요? 소제는 영제의 적자이시며 이제까지 폐위당하실 만한 아무런 잘못도 저지르지 않았소. 그런데 감히 폐립이란 말을 입에 담다니. 당신은 지금 반란의 음모를 꾸미고 있는 게요."

이렇게 말한 이는 형주(荊州)의 자사 정원(丁原)이었다. 동탁은 그의 말에 칼을 뽑으며 응수하였다.

"나를 따르는 자는 살려주겠지만 거역하는 자에겐 죽음이 기다리고 있을 뿐이다."

이때 이유는 정원의 뒤에 위풍당당한 모습의 예사롭지 않은 장수가 버티고 있음을 눈치챘다. 그는 방천화극(方天畫戟)이라 불

리는 쌍날의 창을 들고 이글이글한 눈빛으로 그 모든 사태를 주
시하고 있었다.

이유는 급히 일어나 동탁의 앞을 가로막았다.

"오늘 이 잔치에서는 더 이상 국사를 논하지 마십시오. 오늘은
이만하고 내일 다시 모여 협의하는 것이 좋을 듯합니다."

이에 백관들도 더 이상 사태가 악화되는 것을 막기 위하여 정
원을 달래 집으로 돌려 보냈다. 그러나 동탁이 다시 좌중을 향해
물었다.

"내 의견이 어떻소? 타당하지 않소?"

이번에는 노식이 맞받았다.

"아니오. 장군께서는 판단을 잘못하고 계시오. 옛날 은(殷)나라
의 태갑(太甲)은 우둔하다는 이유로 재상이었던 이윤(伊尹)에게
동궁(桐宮)으로 쫓겨난 일이 있소. 또 한나라에서도 창읍왕(昌邑
王)이 즉위한 후, 스무이레 동안 삼천 가지가 넘는 과실이 있었
기에 장군 곽광(霍光)이 태묘(太廟)에 참례하며 그 사실을 고하여
폐위케 한 전례가 있소. 그러나 우리의 황제 폐하는 우둔하기는
커녕 나이에 비해 매우 어지신 분이며, 지난날 저지른 과오도 없
으시오. 헌데 공은 지방의 자사(刺史)로서 국정에 참여하고 있는
신분도 아니며 더구나 이윤이나 곽광 같은 재주있는 신하도 아
닌데 도대체 어떤 권한으로 황제의 폐립을 논하는 거요? 옛 성
인이 말씀하시길, 이윤과 같은 이유가 있다면 모를까 그런 큰 뜻
없이 이와 같은 일을 획책하는 것은 곧 모반이라 하셨소이다."

동탁은 화가 머리끝까지 치밀어올라 당장이라도 노식의 목을
칠 기세였다. 이때 시중 채옹(蔡邕)과 의랑(議郎:고문) 팽백(彭伯)
이 동탁을 말렸다.

"그는 나라 안팎으로 두터운 신임을 얻고 있는 노 대신입니다.
지금 그를 해치시면 천하가 떠들썩해지고 민심은 등을 돌리고

말 것입니다.”

사도 왕윤도 이 말에 동조했다.

“황제를 폐위하는 문제는 이런 자리에서 논할 성질의 것이 아닙니다. 오늘은 이만하고 뒷날에 다시 거론하는 것이 좋겠습니다.”

이렇게 잔치는 끝나고 백관들은 부랴부랴 온명원을 빠져나갔다. 일이 뜻대로 되지 않은 동탁은 칼을 차고 온명원 정문 앞으로 나섰다. 그때 말을 탄 채 문 밖을 서성대는 한 장수가 눈에 들어왔다.

동탁이 이유에게 물었다.

“저자는 누구인가?”

이유가 대답하였다.

“저자는 정원의 양아들로 성은 여(呂)요, 이름은 포(布)이며, 자는 봉선(奉先)이라 하옵니다. 장군께서도 저자만은 건드리지 않는 것이 상책일 듯합니다.”

이 말에 동탁은 슬그머니 안으로 들어가 몸을 피했다.

다음날 정원이 동탁을 죽일 결심으로 군사를 이끌고 싸움을 걸어왔다. 화가 난 동탁은 이유를 앞세워 대항하였다. 양쪽의 군사가 서로 맞서 진을 치니 정원의 옆에 당당한 자세로 사리를 잡고 있는 여포의 모습이 눈에 들어왔다. 틀어올린 머리에는 황금빛 관을 쓰고, 몸에는 꽃무늬 전포, 사자 모양의 갑옷을 걸쳤으며 허리에는 사자 머리가 달린 장식띠를 두르고 있었다. 동탁은 이런 여포의 모습에 기가 질렸다.

그때 정원이 동탁을 꾸짖으며 말했다.

“환관의 반란으로 인해 만백성이 도탄에 빠져 있는데, 아무런 공도 없는 네 놈이 어찌 감히 폐위를 주장하느냐? 이는 조정을 어지럽히려는 수작임에 틀림없다!”

정원의 말이 떨어지기가 무섭게 여포가 말을 몰며 달려왔다. 동탁이 급히 말을 돌려 달아나려하는데 정원의 군대가 그 뒤를 덮쳤다. 동탁은 크게 패하여 군사를 이끌고 삼십 리 가량 물러나 전열을 가다듬고 작전회의를 소집하였다.

동탁은 침울한 표정으로 한탄했다.

"여포 같은 장수가 우리 편만 되어 준다면 천하에 무서울 것이 없을 텐데……."

그러자 한 장수가 일어나 말했다.

"장군님, 걱정 마십시오. 저는 여포와 같은 고향 출신으로 그의 성품을 잘 알고 있습니다. 용기는 충천하지만 생각이 모자라고 이익을 위해서라면 사람의 도리마저 능히 버리고 마는 자입니다. 제가 그를 잘 설득하여 장군님의 수하로 끌어들이겠습니다."

이렇게 말한 이는 호분중랑장(虎賁中郞將:여단장) 이숙(李肅)이었다. 동탁이 기뻐하며 물었다.

"어떻게 그의 마음을 돌릴 수 있겠나?"

"장군님은 하루에 천리를 달린다는 적토마(赤免馬)*를 가지고 계시다고 들었습니다. 그 적토마를 내주시고 그 외에 금은 보화를 주시면 말과 보석으로 그의 마음을 사로잡아 장군의 의중을 전하겠습니다. 그러면 그는 반드시 정원의 곁을 떠나 우리 쪽으로 돌아설 것입니다."

동탁이 이유에게 물었다.

"자네의 생각은 어떤가?"

"천하를 손에 넣을 수 있는 기회인데 말 한 마리가 대수겠습니까?"

---

*적토마(赤免馬):여포(呂布)가 동탁(董卓)으로부터 기증받은 말. 정원(丁原)을 죽이고 동탁에게 오게 된 것은 189년, 여포가 처형된 것은 9년 후인 198년, 2년 후 200년에 관우(關羽)는 조조(曹操)로부터 여포가 타던 적토마를 기증받음. 그 후 관우가 타고 활약하다가 관우가 죽으니 먹지 않고 굶어 죽었다 한다.

  동탁은 흔쾌히 말을 내주고 황금 일천 냥에 수십 종의 보석들을 비롯해 구슬로 장식한 옥대(玉帶)까지 챙겨주었다.

여포의 배반과 폐립

  이숙이 이것을 가지고 여포의 진지로 찾아가니 경비병들이 이숙을 둘러싸며 신분을 물었다.
  "여 장군께 가서 옛 벗이 찾아왔다고 전하게."
  보고를 받은 여포가 이숙을 불러들이니 이숙이 기쁜 표정으로 말했다.
  "우리가 헤어진 뒤 참으로 오랜 시간이 흘렀구려. 정말 반갑소. 그간 별고 없었소?"
  여포 역시 매우 반가워했다.
  "정말 오랜만이네. 그래 지금은 어떻게 지내고 있소?"
  "나는 지금 호분중랑장 자리에 있는데 자네가 나라를 위해 힘쓰고 있다는 소식은 익히 들어 잘 알고 있네. 실은 나에게 말이 한 필 있는데, 이 말은 하루에 천 리를 달릴 뿐만 아니라 산이든 물이든 평지처럼 뛰어넘는 명마 중의 명마인 적토마라네. 내 이 말을 자네에게 줄 테니 자네가 가진 그 기상을 십분 발휘해보는 게 어떻겠나?"
  여포가 직접 말을 보니 전신이 갓 피어오른 숯불처럼 시뻘겋고 군더더기 털이라곤 한 오라기도 없는 잘생긴 말이었다. 목에서 꼬리까지가 한 장(丈)이요, 발굽에서 갈기까지가 여덟 자에 이르렀으며 내닫는 기상이 포효하는 사자와도 같았다. 우는 소리는 하늘이 진동하고, 바다에서 춤을 추는 기세였다.
  여포는 적토마를 보고 한눈에 반해 이숙에게 감사 표시를 했다.

"이렇게 훌륭한 말을 주셨는데 내가 어떻게 보답해야 할지 알수가 없구려."

"당치않은 말이네. 오직 의를 위한 것인데 어찌 답례를 기대하겠나."

여포는 술상을 차려 이숙을 대접했다. 술잔을 주고 받으며 분위기가 무르익을 무렵 이숙이 여포에게 넌지시 말을 건넸다.

"그 동안 자네와 자주 만나지 못했지만 자네 부친과는 자주 만나뵙고 있다네."

"자네, 많이 취했나보이. 우리 아버님께서는 이미 오래 전에 돌아가셨는데 어떻게 아버님을 뵈었다는 건가?"

그러자 이숙은 껄껄 웃으며 말했다.

"내가 지금 부친이라고 칭한 분은 정원 자사 어른을 두고 한 말일세."

이 말에 여포는 울적한 표정이 되어 다음과 같이 말했다.

"내가 정 자사 밑에 매여 있는 것은 어쩔 수 없는 사정이 있기 때문이라네."

"자네의 재주로는 하늘과 바다를 누빌 수 있으며 자네의 기백으로는 얼마든지 자유로울 수 있을 텐데, 어째서 그런 맥빠진 소리를 하는가? 자네는 마음만 먹으면 쉽게 부귀공명을 손에 넣을 수 있는 사람인데 남의 밑에 매여 있을 수밖에 없다는 건 무슨 뜻인가?"

이숙이 호기심 어린 눈으로 여포를 바라보자 여포가 한숨을 쉬며 한탄했다.

"아직까지 훌륭한 주인을 제대로 만나지 못했다는 얘길세."

"옛말에 이르기를 날아다니는 새는 나무를 골라 둥지를 틀고, 어진 신하는 주인을 골라 섬긴다고 했네. 그런데 아직까지 우물쭈물하고 있다니 참으로 딱한 일이군."

"자넨 조정의 여러 인물들 중 과연 누가 영웅이라 생각하나?"

"글쎄, 만약 나라면 동탁을 제일로 꼽겠네. 그는 어진 사람을 소중히 여길 줄 알고 상과 벌이 분명하니 틀림없이 큰일을 해낼 인물이지."

"자네의 말대로라면 그분을 한 번 뵙고 싶은데, 방법이 없겠나?"

여포의 반응이 이러하자 이숙은 그 기회를 놓치지 않고 조심스레 준비해온 황금과 옥대를 꺼내놓았다.

눈이 휘둥그레진 여포가 물었다.

"이것들이 다 무엇인가?"

이숙은 주위 사람들을 물린 뒤 여포에게 속삭였다.

"동탁 어른께서는 이미 오래 전부터 자네에게 관심을 보이셨네. 이 보석과 옥대뿐만 아니라 사실은 저 적토마도 모두 동탁 어른이 내리신 선물이라네."

"동탁 어른이 날 그렇게까지 생각해주시다니 내가 어떻게 그 은혜에 보답해야 하겠나?"

"나처럼 변변치 못한 사람도 호분중랑장이라는 벼슬 자리를 얻었는데 자네라면 더할 나위가 없지. 동탁 어른에게로 가면 모든 일이 해결될 걸세."

"그러나 아무 공훈도 세우지 못한 내가 무슨 명목으로 그분 밑에 들어간단 말인가?"

"그런 공훈 따위가 무슨 문제인가. 자네 마음 먹기에 달린 것이네."

여포는 한참 동안 생각한 끝에 단호한 목소리로 말하였다.

"내가 정원을 치고 군사를 이끌고 동탁 어른의 진영으로 가는 것은 어떻겠나?"

"그렇게 된다면 그야말로 대단한 공훈이 될 걸세. 다만 그런 일은 지체할수록 어려워지니 화급히 실행하는 것이 좋을 걸세."

여포는 당장 거사하기로 언약하였고, 이숙은 여포의 다짐을 받아낸 후 그의 숙소를 떠났다.

그날 밤 여포는 칼을 품고 정원의 처소로 갔다. 정원은 등불 아래서 책을 읽고 있다가 여포가 들어서는 것을 보고 반기며 물었다.

"내 아들아, 이 시간에 어쩐 일이냐?"

여포는 살기 등등한 목소리로 말하였다.

"나도 명색이 대장부인데, 너 같은 놈의 아들이라는 말은 듣고 싶지 않다."

정원의 눈이 휘둥그레지며 물었다.

"갑자기 이게 무슨 소리냐? 어째서 마음이 돌아선 게지?"

그러나 여포는 정원 앞으로 성큼성큼 다가와 단칼에 정원의 목을 쳐버리고 소리쳤다.

"정원은 성품이 고약하고 어질지 못해 내가 그의 목을 베었다. 나를 따르려는 사람은 남고 그렇지 않은 사람은 당장 이곳을 떠나도록 하라."

이 말에 대부분의 군병들이 떠나가버렸다.

다음날 여포는 정원의 목을 들고 이숙을 찾아갔다. 이숙은 즉시 동탁에게 여포를 소개하였고 동탁은 크게 기뻐하며 연회를 베풀어 환대하였다. 동탁이 먼저 입을 열었다.

"장군이 이렇게 와주었으니 이 몸은 흡사 가뭄에 단비를 만난 기분이구려."

여포는 엎드려 절한 후에 이렇게 말했다.

"장군께서 허락하신다면 이 몸은 장군을 의부로 삼고 모시겠습니다."

동탁은 황금으로 만든 갑옷과 비단으로 지은 전포를 여포에게

하사하였다. 여포를 손에 넣은 동탁의 위세는 하늘을 찌를 듯했다. 동탁은 스스로 전장군(前將軍)의 직권을 집행하고 아우 동민(董旻)을 좌장군(左將軍) 호후(鄠侯)에, 여포를 기도위중랑장(騎都尉中郎將:기병대장) 도정후(都亭侯)에 봉하였다.

한편, 이유는 동탁을 채근하여 황제의 폐립을 서둘렀다. 마침내 동탁은 궁중으로 공경들을 불러 모으고 술과 음식을 대접함과 동시에 여포에게 군병 일천 명을 주어 그 주위를 경비하도록 하였다.

이윽고 태부(太傅) 원외(袁隗)도 백관들과 더불어 연회에 참석했다. 술잔이 몇 순배 돌았을 때 동탁이 칼을 빼들고 호령했다.

"황제는 몸이 허약하실 뿐만 아니라 천성이 우둔하여 정사에 밝지 못하시오. 따라서 한조(漢朝)를 이을 인물이 못 되오. 나는 이제 이윤(伊尹)*과 곽광의 옛일을 본받아 현재의 황제를 폐하여 홍농왕(弘農王)으로 삼고, 그 대신 진류왕을 황제로 세우겠소. 만일 이에 복종하지 않는 자가 있다면 목숨을 부지하기 어려울 것이오."

여러 공경들은 숨도 제대로 내쉬지 못한 채 고개만 숙이고 있었는데 오직 중군교위 원소가 나서서 말했다.

"황제께서 즉위하신 지 얼마 되지도 않았고 별다른 실책도 없으시오. 그런데 감히 그대가 황제를 폐하고 서자인 진류왕을 황제의 자리에 앉히려 한다는 말이오? 이게 바로 반역이 아니고 무엇이오?"

이 말에 동탁은 진노하였다.

"지금 천하는 내 손 안에 있으니 나의 의지대로 결행할 뿐이

---

* 이윤(伊尹):은(殷)나라 재상으로서, 탕왕(湯王)을 도와 하(夏)나라를 치고 은나라 개국에 큰 공을 세움. 탕왕이 손자 태갑(太甲)의 악행을 고치기 위하여 한때 동궁에 가둔 일도 있음. 처음에는 탕왕에 접근하기 위하여 요리사가 되었다가 재상까지 올라갔다는 이윤부정(伊尹負鼎)이라는 고사를 남김.

다. 반대하는 자는 용서치 않는다. 시퍼렇게 날이 선 이 칼이 무섭지도 않느냐?"

원소도 쉽게 물러서지 않았다.

"이 역적 놈, 네 놈의 칼만 서슬이 퍼런 줄 아느냐?"

이리하여 두 명장이 술자리에서 맞붙게 되었다. 의분을 참지 못해 일어섰다가 목숨을 잃은 정원처럼 원소 역시 위험에 처하게 되었다. 과연 두 장수의 대결은 어떤 결말을 맺을 것이며 원소는 살아남을 수 있을지⋯⋯.

제 4 회 왕위에 오른 진류왕

폐 한 제 진 류 위 황 　　모 동 적 맹 덕 헌 도
廢漢帝陳留爲皇　　謀董賊孟德獻刀

소제를 폐하고 진류왕이 황제가 되고
조조는 동탁을 암살하려다 칼을 바치다

진류왕의 즉위와 황제의 죽음

　동탁과 원소가 결투를 벌이기 직전에 이유가 나서서 동탁을 제지했다.

　"지금 이러실 때가 아닙니다. 아직 아무것도 결정된 것이 없는 마당에 여러 백관들 앞에서 피를 보여서는 안 됩니다."

　이유의 말에 동탁이 칼을 거두자 원소는 백관들에게 사죄하고 작별인사를 한 후 궁을 나섰다. 그는 사예교위(司隸校尉:직접 황제의 명령을 받는 감독 감찰관)의 관직을 사양한다면서 그 상징인 절

(節:임금의 명을 받은 장군 또는 사신에게 신임의 표지로 주는 기)을 도성 동쪽 문에 걸어놓고 기주(冀州)를 향해 떠나버렸다.

싸움은 중단되었지만 동탁은 좀처럼 분이 풀리지 않았다. 그는 태부 원외를 불러 말했다.

"귀공의 조카 원소가 무례하게 굴기에 내 그 죄를 다스리려 했으나 귀공의 체면을 생각하여 용서하겠소. 그런데 귀공은 황제의 폐립 문제를 어찌 생각하오?"

원외는 두려움에 떨면서 대답하였다.

"장군의 의견이 옳습니다. 그 뜻에 따르는 것이 마땅한 이치이지요."

이 말에 자신을 얻은 동탁은 기고만장해져서 큰소리로 선언하였다.

"누구든지 내 뜻에 따르지 않는 자는 군법에 따라 사형에 처할 것이다."

여러 신하들은 동탁의 서슬에 기가 질려 어쩔 수 없이 동조하였다.

"장군의 분부대로 따르겠나이다."

연회가 파하자 동탁은 시중 주비(周毖)와 교위(校尉:궁정의 방위 또는 서역의 진무를 맡아보던 무관) 오경(伍瓊)에게 물었다.

"원소를 어찌 하는 게 좋겠나?"

주비가 먼저 대답하였다.

"비록 원소가 장군께 불만을 품고 떠났습니다만 장군님께서는 서두르실 필요가 없습니다. 만일 추격대가 그를 추격하면 궁지에 몰린 원소는 군사를 소집하여 반란을 일으킬 것입니다. 원소의 일가·일족은 사대에 걸친 명문 집안이기 때문에 그를 따르는 관원들의 수는 이루 헤아릴 수 없을 정도입니다. 그런 원소가 그들과 결탁한 후 각지의 영웅 호걸들까지 불러모아 난을 일으킨다면 산동 일대는 모두 원소의 손아귀에 들어가게 되고 맙니다. 그러니 이제 그만 노여움을 푸시고 그에게 작은 마을의 태수 자리라도 내려주시면 그도 크게 저항하지는 않을 것입니다.”

오경도 주비와 같은 생각이었다.

“원소는 머리가 비상하고 재주도 있지만 결단력이 부족한 인물입니다. 주비의 말대로 작은 벼슬이나마 내려주시면 더 이상 문제를 일으키지는 않을 것입니다.”

동탁은 주비와 오경의 의견을 받아들여 원소를 발해(渤海)군 태수로 임명하였다.

9월 초하루였다. 동탁은 소제를 가덕전에 모신 후 문무백관을 모아놓고 당당하게 말했다.

“모두 내 말을 잘 들으시오.”

신하들은 모두 긴장했다.

“모두 알다시피 현재의 황제는 어리석고 재주가 없어 군주 노릇을 할 위인이 못 되오. 내 의견서 하나를 읽어볼 테니 모두 귀담아 들으시기 바라오.”

이유가 동탁의 명을 받아 의견서를 낭독했다.

효령황제(孝靈皇帝:영제는 약칭)께서 승하하시고 금상(今上:지금의 황제)이 뒤를 이어 등극하시니 만천하 백성이 깊이 기대하는 바 있었도다. 그러나 그 위인이 경박하고 군주다운 위엄을 갖추지 못했으며, 특히 선제(先帝)의 상중에도 근신을 게을리하여 도무지 백성의 존경에 어울리는 행실을 못 하였도다. 하 태후 또한 황제의 모친으로서의 자격이 없는데다가 부질없이 정사에까지 관여하여 이 나라 조정을 어지럽혔도다. 뿐만 아니라 동태후마마의 갑작스런 붕어에도 깊은 관련이 있는 듯하여 삼강의

도를 어지럽혔으니 이는 하늘의 기강을 어긴 짓으로 통탄을 금
치 못할 일이로다. 이에 반하여 진류왕 협(協)은 성덕이 높으시
고 평소 근엄하고 위엄있는 처신으로 복상 중에도 애도로 일관
하시며 일체 도리가 아닌 말씀은 입에 담지 않으셨도다. 이같은
미덕은 세상에 널리 퍼져 있으니 그가 황통(皇統)을 이어 이를
후세에 전하는 것이 마땅하도다. 이제 금상을 폐하여 홍농왕으
로 삼는 한편, 하 태후는 일체 정치에서 손을 떼도록 권하는 바
이다. 또한 진류왕은 하늘의 뜻에 응하고 백성의 뜻을 좇아 황
제의 위에 모시도록 청하노라.

　이유가 낭독을 마치자 동탁은 좌우 신하들에게 명하여 현 황
제를 전상에서 끌어내리게 하더니 황제의 옥새까지 박탈하였다.
그리고 현 황제에게 북쪽을 향해 무릎을 꿇게 하고 '신하'로서 임
금의 명을 받들도록 하였다. 또 하 태후에 대해서도 그 지위의
상징인 관복을 벗기고 추후의 명령에 따르라고 하였다. 두 모자
는 서로 붙들고 통곡하였고, 그곳에 모인 신하들은 놀랍고도 기
가 막혔지만 달리 손을 쓸 수가 없었다.
　그때 갑자기 분노를 억누르지 못하고 고함을 지르는 대신이
있었다. 그는 근엄한 자세로 걸어나와 이렇게 소리쳤다.
　"이 역적 놈아! 하늘을 속이는 음모로구나. 네가 감히 이 나라
조정을 어지럽히려 들다니. 내가 너를 처치해주마."
　말을 마치기 무섭게 상홀(象笏:상아로 된 홀)을 들고 동탁의 목
을 내려치려 했다. 그는 바로 상서(尙書:대신) 정관(丁萱)이었다.
동탁은 당장 그를 잡아들여 자신을 욕한 정관의 목을 베라고 명
하였다. 정관은 군사들의 손에 끌려가면서도 동탁을 향한 욕설을
멈추지 않았다.
　이어서 동탁은 진류왕에게 전(殿)에 오르기를 청하고 신하들에

게 황제에 대한 예를 갖추게 했다. 전 황제와 하 태후, 황후였던 당(唐)씨를 영안궁(永安宮)에 가두고 격리시키는 한편 궁문을 폐쇄하여 사람의 출입을 금지시키고 신하들도 허락없이는 드나들지 못하게 하였다. 결과적으로 어린 소제는 4월에 즉위하여 9월에 쫓겨나고 말았다.

동탁에 의해 황제가 된 진류왕 협은 자를 백화(伯和)라 하며 영제의 둘째 태자로서 겨우 아홉 살 된 어린 소년이었다. 즉위 후 헌제(獻帝)라 불렸고 연호를 초평(初平)이라 하였다.

이후 동탁은 상국(相國:영의정·좌의정·우의정의 총칭)의 지위에 올랐다. 그는 황제를 배알할 때 일일이 이름을 대지 않았고 궁중에서 잔걸음으로 황송해하지도 않았으며 칼을 차고 신발을 신은 채로 돌아다니는 등 그 횡포와 무례함이 이루 말할 수 없을 지경이었다.

한편, 이유는 동탁에게 인심을 수습하기 위해 덕망 높고 널리 알려진 인사들을 등용하도록 권하였다. 먼저 채옹(蔡邕)이 추천되어 동탁이 그를 불렀으나 채옹은 응하지 않았다.

불쾌해진 동탁은 그에게 이렇게 충고하였다.

"만일 내 뜻을 따르지 않으면 너와 네 놈 집안을 모조리 쑥밭으로 만들어놓을 테다."

채옹은 더 이상 거역할 수가 없었다. 동탁은 크게 기뻐하며 한 달 동안 세 차례나 그의 벼슬을 높여주었고 결국 채옹은 시중(고문)의 자리에까지 올라서게 되었다.

한편, 영안궁에 감금된 소제·하 태후·당비는 입을 것과 먹을 것이 모자라 더욱 비참한 신세가 되었다. 소제의 눈에서는 하루도 눈물이 마를 날이 없었는데, 하루는 마당에서 한 쌍의 제비가 나는 모습을 보고 시를 읊어 마음을 달랬다.

어린 풀은 절로 피어나고　　　　　　　　嫩草綠凝煙
쌍쌍의 제비는 어여쁘기만 하구나　　　　裊裊雙飛燕
낙수는 푸른 한 줄기로 흐르나니　　　　　洛水一條靑
길 가는 이들이 부럽기만 하구나　　　　　陌上人稱羨
멀리 바라보니 푸른 구름 깊은 곳　　　　　遠望碧雲深
저기 내 살던 궁전이 있는데　　　　　　　是吾舊宮殿
오호라, 어디에 충신이 있어　　　　　　　何人仗忠義
이내 심중에 맺힌 한을 풀어주려나　　　　洩我心中怨

동탁은 영안궁에 염탐꾼을 두고 매일같이 소제 등을 감시하고 있었는데, 염탐꾼이 이 시를 훔쳐 동탁에게 보고하니 그는 좋은 빌미를 잡았다고 생각했다.

"이것은 원한이 담긴 시다. 이 기회에 모두 죽여 없애야겠다."

동탁은 이유에게 열 명의 군사를 주며 소제를 시해하라고 명하였다. 그때 소제는 하 태후 및 당비와 함께 누상에 모여 있었다. 이유가 찾아왔다는 궁녀의 전갈을 들은 소제는 몹시 두려워하였다. 이유는 소제 앞에 독주(毒酒)를 한 사발 바쳤다.

소제가 웬 것이냐고 물으니 이유는 시치미를 떼며 둘러댔다.

"봄날이 하도 화창하여 동 상국께서 술을 올리라 하셨습니다."

미심쩍어하던 하 태후가 말했다.

"그렇다면 네가 먼저 이 술을 마셔보아라."

이 말에 이유는 화가 치밀어 소제를 윽박질렀다.

"빨리 이 술을 마시지 못하겠느냐?"

소제가 아연실색하여 아무 말도 하지 못하고 서 있으니 이유는 병사를 시켜 단도 한 자루와 흰 명주 천을 꺼내 오게 한 뒤 다시 윽박질렀다.

"술이 싫다면 칼과 비단 중 하나를 선택하시오."

보다 못한 당비가 이유에게 무릎을 꿇고 사정했다.

"이 몸이 황제 폐하를 대신해 술을 마시겠습니다. 그러니, 황제와 하 태후의 목숨만은 살려주십시오."

그러나 이유는 당비의 애걸에도 아랑곳하지 않고 호령했다.

"네까짓 게 뭐라고 황제를 대신해 죽겠다는 것이냐? 저리 비켜라!"

이유는 당비를 떠밀어버리고 이번에는 술잔을 태후 앞에 들이밀며 소리쳤다.

"어서 마시라니까……."

하 태후는 죽은 하진을 원망하지 않을 수 없었다. 하진이 역적의 무리를 도성으로 끌어들이지만 않았어도 이런 엄청난 일은 일어나지 않았을 것이기 때문이었다.

이유가 다시 한 번 독촉하니 소제가 울면서 말했다.

"잠깐 기다려라. 어마마마께 작별 인사는 올려야 할 것 아니냐."

소제는 통곡하면서 시 한 수를 지어 읊었다.

하늘과 땅이 바뀌고 해와 달도 뒤집혔구나	天地易兮日月翻
천하를 쥐었던 내가 이제 수인의 신세라니	棄萬乘兮退守藩
신하가 악귀되어 이 몸을 핍박하노니	爲臣逼兮命不久
이제는 한탄 않으리, 울지 않으리	大勢去兮空淚潸

그러나 이유는 무정하게 채근하였다.

"상국께서 결과를 기다리신다. 너희들이 아무리 시간을 끌어도 도와줄 사람은 어디에도 없어."

그러자 참다못한 하 태후가 악을 쓰며 저주의 말을 퍼부었다.

"역적 동탁에게 반드시 천벌이 내리리라. 그리고 그에 가담한 무리에게도 언젠가는 멸족을 당하는 날이 있을 것이다."

화가 난 이유는 하 태후에게 덤벼들어 누각 아래로 떨어뜨린 다음 군사들을 시켜 당비를 목졸라 죽이고 소제의 입에 강제로 독주를 들이부어 숨을 끊어버렸다.

이렇게 세 사람을 차례로 죽인 뒤 이유는 동탁에게 돌아가 보고하였다. 동탁은 회심의 미소를 지으며 주검들을 성 밖에 묻으라고 명하였다.

그 후로 동탁은 날마다 궁중에 드나들었다. 황제의 침상에서 잠을 자는가 하면 궁중의 궁녀들을 품에 안고 자는 등 그 행패가 이만저만이 아니었다.

어느 날 동탁은 군사들을 거느리고 성 밖으로 나가 양성까지 행군하였다. 때는 화창한 봄날이었고 때마침 마을에서는 축제가 벌어져 많은 사람들이 모여 있었다. 동탁은 돌연 군사들에게 그들을 둘러싸게 한 후 장정은 죽이고 부녀자를 겁탈하게 했으며 재물을 빼앗아 수레에 싣게 하였다. 그러고는 무고하게 죽음을 당한 장정 천여 명의 목을 수레 앞에 매달고 도성으로 들어가 이렇게 외쳤다.

"산적을 만나 토벌하여 큰 승리를 거두었도다."

이렇게 거짓 소문을 퍼뜨리고 난 후에 베어온 목은 성문 옆에서 불태워버리고 약탈해 온 계집과 재물은 휘하 군병들에게 나누어주었다.

동탁의 횡포와 음모

이 무렵 월기교위(越騎校尉:친위 대장의 하나)인 오부(伍孚)는 자를 덕유(德瑜)라고 하는 이로, 동탁의 횡포에 분개하여 관복 속에 갑옷을 갖춰 입고 단도를 품고 다니면서 동탁을 암살할 기회만 노리고 있었다.

그러던 어느 날이었다. 동탁이 입궐하는 길에 버티고 선 오부는 그를 향해 칼을 휘둘렀다. 그러나 동탁의 힘을 당하기에는 역부족이었다. 오부의 계획은 실패하였고 동탁의 부하인 여포가 달려와 오부를 결박했다.

동탁은 노발대발하며 오부를 문책했다.

"이놈, 너를 부추겨 반역을 꾀한 놈이 누구냐?"

오부는 눈 하나 깜짝 않고 소리쳤다.

"네 놈은 나의 군주가 아니며 나 또한 네 놈의 신하가 아니다. 헌데 반역이라니, 그 무슨 당치 않은 소리냐! 네 놈이 저지른 악행은 이미 극에 달해 있다. 천하가 너의 죄상을 알고 있으며 너를 없애려고 혈안이 되어 있다. 내가 지금 네 놈을 갈기갈기 찢어놓지 못하는 것이 유감일 뿐이다."

화가 머리끝까지 치밀어오른 동탁은 오부를 끌어내 사지를 토막내도록 명하였는데 오부는 숨이 끊길 때까지 동탁에 대한 비난을 멈추지 않았다.

그 후 동탁은 나들이를 할 때면 반드시 무장한 병사들을 대동했다.

그 무렵 원소는 기주 땅 발해 군에 있었는데 동탁의 만행을 전해듣고는 왕윤(王允)에게 다음과 같은 내용의 밀서를 보냈다.

역적 동탁이 하늘의 뜻을 어기고 폐립했으니, 이는 용서할 수 없는 악행입니다. 그런데도 공이 이를 모른 척하신다면 보국(報國)의 충신으로서 취할 도리가 아닌 줄 압니다. 해서 저는 군사를 모아 훈련시키며 황실을 바로 세우려는 뜻을 가지고 조심스레 거사를 준비하고 있습니다. 만일 공께서 저와 뜻을 같이 하신다면 기회를 보아 저에게 명을 내려주십시오. 그러면 제가 군사를 이끌고 움직이도록 하겠습니다.

원소의 밀서를 받아 본 왕윤은 고심했으나 별다른 방책이 떠오르지 않았다.

그러던 어느 날, 조정에서 예전의 여러 신하들과 대면했을 때 왕윤이 넌지시 말했다.

"오늘은 저의 생일입니다. 그래서 조촐한 술자리를 마련하고자 하니 오늘 저녁에 저의 집에 들려주시면 기쁘겠습니다."

"우리가 함께 가서 축하해드리지요."

신하들은 기꺼이 응하였다.

그날 밤 왕윤은 자택의 안사랑에서 잔칫상을 벌였다. 이윽고 공경들이 도착하니 곧 주연이 벌어졌다.

술이 몇 순배 돌았을 때 왕윤은 갑자기 얼굴을 가리고 슬프게 울었다.

"오늘은 공의 생신 아니오? 그런데 이런 기쁜 날에 왜 눈물을 흘리십니까?"

"아닙니다. 생일이란 말은 모두 거짓이었소. 여러분과 한자리에 모여 이야기를 나누고 싶어도 동 상국의 의심을 살까 두려워 생일이라 둘러댄 것이오. 아시다시피 동탁이 황실의 도리를 어기고 권세를 제멋대로 누리게 된 뒤로 한나라 천하는 바람 앞의 등불 격이 되고 말았소이다. 고조 황제께서 진(秦)나라와 초(楚)나라를 쳐서 천하를 통일하신 지 수백 년이 지난 오늘날에 이르러 동탁 같은 놈의 손에 나라가 무너지게 될 줄 상상이나 했겠소이까. 그것을 생각하니 슬픔이 북받쳐올라 그만 눈물까지 보이고 말았구려."

다른 신하들도 왕윤의 말에 울먹였다. 그런데 그 중 한 사람이 손뼉을 치며 크게 웃어대더니 이렇게 말했다.

"만조(滿朝)의 공들이시여! 이렇게 밤낮없이 서로 붙들고 운다고 해서 동탁이 스스로 목숨을 끊겠소이까?"

이렇게 말한 이는 다름아닌 효기교위(驍騎校尉:기병여단장) 조조
였다.

왕윤은 언성을 높이며 그를 나무랐다.

"귀공의 조상도 한나라 조정의 녹을 먹었을 것이네. 그런데 그
런 나라에 보답할 생각은 하지 않고 어찌 그런 무례한 언행을
하는가?"

그러나 조조는 태연히 대답했다.

"제가 큰소리로 웃은 데는 까닭이 있습니다. 여러분들이 모두
동탁을 없애야 한다고 마음 먹고 있으면서도 아무런 방법을 강
구하지 못하니 그것이 안타까울 뿐입니다. 저 또한 변변치 못한
사람입니다만 제 소망 또한 동탁의 목을 베어 도성 문에 내거는
것입니다."

조조의 말을 듣고 왕윤은 전과는 다른 태도로 반색하며 물었
다.

"공은 좋은 묘안이라도 갖고 계신가?"

"제가 요즘 동탁 곁에서 그의 비위를 맞추며 그를 섬기고 있는
것도 오로지 그의 허점을 이용해 기회를 만들기 위해서입니다.
동탁은 이제 어느 정도는 저를 신용하고 있으니 자연스럽게 접
근할 수 있을 것입니다. 듣자 하니 귀공께서는 칠보도(七寶刀)라
는 명검을 가지고 계시다던데, 그것을 빌려주신다면 제가 동탁의
저택에 들어가 그를 처단하겠습니다. 만일 일이 잘못되어 도리어
제가 죽음을 당하더라도 후회는 없을 것입니다."

"귀공이 그런 뜻을 품고 있다면 이는 천하를 위해 다행스런 일
이오."

왕윤이 조조에게 손수 술을 따라주니 조조는 술잔을 받아 땅
바닥에 부어 서약을 표하였다. 이에 왕윤은 칠보도를 꺼내어 조
조에게 건네주었다. 조조는 그것을 받아 품속 깊숙이 간직하고

여러 신하들에게 작별을 고한 후 떠났다. 대신들은 조조의 성공을 기원하면서 술잔을 부딪히고 얼마 후에 자리에서 일어났다.

조조의 결행

이튿날 조조는 칠보도를 품고 상부(相府)로 갔다. 문지기에게 승상은 어디 계시냐고 물으니 사랑채에 계시다고 대답했다. 조조가 사랑채에 들어가니 동탁은 침상에 누워 있었고 여포가 곁에서 호위하고 있었다.

동탁이 먼저 말을 건넸다.

"조조, 오늘은 왜 이렇게 늦었는가?"

"말이 잘 달리질 못해서 시간이 지체되었습니다."

조조는 슬쩍 핑계를 대었다. 동탁은 여포를 돌아보며 말하였다.

"서량으로부터 헌납해온 말들이 있으니 가서 조조를 위해 좋은 것으로 한 필 골라주게."

여포가 명을 받고 자리를 뜨자 조조는 속으로 고개를 끄덕였다.

'드디어 이놈을 처단할 수 있겠구나.'

조조는 당장 칼을 뽑아들고 싶었지만 동탁의 힘을 생각하니 섣불리 행동할 수가 없었다. 동탁은 거구였으므로 오래 앉아 있지 못하고 얼굴을 돌리고는 누워버렸다. 조조는 절호의 기회라 여기고 재빨리 칼을 빼어들었다. 그 순간 뜻밖에도 동탁이 고개를 들었다. 동탁의 앞에는 거울이 놓여 있었는데 거울 속으로 칼을 빼들고 덤벼드는 조조의 모습이 비쳤던 것이었다.

놀란 동탁이 조조를 향해 크게 꾸짖었다.

"조조, 이게 무슨 짓이냐?"

때마침 여포가 말을 끌고 사랑채로 돌아왔다. 조조는 무척 당황했으나 재빨리 칼자루를 동탁 쪽으로 향하게 놓고 무릎을 꿇으며 말했다.

"저에게 귀중한 보도 한 자루가 있어 이것을 승상께 바치려 합니다."

동탁이 칼을 받아보니, 그 길이는 한 자가 넘고 칼자루에 칠보상감(七寶象嵌)까지 되어 있는 진귀한 칼이었다.

동탁은 그 칼을 여포에게 주며 잘 간수하라고 하였다. 이에 조조는 칼집을 허리에서 풀어 여포에게 넘겨주었고 동탁은 조조를 데리고 말을 보러 나갔다.

조조는 정중히 감사를 표하고 이렇게 말했다.

"당장 한 번 타보고 싶습니다."

동탁은 흔쾌히 승낙하고 안장과 재갈을 준비하게 했다. 조조는 고삐를 잡고 말잔등에 올라타기가 무섭게 채찍질을 가하여 동남 쪽으로 달아나버렸다. 조조가 달아난 뒤 동탁과 여포는 조조의 행동을 미심쩍어하며 이야기를 나누었다.

여포가 동탁에게 말하였다.

"좀 전의 상황으로 미루어보아 조조 놈이 장군을 찌르려다가 들통이 나자 엉겁결에 보도를 바친 것 같습니다."

"내 생각도 자네의 생각과 같네."

그때 이유가 동탁을 찾아왔는데 그는 여포에게 자초지종을 듣고 이렇게 말했다.

"조조는 도성에 처자를 두고 있지 않고 떠돌이 생활을 하고 있지요. 그러니 만약 그가 당장 달려오면 진심으로 칼을 바치고자 왔던 것이고, 핑계를 대어 나오지 않으면 자객으로 왔던 것임에 틀림없으니 그때 그를 잡아 문책하시면 됩니다."

동탁은 즉시 병사 네 명을 조조의 숙소로 보냈고 얼마 후 그들이 돌아와서 보고했다.

"숙소에는 돌아오지 않았습니다. 말을 타고 동문을 달려 나가기에 문지기가 물었더니 승상 어른의 급한 심부름이라며 말을 재촉하여 달려나갔다고 합니다."

이유가 전후사정을 파악하여 말하였다.

"그렇게 황급히 달아났다면 공을 암살하러 온 것임에 틀림없습니다."

동탁은 분을 참아내지 못하고 소리쳤다.

"배은망덕한 놈, 내가 그렇게 제 놈을 아꼈는데 도리어 나를 죽이려 하다니."

"공모자가 있을 것이니 반드시 조조를 잡으십시오. 그러면 그 배후가 드러날 것입니다."

이유의 진언에 따라 동탁은 수배문서를 돌렸는데 그 내용은 조조를 사로잡는 자에겐 상금으로 천금을 주고 만호후(萬戶侯)에 봉할 것이며, 반면 조조를 숨겨준 자에게는 조조와 똑같은 죄로 처형하겠다는 내용이었다.

조조와 진궁

조조는 성을 벗어나자 패국의 초군(譙郡)을 향해 달렸다. 그러나 가는 도중에 중모현(中牟縣)을 지키는 병졸 손에 붙들려 현령(縣令:일만 호 이상을 다스리는 현의 최고 관원) 앞으로 끌려갔다.

현령이 문초를 하자 조조는 거짓으로 대답했다.

"저는 이곳저곳을 떠돌아다니는 장사꾼으로 이름은 황보라 합니다."

현령은 조조를 유심히 살펴보고 한참 동안 아무 말이 없다가 분명한 어조로 말하였다.

"일전에 내가 낙양에 있을 때 자네를 본 적이 있네. 자네는 틀림없는 조조인데 왜 자신을 숨기려 하는가?"

조조가 아무런 대꾸를 하지 않자 현령은 다시 명하였다.

"이자를 옥에 가두어라. 내일 도성으로 호송하여 후한 상금을 타겠다."

현령은 문지기와 병졸들에게 술과 음식을 내려 실컷 먹게 하였다.

날이 저물자 현령은 심복 군졸로 하여금 조조를 감방에서 끌어내게 하고 조조에게 은밀히 말했다.

"동탁은 자네에게 호의적이었다던데 어째서 그런 무모한 짓을 하였는가?"

"제비나 참새 따위가 어찌 홍곡(鴻鵠:기러기와 고니)의 뜻을 알겠소. 당신은 운좋게 이 몸을 잡았으니 성으로 데려가서 상금이나 타면 될 것이오. 무슨 다른 말이 필요하겠소?"

조조의 말에 현령은 측근을 물리고 나지막하게 말하였다.

"사람을 그렇게 하찮게 보지 마시오. 내 아직 받들어 모실 만한 인물을 못 만나서 이러고 있을 뿐이오."

이 말에 조조도 마음을 바꿔 자신의 심정을 토로하였다.

"우리 집안은 조상 대대로 한나라의 녹을 먹고 있는데 그런 처지에 나라를 위해 충성을 다할 수 없다면 그것은 금수의 행동에 다를 바 없소. 이 몸이 역적 동탁 밑에서 그를 섬긴 것은 기회를 엿보아 놈을 제거하기 위함이었소. 일의 성패 여부는 오로지 하늘의 뜻으로 돌릴 수밖에요."

현령은 더욱 태도가 누그러졌다.

"그럼 앞으로 어찌할 작정이오?"

"고향으로 돌아가서 조서(詔書)를 만들어 천하의 제후를 규합하겠소. 그리고 그 이후에 병사를 일으켜 동탁을 물리치는 것이 내 소망이오."

조조의 말에 현령은 몸소 조조의 오랏줄을 풀어주고 윗자리로 모신 후 재배하였다.

"천하에 둘도 없는 충절이십니다."

조조 역시 맞절을 하고 현령의 성명을 물었다.

"성은 진(陳)이요, 이름은 궁(宮), 자를 공태(公台)라 하고 노모와 처자는 모두 기주 땅 동군(東郡)에 있습니다. 공의 충성심에 감동하여 이 몸도 현령의 벼슬을 버리고 공을 따라 운명을 함께 하고자 합니다."

조조는 크게 기뻐하였다.

그날 밤 진궁은 노잣돈을 챙기고 조조와 함께 나그네 차림으로 변장한 후 말을 몰아 초군으로 향했다.

사흘 동안을 달려 성고(成皐) 땅에 이르렀을 때는 해가 지고 있었는데 조조가 숲속 깊숙한 곳을 가리키며 말했다.

"저곳에 여(呂)씨 성에 이름을 백사(伯奢)라 하는 사람이 살고 있는데 나의 부친과 의형제 사이지요. 그 사이 별다른 일이 있었는지 알아보기도 할 겸 저 집에 가서 하룻밤 묵도록 합시다."

두 사람이 여백사의 집에 도착하니 그가 조조 일행을 반갑게 맞아주었다.

여백사가 조조에게 물었다.

"조정에서 너를 수배한다는 방을 냈다는구나. 그래서 너의 부친도 지금 진류(陳留)로 피신해 있다. 그런데 어떻게 여기까지 무사히 올 수 있었지?"

조조가 지금까지의 경위를 설명하였다.

"진 현령이 아니었더라면 저는 이미 이 세상 사람이 아니었을 겁니다."

이 말에 여백사가 진궁에게 감사를 표했다.

"현령 덕분에 조조가 살아남을 수 있었구려. 만일 현령의 도움이 없었더라면 조씨 문중은 멸족되었을 것입니다. 부디 하룻밤이라도 편히 쉬십시오."

여백사는 잠시 안으로 들어갔다가 다시 나오더니 진궁에게 말했다.

"대접할 술이 마침 떨어져 술을 사올 테니 잠시만 기다리십시오."

이렇게 말한 그는 나귀를 타고 밖으로 나갔다.

조조와 진궁은 한참을 기다렸으나 좀처럼 기별이 없었다. 그때 문득 집 뒤쪽에서 칼 가는 소리가 들렸다. 조조는 순간 미심쩍은 마음이 들어 진궁에게 말했다.

"여백사는 아버님과 의형제간이긴 하지만 혈연지간은 아니니 아무래도 의심이 가오. 나가서 한 번 살펴봅시다."

조조는 진궁과 함께 뒤채 쪽으로 살며시 다가갔다.

"죽이려면 먼저 묶어놓아야 할 것 아닌가?"

낯선 목소리가 들려왔다. 이 말에 조조가 진궁에게 속삭였다.

"내 예상대로군. 우리가 먼저 선수를 치지 않으면 꼼짝없이 당하고 말 것이오."

조조와 진궁은 칼을 뽑아들고 닥치는 대로 남녀 여덟 명을 모두 죽여버렸다. 그러고 나서 부엌 쪽으로 가보니 돼지가 한 마리 묶여 있는 것이 보였다. 그들은 돼지를 잡으려던 것이었다. 진궁이 눈살을 찌푸리며 말했다.

"의심이 지나쳐 죄없는 사람들의 목숨만 빼앗았군요."

두 사람은 더 이상 그곳에 머무를 수가 없어서 허둥지둥 그 집을 떠났다. 얼마 안 되어 나귀를 타고 술을 사오는 여백사와 마주쳤다. 그의 말 안장 앞에 술병이 두 개나 매달려 있었고 손에는 야채와 과일이 들려 있었다.

"아니 어딜 그렇게 서둘러 가는 겐가?"

조조가 급히 둘러댔다.

"쫓기는 신세이니 한시라도 지체할 수가 없습니다."

여백사가 만류했다.

"손님에게 대접할 돼지를 잡으라고 하인들에게 일러두었네. 자,
어서 집으로 돌아가세."

여백사의 간청에도 조조는 들은 체 하지 않고 말을 몰았다.

그러나 얼마 가지 않아서 되돌아와 여백사에게 물었다.

"저기 오는 이들이 누구지요?"

여백사가 무심히 조조가 가리키는 쪽을 바라보는데 조조가 단
칼에 그의 목을 베어 버렸다.

진궁은 새파랗게 질려 조조에게 말했다.

"아까 일은 오해로 인한 것이었지만 이번에는 또 무슨 까닭이
오?"

이에 조조가 태연히 답하였다.

"집으로 돌아가 하인들의 시체를 보고 가만히 있을 것 같소?
사람들을 시켜 우리를 뒤쫓을 것이 분명하고, 그러면 우린 꼼짝
없이 잡히고 말 것이오. 후환을 막고자 여백사를 처치한 것이니
괘념치 마시오."

"그렇다고는 하지만 우리를 환대해준 고마운 사람인데 무고한
사람을 고의로 죽이는 것은 의로운 일이 아니오."

"내가 한 일이 잔인했다고 해도 어쩔 수 없는 일이오. 그러나
세상 사람들이 나에게 등을 돌리게 할 수는 없소."

조조가 냉정하게 말하자 진궁은 입을 다물고 말았다.

그날 밤 두 사람은 한참을 더 달려 어느 여인숙 문 앞에 당도
하게 되었다. 그들은 말에 먹이를 준 뒤 잠자리에 들었는데 조조
가 먼저 잠에 빠졌다.

진궁은 마음의 갈피를 잡지 못하고 잠을 설치다가 이리저리 궁리하였다.

'내가 현령 벼슬까지 내던지고 이 사람을 따라 나선 것은 그를 보기 드문 인걸로 믿었기 때문인데 이제 보니 그는 간사하고 냉혹하기 짝이 없는 인물이로다. 이놈을 이대로 살려두었다가는 훗날 어떤 일이 벌어질지 모르겠구나.'

이렇게 생각한 진궁은 조조를 향해 칼을 뽑았다. 귀축(鬼畜)과 같은 독기 서린 마음은 양사(良士:선량한 무인)가 지닐 것이 못 되도다. 조조와 동탁은 따지고 보면 매한가지인데 조조의 목숨은 어떻게 될 것인가?

제 5 회 동맹군과 동탁의 결전

발교조제진응조공
發矯詔諸鎭應曹公   破關兵三英戰呂布
파관병삼영전여포

조조의 거짓 조서로 제후가 모여들고
세 영웅이 관문에서 여포와 맞서다

동탁을 향한 집결

칼을 뽑아든 진궁은 순간 생각을 바꿔 칼을 거두었다.

'내가 이놈을 따라나선 것은 나라를 구하기 위해서였는데 지금 이자를 죽인다면 나도 조조와 똑같은 족속이 되고 말 것이다. 그러니 차라리 이자를 내버려두고 이곳을 떠나는 것이 옳은 일일 것이다.'

진궁은 칼을 칼집에 도로 꽂고 새벽이 되기 전에 고향인 동군(東郡)을 향해 떠났다.

날이 밝아 잠에서 깨어난 조조는 진궁이 떠난 것을 알고 중얼거렸다.

"어제 내가 한 행동에 진궁은 나를 어질지 못한 자라 여기고 떠나버렸구나. 어쨌든 여기서 우물쭈물할 필요는 없겠군."

조조는 밤낮을 가리지 않고 말을 달려 연주(兗州) 땅에 있는 진류(陳留)로 향했다. 부친을 찾아뵌 조조는 그간의 사정을 밝힌 후, 집안의 재산을 털어 병사를 일으키고자 하는 자신의 심중을 털어놓았다.

그러자 부친 조숭이 말하였다.

"너의 뜻은 훌륭하다만 우리가 가진 재산으로는 큰 힘이 될 수 없다. 적은 군자금으로는 필시 거사가 순조롭지 못 할 것이니 이 고장에서 인품이 뛰어나기로 소문난 위홍(衛弘) 어른을 만나도록 해라. 그분은 인덕이 있을 뿐 아니라 금전 거래가 깨끗하며 또한 많은 돈을 비축하고 있다는 소문이 있으니, 찾아가서 너의 뜻을 알리고 도움을 청한다면 틀림없이 큰일을 도모할 수 있을 것이다."

아버지의 제안을 받아들인 조조는 즉시 잔치를 베풀고 위홍을 손님으로 초대하여 예를 갖추고 자신의 신분을 밝혀 정중히 청하였다.

"한나라 황실은 지금 존폐 위기에 놓여 있습니다. 동탁이 임금을 속이고 백성을 핍박하며 권세를 휘둘러 천하의 원망을 사고 있습니다. 하여 제가 이 나라를 바로잡는 데 앞장서려고 하지만 유감스럽게도 저 혼자로는 역부족입니다. 공께서는 인격이 후덕하시고 의를 받드시는 분이라 들었으니 소인의 뜻에 동의하신다면 필시 저를 도와주실 줄로 믿습니다."

위홍은 흔쾌히 답했다.

"나도 오래 전부터 그런 생각을 품고 있었소만 아직 믿을 만한 인물을 만나지 못해 답답해하던 참이었소. 그런데 마침 그대가 진심으로 나라를 위해 큰 뜻을 품었다면 내 기꺼이 그대를 돕겠소이다.”

조조는 기쁨을 감출 수가 없었다. 그는 즉시 결행에 나섰다. 우선 스스로 황제의 조서를 꾸며 그것을 각 지방으로 급송하였다. 또 한편으로는 의병을 모집하였는데, ‘충의’라는 글자가 새겨진 백기를 내거니 순식간에 지원자가 모여들었다.

맨 먼저 찾아온 이는 양평(陽平) 땅 위국(衛國) 출신의 악진(樂進)이라는 사람이었고, 또 산양(山陽) 땅 거록(鉅鹿) 출신으로 이전(李典)이라는 사람도 찾아왔는데 조조는 이들에게 서무 일을 맡겼다.

그들의 뒤를 이어 패국(沛國)의 초군 출신인 하후돈(夏侯惇)이라는 자가 찾아왔다. 그는 하후영(夏侯嬰)의 핏줄로 자를 원양(元讓)이라 했으며 젊어서부터 창술(槍術)과 봉술(棒術)의 명수로 이름이 높았다. 그때 그의 나이는 불과 열네 살이었는데 스승 밑에서 무예를 닦던 중 스승을 모욕하는 자를 보고 당장 그의 목을 치고 타관 땅으로 피신해 있다가 조조의 거병 소식을 접하고 사촌 사이인 하후연과 더불어 각기 장사 일천 명씩을 이끌고 나타났다.

하후돈·하후연은 조조와 성은 다르지만 사촌 사이였다. 조조의 부친 조숭은 본디 하후씨의 아들이었으나 조씨 집에 양자로 들어갔으므로 조조와 하후씨 집안은 동족이 되었다.

그 밖에도 조인(曹仁)·조홍(曹洪) 형제가 각기 일천 병력을 거느리고 뜻을 함께 하기 위하여 찾아왔다. 조인은 자를 자효(子孝)라 하고 조홍은 자렴(子廉)이라 하는데 모두 궁술·마술·무예의 달인들이었다. 조조는 이같은 인재들을 손에 얻고 마을에서 군마(軍馬)의 조련을 시작하였다. 위홍이 재산을 털어 군복과 갑옷 그

리고 갑옷에 꽂는 작은 표지기까지 갖추어 장만해주었으며 양식
또한 사방으로부터 풍부하게 조달되었다.

　때마침 발해의 태수 원소도 조조의 연락을 받고 휘하의 문무
백관과 더불어 삼만 병력을 이끌고 발해로부터 달려왔다. 이에
힘을 얻은 조조는 격문(檄文)을 각 군에 보냈다.

　　조조 등은 천하에 '대의'를 포고합니다. 동탁은 나라를 망치고
　군주를 살해하였으며 궁전 안에서 궁녀들을 욕보이고 백성을 잔
　인하게 살해하였습니다. 이같은 만행을 저지른 그는 천하의 역
　적이라고밖에 볼 수가 없어 나 조조는 황제의 밀조(密詔)를 받
　아 의병을 모아서 군흉(群凶)들을 소탕하고자 합니다. 싸움을 일
　으켜 천하의 울분을 풀고 황실을 받들어 압제에 시달리는 백성
　을 구하는 데 힘을 합칩시다. 이 격문을 접하는 제후께서는 신
　속히 행동에 옮기시기 바랍니다.

　조조의 격문을 받아보고, 여러 진(鎭:주둔군)의 제후가 궐기하였
다.
　제 1 진 후장군(後將軍)인 남양(南陽)의 태수 원술(袁術)
　제 2 진 기주(冀州)의 자사(刺史) 한복(韓馥)
　제 3 진 예주(豫州)의 자사 공주(孔伷)
　제 4 진 연주(兗州)의 자사 유대(劉岱)
　제 5 진 하내(河內)의 태수 왕광(王匡)
　제 6 진 진류(陳留)의 태수 장막(張邈)
　제 7 진 동군(東郡)의 태수 교모(喬瑁)
　제 8 진 산양(山陽)의 태수 원유(袁遺)
　제 9 진 제북국(濟北國)의 상(相) 포신(鮑信)
　제 10 진 북해(北海)의 태수 공융(孔融)

제 11 진 광릉(廣陵)의 태수 장초(張超)
제 12 진 서주(徐州)의 자사 도겸(陶謙)
제 13 진 서량(西凉)의 태수 마등(馬騰)
제 14 진 북평(北平)의 태수 공손찬(公孫瓚)
제 15 진 상당(上黨)의 태수 장양(張楊)
제 16 진 오정후(烏程侯)인 장사(長沙)의 태수 손견(孫堅)
제 17 진 기향후(祁鄕侯)인 발해의 태수 원소(袁紹)

이들 병력은 모두 같은 규모는 아니었다. 어떤 부대는 삼만, 또 어떤 부대는 일이만의 규모로 각자가 문관과 무관을 거느리고 진군하였다.

북평 태수 공손찬이 정예 군사 일만오천을 거느리고 덕주(德州)의 평원현(平原縣)에 이르렀을 때였다. 멀리 울창한 뽕나무 숲 사이로 노란 깃발이 보이더니 기마병들이 나타났다. 자세히 보니 그들은 바로 유비 일행이었다.

"아니, 유비가 아닌가? 어찌 이곳에 자네가 나와 있는가?"

공손찬이 반갑게 묻자 유비가 답하였다.

"전에 공의 호의로 평원의 현령이 되어 오늘까지 지냈습니다. 이번에 공께서 의병을 일으켜 이곳을 지나신다는 소식을 듣고 마중나온 것이니 부디 성 안으로 들어가서 한숨 돌리시지요."

공손찬은 유비 옆에 서 있는 관우와 장비를 가리키며 물었다.

"이분들은 누구신가?"

"관우와 장비로 저와 의형제를 맺은 동생들이지요."

"그러면 자네와 함께 황건적을 물리쳤던 분들이 바로 이분들이신가?"

"그렇습니다. 이 두 사람이 큰 공을 세웠습니다."

"지금은 무슨 일을 하고 계신가?"

“관우는 마궁수(馬弓手), 장비는 보궁수(步弓手)로 일하고 있습니다.”

이 말을 들은 공손찬은 매우 안타까워 하며 말했다.

“보석을 시궁창에 버리는 격이로구나. 아까운 영웅들이 이런 곳에서 썩고 있다니⋯⋯. 동탁이 난을 일으켜 세상을 어지럽히기 때문에 천하의 제후들이 그를 토벌하고자 모여들고 있소. 귀공도 이런 벼슬은 집어치우고 우리와 같이 나서서 역적을 무찌르고 나라를 구하는 것이 어떻겠소?”

“저희들도 원하던 바입니다. 기꺼이 동참하겠습니다.”

유비가 동의하자 장비가 말했다.

“황건적을 소탕할 때 제가 이미 말씀드리지 않았습니까? 그때 그 동탁이라는 놈의 목을 쳤어야 했는데⋯⋯.”

장비의 투덜거림을 뒤로 하고 관우가 나섰다.

“행방이 결정되었으니 즉시 힘을 합쳐 동탁을 치러 갑시다.”

그리하여 유비·관우·장비는 자신들의 수하 장병과 함께 공손찬의 뒤를 따라 길을 떠났다. 그 밖의 제후들도 속속 나와서 각기 진을 쳤다. 진은 삼백여 리에 걸쳐 이어졌다.

조조는 수많은 소와 말을 잡아 식량으로 공급하였고 제후들을 모아 작전을 숙의하였다.

태수 왕광이 제의하였다.

“지금 우리는 하나의 뜻으로 모였습니다. 먼저 총지휘관을 추대하여 일동이 그의 지휘에 따라 행동하도록 합시다.”

이 의견에 조조가 원소를 바라보며 말했다.

“원공은 사대째에 걸쳐 정승을 배출한 명예로운 가문이며 한나라 명재상의 후예이기도 하오. 연고자도 퍽 많으실 테고 따르는 무리도 적지 않으니 맹주(盟主)로 원공을 천거하겠소.”

원소는 여러 번 사양하였으나 제후들의 강력한 추대로 결국 총지휘관의 자리에 오르게 되었다.

　이튿날 3층으로 단을 쌓고 청·백·적·흑·황의 오색기를 게양하였다. 단 위에는 백모(白旄:야크의 꼬리로 된 기)와 황월(黃鉞:도금한 도끼)을 비롯하여 발병부(發兵符:군대 동원을 위해 쓰이는 동글납작한 나무패)와 장인(將印:장수의 관인) 등이 놓여졌다.

　맹주로 선임된 원소는 예복에 검을 차고 늠름하게 일어섰다. 그는 향을 피우고 재배한 후 맹문을 읽어내려갔다.

　　한조는 불행히도 조정이 기강과 전통을 잃어 그 구실을 제대로 하지 못하고 있다. 적신(賊臣) 동탁이 이를 틈타 악행을 저질러, 지존(至尊:임금)께 화를 가하는가 하면 백성을 학대하고 있다. 이에 소(원소) 등은 나라가 망하는 것을 지켜보고 있을 수 없기에 힘을 모아 이 혼란한 상황을 수습하고자 한다. 우리와 같이 맹약하는 이들은 일치협력하여 신하로서의 도리를 다할 것이며, 이 맹약을 등지는 자에게는 영겁(永劫)의 저주가 있을 것이다. 천지의 신이시여, 조종(祖宗)의 혼령이시여, 우리를 굽어살피옵소서.

　낭독을 마치고 맹세의 표시로 모두들 피를 내어 나누어 마셨다. 일동이 맹문의 내용에 공감하여 눈물을 글썽이며 다시 한 번 결의를 다졌다.

　원소가 단에서 내려오자 제후들은 그를 막사의 정면 좌석에 앉히고 나머지 사람들은 관직의 높낮이와 연령 순에 맞춰 나란히 앉았다.

　술잔이 한 순배 돌아가자 조조가 입을 열었다.

　"오늘 맹주가 선정되었으니 이제 우리는 모두 그의 명을 받들어 군사의 많고 적음이나 힘의 강하고 약함을 떠나 서로 협력하도록 합시다.”

원소가 그 말을 받아 말하였다.

“이 몸이 제공의 추대를 받아 맹주가 되었으니 앞으로 공이 있는 자는 상을 주고 죄가 있는 자는 반드시 처벌할 것이오. 국가에는 상형(常刑)이 있고 군에는 군율이 있는 법, 이를 모두 준수하여 어기는 일이 없도록 해주시기 바라오.”

“명심하겠습니다.”

제후들이 목소리를 하나로 모아 대답했다.

“원술은 군량과 말먹이를 감독하여 각 군영에 공급하되 추호의 실책이 없도록 하라. 그리고 제공 중 한 사람이 선봉이 되어 사수관(汜水關)으로 쳐들어가 싸우고 나머지는 불시에 지원할 수 있도록 지형이 험난한 요해지에 진을 치고 있다가 함께 싸워주기 바라오.”

이때 장사의 태수 손견이 앞으로 나서며 말하였다.

“선봉은 이 몸이 나서겠습니다.”

“귀공이라면 용맹하고 재주가 있으니 적임자라 생각되오.”

원소의 승낙이 떨어지자 손견은 부대를 이끌고 사수관으로 향하였다.

관문을 지키는 병사들이 낙양으로 긴급사태가 발생했음을 보고했다. 동탁은 권력을 손아귀에 넣은 뒤로 매일 밤 술잔치를 벌이며 흥청거렸다. 이유가 상황을 보고하자 깜짝 놀란 동탁은 허둥지둥 장수들을 소집하여 대책을 강구하였다.

모두 모인 자리에서 여포가 말했다.

“아버지께서는 그렇게 염려하지 않으셔도 됩니다. 지방의 제후쯤이야 저에겐 하찮은 존재입니다. 제가 우리 군사 가운데 힘센 몇 아이들을 데리고 나가서 적군의 목을 모두 베어 성문에 매달아놓겠습니다.”

여포의 호언장담에 동탁은 매우 흐뭇해하며 안심하였다.

"이렇게 용감한 네가 있는 한 이 아비는 두 다리 쭉 뻗고 잘 수 있겠구나."

그러자 갑자기 여포의 뒤에서 한 장수가 소리쳤다.

"아니 닭을 잡는데 어찌 소 잡는 칼을 쓰시려 하십니까? 여포 장군께서 직접 나가 수고하실 필요없이 이 몸 하나로도 충분합니다. 제후의 목을 모두 베어가지고 와서 승상께 바치겠습니다."

동탁이 그 장수를 살펴보니 그는 키가 아홉 척에 몸이 호랑이 같고 표범같이 날쌘 몸놀림과 원숭이처럼 긴 팔을 가진 사람으로 관서(關西) 땅 출신 화웅(華雄)이라는 자였다. 동탁은 역시 흡족해하면서 그를 효기교위(驍騎校尉)로 승진시키고 오만 병력을 주어 이숙·호진(胡軫)·조잠(趙岑) 등과 같이 사수관으로 보냈다.

한편 원소의 무리 중 한 사람인 제북국의 상 포신이란 자는 손견에게 선봉장의 자리를 빼앗긴 것을 억울해하면서 아우 포충에게 병력 삼천을 주어 지름길로 관문에 다다르게 한 다음 손견보다 한 발 앞서 싸움을 걸게 하였다.

이때 철기(鐵騎) 오천의 화웅의 무리가 일제히 관문 위에서 포충을 덮치며 소리쳤다.

"이놈들, 여기가 어디라고 덤비느냐? 내 칼을 받아라!"

화웅이 칼을 뽑아 덤벼들자 힘에 밀린 포충은 달아나려 했지만 미처 피하지 못하고 화웅의 칼에 목숨을 잃고 말았다. 화웅에게 사로잡힌 병사만도 한둘이 아니었다.

화웅은 승전 보고와 함께 포충의 목을 동탁에게 보내었다. 동탁은 크게 기뻐하며 화웅을 도독(都督:사령관)에 임명하였다.

동탁과의 결전

그리고 얼마 후, 손견은 네 명의 장수를 거느리고 관문 앞에 도달했는데 정보(程普)라는 장수는 창과 방패를 잘 썼고 황개(黃蓋)는 철채찍을 잘 썼으며 한당(韓當)과 조무(祖茂)는 각각 대도(大刀)와 쌍칼을 잘 다루었다. 네 장수의 선두에 선 손견은 은빛으로 번쩍이는 갑옷을 입었으며 머리에는 붉은 두건을 둘렀고 허리에는 고정도(古錠刀)를 차고 있었다.

그는 얼룩말을 탄 채로 관문을 향해 소리쳤다.

"이 천하의 역적들아! 어서 빨리 항복하지 못할까!"

화웅의 부장(副將)으로서 오천 병력을 거느린 호진이 맞섰으나 철척사모를 겨누고 덤벼든 정보와 몇 차례 치고받고 하더니 이내 정보의 창에 찔려 말에서 떨어지고 말았다.

손견이 관문을 향하여 맹호같이 달려나가니 관문 위에서 화살과 돌멩이가 빗발치듯 쏟아졌다. 손견은 퇴각하여 양동(梁東)에 진을 치고 원소에게 보고를 올리는 한편 원술에게는 식량을 보내라고 요구하였다.

그런네 원술의 측근 한 사람이 그에게 속삭였다.

"손견은 강동 땅의 맹호입니다. 그가 만일 낙양을 공략해서 동탁을 타도한다면 그것은 동탁에 갈음할 만한 호랑이 새끼를 키우는 꼴이 되고 맙니다. 그러니 식량 공급을 중단하십시오. 그러면 그는 필시 더 이상 버티지 못할 것입니다."

원술은 이 제안을 받아들여 식량 공급을 중단하였다. 이에 손견의 부대는 먹을 것이 없어 우왕좌왕하였다.

염탐꾼이 이런 사정을 관문 위의 진지에 보고하자 이숙이 화웅에게 말했다.

"오늘 밤 내가 지름길로 손견의 본진 바로 뒤까지 진격하겠소. 귀공은 그의 전면을 공략해주시오. 그러면 그를 사로잡을 수 있을 것이오."

화웅은 군병들을 배불리 먹인 다음날이 어두워지자 관문 위에서 아래로 이동하였다. 바람이 상쾌하고 달빛이 밝은 밤이었다. 화웅의 부대는 손견의 본진에 도달하자 소리 높여 진격하였다. 당황한 손견이 겨우 말과 갑옷을 챙겨 달아나다가 화웅과 마주쳐서 화웅과 접전을 벌이는 동안 이숙의 부대가 본진 뒤편에 이르러 불을 질렀다.

그러자 손견의 부대는 여지없이 무너지고 말았다. 장수들은 혼전 속에 각기 흩어져 싸우게 되었는데 단 한 사람, 조무만이 손견을 떠나지 않고 포위진을 뚫고 나갔다. 화웅이 그 뒤를 쫓았다. 손견은 달아나는 와중에도 화살을 빼어들고 추격하는 무리를 향해 활시위를 당겼다. 그러나 화웅은 손견의 화살을 모두 피해버렸고 급기야 손견은 당황한 나머지 활을 부러뜨리고 말았다. 이제는 달아나는 수밖에 다른 도리가 없었다.

이때 조무가 제안하였다.

"지금 쓰고 계신 붉은 두건이 적의 목표이옵니다. 그것을 제가 쓸 테니 어서 몸을 피하십시오."

손견은 자신의 붉은 두건과 조무의 투구를 바꿔쓴 후 각기 흩어졌다. 과연 화웅의 부대는 붉은 두건을 뒤쫓았다. 그 사이 손견은 피신하였고 궁지에 몰린 조무는 두건을 벗어 불길이 가득한 마당 한가운데의 기둥 위에 걸어놓고 숲속으로 도망쳤다. 화웅의 군사들은 붉은 두건을 에워싸기 시작했다. 몇 차례 활을 쏘다가 비로소 사람이 아닌 것을 알고 두건을 끌어내렸다. 바로 그때 조무가 숲속에서 달려 나와 기습공격을 하였다. 쌍칼을 휘두르며 화웅의 몸을 두 동강 내려는 순간 화웅이 단번에 조무를 베어

버렸다. 화웅은 새벽녘이 되어서야 부대를 철수하였다.

삼형제의 활약

정보·황개·한당이 다시 손견을 본진으로 데려왔다. 손견은 조무를 잃은 것을 못내 아쉬워하며 원소에게 패전 소식을 알렸다.

원소가 크게 놀라 제후들을 소집하자 공손찬만 늦었을 뿐, 모두 제 시간에 모여들었다. 원소는 일동을 돌아보며 격분하여 말했다.

"지난번에는 포신 장군의 아우가 혼자 공을 독차지하려다가 수많은 사상자를 내더니 이번에는 손견이 화웅에게 패하여 비웃음을 사고 말았소. 자, 어떻게 해야 이 치욕을 씻어낼 수 있겠소?"

그러나 제후들은 침묵을 지킬 뿐이었다. 원소는 일동을 둘러보다가 문득 공손찬의 뒤에 앉아 있던 세 장수와 눈이 마주쳤다.

원소가 공손찬에게 물었다.

"공손 태수, 당신의 뒤에 앉아 있는 분은 누구시오?"

이에 공손찬이 유비를 불러내어 소개하였다.

"전부터 이 몸과 형제처럼 지내는 평원의 현령 유비라고 합니다."

그러자 조조가 물었다.

"그렇다면 황건적을 소탕한 그 유비란 말씀이오?"

"그렇습니다."

공손찬은 유비를 조조에게 소개한 후 이어서 유비의 공훈과 출신 등을 자세히 설명하였다. 설명을 들은 원소가 천천히 말했다.

"한나라 황실의 혈족이라면 더 이상 말할 것도 없소. 그쪽에 앉도록 하시오."

그러고는 자리를 마련해주었지만 유비는 사양하였다. 이에 원소가 다그쳐 말했다.

"굳이 귀공의 신분을 존중해서 하는 말이 아니오. 나는 다만 제실(帝室)의 핏줄에 경의를 표하는 것 뿐이오."

그제야 유비는 비로소 말석으로 가 앉았다. 그 뒤에 관우와 장비가 황송스러운 듯 서 있었다.

때마침 정찰병이 들어와 보고하였다.

"화웅이 관문에서 내려와서 지금 장대 끝에 손 태수의 붉은 두건을 걸어놓고 아군 진지까지 다가와 큰소리로 싸움을 걸고 있습니다."

원소가 제후들을 향해 물었다.

"누가 가겠소?"

그러자 원술의 뒤쪽에서 용장으로 이름 난 유섭(兪涉)이 나와 자원하였다.

"제가 나가겠습니다."

원소가 흔쾌히 허락하자 유섭은 질풍 같은 기세로 달려나갔다. 그러나 잠시 후 다음과 같은 보고가 들어왔다.

"유 장군이 그만 화웅에게 당하셨습니다."

일동에게는 충격이 아닐 수 없었다. 이때 태수 한복이 제안하였다.

"제 부하인 반봉(潘鳳)이라면 화웅을 벨 수 있을 것입니다."

원소는 즉시 출격을 명하였다. 반봉은 커다란 도끼를 들고 말을 몰았다. 그러나 반봉 역시 무참하게 쓰러지고 말았다.

마침내 원소는 진노하였다.

"도대체 이게 무슨 일이냔 말이오. 어째서 내 휘하의 안량(顔良)과 문추(文醜)는 아직 소식이 없는 것이오? 둘 중 하나라도 와

있으면 화웅을 처치하는 일쯤이야 간단할 텐데……."

그때 말석 부근에서 거구를 이끌며 큰소리로 나서는 장수가 있었다.

그는 키가 구 척(九尺)이요, 수염이 두 자, 봉황 눈에 누에가 기어가는 듯한 눈썹, 홍시같이 붉은 얼굴에, 천둥 소리 같은 목소리의 거구였다.

"이 몸이 가서 화웅의 목을 베어 오겠습니다."

원소가 물었다.

"그대는 누구인가?"

"저는 유비의 아우인 관우라는 사람으로 유비 휘하에서 마궁수 일을 하고 있습니다."

순간 상좌에 앉아 있던 원술이 고함을 질렀다.

"우리를 희롱하느냐? 고작 궁수인 주제에 예가 어디라고 함부로 나서는 게냐? 저놈을 당장 끌어내어라."

조조가 원술을 진정시켰다.

"좀 기다려보시오. 보아하니 훌륭한 풍채인데 화웅도 설마 궁수라고는 생각하지 못할 거요."

가만히 듣고 있던 관우가 입을 열었다.

"만일 소인이 화웅의 목을 베어오지 못하면 그땐 소인의 목을 바치겠습니다."

조조가 따끈한 술을 따르게 한 후 관우에게 권하였지만 관우는 사양하며 말했다.

"잔은 일단 맡겨놓지요. 다녀와서 마시도록 하겠습니다."

그는 청룡언월도를 집어들고 나는 듯이 말 위에 올라탔다.

잠시 후 관문 밖으로부터 하늘이 깨지고 땅이 빨려드는 듯한 함성이 들려왔다. 모두들 마음을 놓지 못하고 염탐꾼이라도 보낼까 생각하고 있는데, 막사 바깥에서 딸랑거리는 말방울 소리가 들려왔다. 천막이 젖혀지고 관우가 성큼성큼 걸어들어와 화웅의 목을 바닥에 내던졌다. 조조에게 맡겨놓았던 술에는 아직도 온기가 남아 있었다.

조조는 크게 기뻐하였다. 그때 유비의 뒤에서 장비가 뛰어나오며 소리쳤다.

"내 형이 화웅을 베었으니 더 이상 우물쭈물할 것 없이 즉시 공격하여 동탁을 생포하도록 합시다."

이 말에 원술은 노여움으로 낯이 파래졌다.

"우리도 조심스럽게 물러나 있는데 고작 현령의 졸개 주제에 여기가 어디라고 함부로 입을 놀리느냐? 저자를 당장 끌어내도록 하라!"

조조가 이를 말리며 말하였다.

"공이 있으면 포상해야 하는 법입니다. 이 자리에서 귀천이 무슨 문제이옵니까?"

그러나 원술은 조조의 말을 받아들이지 않았다.

"이자들이 그렇게도 제후들의 마음에 든다면 나는 그만 여기서 물러나겠네."

"그깟 일로 큰일을 그르칠 셈이오?"

조조는 유비·관우·장비를 신시로 돌려보낸 다음 술과 고기를 푸짐하게 대접하여 위로하였다.

호뢰관 전투

패배한 화웅의 군졸이 관문 위로 올라가 보고하니 이숙이 당황하여 황급히 동탁에게 아뢰었다. 이에 동탁은 당장 이유·여포 등을 불러모았다.

이유가 먼저 입을 열었다.

"우리 측 화웅 장군은 전사하였고, 적군의 기세는 하늘을 찌를 듯 합니다. 염려되는 일이 한 가지 있다면 적의 맹주는 원소인데, 그 당숙 되는 원외가 태부(太傅)로서 아직 이 낙양에 살고 있다는 것입니다. 만일 그들이 안팎으로 호응하게 되면 우리는 꼼짝없이 당하고 맙니다. 그러니 이들이 내통하기 전에 먼저 원외를 잡아들이셔야 합니다."

동탁은 이유의 말에 수긍하고 이각·곽사에게 오만 병력을 주어 원외의 저택을 포위한 후, 남녀노소 구별없이 일족을 멸하였다. 원외의 목은 관문에 효시되었다.

동탁은 이십만 대군을 둘로 나누어 출동시켰다. 오만 병력은 이각·곽사가 이끌게 하고, 동탁 자신은 이유·여포·번조(樊稠)·장제(張濟) 등과 함께 십오만 병력을 이끌고 낙양에서 오십 리 떨어진 호뢰관(虎牢關)으로 갔다. 여포는 관문 앞에 삼만 병력을 배치하여 진지를 구축하였고, 동탁은 관문 위에 자신의 자리를 잡았다.

염탐꾼이 원소의 본진에 이와 같은 상황을 보고하자 즉각 작전회의가 열렸다.

조조가 먼저 말하였다.

"동탁이 호뢰관으로 나선 것은 우리가 낙양에 접근하는 것을 미리 차단하기 위한 작전이오. 따라서 우리는 군사를 반으로 나누어 이에 대처해야 합니다."

원소는 왕광·교모·포신·원유·공융·장양·도겸·공손찬 등 여덟 제후를 호뢰관으로 돌리기로 하였고 조조는 유격 임무를 맡았다.

곧이어 여덟 제후의 부대가 전선으로 이동하였다. 하내(河內)의 태수 왕광이 먼저 공격에 나서자 동탁은 여포의 철기군 이천 명을 내세워 대항하였다. 왕광은 몸소 부대의 최선단까지 말을 타고 나가 여포의 부대를 살폈다. 여포의 차림새를 보니, 세 갈래로 갈라 땋은 속발에 자금(紫金)빛 관을 썼고, 서천(西川)의 홍금(紅錦)으로 지은 전포는 백화(百花)의 무늬가 찬연하였다. 또 몸에는 사자머리로 장식한 갑옷을 입었고 역시 사자머리로 장식된 띠를 허리에 둘렀다. 활과 화살은 물론이고 손에는 화극(畵戟·끝이 갈라진 쌍날의 창)을 쥐고 있었으며 바람 속에 울부짖는 적토마를 타고 있었는데 그 모습이 그야말로 '사람은 여포, 말은 적토'라고 할 법한 것이었다.

왕광은 뒤를 돌아보며 물었다.

"누가 나설 텐가?"

이에 하내의 명장으로 이름난 방열(方悅)이 달려나왔다. 그는 여포와 몇 차례 밀고 당기고 하였으나 여포는 순식간에 극을 사용하여 방열을 찔러 죽인 후 그 기세를 타고 곧바로 공격을 감행하였다.

왕광의 부대는 크게 패하여 뿔뿔이 흩어졌다. 다행히 교모·원유의 지원군이 달려온 덕분에 왕광은 구제되고 여포는 퇴각하였다.

왕광·교모·원유의 세 부대는 모두 많은 사상자를 내고 삼십 리쯤 뒤로 불러나 전열을 가다듬었다. 나머지 다섯 제후가 도착한 것은 그 뒤였다. 일동이 모여앉아 대책을 강구하였으나 여포를 당해낼 만한 장수가 있을 것 같지 않았다.

그때 군졸의 보고가 들어왔다.

"여포가 공격해오고 있습니다."

여덟 제후는 일제히 말에 올라탄 후, 부대를 높은 언덕 위에 배치하였다. 여포의 부대가 저 멀리에서 깃발을 펄럭이며 진군해오는 것이 보였다. 상당 태수인 장양 휘하에 있던 목순(穆順)이 창을 들고 달려나갔으나 그 역시 여포의 극에 목숨을 잃고 말았다.

이어 북해 태수 공융 휘하의 무안국(武安國)이 철퇴를 들고 달려나갔다. 십여 차례에 걸쳐 접전을 벌였으나 끝내 무안국도 여포의 극에 의해 팔이 잘려나가고 말았다.

여덟 제후가 일단 퇴각하자 조조가 침통하게 말하였다.

"여포는 섣불리 대적할 수 없는 작자요. 우리 회맹(會盟)의 여덟 제후가 함께 방책을 세워봅시다. 여포를 사로잡으면 동탁은 더 이상 문제될 것이 없소."

이렇게 작전 회의가 진행되고 있을 때 여포가 다시 싸움을 걸어왔다. 여덟 제후가 일제히 일어나 맞섰다. 공손찬은 스스로 삭(槊)이라 일컫는 자신의 기다란 창을 들고 여포와 맞섰으나 단번에 패하여 돌아오고 말았다. 여포가 그 뒤를 추격하는데 말은 천리를 달리는 적토마이니 바람보다도 빨랐다. 순식간에 공손찬을 따라 잡은 여포는 극을 높이 쳐들어 공손찬의 등을 겨냥하였다.

순간 그 곁에 서 있던 장수 하나가 1장 8척이나 되는 사모(蛇矛)를 휘두르며 소리쳤다.

"세 번이나 아비를 바꾼 비겁한 놈아! 이 장비님을 몰라보겠느냐?"

여포는 흠칫 놀라 공손찬은 버려두고 장비를 향하여 말머리를 돌렸다.

장비는 혈투를 벌였으나 끝내 결판이 나지 않았다. 마침내 관우가 말을 몰았다. 관우는 청룡언월도를 휘두르며 장비와 함께 여포를 협공하였다. 사람 셋과 말 셋의 삼파전이 서른 차례 이상 계속되었건만 여포는 좀처럼 피로한 기색도 없이 꿋꿋하기만 하였다.

마침내 유비가 쌍고(雙股)의 검을 들고 달려나왔다. 세 의형제가 여포를 포위하였다. 그러자 여포의 극을 다루는 솜씨가 흔들

리기 시작하였다. 고의로 유비의 머리를 노리는 척하다가 유비가
몸을 피하자, 여포는 진지의 한 귀퉁이를 뚫고 달아나려 하였다.
세 의형제가 그 뒤를 쫓아 달려나가자 때마침 제후의 군단이 해
일처럼 일제히 함성을 지르며 쇄도하였다. 여포가 관문 위로 달
아나니 세 의형제는 거기서 멈추지 않고 계속 여포를 추격하였
다.

여포를 뒤쫓던 유비·관우·장비가 관문 아래에 이르러 위를
쳐다보니 푸른 비단 양산 서풍에 펄럭이고 있었다. 장비가 그것
을 보고 말했다.

"동탁 놈이 틀림없이 저기 있을 것입니다. 여포보다 차라리 동
탁을 때려 잡으면 나머지 것들은 오합지졸에 불과할 것입니다."

그러고는 말에 박차를 가하고 미친 듯이 관문을 향해 달려나
갔다.

이것이야말로 '도적을 잡으려거든 우두머리를 잡고 기공(奇功)
은 오로지 기인(奇人)을 기다린다'라고 할 만한 국면이 아닌가!
과연 이 싸움의 승패는 어떻게 될 것인가?

제 6 회 궁궐을 불지른 동탁

동탁이 궁궐문을 불태워버리고
손견은 옥새를 훔쳐 숨기다

장안으로의 천도

장비는 말을 몰아 관문 아래로 달렸으나 관문 위에서 화살이
빗발치듯 쏟아지고 돌이 수없이 굴러내려 더 이상 나아가지 못
하고 되돌아왔다.

여덟 명의 제후가 유비·관우·장비를 초대하여 그 공로를 치
하하고 원소의 본진에 승리를 보고하였다. 원소가 손견을 불러
지난번엔 패전했지만 이번에는 확실히 공격하라고 명하자 손견
은 정보·황개 두 장수를 거느리고 자신의 군대에 군량미를 제

공하지 않았던 원술을 찾아가 그 이유를 추궁하였다.

화가 난 손견은 전투의 상황을 땅에 그리면서 자세히 설명하고는 말했다.

"이 사람은 본디 동탁과 개인적인 원한이라고는 조금도 없는 사람이오. 그런 내가 위험을 무릅쓰고 그와 싸움을 하는 것은 위로는 나라를 구하기 위함이고, 아래로는 장군의 가문에서 겪은 불행을 보고 의분을 참을 수 없었기 때문이오. 그런데 장군께서 나의 부대에 군량미를 공급하지 않아 우리 군사들은 패배하고 말았소. 어찌하여 그런 짓을 저지르신 게요?"

손견의 말에 원술은 한 마디 변명도 할 수 없었다. 결국 원술은 군량미를 보내지 말자고 건의한 부하의 목을 치는 것으로 사죄를 대신하였다.

이때 마침, 군사가 달려와 손견에게 다음과 같은 소식을 전했다.

"관문 위의 한 장수가 찾아와 장군을 뵙고자 합니다."

손견이 원술과 헤어져 본진에 돌아와 그를 만나보니, 그는 바로 동탁의 총애를 받고 있는 장수 이각이었다.

손견이 놀라 무슨 일로 왔느냐고 묻자 이각이 또렷하게 대답하였다.

"우리 승상께서는 장군을 매우 존경하고 있습니다. 오늘 제가 이렇게 장군님을 찾아 뵈온 것은 다름이 아니라 승상의 따님과 귀댁 아드님 사이의 혼사를 주선하기 위해서입니다."

이각의 말에 손견은 화를 버럭 내며 단호히 거절하였다.

"동탁은 하늘을 거역하고 황실을 뒤집어 엎으려는 흉악한 놈이다. 내가 천하를 위해 그놈과 그 가족을 멸하려 하는데 혼담이라니 가당치 않은 말이다. 네 놈의 목숨만은 살려줄 테니 목숨이 아깝거든 썩 물러가서 관문을 열어 우리가 통과할 수 있도록 해

라. 만일 허튼 짓을 하면 뼈까지 가루로 만들어주겠다.”

이각은 손견의 호령에 뒤도 안 돌아보고 달아나 동탁에게 돌아가 보고하였다.

“손견은 도무지 말이 통하지 않는 인물인데다가 크게 화를 내며 무례하게 굴기까지 했습니다.”

동탁이 화를 내며 사위인 이유를 불러 자문을 구하였다.

“여포의 패배로 아군은 사기를 잃었으니 차라리 이 기회에 낙양으로 철수하여 황제와 도읍을 장안(長安)으로 옮겨버리심이 어떨는지요? 그리 되면 지금 아이들 사이에서 한창 떠도는 노래와도 맞아떨어질 것입니다. 지금 아이들은 너나 할 것 없이 이런 노래를 즐겨 부르고 있다는 소식이옵니다.

서쪽에 한 나라가 있고	西頭一個漢
동쪽에 또 한 나라가 있네	東頭一個漢
사슴이 장안에 들어가면	鹿走入長安
세상은 평온해질 것을	方可無斯難

이 노래에서 ‘서쪽에 한 나라’란 고조 황제께서 서도(西都)인 장안에서 번영한 지 십이대째임을 가리키는 것입니다. 또 ‘동쪽에 한 나라’는 광무제께서 동도(東都)인 낙양에서 번영을 누려 오늘날까지 십이대째 내려오고 있음을 의미합니다. 따라서 하늘의 시각이 한 바퀴 돌았으니 이제 승상께서 장안으로 천도하셔서 세상이 평온해졌으면 하는 백성들의 바람에 응하도록 하십시오.”

동탁은 이유의 해석을 듣고 기쁨이 만연한 얼굴로 말하였다.

“과연 네 말이 옳다. 그런 묘책이 있었군.”

동탁은 즉시 여포를 데리고 낙양으로 돌아가서 군신들을 소집한 다음 천도 문제를 협의하고자 문무백관에게 일렀다.

 "한나라의 동도 낙양은 도성으로 정해진 지 이백여 년이 지나 이제 쇠망의 기운으로 가득 차 있다. 따라서 내 생각에 왕성한 기색이 보이는 곳은 장안뿐이니 이에 황제를 모시고 서쪽으로 천도하기로 결심하였다. 경들도 떠날 채비를 서두르도록 하라."

 이 말에 사도 양표(楊彪)가 입을 열었다.

 "장안 일대의 땅은 몹시 황폐합니다. 그런데 지금 갑자기 종묘와 황릉(皇陵)을 버리고 떠나게 되면 백성들은 심하게 동요할 것입니다. 천하를 떠들썩하게 하기는 쉬워도 그것을 다스리기는 어려운 일이오니 신중히 생각해서 이 문제를 처리하시기 바랍니다."

 이 말에 동탁은 화를 내며 양표를 꾸짖었다.

 "네 이놈! 나라의 대계(大計)에 찬물을 끼얹을 작정이냐?"

 그러자 양표와 뜻을 같이한 태위(太尉:군사를 맡은 삼공 중의 하나) 황완(黃琬)도 일어나 말했다.

 "양 사도의 말이 옳습니다. 예전에 왕망(王莽)*과 적미(赤眉)**의 난이 일어났을 때 불을 질러 장안은 돌과 재가 뒹구는 황폐한 땅이 되어 버렸습니다. 백성들도 그곳을 떠나 거의 남아 있지 않은데 지금 낙양을 버리고 폐허를 찾아 천도하신다면 이는 결코 현명한 처사가 아닙니다."

 이 말에 동탁이 다시 반박하였다.

 "함곡(函谷)의 동쪽 일대는 도적들이 활개를 치고 있어 어지럽기 짝이 없으나 장안은 효산(崤山)과 함곡과 같이 하늘이 내리신 요새가 있어 자연히 방어가 되고 또 나무와 돌과 벽돌을 손쉽게 얻을 수 있으니 한 달 안에 궁궐을 지을 수 있을 것이오. 그러니 경들은 더 이상 군소리 말고 모두 물러가도록 하시오."

---

*왕망(王莽):전한의 평제(平帝)를 폐하고 신(新)이라는 나라를 세운 인물.
**적미(赤眉):왕망 시대인 A.D. 18년에 봉기한 인민군. 농민들로 구성되었으며 눈썹을 붉게 물들여 이런 이름이 붙었다.

사도 순상(荀爽)이 다시 진언하였다.

"만약에 승상께서 한사코 천도하시겠다면 백성들이 가만히 있지 않을 것입니다."

이에 동탁은 노기 띤 목소리로 대꾸했다.

"내가 천하를 위하여 행하는 일에 감히 백성들이 나선단 말이냐?"

진노한 동탁은 결국 천도를 반대한 양표·황완·순상의 관직을 박탈하고 평민의 신분으로 강등시켰다. 모임을 끝낸 동탁이 밖으로 나와 수레에 오르려는데 두 사나이가 그의 앞을 가로막고 고개를 조아렸다. 그들은 상서(尙書)인 주비(周毖)와 성문교위(城門校尉:성문 경비 대장)인 오경(伍瓊)이었다. 동탁이 무슨 일이냐고 묻자 주비가 대답하였다.

"장안으로 천도한다는 소문이 들리는데 그것이 사실이온지요. 사실이라면 한 말씀 아뢸까 하여 이렇게 찾아왔습니다."

동탁은 얼굴이 다시 벌겋게 달아올라 소리쳤다.

"일전에 내가 네 놈들의 말을 듣고 원소를 놓아주어 지금은 그 놈이 나를 배반하고 있지 않느냐? 네 놈들도 원소와 한통속이렷다!"

그러고는 두 사람을 성문 밖으로 끌어내어 그들의 목을 쳐버렸다.

끝내 다음날, 즉시 장안을 향해 출발한다는 천도의 영을 내렸다. 그러자 이유가 건의하였다.

"우선 우리에게는 당장 먹을 식량과 자금이 부족합니다. 그런데 낙양에는 재물을 보유한 자가 많으니 그들의 돈을 관(官)의 이름으로 몰수하십시오. 그러기 위하여 원소와 한패라는 구실을 들어 그들을 잡아 죽이고 재산을 압수하면 어마어마한 재물이

들어올 것입니다.”

동탁이 이유의 계략을 받아들여 오천 명의 철기병으로 하여금 부자들을 닥치는 대로 잡아들이게 하니, 그 수가 수천에 이르렀다. 동탁은 그들의 집에 기를 꽂고 깃발에는 먹글씨로 선명하게 ‘반신역당(反臣逆黨)’이라 쓰게 한 후에 이들을 성문 밖에서 모조리 처형하고 그들의 재산을 몰수하였다.

한편, 이각과 곽사는 낙양의 주민 수백만을 장안으로 끌고갔는데, 그들 사이사이에 군사들을 포함시켜 무력으로 행진을 결행하였다. 도중에서 쓰러지는 사람이 이루 헤아릴 수 없을 정도였고 죽어 나뒹구는 시체도 적지 않았다. 뿐만 아니라 병사들이 멋대로 부녀자를 겁탈하고 백성들이 갖고 있던 식량을 마구잡이로 약탈하여 여기저기에서 원성과 울음소리가 끊이질 않았다. 지쳐서 낙오하는 자가 생기면 뒤따르던 감독병이 낙오자 스스로 목숨을 끊게 하였고, 차마 스스로 죽지 못하는 자는 가차없이 죽여버렸다.

낙양을 떠날 때 동탁은 모든 성문에 불을 지르게 하고 민가까지 불태워버렸다. 이렇게 해서 화려했던 낙양은 초토화되었다.

또한, 동탁은 여포를 시켜 선황과 황후들의 무덤을 파헤치게 한 후 순장(殉葬)된 황금과 보석들을 도굴하였다. 군사들도 이때가 기회다 싶어 관리와 백성들의 묘를 눈에 띄는 대로 거침없이 파헤쳐 수천 대의 수레에 황금·주옥·피륙 등 진기한 도굴품과 약탈물을 산더미같이 싣고 황제와 후비들을 위협하여 장안으로 끌고갔다.

조조의 패주

한편, 동탁 휘하의 장수인 조잠(趙岑)은 동탁이 낙양을 포기하였다는 소식을 듣자 사수관을 내놓고 항복하였다. 이에 손견이 군사를 이끌고 앞장서 낙양을 향해 떠났고 유비·관우·장비는 호뢰관으로 쳐들어갔다. 제후들도 각기 진격하였다.

손견이 낙양에 당도하니, 아득히 먼 곳에서 하늘 높이까지 불길이 치솟고 있는 것이 보였다. 땅에는 매캐한 연기가 가득하고 사람의 모습이라곤 그림자도 찾아볼 수 없었다.

손견은 우선 군사들에게 불을 끄도록 명하고 제후들에게는 불탄 자리에 부대를 주둔시키도록 하였다.

한편, 조조는 원소를 만나 그에게 물었다.

"동탁이 장안을 향해 서쪽으로 떠났으니 지금이 추격할 수 있는 절호의 기회인데 이곳에 군사를 주둔시키고 더 나아가지 않는 까닭이 무엇입니까?"

"지금 우리 군사들은 몹시 지쳐 있소. 그러니 억지로 추격해 싸웠다가는 오히려 우리가 위험에 빠질 수 있소이다."

조조는 원소가 자신의 말에 귀 기울이지 않자 제후들을 붙들고 말했다.

"역적 동탁이 궁궐을 불태우고 황제를 협박하는 악행을 저지르고 있습니다. 이렇듯 천하가 뒤집힐 정도로 어지러운 지경인데 제공들은 어찌하여 싸우지 않고 우물쭈물하시는 겁니까?"

조조가 이렇게 선동하였으나 모두들 조조의 의견에 반대하며 경거망동을 삼가야 한다고 말할 뿐이었다.

마침내 조조는 화가 나서 소리치고 말았다.

"이런 겁쟁이들과 어떻게 큰일을 이루겠는가!"

그는 만여 명의 군사를 이끌고 하후돈·하후연·조인·조홍·이전·악진 등과 함께 곧장 동탁의 뒤를 쫓았다.

한편, 동탁이 형양(滎陽)에 이르자 태수인 서영(徐榮)이 맞아주었다. 이유가 다시 동탁에게 진언하였다.

"곧 원소 일당들이 추격해올 것입니다. 그러니 서영에게 명하시어 형양의 성 밖 숲속에 복병을 숨겨놓도록 하십시오. 추격군이 오면 일단 성을 통과시켜 먼저 우리 손으로 혼쭐을 내준 후에 서영의 복병으로 하여금 퇴로를 차단케 해야 합니다. 그러면 그들은 더 이상 쫓아오지 못할 것입니다."

동탁이 이 작전에 동의하여 여포를 후위(後衛)로 돌리자 곧 조조가 그 뒤를 쫓아왔다.

여포는 껄껄 웃으며 기세등등하게 말했다.

"이유의 말이 딱 들어맞는구나!"

그는 즉시 전투 대열을 정비했다. 조조가 말을 타고 앞으로 나왔다.

"이 역적 놈들아, 황제를 빼앗고 백성을 괴롭히는 나쁜 놈들! 네 놈들이 순순히 가게 놔둘 것 같으냐?"

이 말에 여포가 반박하였다.

"네 이놈, 주인을 배반한 비겁한 놈이 무슨 큰소리냐?"

이때 하후돈이 뛰어나와 여포를 공격하였다. 여포와 하후돈이 맹렬한 기세로 격돌하고 있는데 왼쪽에서 이각이 끼어들어 군사를 이끌었다. 조조는 하후연을 내보냈다. 그리자 이번에는 오른쪽에서 함성이 일어났다. 곽사가 군사를 일으켜 밀려들어온 것이었다. 조조는 이에 맞서 조인을 내보내 싸우게 했다.

여포의 군은 세 개의 부대로 만만치 않은 전력이었다. 결국 하후돈이 여포를 당해내지 못하고 돌아서자 여포가 철기병을 몰고 추격해왔다.

조조의 군사는 여포의 힘에 눌려 대패하고 할 수 없이 형양 쪽으로 급히 퇴각하였다. 한참을 가니 어느 적막한 산등성이 밑에 이르렀다. 때는 밤중이었으나 달빛이 대낮처럼 환하게 밝았다.

지치고 허기진 패잔병들은 잠시 걸음을 멈추고 냄비를 걸어 밥을 지으려 하는데 갑자기 주위에서 함성이 울려퍼지며 서영의 복병이 뛰어 나왔다.

조조는 크게 당황하여 황망히 도망쳤다. 한참을 달아나다가 서영과 정면으로 마주치자 조조는 방향을 바꾸어 달아나기 시작했다. 순간 조조의 어깨에 서영이 쏜 화살이 꽂혔다. 조조는 화살이 꽂힌 채로 치달려 산비탈을 빠져나갔다.

조조가 간신히 숲에 이르자, 이번에는 숨어 있던 적군이 창으로 조조의 말을 찔렀다. 조조는 땅에 나뒹굴었고 꼼짝없이 적의 손에 잡혀 목이 베어질 형편이었다. 그런데 순간 한 장수가 달려오더니 복병들을 베어 버리고 조조를 일으켜 세웠다. 그는 바로 조홍이었다.

“나는 여기서 죽을 운명인가 보니 자네 몸이나 어서 피하도록 하게.”

그러나 조홍은 조조의 말을 따르지 않았다.

“어서 말을 타십시오. 저는 걸어가겠습니다.”

“그러다가 적군이 밀려오면 어찌하려고 걸어가겠다는 게냐?”

“천하는 이 몸 조홍보다 조조라는 영웅을 더 필요로 하고 있습니다.”

이 말에 조조는 용기를 내어 조홍의 말 안장에 올라탄 후 조홍에게 말하였다.

“자네 덕에 내 목숨을 구하는군.”

조조는 조홍에게 고마움을 표시했고 조홍은 갑옷과 속옷을 벗어던져 몸을 가볍게 한 후 조조를 뒤따랐다.

어느덧 밤이 깊어 사경(새벽 2~4시)이 되었다. 어둠 속에서 눈을 비비고 자세히 살펴 보니 앞은 강물로 막혀 있었고 뒤에서는 큰 함성이 가까이 들려왔다. 조조는 절망적인 심정으로 길게 탄식하였다.

"이제 내 운도 끝장이구나. 도저히 살아남을 수 없겠다."

조홍은 급히 조조를 말에서 끌어내리더니 갑옷과 전포를 풀어 준 후 알몸이 된 조조를 등에 업고 강을 건너갔다. 가까스로 건너편 강기슭에 이르니 적병은 그때까지도 반대편에서 활을 쏘아대고 있었다.

조조는 물에 빠진 생쥐 꼴이 되어 필사적으로 달아났다. 날이 밝기 전에 삼십여 리를 더 달려서 어느 조그만 언덕 아래 도착했다. 겨우 숨을 돌리고 있는데 갑자기 고함 소리와 함께 멀리 서영이 복병들을 이끌고 강을 건너 공격해왔다. 조조가 당황하여 어찌할 바를 모르고 있는데 때마침 하후돈과 하후연이 수십 기의 군마를 거느리고 달려와 크게 소리쳤다.

"서영 이놈아! 우리 장군께 무슨 짓을 하는 것이냐?"

서영은 몸을 돌려 하후돈과 대결했으나 하후돈이 창으로 맞서 순식간에 그를 찔러 죽이고 그의 병사들을 무찔렀다.

이때서야 겨우 조인·이전·악진들이 조조가 있는 곳으로 찾아왔다. 그들은 군사를 잃은 슬픔속에서 서로의 생사를 확인하며 비감에 젖은 가운데 남은 병력을 모아 하내로 되돌아왔다.

옥새는 손견의 손에

한편, 다른 제후들은 군사들을 거느리고 낙양에 주둔하고 있었다. 손견은 성 안으로 들어가 궁궐의 불길을 진압한 뒤 그대로 궁중에 머물렀다. 그는 건장전(建章殿)의 불탄 자리에 천막을 치고 병사들을 시켜 일대의 기와 더미를 모조리 치우게 하는 한편, 도굴당한 능묘도 모두 말끔히 메우게 하였다. 태묘(太廟) 자리에는 임시 전각을 짓고 제후들과 협의하여 역대 황제의 위폐를 모셨다. 소·돼지·양을 희생물로 바쳐 위령제를 지낸 후 제후들은 다시 흩어졌다.

손견이 건장전 터에 친 막사로 돌아오니, 어느새 별빛과 달빛이 서로 어우러져 눈부시게 밝은 밤이 되었다. 손견은 긴 칼을 차고 밤하늘을 우러러 보았다. 제성(帝星:북극성)을 둘러싼 자미원(紫微垣:고대 중국 천문학에 있었던 별자리)은 안개가 낀 것처럼 뿌옇게 보였다.

제성이 밝지 못하니	帝星不明
적신이 나라를 어지럽혀	賊臣亂國
만민이 고통받고	萬民塗炭
도성은 불타 허허벌판이 되었구나	京城一空

손견은 이렇게 탄식하며 자신도 모르게 눈물을 흘렸다. 그때 곁에 있던 군졸 하나가 손가락으로 한 곳을 가리키며 아뢰었다.

"저기를 보십시오. 건장전 남쪽 우물 속에서 오색의 빛이 뻗어 나오고 있습니다."

손견은 군졸에게 관솔불을 들고 우물 속으로 내려가보게 하였다. 우물에서 발견된 것은 한 여인의 시체였는데 죽은 지 오래된 듯한데도 거의 썩지 않은 상태로 있었다. 그 시체는 궁녀의 옷차림을 하고 있었고 목덜미 아래에 비단 주머니가 걸려 있었다. 주머니를 열어보니 붉은 칠을 한 조그만 상자가 들어 있었는데 그 뚜껑에는 황금으로 된 자물쇠가 걸려 있었다. 상자를 열어보니 안에는 황제의 인장인 옥새가 들어 있었다. 그것은 네 치 가량의 방원형으로 위에는 다섯 마리의 용이 새겨진 손잡이가 있었고, 떨어져나간 한쪽 귀퉁이는 상감(象嵌)으로 새겨져 있었으며 어덟 개의 전자(篆字)로 '수명어천 기수영창(受命於天 旣壽永昌:

명을 하늘에서 받았으니 길이 수를 누려 번영하리라)'이라는 글이 새겨져 있었다.

손견이 정보에게 옥새에 관해 묻자 그가 자세히 대답하였다.

"이것은 전국(傳國)의 보물로 옛날 변화(卞和)라는 사람이 형산(荊山) 땅에서 이 옥돌을 발견했을 때, 봉황새가 돌 위에 앉아 있었다고 합니다. 그는 돌을 캐내어 초(楚)나라의 문왕에게 바쳤는데 돌을 쪼개어보니 그 안에서 이 옥이 나왔다고 합니다. 그 뒤 진(秦)나라 26년에 옥장(玉匠)을 시켜 인장을 만들게 하고 재상 이사(李斯)에게 이 여덟 자의 전서(篆書)를 쓰게 했다고 합니다. 그 후 28년에 시황제(始皇帝)가 시찰 여행을 하는 도중, 동정호(洞庭湖)에서 큰 비바람을 만나 배가 가라앉을 뻔한 일이 있었습니다. 그때 이 옥새를 호수에 던져넣었더니 언제 그랬느냐는 듯이 비바람이 자취를 감추어 무사히 건너갈 수 있었는가 하면, 36년에는 시황제가 화음(華陰)을 순행(巡幸)할 때 누군가가 이 옥새를 종자에게 건네주며 '조룡(祖龍)이신 시황제께 돌려주라'고 한 마디 던진 뒤 연기처럼 사라졌다고 합니다. 그렇게 해서 옥새는 진나라로 돌아왔습니다만, 그 이듬해에 시황제가 승하하였습니다. 뒷날, 시황제의 손자 자영(子嬰)이 한나라 고조에게 이를 바쳤고, 또 왕망이 임금의 자리를 빼앗았을 때에는 효원황태후(孝元皇太后)가 이것으로 왕심(王尋)·소헌(蘇獻) 두 사람을 매질하다가 모서리가 깨어져서 금으로 상감한 것이온데, 그것을 광무제께서 의양(宜陽)에서 입수하시어 오늘에 이르렀지요. 그러다가 지난번 십상시의 난 때 소제께서 북망으로 피신하시는 길에 이 옥새를 다시 잃어버리셨다고 들었는데 이렇게 절로 굴러왔으니 이야말로 하늘이 장군께 황제의 자격을 수여하신 것입니다. 그러니 어서 빨리 이 고장을 떠나 강동 땅으로 돌아가시어 속히 '대사'를 도모하시옵소서."

이 말에 손견은 흔쾌히 대답하였다.

"나도 너와 같은 생각이었다. 그러면 내일 몸이 불편하다는 핑계를 대고 강동으로 돌아가자."

손견은 이렇게 합의하고 군사들에게는 입을 다물게 하였다.

그런데 그의 부대에는 원소와 같은 고향 출신인 군사 하나가 있었다. 그는 지금이 자신이 출세할 수 있는 절호의 기회라 생각하고 그날 밤에 몰래 진지를 빠져나가서 원소에게 이 사실을 고했다. 원소는 그에게 상금을 내리고 그를 숨겨주었다.

다음날 손견은 작별인사를 나누기 위해 원소를 찾아가 아뢰었다.

"몸이 편칠 않습니다. 그러니 장사(長沙)로 가서 치료를 받을 수 있도록 허락해주십시오."

이렇게 손견이 청하자 원소는 냉소 띤 얼굴로 말했다.

"그 병이 바로 옥새병인가보구려."

"무, 무슨 말씀이십니까?"

손견이 당황하여 묻자 원소는 다그쳐 말하였다.

"지금은 나라의 대역적을 토벌하는 싸움이 한창이오. 옥새는 대대로 전해온 국가의 보물인데 장군의 손에 그것이 들어갔다면, 마땅히 공개적으로 알리고 맹주의 손에 맡겨 동탁을 타도한 연후에 조정에 반환해야 하는 것이 이치인데 그것을 몰래 가지고 돌아가려 하다니, 그 무슨 해괴망측한 생각이시오?"

"옥새가 어찌 이 사람의 손에 있다는 말씀입니까?"

"건장전의 우물 속에서 나온 옥새를 어찌 하셨지요?"

"저는 전혀 모르는 일입니다. 제게 왜 그런 말씀을 하시는 겁니까?"

"더 이상 지체하지 말고 빨리 그것을 내놓는 것이 신상에 이로울 것이오."

원소는 손견을 타일렀지만 손견은 끝까지 자신이 결백함을 주장하였다.

"제가 만일 그런 귀중한 물건을 숨기고 있다면 칼이나 활로써 제 목숨을 끊을 것입니다."

손견의 맹세가 이러하니 제후들도 모두 수긍하였다.

"저렇게까지 말하는 걸 보니 거짓은 아닌 듯합니다."

원소는 이 사실을 처음 알려왔던 밀고자를 대령시켰다.

"우물을 조사할 때 이자가 없었소?"

손견은 더 이상 발뺌할 수가 없어 칼을 빼들고 그 병사의 목을 치려 하였다. 그러자 원소도 칼을 뽑으며 소리쳤다.

"이자를 죽이는 것은 곧 우리를 죽이는 것이다."

이 말에 원소의 뒤에서 안량·문추가 일제히 칼을 빼들었고 손견 쪽에서도 정보·황개·한당이 나서서 결투 자세를 취했다. 보다 못한 제후들이 일제히 두 장수 사이에 끼어들어 싸움을 말렸다. 손견은 혼잡한 틈을 타 재빨리 도망친 다음, 그 길로 군사를 철수하였다.

그러나 원소의 마음은 좀처럼 누그러들지 않았다. 그는 밀서를 써서 심복으로 하여금 그것을 형주로 가져가게 했다. 형주 자사 유표(劉表)를 시켜 도중에서 옥새를 빼앗으려는 것이었다.

다음날 동탁을 추격하다가 참패를 당한 조조가 돌아왔다. 원소는 막사로 그를 초대하여 위로연을 베풀었다. 조조는 길게 탄식하며 말했다.

"싸움은 당초에 국적(國賊) 타도가 목적이었으며 제후들도 그 목적 아래 모여주셨소. 내가 처음에 생각한 바를 말씀드리자면 귀공께는 하내(河內)의 군사와 함께 맹진(孟津)의 도강점을 방비해주시길 부탁하려 하였고, 산조(酸棗:하남 방면)의 제후들에게는 성고(成皐)를 고수하고 오창(廒倉)을 근거지로 하여 환원(轘轅), 대곡(大谷)의 통로를 방비케 하려 하였소. 또 원술로 하여금 남양(南陽)의 군을 단(丹)·석(析)에 주둔시킨 후, 무관(武關)으로 들어가 장안(長安) 근교를 위협케 할 작정이었소. 그리하여 공격하지 않으면서 모두 방어전에 치중하면 적군은 단박에 패하고 비로소 우리의 뜻을 세울 수 있으리라 생각했는데, 우물쭈물하는 동안 두 번 다시 오지 않을 기회를 놓치고 말았으니 애석한 일이 아닐 수 없습니다.”

원소를 비롯한 제후들은 조조의 말에 침묵을 지킬 뿐이었다.

연회가 끝나자, 조조는 원소의 무리들이 각기 딴 마음을 먹고 있어 큰일을 이루지 못하리라 판단하고 양주(揚州)로 군사를 철수해버렸다. 공손찬 또한 유비·관우·장비에게 말하였다.

“원소는 큰일을 행할 사람이 못 되오. 그와 오래 있다가는 도리어 화를 입을지 모를 일이니 우리도 그만 돌아가는 것이 좋겠소.”

그들은 원소의 무리로부터 떨어져 나와서 북쪽으로 향했다. 평원(平原) 땅에 이르자 공손찬은 이 고장의 상(相:현령)으로 유비를 남겨놓았고 그 자신은 자신의 영지로 철수하였다.

이 무렵, 연주(兗州)의 태수 유대(劉岱)가 동군(東郡)의 태수 교모(喬瑁)에게 양식을 꾸어달라고 요청하였다. 그러나 교모가 이러서런 핑계를 대이 거절하자, 유대는 교모의 진으로 쳐들어가 교모를 죽이고 그 부하들을 모조리 항복시켰다.

원소는 제후들이 뿔뿔이 흩어지는 것을 보고 자신도 낙양을 떠나 함곡관의 동쪽인 관동땅으로 떠나버렸다.

궁지에 몰린 손견

형주의 자사 유표는 자를 경승(景升)이라 하며, 산양 땅 고평(高平)사람으로 한나라 황실의 핏줄을 이어받은 몸이었다. 젊어서부터 사람 사귀는 것을 좋아하여 그 가까운 친구로 일곱 명의 명사가 있었다.

당시의 세인들은 유표와 이 일곱의 벗을 가리켜 '강하(江夏)의 팔준(八俊)'이라 불렀는데 그 일곱 명은 여남(汝南)의 진상(陳翔)과 범방(范滂), 노나라의 공욱(孔昱), 발해(渤海)의 범강(范康), 산양의 단부(檀敷)와 장검(張儉), 남양(南陽)의 잠질(岑晊) 등이었다.

유표는 이 일곱 사람을 벗으로 삼고 그의 보좌역으로 연평(延平) 땅의 괴량(蒯良), 괴월(蒯越) 및 양양(襄陽) 땅의 채모(蔡瑁)를 거느리고 있었다.

원소가 보낸 밀서가 도착하였을 때 유표는 괴월·채모로 하여금 일만 병력을 거느리고 손견 일당을 저지케 하였다. 먼저 괴월이 대열을 이끌고 손견의 앞을 가로막으니 손견이 크게 소리치며 꾸짖었다.

"무슨 이유로 내 길을 막는 게요?"

그러자 괴월이 큰소리로 꾸짖었다.

"네 이놈, 한나라 신하이면서 어찌 감히 옥새를 훔쳐 달아나느냐? 순순히 내놓으면 털끝 하나 건드리지 않고 보내주겠다."

이 말에 크게 분노한 손견이 황개를 내보내어 맞서게 하니 괴월 옆에 서 있던 채모가 그에 대항하였다. 황개의 채찍이 채모의 갑옷에 달린 호심경(護心鏡)에 맞아 탁 소리를 내자 채모는 크게 놀라 말머리를 돌렸고, 손견은 그 틈에 군사를 이끌고 경계선을 넘어갔다.

그들이 막 경계선을 넘어서자 산 뒤쪽에서 종소리와 북소리가 울려퍼지며 유표가 나타났다. 궁지에 몰린 손견이 유표에게 정중하게 예를 표하고 나서 이렇게 말했다.

"귀공은 어찌하여 원소의 말만 믿고 이 몸을 의심하시는 거요?"

그러나 유표가 단도직입적으로 물었다.

"옥새를 이용해서 나라를 배반할 생각인가?"

"무슨 당치 않은 소립니까? 만약 내게 옥새가 있다면 이 몸은 갈가리 찢기는 죽음을 당해도 할 말이 없을 것이오."

손견은 계속 시치미를 떼었다.

"그렇다면 귀공의 행장을 조사해도 개의치 않으시겠소?"

궁지에 몰린 손견이 소리쳤다.

"그건 지나친 처사이오이다. 나와 끝까지 겨뤄보겠소?"

발끈한 손견이 공격해오자 유표는 재빨리 뒤로 물러서 달아났다. 손견은 그 뒤를 쫓았다. 이때 산 깊숙이 숨어 있던 유표의 병사들이 손견의 앞을 가로막는가 싶더니 뒤에서는 채모와 괴월의 군사가 손견의 퇴로를 차단하였다.

마침내 손견은 유표의 군사들에 의해 포위되고 말았다.

'마땅히 가져야 할 자가 아닌 바에야 옥새를 가져본들 무엇하리오. 도리어 그로 말미암아 화를 부를지니.'

과연 손견은 이 위기를 극복할 수 있을 것인가?

제 7 회 손견의 죽음

원소반하전공손   손견과강격유표
袁紹磐河戰公孫   孫堅跨江擊劉表

반하에서는 원소와 공손찬이 싸우고
손견은 장강을 건너 유표를 치다

기주를 점령한 원소

유표 군에 의해 포위된 손견은 병력의 태반을 잃었지만 정보·황개·한당 등이 필사적으로 맞서 싸워 강동으로 돌아갈 수 있었다. 이로 인하여 손견과 유표는 앙숙이 되고 말았다.

한편 하내에 주둔하고 있던 원소는 군량미가 떨어져 곤경에 처해 있었다. 그러자 기주(冀州)의 한복이 양식을 보내 도움을 주었다.

그러자 이를 보다 못한 모사(謀士:참모) 봉기(逢紀)가 원소에게 권고하였다.

"천하의 큰일을 도모하시려는 분이 남이 보내준 양식에 의지하심은 이치에 맞지 않는 일입니다. 기주는 땅이 넓어 물자가 풍부한 땅입니다. 그런데 장군께서는 왜 그 땅을 빼앗아 손에 넣지 않으십니까?"

원소는 이 말에 시무룩하게 대답했다.

"좋은 방법이 없기 때문일세."

"그럼, 지금 당장 공손찬 장군께 편지를 쓰십시오. 우리 쪽에서 기주를 칠 테니 같이 기주를 공략하자고 말입니다. 그러면 공손찬 장군께서도 기꺼이 청에 응할 것이고 우리보다 먼저 국경선을 넘어설 것입니다. 한복은 생각이 짧고 겁이 많은 인물이므로 틀림없이 원 장군의 도움을 바랄 것이고 구원군의 요청을 받아들이는 척하며 기주 땅에 들어서면 쉽게 기주를 손에 넣을 수 있을 것입니다. 이것이야말로 누워서 떡 먹는 격이지요."

원소는 즉시 공손찬에게 기주를 함께 공격하여 공평하게 영토를 나누어 갖자고 연락하였다.

공손찬은 원소의 제안이 마음에 들어 그 날로 병력을 동원했고 이에 원소는 이 사실을 비밀리에 한복에게 통보하였다.

깜짝 놀란 한복은 모사인 순심(荀諶)과 신평(辛評)을 불러 대책을 강구하였다. 순심이 먼저 제안하였다.

"공손찬이 연(燕)·대(代) 두 고장의 병력을 모아 공격해오면 도저히 막아낼 수 없습니다. 더욱이 유비·관우·장비가 협력하게 되면 사태는 더욱 절망적이 될 것입니다. 원소 장군은 남달리 뛰어난 지혜와 용맹을 겸비하신 장수이고, 그 휘하에는 내로라하는 천하의 명장들이 집결해 있으니 장군이 원소 장군에게 도움을 청하시면 그분이 이를 모른 체할 리 없습니다. 그렇게만 되면 공손찬의 공격은 막아낼 수 있을 것입니다."

이 제안에 따라 한복은 별가(別駕:보좌관)인 관순(關純)을 시켜 원소를 부르기로 하였다. 그러나 장사(長史:군정관)인 경무(耿武)가 이를 말렸다.

"원소는 지금 고립상태에 놓여 있어 우리가 준 양식으로 간신히 연명하고 있는 처지입니다. 무릎 위의 젖먹이처럼 젖을 먹여주지 않으면 단박에 굶어죽을 상태인 사람에게 비호를 바라는 것은 천부당만부당한 일입니다. 결국 지금 우리가 원소의 도움을 청하는 것은 양떼 속에 호랑이를 끌어들이는 것과 같습니다."

그러나 한복은 경무의 말을 일축하였다.

"나는 원래 원씨 집안을 섬기는 처지이며 나의 재능과 학식 또한 도저히 원소의 그것과 견줄 만한 것이 못되네. '현자(賢者)를 택하여 그에게 양도한다'는 말도 있는데 그대는 어찌하여 그것을 반대하는가?"

경무는 한복의 말에 기주의 운명도 이제는 끝났다고 낙담하였다. 이렇게 한복에게 실망하여 그 곁을 떠나가버린 부하들이 삼십여 명에 이르렀다.

그러나 경무와 관순은 떠나지 않고 성 밖에 잠복하여 원소를 기다렸다. 며칠 뒤, 원소가 군사를 이끌고 진격해 오자 경무와 관순은 칼을 뽑아들고 원소를 향해 달려나갔다. 그러나 원소 휘하의 안량(顔良)이 경무를 쓰러뜨리고 문추(文醜)가 관순의 가슴에 칼을 꽂았다.

원소는 수월하게 기주로 들어갔다. 한복에게는 분위장군(奮威將軍)이라는 이름뿐인 직분을 주어, 실권을 빼앗고 정치적 사무나 행정 일체를 전풍(田豊)·저수(沮受)·허유(許攸)·봉기에게 분담케 하였다. 그때서야 한복은 사태를 알아차렸으나 별 도리가 없었다. 그는 가족마저 버리고 처량하게 진류(陳留) 땅의 태수 장막(張邈)에게 의지하기 위해 길을 떠났다.

원소와 공손찬의 결전

그러는 동안, 공손찬은 원소가 기주를 정복한 사실을 알고 아우인 공손월을 사절로 보내어 땅의 분할을 요구하였다. 그러나 원소는 시큰둥하게 답하였다.

"공손찬 공께서 직접 오시도록 하시오. 내가 의논할 것이 있소."

이에 하는 수 없이 공손월이 되돌아가는데 채 오십 리도 못 가서 한 떼의 군사들이 길을 가로막았다.

"우리는 동 승상의 군사들이다!"

그들은 이렇게 소리치면서 공손월을 참하였다. 공손월을 수행하던 시종 중 하나가 겨우 목숨을 부지하여 공손찬에게 자초지종을 보고하였다.

"원소, 이놈 봐라. 처음부터 나를 속여 한복을 위협하더니, 이제는 약속마저 이행하지 않으려 하고 거기다가 자신의 졸개들을 동탁의 군사로 가장해서 내 아우의 목숨까지 빼앗다니. 이놈이 간교한 재주를 부리고 있구나. 내 원소란 놈을 가만두지 않겠다. 괘씸한 놈!"

공손찬은 노기 충천한 가운데 휘하의 모든 병력을 총동원하여 기주로 진군하였다. 그러자 원소도 이에 맞서 반하(磐河) 다리를 사이에 두고 두 군대가 대치하게 되었다. 원소의 군대는 반하의 다리 동쪽에 진을 치고 있었고 공손찬의 군사는 서쪽 기슭에 모여 있었다.

공손찬이 원소를 향해 외쳤다.

"이 의리를 저버린 놈, 네가 나를 속이고 내 동생까지 죽이다니 그러고도 무사할 것 같으냐!"

원소도 다리 근처로 나와 응수하였다.

"한복이 곤경에 처해 기주를 나에게 넘긴 것뿐이니 이것은 네 놈과는 상관없는 일인데 웬 소란이냐?"

공손찬이 다시 호통쳤다.

"전에는 네 놈의 성실함과 의를 믿고 맹주로 천거하였다만은 오늘의 네 놈 소행을 보니 짐승보다도 어리석고 무지한 놈이로구나. 어떻게 그 더러운 낯짝을 들고 다닐 셈이냐?"

원소는 더 이상 참지 못하고 명령을 내렸다.

"저놈을 당장 잡아들여라!"

"제가 처치하겠습니다."

문추가 이렇게 말하고 다리를 넘어 당당하게 나아가니 공손찬이 다리 기슭에서 잠시 머뭇거리다가 등을 돌려 달아나자 문추가 기세 등등하게 그 뒤를 추격하였다.

공손찬은 정신없이 말을 몰아 자기의 군진 안으로 뛰어들었다. 문추도 따라 들어와 둘은 맞붙었다. 공손찬 휘하의 네 장수가 일제히 덤벼들었지만 그 중 하나가 문추의 창에 찔려 쓰러지자 나머지 셋도 흠칫하며 뒤로 물러났다. 그 사이, 공손찬은 자신의 군사 진영을 가로질러 뒤쪽으로 빠져 나갔다. 이를 알아챈 문추가 공손찬의 뒤를 다시 쫓았다. 이윽고 공손찬과 문추는 산골짜기에 다다르게 되었다.

문추가 급히 말을 몰며 큰소리로 외쳤다.

"어서 항복하지 못할까!"

공손찬은 활을 겨누었으나 당황하여 활과 화살을 모두 떨어뜨리고 말았다. 그 바람에 투구마저 벗겨져 머리카락이 풀어헤쳐졌다. 그러나 공손찬은 물러서지 않고 산기슭의 야트막한 언덕을 한 바퀴 돌며 공격할 기회를 엿보는데 갑자기 말이 고꾸라져서 굴러 떨어지고 말았다.

문추가 창을 휘두르며 공손찬에게 달려들었다. 공손찬이 '이제

정말 끝이구나' 체념하며 고개를 떨구는 순간 근처에서 말을 탄 사람이 창을 휘두르며 달려 나와 문추를 겨냥하였다. 그러는 사이에 공손찬은 정신을 수습하고 돌연히 나타난 그 사람을 살펴보았다. 짙은 눈썹에 큼직한 눈, 붉으레한 안색에 이중 턱, 8척은 넘을 것 같은 키로 그는 더욱 늠름하고 위풍당당하게 보였다. 그는 문추와 한참을 겨루었으나 도무지 결판이 나지 않았다.

그때 공손찬의 부하들이 공손찬을 구하기 위해 달려오자 문추는 그제서야 말을 몰아 달아났다. 그 젊은 무인 역시 더 이상 문추를 뒤쫓지 않았다. 공손찬이 부랴부랴 언덕 아래로 내려가 그 무인의 성과 이름을 묻자 젊은이는 공손히 대답하였다.

"이 몸은 상산(常山) 군 진정(眞定) 고을 출신으로, 성은 조(趙)요, 이름은 운(雲), 자를 자룡(子龍)이라 합니다. 원소를 섬기고 있었으나 그의 심중에는 임금도 없고 백성도 없음을 알게 되어 낙심한 나머지 공손 장군을 섬겨볼까 하고 거닐던 차에 우연히 이곳에서 만나뵙게 되었습니다."

공손찬은 매우 기뻐하며 그를 진영으로 데리고 갔다.

이튿날 공손찬은 부대를 좌우로 나누어 진영을 재정비했는데 이는 마치 새가 날개를 펼친 형대와도 같았다. 진중의 말들은 오천여 필로 태반이 보기드문 백마였다. 전에 강족(羌族:북서부에 사는 탕구트 족)과의 싸움 때, 공손찬은 백마를 전위로 내세우고 스스로 '백마장군'이라 일컬은 일이 있었는데 그 뒤로 강족은 백마가 눈에 띄면 겁을 먹고 달아나기에 바빴다. 그런 까닭으로 백마의 수를 점점 늘린 것이다.

한편, 원소도 안량과 문추를 선봉으로 내세워 그들에게 각각 활 잘 쏘는 궁노수(弓弩手) 일천 명씩을 거느리게 하였으며 이들 부대를 둘로 나누어 왼쪽은 공손찬의 오른쪽 군을, 오른쪽은 왼쪽 군을 겨냥하도록 명하였다. 뿐만 아니라 궁수(弓手) 팔백과 보병 일만오천을 거느린 국의(麴義)를 진중에 배치하였고 원소 자신은 보병·기병 등 수만 명으로 이루어진 후방 기동부대의 선두에 섰다.

공손찬은 아직 조운의 본심을 파악하지 못하였기에 그에게 소규모의 한 부대를 거느리게 하여 자신의 후방에 배치시키는 한편, 최전방에는 대장 엄강(嚴綱)을 내보내고 공손찬 자신은 본대를 이끌었다.

공손찬은 붉은 원 안에 황금빛으로 '수(帥)'를 새겨 넣은 기(旗)를 말 앞에 내걸고 다리를 향해 진격했다. 그런 태세로 아침부터 한낮까지 계속 싸움을 걸었지만 원소의 군진에서는 아무런 반응이 없었다.

원소의 부장 국의는 궁수들에게 방패 뒤에 몸을 숨기고 있으라고만 명하였다.

드디어 엄강의 부대가 함성을 내지르며 원소의 진으로 공격해 왔다. 그러나 방패 뒤의 궁수들은 그대로 꼼짝하지 않은 채로 있었다. 엄강의 부대는 심상치 않게 여기면서도 바싹 다가섰다. 그 순간 느닷없이 호포 소리가 들리더니 팔백의 궁수들이 일제히 시위를 당겨 활을 쏘아댔다.

놀란 엄강이 허둥지둥 물러서려 하자 국의가 나와 그의 목을 베어 버렸다. 공손찬 부대의 참패였다. 좌우의 부대가 구원군으로 나섰지만 안량·문추의 궁수들이 쏘아대는 화살에 차례로 쓰러질 뿐이었다.

마침내 원소의 부대가 일시에 공격 태세를 취하였다. 다리에 이르자 국의가 선두로 나서 공손찬 부대의 기수를 단칼에 베어 버렸다. 이어 '수(帥)'자가 새겨진 깃발도 쓰러졌다. 공손찬은 상황의 위급함을 깨닫고 재빨리 다리에서 물러나 도망쳤다. 그러자 국의가 공손찬 부대의 후미를 향해 앞으로 진격하였다.

그러다가 국의는 후미에서 부대를 이끌고 있던 조운과 마주쳤다. 둘은 일 대 일로 겨루었는데 마침내 국의가 조운의 창에 찔려 말에서 떨어졌다. 조운은 그 승세를 몰아 홀로 적군의 진중으로 뛰어들어 오른쪽에서 왼쪽으로 종횡무진 누비며 군사들을 쓰러뜨렸다. 그야말로 무인지경의 양상이었다. 이에 힘입은 공손찬이 다시 복귀하여 대열을 정비한 후, 원소의 무리를 공격하니 결국 원소의 군은 대패하고 말았다.

이때 원소는 국의가 '수'자가 새겨진 깃발을 쓰러뜨리고 패병들을 추격한다는 보고를 접하고 크게 기뻐하며 아무런 방어도 하지 않은 채 싸움 구경을 하고 있었다. 다 이긴 싸움이라 여기며 그가 공손찬을 조소하고 있을 때, 그의 눈앞에 조운이 불쑥 나타났다. 궁수들은 허둥지둥 활을 겨누었지만 조운의 맹렬한 기세를 제압하기에는 역부족이었다.

원소의 부대가 뿔뿔이 흩어져 달아나기 시작하니, 공손찬의 부대가 그 뒤를 쫓아 포위하였다. 전풍(田豊)이 당황한 목소리로 소리쳤다.

"원 장군, 속히 저 진 안으로 피하십시오!"

그러자 원소는 투구를 내던지며 소리쳤다.

"싸움터에서는 죽을 때까지 최선을 다해 싸워야 하는 법이다. 이제 와서 내게 진 안으로 숨으라니, 대장부를 뭘로 알고 함부로 떠드느냐?"

이 말에 그의 부하들은 큰 힘을 얻어 선전했다. 때문에 조운도 더 이상 그들의 진영을 돌파할 수가 없었다. 때마침 안량이 이끄는 구원군이 도착하자 원소측의 반격이 시작되었다. 조운은 공손찬을 보위하면서 두터운 포위진을 뚫고 다리 끝에 자리잡고 있는 본진으로 돌아갔다.

원소의 부대가 불 같은 위력으로 공격을 펼치며 다리를 건너오자 공손찬의 많은 병력이 물에 빠져 죽었다.

원소가 계속 진격하고 있을 때 갑자기 산너머에서 우레와 같은 함성 소리와 함께 한 무리의 군사들이 나타났다. 군사를 이끌고 선두에 선 세 장수는 바로 유비·관우·장비 삼형제였다. 이들은 평원에 머무르고 있다가 공손찬 부대의 싸움 소식을 접하여 급히 달려온 것이었다.

세 사람이 각기 저마다의 창칼 솜씨로 원소를 공격하니 원소는 들고 있던 칼까지 떨어뜨리며 급히 말머리를 돌려 줄행랑을 쳤고 그를 따르던 군사들도 다시 다리를 건너 퇴각하였다.

공손찬도 일단은 자신의 군사를 수습하고 진지로 돌아와서 유비·관우·장비 세 사람과 인사를 나누었다.

"자네들이 오늘 나를 도와주지 않았다면 정말 큰일을 당할 뻔했소."

공손찬은 조운을 삼형제에게 소개하였다. 이때 유비는 조운의 사람됨을 한눈에 알아보고 그를 매우 좋아하게 되었다.

동탁의 중재

한편 원소는 싸움에서 패한 후 오직 방어 태세만 취할 뿐 좀처럼 움직이려 하지 않았다. 그리하여 양군이 대치한 지 한 달이 넘게 되었다. 그러자 이 사실은 장안에 있는 동탁에게까지 알려졌고 사태를 파악한 이유가 동탁에게 건의하였다.

"원소나 공손찬이나 모두 당대의 호걸입니다. 그들이 반하를 사이에 두고 서로 대치 중이니 이 기회에 황제의 조서(詔書)를 구실로 하여 둘 사이의 화해를 주선해보시지요. 그렇게 되면 아마도 둘은 모두 장군께 감사를 표시하고 장군을 따르게 될 것입니다."

동탁은 귀가 솔깃해져서 이유의 뜻에 따르기로 했다.

이튿날, 동탁은 태부 마일제(馬日磾)와 태복(太僕:거마 관리 담당
자) 조기(趙岐)로 하여금 황제의 조서를 전달하게 하였다. 이들이
하북 땅의 경계에 들어서자 원소가 일백 리나 되는 먼 길을 달
려 마중나와 재배하고 조서를 받들어 모셨다. 이어 두 사신은 공
손찬에게도 찾아가 조서를 전달했다.

이리하여 공손찬과 원소가 서로 화해할 의사를 타진한 끝에
강화(講和)가 성립되고 두 사신은 장안으로 돌아가 복명하였다.
공손찬은 즉각 군사를 철수하고 북평 땅으로 돌아가면서 황제에
게 유비를 평원의 상(相)으로 추천하였다.

유비가 조운과 헤어지게 되었을 때, 그는 섭섭한 마음을 가누
지 못하여 조운의 손을 잡은 채 한참 동안이나 할 말을 잊고 있
었다.

조운이 탄식하며 말하였다.

"제가 공손찬을 잘못 보았습니다. 영웅인 줄 알았건만 원소와
다를 바 없는 인물이더군요."

이 말에 유비가 조운을 타일렀다.

"한동안은 인내하는 시기가 필요할 걸세. 언젠가 다시 만날 날
이 있을 테니 그때까지 잘 있게."

두 사람은 눈물을 흘리며 아쉬운 이별을 하였다.

손견의 복수

이때 원소의 아우 원술은 남양에 있었는데 형 원소가 기주를
손에 넣었다는 소식을 접하자 형에게 부하를 보내 말 천 필을
요구하였다. 그러나 원소가 이에 응하지 않았으므로 원술은 크게

화가 났고 이로써 두 형제간의 우애는 금이 가고 말았다.

이어 원술은 형주에도 사자를 보내 유표에게 이십만 석의 양식을 빌려달라고 부탁하였으나 이 또한 거절당하고 말았다. 그러자 원술은 원한을 품고 손견에게 밀서를 보내어 유표를 치라고 손견을 부추겼다.

지난날 유표가 공의 귀로를 차단한 것은 내 형 원소의 지시에 따른 일이었습니다. 그런데 원소는 이제 다시 유표와 합세하여 장군이 통치하고 있는 강동 땅을 치려합니다. 그러니 공께서 먼저 유표를 치셔야 합니다. 그러면 나도 형을 공격할 것이고 그렇게 되면 우리는 다 함께 한을 풀게 됩니다. 그리하여 공께서는 형주를 차지하시고 저는 기주를 손에 넣게 되는 것입니다. 그러니 부디 협력해주십시오.

밀서를 받아든 손견이 흡족해하며 말하였다.

"유표 이놈, 일전엔 네 놈의 훼방으로 꼼짝없이 당하고 말았지만 이번엔 내가 그 앙갚음을 해주고 말겠다."

손견은 정보·황개·한당 등의 장수를 소집하여 대책을 협의하였다.

정보가 먼저 입을 열었다.

"원술은 본디 간교한 모사꾼으로 믿을 만한 인물이 못 된다는 점을 유념하십시오."

"원술이 어떤 자이건 간에 난 오직 내 원한을 풀려는 것뿐이네."

손견은 정보의 말을 일축하였다. 그는 먼저 황개를 장강의 기슭으로 보내 배를 조달케 하였는데 그 배에는 무기와 양초(糧草)를 가득 싣게 하였다. 또 군마를 수송하기 위한 대형 선박도 마련하여 유표를 칠 준비를 단단히 시켰다.

강을 지키고 있던 파수꾼이 이런 상황을 유표에게 보고하자 유표는 크게 놀라 급히 대책회의를 소집하였다.

괴량(蒯良)이 유표를 진정시키며 말하였다.

"크게 염려하실 것 없습니다. 강하의 병력을 황조(黃祖)에게 맡겨 전위 부대로 삼고 장군께서는 형주·양양의 병력을 이끄십시오. 그러면 손견이 강을 건너고 호수를 건너 쳐들어온다 해도 그만한 병력으로 우리 군사와 맞서 싸우기가 쉽지 않을 것입니다."

유표는 괴량의 말에 동의하여 즉시 황조에게 명령을 내리고 곧바로 대군을 동원하였다.

손견에게는 네 명의 자식이 있었다. 모두 정실인 오 부인(吳夫人)의 아들이었는데 맏아들이 책(策)으로, 자를 백부(伯符)라 하였고 차남은 권(權)으로 자는 중모(仲謀), 셋째가 익(翊)으로 자는 숙필(叔弼), 넷째가 광(匡)으로 자는 계좌(季佐)였다.

오 부인의 동생은 손견의 둘째 부인으로 그 사이에도 일남 일녀가 있었다. 아들은 낭(朗)이라는 이름에 자를 조안(무安)이라 하였고, 딸은 인(仁)이라 했다. 손견은 이 밖에도 셋째 부인 유씨(兪氏)와의 사이에서 낳은 아들 소(韶)가 있었다. 그리고 손견에게는 정(靜)이라는 아우가 있었는데 그의 자는 유대(幼臺)라 하였다.

손견이 출전할 때였다. 아우 손정이 조카들을 데리고 나와 말앞에 서서 호소하였다.

"동탁이 권력을 쥐고 있고 황제에게는 힘이 없습니다. 서로들 어리석은 힘겨루기에 빠져 나라 안이 온통 난리인데 오로지 강동 땅만이 아직 큰 탈을 겪지 않고 있습니다. 형님께서 그런 사소한 원한으로 싸움을 벌인다는 것은 옳지 못합니다. 다시 한 번 잘 생각해서 행동하십시오."

"쓸데없는 소리는 그만 두어라. 나는 장차 천하를 다스릴 몸이
니 원한이 있다면 마땅히 그것을 해결해야 할 것 아니냐?"

손견이 이렇게 아우의 말을 무시해버리자 장남 손책이 나서서
말하였다.

"아버님께서 기어코 나가시겠다면 소자가 아버님을 모시겠습니
다."

손견은 아들의 청을 받아들여 부자가 함께 배를 몰아 번성(樊
城)을 향해 진격하였다.

그때 유표의 장수 황조는 강기슭에 쇠뇌수와 궁노수를 숨겨놓
고 손견을 기다리고 있었다. 그리고 손견 일행의 배가 기슭에 닿
으면 지체하지 말고 일제히 활을 쏘도록 명하였다.

이윽고 손견이 강기슭에 도착하자 화살과 쇠뇌가 빗발쳤다. 손
견은 휘하의 군병들을 진정시키며 배 안에 잠복하도록 하였다.
가끔씩 배를 움직여 유도하면서 그렇게 사흘 동안 강기슭을 수
십 번 왔다갔다 하였다.

결국 황조는 덮어놓고 활을 쏘아대어 화살이 바닥 나버렸고
그러자 손견은 기다렸다는 듯이 배에 날아들어온 화살을 낱낱이
뽑게 하였다. 화살을 모두 모으니 십만 개는 족히 될 것 같았다.

때마침 바람이 강기슭을 향해 불어와 손견은 그 화살을 한꺼
번에 쏘게 하였다. 이에 강 건너 기슭의 적군은 버티지 못하고
쓰러져갔다.

손견은 부대를 이끌고 상륙하여 정보·황개의 두 부대에게 황
조의 군진을 공격하도록 명했다. 뒤따라 한당의 부대도 공세를
취하니 황조는 삼면으로 에워싸여 꼼짝할 수 없게 되었다. 마침
내 황조는 대패하여 번성을 버리고 등성(鄧城)으로 도피하였다.
손견은 황개에게 배를 맡기고 몸소 적군을 추격하였다.

황조가 병력을 이끌고 평지에 진을 치니 손견도 이에 맞서 진

두로 나갔다. 이때 손책은 빈틈없이 무장하여 창을 손에 들고 아버지 곁에 말을 몰고 서 있었다.

이윽고 황조가 두 장수와 함께 모습을 나타냈는데 그 장수들은 강하의 장호(張虎)와 양양의 진생(陳生)이었다. 황조가 채찍을 휘둘러대며 고함쳤다.

"이 강동의 쥐새끼 같은 놈들아! 한나라 황실의 핏줄이 흐르는 영토를 너희가 갉아먹도록 내버려 둘 줄 알았더냐?"

황조는 장호를 먼저 보내어 싸움을 걸도록 하였다. 손견의 진영에서는 한당이 그에 맞서 나섰다. 둘이 싸우기를 삼십여 차례, 마침내 장호가 피로한 기색을 보이자, 진생이 도우러 나섰다. 그때 진생을 발견한 손책은 창을 버리고 화살을 당겨 그의 얼굴에 겨누었다.

순식간에 '쌩' 하고 화살이 날아갔고, 진생은 화살에 맞아 나뒹굴었다. 이를 본 장호가 당황해서 어쩔 줄 몰라하는 순간 한당이 칼을 휘둘러 장호의 얼굴을 두 동강 내었다.

또한 정보가 적진 앞에 나가서 황조를 잡으려 하자 위기감을 느낀 황조는 투구와 말을 버리고 병사들 틈으로 들어가 황급히 달아났다. 손견은 적을 닥치는 대로 죽이고 한수(漢水)에 도착한 후 황개에게 명하여 배를 한강(漢江)에 닿게 하였다.

황조는 패잔병을 모아 재정비시키고 유표에게 보고하였다.

"도무지 손견을 당해낼 수가 없습니다."

이에 유표는 괴량을 불러 상의했다.

"우리는 이번 싸움에서 참패하여 전의를 상실하고 말았습니다. 그러니 우선 방비 태세를 굳건히 한 다음 원소의 도움을 청하여 적의 포위망이 자연히 풀리게 합시다."

괴량의 말에 채모(蔡瑁)가 반박하였다.

"그것은 현명한 방법이 아닙니다. 적군이 코앞에 진을 치고 있는데, 아무런 수도 쓰지 않고 가만히 앉아 있을 수는 없습니다. 부족하지만 제가 나서서 겨뤄보겠습니다.”

유표는 채모의 출병을 허락하였다. 채모는 일만여 명의 병력을 이끌고 양양성 밖으로 나가 현산(峴山)에 진을 쳤다.

손견이 승세를 타고 선제 공격을 감행하니 채모가 맞서 나갔다. 채모를 발견한 손견이 휘하의 장수들에게 말하였다.

“저놈은 유표의 처남이라네. 후처의 오라비지. 누가 나가서 저놈을 잡아오겠나?”

그러자 정보가 철척모(鐵脊矛:자루가 철로 된 창)를 높이 쳐들고 달려나갔다. 서너 차례의 교전 끝에 결국 채모는 당해내지 못하고 달아났다. 그 뒤를 손견이 대군을 이끌고 추격하니 그 들판에는 유표 군사들의 수많은 시체가 나뒹굴었다.

채모는 용케 도주하여 양양성 안으로 들어갔다. 이 모습을 본 괴량이 펄펄 뛰면서 말하였다.

“어리석은 채모가 내 제안을 듣지 않고 나서다가 봉변을 당하고 말았습니다. 그러니 저런 놈은 군법에 따라 마땅히 사형에 처해야 합니다.”

그러나 유표는 채모의 누이동생을 후처로 맞은 지 얼마 안 되었기 때문에, 그를 처형하지는 않았다.

손견의 죽음

손견은 병력을 네 개의 부대로 나누어 양양성을 포위하였다. 그러던 어느 날, 난데없이 심한 돌풍이 불어닥쳐 본진에 세운 깃발의 깃대가 부러져버렸다. 이를 발견한 한당이 손견에게 진언하였다.

“이것은 아무래도 불길한 징조이니 일단 싸움을 멈추시는 게 좋을 듯합니다.”

“우리는 연전연승하고 있다. 이제 곧 양양성을 함락할 터인데 돌풍에 깃대 하나 부러졌다고 해서 싸움을 그만둘 수는 없지 않겠는가?”

손견은 한당의 말에 귀를 기울이지 않고 더욱 분발하여 공격 태세에 나섰다.

이때 유표의 진영에서는 괴량이 유표에게 대책을 건의하고 있었다.

“밤에 천문을 보니, 장성(將星) 하나가 떨어질 기운입니다. 그러니 서둘러 원소에게 서신을 띄워 원조를 청하십시오.”

유표는 이 말에 동의하여 원소에게 편지를 쓴 후 그것을 전달할 사람을 구하였다.

“적군의 포위망을 뚫고 가야 하는데 누가 이 일을 맡겠는가?”

그러자 여공(呂公)이 자원하였다. 이에 괴량이 그에게 빠져나갈 계략을 일러주었다.

“무사히 빠져나가려거든 나의 지시를 명심하도록 하시오. 오백 명의 기병을 끌고 나가되, 특히 궁수를 많이 데리고 나가 포위망을 돌파한 후 현산으로 향하도록 하시오. 그러면 적군이 반드시 뒤쫓을 것이니 장군은 일백 명을 먼저 산꼭대기로 올려보내 돌멩이를 모으도록 하고 그 밖에 일백 명의 궁수를 숲속에 남겨놓도록 하시오. 적이 아무리 가까이 육박해와도 급히 도망쳐서는 안 되오. 이리저리 우회한 다음, 방금 말한 두 부대의 복병이 있는 곳으로 와서 돌멩이와 화살을 퍼붓는 것이오. 그리고 싸움에 이기면 불꽃을 터뜨리도록 하시오. 그러면 성 안에서 응원 부대를 보낼 것이오. 그러나 적이 추적하지 않으면 불꽃을 쓰지 말고 바로 서둘러 원군을 청하러 가야 하오. 오늘 밤은 달도 밝지 않으니 해질녘에 성 밖으로 나가도록 하시오.”

여공은 이 계략을 들은 후 채비를 갖추고 황혼 무렵 슬그머니 성의 동문으로 빠져나갔다.

그때 손견은 진중에 있었다. 밖에서 함성이 들려오자 황급히 말에 올라타 삼십여 기병만을 거느리고 나서려는데 군졸 하나가 보고하였다.

"적군의 한 부대가 성 밖으로 나와 현산 쪽으로 달려나가고 있습니다."

그러나 손견은 장수들을 소집하지 않고 혼자 삼십여 기병만을 이끌고 현산으로 뒤쫓아갔다.

그 동안 여공은 괴량의 말대로 산 속 깊숙이 병력을 숨겨놓았다. 손견은 혼자 앞서 달려 나갔다. 그의 말은 여느 말보다 빨리 내닫기 때문이었다. 손견은 부하들과 떨어져 마구 달려 나갔다. 그러다가 여공의 무리를 발견한 손견이 크게 소리쳤다.

"멈추어라!"

그러자 여공은 일단 뒤돌아서는 척하다가 이내 달아나버렸다. 산이 깊어 그의 모습은 순식간에 보이지 않게 되었다. 손견은 계속 추적하였으나 여공을 발견하지 못한 채 산꼭대기까지 올랐다.

그때 어디선가 징소리가 들려왔다. 신호를 기다리기라도 한 듯 산 위에서 돌덩이가 쏟아져 내리고 숲속에서는 빗발치듯 화살이 날아왔다. 끝내 손견은 돌과 화살에 묻혀 흔적조차 찾아볼 수 없게 되었고 결국 현산(峴山)에서 서른일곱의 나이로 삶을 마감하게 되었다.

여공은 뒤따라온 삼십여 명의 기병까지 모조리 사살하고 신호로 불꽃을 쏘아올렸다. 이 불꽃을 발견한 황조·괴월·채모가 각기 공격을 시작하였다. 그러자 강동의 군단은 순식간에 일대 혼란에 빠졌다. 황개는 수군(水軍)을 이끌고 나가 황조와 맞섰다.

격전 끝에 황개는 황조를 생포할 수 있었다.

정보는 손책을 비호하며 퇴로를 찾다가 여공과 마주쳤다. 결국 철척모를 휘두르는 정보의 손에 여공은 죽음을 당하고 말았다.

양군의 격전은 새벽녘에야 겨우 가라앉았다. 유표의 부대는 성 안으로 들어가고 손견의 부대는 한수까지 퇴각하였다. 군사를 거느리고 한수에 당도한 손책은 그때서야 비로소 아버지의 죽음을 알게 되었다. 손견이 화살과 돌에 의해 처참한 죽음을 당했으며 그 유해마저 적들의 손에 들어가 있다는 소식을 듣고 손책은 큰 소리로 울부짖었다. 장졸 일동도 모두 목놓아 울었다.

"아버님의 유해가 적진 속에 있는데, 내 어찌 이대로 물러갈 수 있단 말인가?"

손책이 탄식하자 황개가 나서서 말하였다.

"우리 쪽에서 황조를 생포해왔습니다. 그러니 적진으로 사람을 보내어 우리 장군의 유해와 황조의 목숨을 맞바꾸도록 하지요."

이때 환계(桓階)가 나서서 말하였다.

"제가 전부터 유표를 알고 지내왔으니 그 심부름을 저에게 맡겨주십시오."

손책은 이를 허락하고 환계를 보냈다. 유표를 만난 환계가 손책의 뜻을 전하니 유표가 대답하였다.

"손견의 유해는 이미 관에 모셔놓았다네. 그러니 황조를 돌려보내면 즉시 관을 보내도록 하겠네. 그리고 이제 더 이상 싸움을 걸거나 상대방의 영토를 침범하지 않도록 하세."

환계가 사의를 표하고 물러나려 하자 괴량이 일어나 반발했다.

"안 될 말씀이십니다. 강동의 모든 장수들은 그대로 돌려보내서는 안 됩니다. 일단 환계의 목을 친 후에 다시 제 생각을 말씀드리겠습니다."

적을 뒤쫓던 손견이 목숨을 잃고 강화를 맺으려던 환계마저 위기에 몰리게 되었다. 과연 이 상황은 어떻게 수습될 것인가?

제 8 회 연환지계에 빠진 동탁과 여포

왕 사 도 교 사 연 환 계
王司徒巧使連環計　　董太師大鬧鳳儀亭
동 태 사 대 요 봉 의 정

왕윤이 연환의 계략을 교묘히 이용하고
동탁은 질투하여 봉의정에서 법석을 떨다

동탁의 만행

괴량의 주장은 이러하였다.

"손견은 죽었고 자식들도 아직 어립니다. 이 기세를 몰아 진군하면 강동 땅은 장군의 것이 됩니다. 만약 유해를 돌려주고 싸움을 그치면 적은 서서히 세력을 키워 우리 형주를 눈엣가시와 같은 존재로 여길 것이고 그리되면 훗날 큰 복수전이 펼쳐질 것입니다."

그러나 유표는 괴량의 말에 쉽게 동의할 수 없었다.

"포로가 된 황조를 그냥 내버려둘 수는 없지 않느냐?"

"황조 한 사람쯤은 그냥 놔두셔도 상관없습니다. 황조보다는 강동 땅이 우리에게 더 소중합니다."

"안 될 말이네. 황조는 내게 마음의 벗인 동시에 충성심 강한 심복이네. 그렇게 의를 저버릴 수는 없는 노릇이지."

마침내 유표는 환계를 돌려보냈다. 손견과 황조의 교환을 위한 교섭이 성립된 것이었다.

이렇게 해서 유표는 황조를 되찾았고 손책은 부친의 영구를 맞아 싸움을 그만두고 강동으로 철수하여 곡아(曲阿)의 들에서 장사를 치렀다. 장례를 마친 후 그가 군사를 거느리고 강도(江都)에 머무르면서 널리 인재를 불러 모으니 사방으로부터 호걸들이 손책을 찾아와 머리를 조아렸다.

한편, 동탁은 장안에서 손견의 죽음을 전해 듣고 두통거리가 하나 없어졌다며 측근에게 물었다.

"그놈의 후계자는 나이가 몇이나 된다더냐?"

"열일곱 살이라 하옵니다."

좌중의 한 사람이 말했다. 동탁은 이 말에 크게 마음을 놓았다.

이후 동탁은 더욱 횡포를 부리며 주(周)나라 무왕(武王)을 지도한 태공망 여상(太公望 呂尙)을 본떠 스스로 '상부(尙父)'라 칭하였는데 그가 드나들 때는 흡사 황제와 같은 행렬을 갖추었다.

뿐만 아니라 아우인 동민(董旻)을 좌장군 호후(鄠侯)로 명하였고 조카인 동황(董璜)을 시중에 임명하여 그로 하여금 금군(禁軍)을 통솔케 하였다. 이렇게 해서 동씨 일족은 어른이나 아이나 모두가 열후에 봉해졌다.

한편, 장안에서 이백오십 리쯤 떨어진 곳에 성을 쌓았는데 이곳을 미오(郿塢)라는 이름의 별궁으로 만들었다. 여기에 동원된

인부는 자그마치 이십오만 명으로, 성의 규모는 장안의 크기와 다를 바가 없었다. 별궁 안쪽에는 궁전과 창고를 짓고 그 안에 이십 년간 먹고도 남을 식량을 저장하였다. 또한 황금과 옥을 비롯한 갖가지 보석과 귀한 비단을 모아 산더미처럼 쌓아놓고 민간에서 젊은 미인 팔백 명을 뽑아 그곳에 기거하도록 했다. 또 동탁의 일족을 모두 이 성으로 불러들여 호의호식하게 하였다.

동탁은 장안에서 이 별궁까지 보름 혹은 한 달에 한 번 꼴로 나들이를 하였다. 그럴 때마다 공경(公卿:중앙 행정 관서의 삼공과 구경(九卿))들은 장안의 횡문(橫門:장안의 북문)까지 나와 그를 마중하거나 배웅하였다.

그때마다 동탁은 길가에 천막을 치고 공경들을 초대하여 주연을 베풀었다.

여느 날과 마찬가지로 동탁이 횡문을 나서니 상례에 따라 천막에서 술잔치가 벌어졌다. 때마침 북지(北地)에서 수만 명의 투항자가 그곳으로 호송되어 왔다. 동탁은 갑자기 술자리 한가운데로 그들을 데려오더니 그들의 팔과 다리를 베고 눈알을 빼고 혀를 뽑아낸 다음, 끝내는 커다란 가마솥에 넣고 삶아 죽였다. 포로들의 비통한 울음소리에 하늘과 땅이 진동하였고 백관들은 몸을 바들바들 떨었다. 그러나 오직 동탁만이 태연자약하게 술잔을 들고 희희낙락하였다.

또, 어느 날 동탁이 궁중의 넓은 객실에서 백관들을 두 줄로 앉히고 크게 잔치를 벌였다. 그때 여포가 들어와 동탁에게 소근거렸다. 그러자 동탁은 싱긋 웃으며 말했다.

"역시 그랬군."

그러고는 여포에게 명하여 그 자리에 있던 사공(司空:건설 대신) 장온(張溫)을 덮쳐 잡아가게 하였다. 잠시 후 시종이 시뻘겋게 물든 쟁반을 들고 들어왔는데. 그 쟁반 위에는 장온의 목이 잘린 채 올려져 있었다. 이것을 본 백관들은 모두 얼굴색이 송장처럼 창백해졌다.

동탁만이 혼자 껄걸 웃어대며 말하였다.

"모두들 놀랄 것 없소. 장온은 원술과 내통하여 나를 모해하려 하였소. 그러다가 놈에게 보낸 밀서가 여포 앞으로 잘못 전달되어 들통이 난 것이오. 그래서 이렇게 처형한 것이니 여러분은 동요치 말고 평정을 찾으시오."

일동은 아무 말 없이 굽실대다가 슬금슬금 돌아가는 수밖에 없었다.

초선의 연환지계

사도 왕윤(王允)은 그날 밤 집에 돌아가서도 불안한 생각에 안절부절못하였다. 밤은 깊었고 달은 환하게 밝았다. 그는 지팡이를 짚고 뒤뜰로 나가 꽃이 핀 누각 앞에서 하늘을 쳐다보며 하염없이 눈물을 흘렸다.

그때 모란꽃 화단에 있는 모란정(牡丹亭)에서 한숨 짓는 소리가 들려왔다.

왕윤이 슬그머니 다가가 살펴보니 바로 집안의 가기(歌妓)인 초선(貂蟬)이었다. 초선은 어려서부터 왕윤의 집안에서 자라나 가무를 몸에 익힌 여인으로 나이는 방년 십육 세에 얼굴 생김새가 곱고 행실도 단정하여 왕윤이 친딸처럼 귀하게 여기는 여인이었다.

왕윤은 잠시 초선의 동정을 살펴본 뒤 물었다.

"애야, 무슨 사정이 있기에 그리 깊은 한숨을 내쉬고 있느냐?"

왕윤의 말소리에 초선은 깜짝 놀라 그 자리에 무릎을 꿇은 채로 말하였다.

"천한 몸에게 무슨 사정이 있겠습니까? 당치 않으십니다."

"그렇다면 이 깊은 밤중에 웬 한숨이란 말이냐?"

"정히 알고 싶으시다면 소녀가 사실을 말씀드려도 되겠습니까?"

"그래, 어디 숨김없이 말해보아라."

이에 초선이 또박또박한 목소리로 아뢰었다.

"소녀는 대감님 덕택에 귀하게 자라났고 거기에다 가무와 기예까지 갖추게 되었습니다. 소녀의 몸이 부서지고 뼈가 가루가 되어도 대감님께서 베풀어주신 은혜에 보답할 길은 없을 줄 압니다. 그런데 대감님께서 얼마 전부터 몹시 침울해하시는 모습을 보고 아마 틀림없이 나라 일이 걱정스러워 그러시나 보다 하고 짐작은 하고 있었습니다만 제 주제에 무슨 말씀을 여쭐 수도 없고 황송스러워 그저 벙어리 냉가슴 앓듯 하고 있었습니다. 오늘 밤도 역시 노심초사하시는 듯하여 소녀, 안타까움에 그만 한숨을 내쉬고 말았습니다. 만일에 소녀가 할 수 있는 일이 있다면 소녀는 마다 않겠으니 부디 명을 내려주십시오."

그러자 왕윤이 지팡이로 땅을 두드리며 말했다.

"아, 아! 그렇구나. 한나라 천하를 구하는 일을 여자인 네가 할 수도 있겠구나. 어서 나와 사랑채로 들어가자."

초선은 왕윤을 따라 사랑채로 들어갔다. 왕윤은 하인들을 모두 물린 후 초선을 자리에 앉히고 그 앞에 무릎을 꿇은 채로 머리를 조아렸다. 초선은 깜짝 놀라 같이 무릎을 꿇고 배복하였다.

"황송하옵니다. 대감님께서 이게 어인 일이십니까?"

"아니다. 초선아, 부디 지금의 한나라 백성들을 불쌍하게 생각해다오."

왕윤은 이렇게 말하며 눈물을 펑펑 쏟았다. 초선도 엎드린 채 눈물을 흘리면서 대답하였다.

"아까도 말씀드렸듯이 소녀의 목숨이 필요하다면 죽음도 사양
치 않겠습니다."

왕윤은 그대로 꿇어 앉은 채 단호한 목소리로 설명하였다.

"백성들이 언제 거꾸로 매달리는 고통을 당하게 될지 알 수 없
고 군신(君臣)은 모두 누란(累卵)의 위기에 처해 있다. 이 난국을
구출할 수 있는 것은 초선이 너뿐이다. 동탁은 자신이 황제가 될
꿈을 꾸고 있는데 문무백관들은 그걸 알면서도 나서서 저지하지
못하고 있는 실정이다. 그리고 동탁에게는 천하의 장사인 여포라
는 양자까지 있다. 동탁과 여포는 모두 여색을 밝히는 사람들이
니 내 생각으로는 '연환계(連環計)'*를 써보는 것이 좋을 듯 싶다.
먼저 너를 여포에게 준다고 약속한 뒤 실제로는 동탁에게 바치
는 것이다. 그러면 너는 두 사람 사이에서 그들이 서로를 미워하
게 이간질을 하여 여포가 동탁을 죽이게 하면 된다. 그렇게 해서
나라가 다시 일어설 수 있다면 그것은 모두 너의 공훈이 될 것
이다. 초선아, 너는 어찌 생각하느냐?"

왕윤의 말에 초선이 결연히 대답하였다.

"대감님의 명이시라면 죽음도 두렵지 않습니다. 그러니 대감님
의 뜻대로 결행하시고 소녀를 믿어주십시오."

"하지만 만일 이 비밀이 새어나간다면 우리 모두 목숨을 부지
할 수 없게 될 것이니 조심하거라."

"아무쪼록 걱정하지 마십시오. 나라에 이바지하지 못할 시에는
어떠한 죽음이라도 감내하겠나이다."

왕윤은 초선에게 거듭 배례하고 초선과 헤어졌다.

＊연환계(連環計):오나라의 주유(周瑜)가 위(魏)나라 조조(曹操)의 군사를 화공(火攻)
할 때 방통(龐統)을 보내 조조의 군함을 쇠고리로 연결시키게 한 계략에서 온 말
로, 적에게 간첩을 보내어 계교를 꾸미게 하고 그 사이에 자기는 승리를 거두는
계교.

왕윤의 계략

이튿날 왕윤은 소중히 간직해온 보석 몇 알을 꺼내 장인에게 부탁하여 금관 장식을 만들게 한 뒤 이를 은밀히 여포에게 보냈다. 그러자 여포는 몹시 기뻐하며 답례를 하기 위해 직접 왕윤의 집을 방문하였다.

왕윤은 미리 술자리를 마련해놓고 기다렸다가 여포가 도착하자 대문 앞까지 나가 그를 맞아들였다. 왕윤은 안사랑으로 여포를 안내한 후 그를 상좌에 앉게 했다. 이에 여포가 감격하여 말했다.

"이 사람은 승상댁을 호위하는 일개 장수이고 공께서는 한 나라의 대신이신데 저에게 이렇게 호의를 베푸시니 그저 감사할 따름입니다."

왕윤이 짐짓 진지한 표정을 짓고 말하였다.

"지금 천하에 영웅다운 영웅이라고는 여 장군 한 분뿐입니다. 그러니 이 사람은 여 장군의 지위를 존경하는 게 아니라 오직 장군의 출중하신 재주에 존경을 표하는 것뿐입니다."

이 말에 여포는 크게 기뻐하였다. 왕윤이 여포에게 술을 권하며 줄곧 여포와 동탁을 칭찬하자 여포는 절로 흥이 나서 왕윤이 권하는 술을 모두 받아 마셨다. 왕윤은 측근을 다 물리치고 서너 명의 시녀만 앉혀놓고 있다가 마침내 분위기가 절정에 이르자 명을 내렸다.

"우리 딸애를 불러오너라."

얼마 뒤 두 시녀가 아리따운 차림새를 한 초선을 데리고 들어왔다. 여포는 초선의 자태에 정신을 빼앗겨 한참 동안 입을 열지 못하고 있다가 겨우 말문을 열었다.

"이 낭자는 누구입니까?"

"여식 초선입니다. 여 장군과 저는 한집안이나 다름없이 생각하여 믿고 불러내었습니다."

그러면서 왕윤은 초선에게 여포의 술잔을 채우게 하였다. 초선도 가끔씩 여포를 향해 추파를 던졌다. 초선과 여포의 눈이 마주치면 초선은 살짝 외면하였다.

왕윤은 취한 척하며 말을 던졌다.

"애야, 초선아 잘 대접해드려라. 우리 집안이 의지할 분은 여 장군뿐이란다."

여포가 초선을 곁에 앉히려 하자 초선은 짐짓 물러가려 하였다. 그러자 왕윤이 그녀를 말리며 달랬다.

"괜찮다. 여기 있도록 하여라. 여 장군은 이 애비의 친구분이시니 그 옆에 앉아도 상관없다."

그러자 초선은 여포 곁에 다가가 앉았고 여포는 넋이 나간 채 초선을 뚫어지게 응시했다. 다시 술잔이 몇 번 더 오고갔다. 왕윤이 초선을 가리키며 입을 떼었다.

"장군, 우리 딸애를 장군께 드린다면 받아주시겠습니까?"

여포는 그 자리에서 일어나 감사의 뜻을 표했다.

"그렇게만 된다면 이 몸은 귀댁을 위해 어떤 일이든 하겠습니다."

"그러시다면 내 곧 길일을 택하여 장군 댁으로 초선이를 데리고 가지요."

여포는 온 세상을 얻은 듯 크게 기뻐하였다. 여포가 초선을 보며 황홀경에 빠진 얼굴을 하고 있으니 초선 또한 부끄러운 듯 얼굴을 붉혔다.

얼마 후 술상을 물리고 왕윤이 말했다.

"오늘 밤 이곳에서 주무시고 가셨으면 합니다만 승상께서 의심하실지도 모르니 붙들지는 않겠습니다.”

왕윤은 이렇게 말하고 여포를 돌려 보냈다.

며칠 뒤 왕윤은 궁궐 안에서 동탁을 만났는데 여포가 곁에 없는 틈을 타 재빨리 말하였다.

“제가 술자리를 마련하여 승상을 초대하고자 하는데 와주시겠습니까?”

“사도께서 모처럼 하는 초대이니 내 기꺼이 응하겠소.”

동탁이 쾌히 허락하자 왕윤은 집으로 돌아가 푸짐한 잔칫상을 준비시켰다.

이튿날, 정오에 동탁이 집 앞에 당도하니 왕윤은 예복 차림으로 대문까지 나가 영접하였다. 동탁이 수레에서 내리자 백여 명의 무장병이 극(戟:중국 고대의 독특한 갈고리 무기)을 손에 들고 좌우로 시립하였다. 그들은 사랑방까지 따라와 양 옆에 정렬했다. 왕윤이 엎드려 절하자 동탁은 그를 자기 곁에 앉혔다.

왕윤은 동탁에게 아첨의 말을 늘어놓기 시작했다.

“승상께서는 참으로 덕망이 높으시니 이는 고대의 이윤(伊尹)·주공(周公)도 미치지 못할 줄 압니다.”

동탁은 은근히 기분이 좋아지기 시작했다. 이윽고 술상이 차려지고 음악이 연주되었다. 왕윤은 계속해서 칭찬을 늘어놓으며 비위를 맞추었다.

날이 저물자 연회의 분위기는 한층 무르익어갔다. 연회석을 안사랑으로 옮기자 동탁은 따라온 백여 명의 군사들을 물러가도록 했다. 왕윤은 동탁에게 축배를 올리며 말하였다.

“이 몸이 전부터 천문을 좀 공부하였사온데, 근래 별의 움직임을 살펴보니 한나라 황실의 운수는 이미 끝장난 것 같습니다. 이제 승상의 공덕은 바야흐로 천하에 드러나 있사온데, 여기서 그치지 마시고 한나라 황실뿐 아니라 천하까지 다스리신다면 백성들이 크게 기뻐할 것입니다.”

동탁이 빙그레 웃으며 시치미를 떼고 대꾸하였다.

“글쎄, 그러나 감히 내가 어떻게 그런 일을 바라겠소.”

“예로부터 ‘도(道) 있는 자는 무도(無道)를 물리치고, 무덕(無德)은 유덕(有德)에게 자리를 물려준다’고 했습니다. 이치가 그러하온데, 이제 더 무엇을 의심하십니까?”

“실제로 그렇게 된다면 귀공은 원훈(元勳) 대우를 받게 될 것이네.”

왕윤은 동탁의 말에 머리를 조아리며 감사를 표하였다.

좌석에는 화촉이 환하게 밝혀지고 접대를 위해서 여자들만 남겨졌다. 왕윤이 넌지시 제안하였다.

“노래도 춤도 위안이 되지는 못하겠습니다만, 이 집에 가기(歌妓)를 하나 키우고 있사오니 승상께서 한 번 들어보시겠습니까?”

동탁이 반색하며 말했다.

“그것 참 반가운 소리군. 어서 안으로 들이게.”

곧이어 엷은 발이 막으로 내려지고 생황 소리가 울려 퍼지는 가운데 초선이 아름다운 자태를 드러내고 춤을 추기 시작했다.

그 모습에 넋이 나간 동탁이 감탄하며 말했다.

“하늘에서 내려온 선녀로구나.”

이에 왕윤이 동탁에게 제안했다.

“이 아이를 승상께 바치고자 하는데 마음에 드시는지요?”

“마음에 들다 뿐이오. 귀공에게 내가 어떻게 보답하면 되겠소?”

“보답이라니요? 저 아이가 승상을 모시는 것만으로도 저는 과분합니다.”

왕윤은 즉시 화려한 수레를 준비시켜 초선을 먼저 승상부로 보냈다. 잠시 후에 동탁도 자리에서 일어났고 왕윤은 상부까지 따라가 동탁을 배웅하였다.

왕윤은 집으로 돌아오는 길에 여포와 마주쳤는데 그는 손에 극을 들고 있었고 그 뒤로 붉은 홍등이 두 줄로 따르고 있었다. 여포는 왕윤 앞으로 달려와 다짜고짜 그의 멱살을 잡았다.

"초선을 나에게 준다고 약속해놓고 상부로 보내버리다니! 이것은 나를 우롱하는 처사가 아니고 뭐요?"

그러자 왕윤은 부리나케 여포의 입을 틀어막으며 속삭였다.

"여기서는 곤란하니 우리 집으로 가서 자초지종을 말씀드리지요."

왕윤은 여포를 이끌고 안채로 들어가 말하였다.

"어째서 그리 화를 내십니까? 장군께서는 지금 오해하고 계십니다."

"초선을 수레에 태워 상부로 보냈다는 보고를 받았소. 어떻게 그럴 수가 있단 말이오? 어디 그 이유나 들어봅시다."

"그렇다면 장군은 아직 사정을 모르시는군요. 실은 어제 궁에서 승상을 만났는데, 승상께서 '내가 공에게 긴히 의논할 일이 있으니 내일 집으로 찾아가겠네'라고 하셨습니다. 그래서 약간의 음식을 마련하고 승상을 모셨지요. 한참 술을 드시더니 승상께서 '딸이 있다고 들었는데 초선이라던가? 여포에게 그 딸을 주었다는 소문이 들리길래 실은 내가 그 사정을 알아보려고 이렇게 공을 방문히였네. 내가 그 아이를 만나봐야겠으니 어서 들라고 하게' 하시더군요. 그래서 하는 수 없이 초선이를 불러내었습니다. 그랬더니 승상께서 말씀하시길, '오늘이 길일이니 내가 이 아이를 데리고 가서 여포와 혼인시키겠네' 하시는 겁니다. 그러니 제가 어찌 그 뜻을 거역할 수 있겠습니까?"

여포는 고개를 끄덕이며 말했다.

"공께는 아무런 잘못이 없는데 제가 오해를 했습니다."

왕윤이 다짐하듯 다시 덧붙였다.

"딸 아이의 세간이 아직 이 집에 남아 있으니, 그 아이가 여 장군의 손에 넘겨진 뒤에 보내드리지요."

여포는 고맙다고 인사한 후 돌아갔다.

초선이 뿌린 눈물

다음날 여포는 승상부로 가서 진상을 알아보려 하였으나 아무런 소식도 접할 수 없었다. 여포는 사랑에 들어가 동탁의 시첩(侍妾)들에게 간밤의 일을 물었다. 그러자 한 시녀가 귀띔해주었다.

"승상께서는 간밤에 어떤 낭자와 잠자리를 같이하셨는데 아직 일어나지 않으셨사옵니다."

여포는 화가 머리끝까지 치밀어올랐다. 여포는 그 길로 동탁의 침실 뒤쪽으로 돌아가 안을 들여다보았다. 그때 초선은 창가에서 머리를 빗고 있었는데 창 밖에는 연못이 있어 그 물에 사람의 모습이 비쳤다. 초선이 유심히 살펴보니, 여포가 침실 안쪽을 들여다보는 것이 보였다.

초선은 일부러 우수 어린 표정을 지었다. 그러고는 비단 손수건으로 흐르는 눈물을 닦는 시늉을 했다. 한참 동안이나 초선을 눈여겨본 여포는 자리를 떴다가 잠시 후에 다시 나타났다.

이때 잠에서 깨어난 동탁이 일어나 앉아 있다가 여포가 들어오자 그에게 물었다.

"별일 없었느냐?"

"예, 아무 일도 없었습니다."

여포는 그대로 동탁의 곁에 시립했다. 동탁은 식사를 하기 시작하였다. 여포가 슬쩍 안쪽을 살피니 발을 통해 초선의 모습이 보였다. 초선도 여포의 기척을 알아차리고 발 사이로 정이 담뿍 깃든 눈길을 보냈다. 그러자 여포는 그만 정신이 몽롱해졌다. 동탁은 그런 여포의 상태를 눈치채고 타일렀다.

"별일 없으니, 그만 나가보아라."

동탁은 초선을 맞아들인 뒤로 정욕에 탐닉하여 한 달여 동안 정무를 돌보지 않았다. 그러다가 동탁이 몸이 아파 앓아 눕게 되자 초선이 밤잠도 자지 않고 정성스레 간호하니 동탁은 그 성의에 감동하여 초선에게 더욱더 깊이 마음을 빼앗겼다.

어느 날, 여포가 문병하러 찾아왔을 때 마침 동탁은 잠이 들어 있었다. 초선이 침상 저쪽에서 한 손으로는 제 가슴을 가리키고 다른 손으로는 여포를 가리키며 눈물을 흘리니, 여포의 가슴은 찢어지는 듯했다.

그때 잠에서 깨어난 동탁이 여포를 발견하고 여포의 시선을 살피니 그 시선의 끝에 초선이 있지 않은가. 이에 동탁은 여포에게 불호령을 내렸다.

"무슨 짓이냐, 이놈! 감히 아비가 사랑하는 계집에게 눈독을 들이다니!"

그러고는 시신(侍臣)을 불러 여포를 쫓아냈다. 뿐만 아니라 승상부 출입을 금한다는 엄명을 내렸다. 여포는 어쩔 수 없이 돌아가다가 도중에서 이유를 만나 자신의 억울함을 이야기하였다. 이유는 즉시 동탁을 만나러 갔다.

"승상께서는 천하를 노리시는 분이신데, 어째서 사소한 일로 여포를 꾸짖으십니까? 만약 여 장군이 변심하면 모든 일이 수포로 돌아가고 맙니다."

"그래, 그럼 내가 어찌해야 좋겠나?"

"내일 여 장군을 불러 선물을 두둑히 선사하시고 그의 마음을 잘 달래주십시오. 그러면 문제는 곧 해결될 것입니다."

이튿날 동탁은 여포를 불러 타일렀다.

"어제는 내 몸이 편치 않아 무심코 네 마음을 상하게 한 것 같구나. 너무 섭섭하게 생각지 말아라."

그러면서 황금 열 근과 비단 스무 필을 주었다. 여포는 선물을 받아가지고 돌아왔지만 마음은 여전히 초선을 향하고 있었다.

동탁은 완쾌되어 다시 조정에 나갔다. 여포는 극을 들고 동탁을 호위하기 위해 따라 나섰다가 동탁이 헌제와 대화하는 틈을 타서 몰래 밖으로 나가 급히 말을 몰아 승상부로 돌아갔다. 초선은 여포를 발견하자 재빨리 속삭였다.

"뒷마당의 봉의정에서 기다려주세요."

이 말에 여포는 봉의정으로 가서 난간 곁에 섰다. 한참을 기다리고 있는데 초선이 화단의 꽃을 헤치며 실버들가지를 꺾어들고 선녀 같은 자태로 나타났다. 그림처럼 아리따운 초선이 여포의 가슴에 안겨 눈물로 호소했다.

"제가 비록 왕 사도님의 친딸은 아니지만 왕 사도님은 이 몸을 핏줄이 통하는 친딸처럼 귀엽게 키워주셨사옵니다. 그러다가 일전에 장군님과 약혼하게 되어 이제 비로소 일생을 행복하게 보낼 수 있으리라 생각하였는데 승상께서 음흉한 마음으로 이 몸을 건드리고 말았사옵니다. 전 슬픔을 견디지 못해 목숨을 끊을까도 생각했습니다만 단 한 번이라도 장군님을 만나뵈옵고 싶은 마음에 죽지 못해 살아왔습니다. 그런데 오늘 이렇게 장군님과 단둘이 대면하게 되었으니 이제는 죽어도 여한이 없사옵니다. 이미 소녀, 장군님을 모실 수 있는 깨끗한 몸도 아니오니 저는 이 자리에서 목숨을 끊겠나이다. 부디 저를 말리지 마옵소서."

이렇게 말을 마치자 초선은 연못으로 뛰어들려 하였다. 여포는 황망히 그녀를 품에 안고 속삭였다.

"내가 녀의 마음을 다 헤아리고 있느니라. 너와 제대로 이야기조차 할 수 없다니, 이렇게 억울할 데가 어디 있단 말이냐!”

그러면서 여포는 비분의 눈물을 흘렸다. 초선은 이때를 놓칠세라 여포의 손을 부여잡고 하소연했다.

“이승에서의 인연은 여기까지라고 여기겠사오니 부디 저승에서나마……”

“이승에서 너를 아내로 삼지 못한다면 나는 장부다운 장부가 아니며 결코 영웅 대접도 받지 못할 것이다.”

여포는 결연히 말했다.

“이 몸은 이런 심정으로는 도저히 살아갈 수가 없사옵니다. 정말이지 소녀를 하루 바삐 장군님 곁으로 데려가주소서.”

초선의 눈물 어린 애원에 여포는 마음이 조급해졌다.

“오늘은 잠깐 시간을 내어 너를 보러온 것이니라. 자칫 늙은이가 눈치채면 모든 일이 수포로 돌아가고 말 테니 어서 가봐야겠구나.”

그러나 초선은 여포의 옷자락에 매달려 호소하였다.

“장군님께서 두려워하신다면 장군님만 믿고 있는 소녀는 어찌합니까?”

여포는 걸음을 멈추고 초선을 달래었다.

“내게 생각할 기회를 다오.”

그러나 초선은 여포를 놓아주지 않았다.

“소녀는 장군님의 용맹함에 대해 들은 바가 많습니다. 저는 이 세상에 존재하는 유일한 장군님으로 알고 있는데 그런 장군님께서 승상님의 그늘 때문에 기도 못 펴고 사신다니, 애석할 따름이옵니다.”

여포는 손에 들고 있던 극을 나뭇가지에 걸어두고 초선을 끌어안고 떨어질 줄 몰랐다.

한편, 동탁은 여포가 주위에 없음을 깨닫고 수상히 여겨 헌제

의 곁에서 물러나와 부랴부랴 수레를 몰았다. 승상부에 당도하니 문전에 여포의 말이 매여 있는 것이 보였다. 이에 문지기가 겁먹은 얼굴로 대답하였다.

"여 장군께서는 안사랑으로 들어가셨습니다."

동탁은 한달음에 안사랑으로 들어갔으나 초선의 모습이 보이지 않자 시첩에게 물었다.

"뒷마당으로 꽃구경 나가셨습니다."

이 말에 동탁이 뒷마당으로 가보니 여포와 초선이 서로 부둥켜안고 있었다. 동탁은 그 모습에 화가 나서 버럭 소리쳤다.

"이 못된 것들아!"

여포가 놀라 달아나려 하자 동탁은 나무에 걸려 있던 여포의 극을 손에 들고 여포의 뒤를 쫓았다. 그러나 동탁의 비대한 몸뚱이로는 여포를 따라잡을 수 없었다. 화가 치민 동탁은 여포를 향해 극을 던졌으나 여포는 그것을 손으로 막아내었다. 동탁이 다시 극을 주워들고 쫓으려 했을 때에는 여포는 이미 사라지고 없었다.

동탁은 거기서 단념하지 않고 추적을 계속하였다. 중문으로 뛰어나가는데 때마침 뛰어들어온 한 사나이와 정면으로 충돌하였다. 이내 비대한 동탁의 거구가 땅바닥에 내동댕이쳐졌다.

동탁과 충돌한 이 사나이는 과연 누구일까?

제 9 회 동탁의 죽음과 복수전

제 폭 흉 여 포 조 사 도　범 장 안 이 각 청 가 후
除暴兇呂布助司徒　犯長安李催聽賈詡

여포는 왕윤을 도와 동탁을 쓰러뜨리고
이각은 가후의 부추김에 장안을 침범하다

초선의 눈물

동탁과 맞부딪친 사람은 바로 이유였다. 그는 즉시 동탁을 일
으켜 세워 서원으로 모셔갔다.

"무엇 때문에 여기까지 왔는가?"

동탁이 묻자 이유가 다급히 말했다.

"이곳에 도착하여 들으니 대감께서 매우 흥분하신 상태로 여포
를 찾으러 후원으로 가셨다 하여 후원으로 향하는데 마침 여포
가 뛰어나가며 '대감이 나를 죽이려 한다'며 소리를 치더군요. 그

래, 사태를 진정시켜야겠다 싶어 뛰어들어오다가 대감과 부딪치고 말았습니다. 송구스럽습니다.”

동탁은 분을 참지 못하며 소리쳤다.

“그 고얀 놈이, 아비의 측실을 희롱하려 했단 말이다. 그런데 그런 놈을 내가 어떻게 살려두겠나?”

이유가 동탁을 진정시켰다.

“안 됩니다. 옛날 초나라 장왕(莊王) 때의 ‘절영지회(絶纓之會)’라는 고사가 있지 않습니까? 언젠가 장왕이 여러 신하들을 모아 술자리를 베풀었는데 바람이 불어 일제히 불이 꺼졌습니다. 그때 술에 취한 가신 장웅(蔣雄)이 어둠 속에서 왕비의 옷을 더듬었습니다. 그러자 왕비는 ‘어떤 고얀 놈이 내 몸을 더듬느냐?’고 소리쳤고, 그의 영(纓·관의 끈)을 잡아 끊어 그것을 증거로 범인을 잡으려 하였습니다. 그러나 그때 장왕은 만일 불을 켜서 갓끈이 떨어진 신하를 발견하게 되면 훌륭한 신하를 잃게 될 것이라 생각하여 일동에게 소리쳤습니다. ‘모두들 불이 켜지기 전에 한 사람도 빠짐없이 영을 끊도록 하라’라고 말입니다. 결국 사태는 수습되었고, 뒷날 초나라가 진나라의 공격으로 시달릴 때 장웅은 장왕에게 은혜를 갚아야 한다고 생각했기 때문에 죽을 힘을 다해 싸워 큰 공을 세웠다고 합니다. 조선은 일개 계집에 지나지 않지만 여 장군은 승상 대감께 충성을 다하는 장군입니다. 그러니 차제에 그 여인을 여 장군에게 하사하시면 여 장군은 장군에게 깊이 감사하여 어떻게 해서든지 은혜에 보답하려 할 것이옵니다. 이 점을 헤아리시어 심사숙고 하시기 바랍니다.”

동탁은 한참을 고민하다가 이유의 제안에 수긍하였다.

“그럴듯한 생각이다. 좋다. 내가 좀 생각해본 후에 결정하겠다.”

이유는 동탁의 말에 안심하고 물러갔다.

동탁은 안사랑으로 초선을 불러놓고 전후 사정을 확인하려 하였다.

"너는 어찌하여 여포와 정을 통하였느냐?"

이 말에 초선은 울음을 터뜨렸다.

"억울합니다. 소첩이 후원에 나가 꽃구경을 하고 있는데 갑자기 여포 장군이 나타나셨습니다. 그래서 깜짝 놀라 급히 방으로 돌아가려 하였더니, 장군께서 '나는 승상 대감의 아들이니 그렇게 서먹서먹하게 굴 것 없지 않느냐'고 하시며 극을 손에 들고 봉의정까지 소첩을 쫓아오셨습니다. 도저히 빠져나갈 수 없다는 생각이 들어 제 몸을 지키려고 연못에 몸을 던지려는 순간, 장군이 붙잡아 팔에 안기게 되었습니다. 소첩이 뿌리치려 갖은 애를 썼으나 힘을 당하지 못하고 있을 때, 승상께서 납시어 소녀의 목숨을 구하게 된 것이옵니다."

동탁은 초선에게 단도직입으로 물었다.

"너를 여포에게 보내려고 하는데 네 생각은 어떠하냐?"

초선은 놀란 표정을 짓더니 눈물을 흘렸다.

"소첩은 대감님을 모시는 몸이온데, 그런 저를 그렇게 천하고 무식한 여 장군에게 넘기시다니요. 그럴 바에야 차라리 목숨을 끊겠습니다."

이렇게 말하며 초선이 벽에 걸어놓은 칼을 빼어들고 자결하려 하자 동탁은, 당황하여 칼을 빼앗고 초선을 끌어안으며 달랬다.

"아니다. 내가 괜한 소리를 했구나."

초선은 동탁을 끌어안고 매달려 흐느꼈다.

"소첩을 여 장군에게 줘버리리라는 생각은 틀림없이 이유가 아뢰온 줄 아옵니다. 이유는 여포와 절친한 사이라 그 같은 계책을 이용하여 나리와 소첩을 곤경에 빠뜨리려고 하는 것입니다."

동탁은 초선의 말에 넘어가고 말았다.

"알았느니라. 내 너를 절대로 버리지 않으마."

초선은 눈물을 거두고 애정이 담긴 소리로 말했다.

"대감께서 저를 아끼신다고 해도 제가 여기 있다가는 틀림없이 여포에게 화를 당하고 말 것입니다."

"그래, 네 말이 옳다. 내일 너를 데리고 미오(郿塢)로 돌아가겠다. 그쪽에서 함께 지내면 되니 걱정할 것 없다."

다음날 이유가 와서 동탁에게 아뢰었다.

"오늘은 길일이오니, 초선을 여포에게 보내시지요."

이 말에 동탁은 한 마디로 잘라 말하였다.

"명색이 부자지간인데 어찌 그런 어리석은 짓을 한단 말인가! 하지만 여포의 죄는 용서해줄 것이니 자네가 가서 나의 뜻을 전하고 잘 달래게."

이유가 동탁의 말에 반발하였다.

"승상께서는 어찌하여 초선이란 계집에게 그렇게 깊이 빠져계십니까?"

동탁은 낯빛이 변하여 소리쳤다.

"너 같으면 네 마누라를 여포에게 줄 수 있겠느냐? 초선의 문제에 관해서는 더 이상 얘기하지 말아라. 다시 한 번 그 얘길 꺼내면 네 놈의 목을 베어버리겠다."

이유는 어쩔 수 없이 밖으로 나와 하늘을 우러르며 탄식하였다.

"우리 모두가 계집의 손에 죽음을 당해야 한단 말인가?"

여포의 결심

동탁이 그날 당장 미오의 별궁으로 돌아간다고 선언하자 백관들이 나와 모두 그를 배웅하였다. 초선은 수레 위에서 밖을 내다보다가 무리 속에 서 있는 여포를 발견하였다. 그는 초선의 수레

쪽을 주시하며 초조해하고 있었다. 이에 초선은 일부러 얼굴을 옷소매로 가리고 우는 시늉을 했다.

초선이 탄 수레는 사라져갔다. 여포는 언제까지나 언덕 위에 서서 사라져가는 수레 뒤에서 흙먼지가 이는 광경을 멀리 바라보며 분노와 슬픔을 씹고 있었다.

그럴 때 갑자기 등뒤에서 목소리가 들려왔다.

"왜 승상과 같이 가지 않으셨소? 대체 여기서 무엇을 하고 계시는 겁니까?"

여포가 돌아보니 바로 사도 왕윤이었다.

"제가 한동안 앓아 누워 뵙지 못했습니다. 오늘 승상께서 미오로 귀환하신다기에 힘들여 배웅하러 나온 것인데, 장군을 만나뵐 수 있어 천만 다행입니다. 그런데 여기서 무슨 일로 그렇게 수심에 잠겨 계십니까?"

"사실은 따님의 일로 심난해서 그렇습니다."

이 말에 왕윤은 크게 놀라는 기색을 보이며 시치미를 뗐다.

"그러면 승상께서 아직 초선이를 장군에게 보내지 않았습니까?"

"그놈의 늙은이가 자기 곁에 초선이를 두고 첩으로 삼았습니다."

왕윤은 고개를 가로저으며 분개하는 척했다.

"어떻게 그럴 수가!"

여포는 왕윤에게 지금까지의 자초지종을 모두 털어놓았다.

왕윤은 한동안 망연자실한 채로 있다가 가까스로 입을 열었다.

"승상께선 그야말로 짐승 같은 짓을 하셨군요. 어쨌든 우리 집으로 가서 상의합시다."

왕윤은 여포를 집안 깊숙이 있는 밀실로 데려가서 우선 술을 대접하였다. 여포는 봉의정에서 있었던 일을 상세히 설명하였다.

"승상께서 장군의 아내로 약속된 제 딸애를 빼앗고 그런 해괴한 짓을 하시다니요. 승상뿐 아니라 저와 장군까지 천하의 웃음거리가 되고 말았군요. 이 몸은 이미 늙었으니 그렇다고 해도 장군께서는 천하의 명장으로서 크나큰 치욕을 당하신 겁니다. 일이 이렇게 되었으니 참으로 개탄할 뿐입니다."

마침내 여포는 머리끝까지 분노가 치밀어 술상을 탕탕 치며 난리를 부렸다. 왕윤이 가까스로 그를 말리며 진정시켰다.

"제가 괜한 소리를 하였나 봅니다. 장군, 부디 고정하시지요."

"더 이상 참을 수가 없습니다. 두고 보십시오. 내 반드시 늙은 역적 동탁을 죽이고 말겠소."

왕윤이 놀라 여포의 입을 틀어막으며 말했다.

"어찌 그런 말씀을……. 조심하십시오. 잘못하면 이 늙은이까지 화를 입게 됩니다."

여포가 호기에 찬 목소리로 말했다.

"대장부로 태어나서 이렇게 언제까지나 남의 밑에 눌려 기를 못 펴서야 말이 안 되지요."

왕윤이 슬그머니 부추겼다.

"당연한 말씀입니다. 여 장군같이 재주있고 용감한 분이 언제까지나 승상의 밑에 있을 수만은 없는 일입니다."

여포는 이 말에 힘을 얻어 잠시 생각하다가 입을 열었다.

"내 지금이라도 당장 동탁을 처치하고 싶지만 꺼림칙한 점이 있습니다. 그래도 명색이 수양부와 수양자 사이인데 동탁을 죽인다면 세상 사람들이 혹시 나를 비난하지 않겠습니까?"

왕윤이 미소를 지으며 말했다.

"두 분은 피를 나눈 친 부자간도 아니고 장군의 성은 여씨이며 승상 대감의 성은 동씨가 아닙니까? 더욱이 승상께서 장군께 극을 던지신 그때 이미 부자의 정은 끊어진 것이나 다름없습니다."

"그렇군요. 과연 왕 사도님의 말씀대로입니다."

여포가 고개를 끄덕이자 왕윤은 한 번 더 여포를 부추겼다.

"장군이 한나라 황실을 돕는다면 유방백세(流芳百世)로 청사에 충의로운 이름을 길이 남기게 될 것이며 반대로 동탁 승상을 옹호하신다면 유취만년(遺臭萬年)으로 영원히 배반자라는 오명을 남기게 될 것입니다."

이에 여포가 단호한 어조로 말하였다.

"이 사람은 이미 마음을 굳혔으니 더 이상 의심하지 마십시오."

"잘 생각하셨습니다. 그러나 실패할 경우에는 큰 화를 면치 못할 것입니다."

여포는 칼을 뽑아들더니 팔뚝을 찔러 피를 낸 후, 절대로 배신하지 않겠다는 결의를 하였다. 왕윤도 그의 앞에 무릎을 꿇고 맹세를 표했다.

"한나라가 망하지 않고 계속 이어진다면 이는 오로지 장군의 덕택입니다. 부디 이 기밀이 누설되지 않도록 조심하십시오. 결행할 때가 되면 연락을 드리겠습니다."

여포와 왕윤은 후일을 기약하며 헤어졌다.

왕윤은 복야(僕射:서기관) 벼슬에 있는 손서(孫瑞)와 사예교위인 황완(黃琬)을 불러 대책을 논의하였다. 손서가 먼저 입을 열었다.

"황제의 병환이 겨우 치유되었다고 합니다. 그러니 말솜씨가 능한 사신을 미오로 보내어 의논할 일이 있다며 동 승상을 불러오도록 합시다. 또한 여 장군에게 황제의 밀칙(密勅)을 내린 후 궁중에 병력을 매복하여 동 승상이 입궐할 때 그를 처치하는 게 상책일 듯하옵니다."

"그러면 사신으로는 누가 적당하겠소?"

황완이 묻자 손서가 대답하였다.

"여포와 같은 고향 사람으로 기도위(騎都尉)인 이숙(李肅)이 있소이다. 그는 원래 동 승상의 심복이나 승진을 시켜주지 않아서 불만이 이만저만 아니니 이자를 보내면 동 승상도 별로 의심하지 않을 것이오.”

“좋은 생각이오.”

왕윤은 여포를 불러 상의하였다. 여포가 말하였다.

“예전에 나에게 정원을 죽이도록 유도한 것이 이숙이었소. 만일 그자가 가지 않겠다면 목을 벨 수밖에요.”

여포는 은밀히 이숙을 불러다가 의사를 타진하였다.

“자네는 전에 나를 부추긴 장본인일세. 정원을 죽이고 동탁의 편에 서게 하였지. 그러나 동탁은 위로는 황제를 속이고 아래로는 백성을 학대하는 천하의 몹쓸 인간이네. 민심뿐만 아니라 천심조차 그를 따르지 않고 있네. 그러니 자네는 황제의 조서를 가지고 미오로 가서 동탁에게 입궐 명령을 전하게. 그러면 궁중에서 기다리고 있던 복병으로 하여금 그를 주살케 할 테니. 어떤가? 자네도 우리와 더불어 나라의 충신이 될 생각은 없는가?”

이숙이 흔쾌히 대답했다.

“오래 전부터 이 몸도 궁리해온 일이었소. 그러나 의논할 상대를 찾지 못해 속으로만 답답해 하던 터에 이제 귀공의 말씀을 들으니 참으로 반갑소. 장군의 의견에 따라 즉시 결행하겠소.”

그러면서 이숙은 서약의 표시로 화살을 꺾어 보였다. 옆에서 지켜보던 왕윤이 거들었다.

“공이 그런 마음으로 이 일을 처리한다면 귀공의 출세는 이미 정해진 것이나 다름없소.”

동탁의 최후

이튿날 이숙이 수십 명의 기병을 이끌고 미오로 출발하였다.

미오에 이르자 동탁이 그를 불러들였다.

이숙이 황제의 조서를 가져왔다고 아뢰며 절하자 동탁이 물었다.

"무슨 내용의 조서인가?"

"황제께서 쾌유하셨기에 미앙전(未央殿)에 문무백관을 모아놓고 양위(讓位) 문제를 상의하고자 하십니다."

"그래 왕윤은 뭐라 하더냐?"

"왕 사도께서는 이미 수선대(受禪臺)를 쌓아놓고 승상께서 오시기만을 기다리고 계십니다."

동탁은 만족해하며 껄껄 웃었다.

"간밤에 용이 내 몸을 칭칭 감은 꿈을 꾸었는데, 과연 오늘 이렇게 낭보가 전해졌구나. 이 좋은 기회를 내 어찌 놓치랴."

동탁은 심복인 이각·곽사·장제·번주에게 삼천 명의 비웅군(飛熊軍)을 맡겨서 미오를 수비케 하고 자신은 그 날로 장안으로 떠날 채비를 하였다. 동탁은 즐거운 표정으로 이숙에게 일렀다.

"내가 황제가 되면 너를 집금오(執金吾:황궁 경찰장관)로 발탁해주마."

이에 이숙은 자신을 '신(臣)'이라 칭하며 예를 올렸다. 동탁이 떠나기에 앞서 안채로 들어가 모친에게 고별인사를 드리니 아흔 살이 넘은 노모가 아들에게 물었다.

"지금 어디를 가려고 이렇게 서두르느냐?"

"한나라의 황제가 되기 위해 장안으로 가옵니다. 어머님은 이제 태후의 자리에 오르실 것입니다."

그러나 모친은 그다지 반가워하는 눈치가 아니었다.

"요즘 어쩐지 내 가슴이 두근거리고 몸이 불편한데 이것이 혹시 흉조가 아닌지 모르겠구나."

"장차 국모가 되실 터이니 가슴이 두근거리는 것은 당연한 일이옵니다.”

　동탁은 이렇게 한 마디 남겨놓고 모친에게 인사를 한 뒤 물러나왔다. 동탁은 출발 직전에 초선을 찾아가 귀띔하였다.

　“지금 내가 황제가 되기 위해 떠날 참이니 너도 머지않아 귀비(貴妃)에 봉해질 것이다.”

　초선은 돌아가는 사정을 짐작하고 있었기에 기쁨에 겨운 듯한 표정을 지어 보였다.

　동탁이 수레에 오르자 위풍당당한 행렬이 기다랗게 줄지어 그 뒤를 따르며 장안을 향해 출발하였다.

　삼십 리쯤 갔을 때, 갑자기 한쪽 수레바퀴가 빠져버려 동탁은 말로 갈아탔다. 다시 한 십 리쯤을 더 가니, 이번에는 말이 거세게 날뛰면서 고삐를 물어 뜯었다. 이에 불안해진 동탁이 이숙에게 물었다.

　“수레바퀴가 빠지고 말은 고삐를 물어뜯으니, 왠지 불길한 예감이 든다. 이것이 혹 흉조가 아니겠느냐?”

　그러자 이숙이 침착하게 대답하였다.

　“승상께서 한나라 제위를 선양 받으시게 되니 새로운 것들을 손에 넣으시게 될 징조인 줄로 압니다. 이는 상차 황금으로 장식한 수레에 오르시고 또 황금 안장에 오르신다는 서조(瑞兆:상서로운 조짐)일 것입니다.”

　동탁은 이숙의 말이 그럴듯하여 기뻐하면서 수긍하였다.

　그러나 이튿날도 행진을 계속하였는데 갑자기 큰 바람이 불면서 먹구름이 일더니 사방이 어둑어둑해졌다. 동탁이 다시 미심쩍어 하면서 물었다.

　“이것은 또 무슨 징조이냐?”

　이숙이 다시 즉각 응답하였다.

"용의 자리에 오르시는 위광(威光)의 전조로 이는 하늘에 홍광(紅光)이 비치고 땅에는 자운(紫雲)이 드리우는 것으로 모두 상서로운 기운입니다."

동탁은 이번에도 안심이 되어 더 이상 의심하지 않았다.

드디어 동탁의 행렬이 장안의 성 밖에 이르자 문무백관이 모두 나와 행렬을 맞이하였다. 이 출영(出迎)에 참석하지 못한 자는 이유 혼자 뿐이었는데 그는 와병 중이었다.

동탁이 승상부로 들어가니 여포가 나타나 축하를 보냈다.

"아들아, 내가 황제 자리에 오르면 너를 천하의 병마를 다스리는 총독으로 임명해주마."

여포는 고개를 조아려 감사를 표하고 호위를 위해 그곳에 머물렀다. 그날 밤 성 밖에서 십여 명의 아이들이 부르는 노래 소리가 바람을 타고 들려왔다.

<table>
<tr><td>천리초가 비록 파릇파릇하지만</td><td>千里草何靑靑</td></tr>
<tr><td>열흘이 지나면 시든다 하지</td><td>十日卜不得生</td></tr>
</table>

참으로 애달픈 음색이었다. 동탁이 그 노래를 듣고 이상한 생각이 들어 이숙에게 물었다.

"저 노래가 뜻하는 바가 무엇이냐?"

"유씨 천하가 망하고 동씨 천하가 일어난다는 뜻이지요."

다음날 아침 일찍 동탁이 의장병을 거느리고 궁중을 향해 떠나는 도중에 느닷없이 도사(道士:도교의 승려)가 나타났다. 그는 검은 옷에 흰 두건을 둘렀으며 손에는 기다란 장대를 들고 있었다. 장대에는 한 길이 넘는 천(布)이 늘어져 있었는데, 그 위에는 입구(口) 두 개가 곁에 씌여져 있었다. 동탁이 그의 모습을 살펴보다가 이숙에게 물었다.

"웬 놈이냐?"

"미친 중 놈이니 신경쓰실 것 없습니다."

이숙은 병사들을 시켜 도사를 쫓아버렸다.

이윽고 동탁이 궁궐의 정문으로 들어서자 예복 차림의 여러 신하들이 도열하여 맞이하였다. 이숙은 검을 찬 채 동탁을 따라갔다.

북액문(北掖門)에 이르자 수행한 병력 모두가 문 밖에서 저지당했다. 동탁과 같이 들어간 수행자는 수레를 이끄는 시종 스무 명 뿐이었다. 동탁이 주위를 둘러보니 왕윤을 비롯한 한 떼의 장수들이 검을 손에 들고 궁전 어귀에 늘어서 있었다. 동탁은 비로소 당황하기 시작했다.

"왜 모두들 검을 들고 있느냐?"

동탁이 이숙에게 물었으나 그는 아무런 대답 없이 수레를 전진시킬 뿐이었다.

왕윤이 소리쳤다.

"역적이 나타났다. 자, 어서 나와라!"

순간 사방에서 일백여 명의 군사가 뛰어나와 극(戟)과 삭(槊)의 예리한 날을 휘둘러댔다. 그러나 동탁은 옷 속에 갑옷을 겹쳐입고 있었기 때문에 날이 그것을 통과하지는 못하고 팔꿈치를 맞아 수레에서 굴러 떨어졌다.

수레에서 떨어진 동탁이 소리쳤다.

"여포는 없느냐? 내 아들 여포는 어디 있느냐?"

그때 여포는 수레 뒤편에 서 있었는데 그는 이 소리에 긴 창을 들고 나와 소리쳤다.

"칙서를 받들어 역적 동탁을 치노라!"

그러고는 여포가 극으로 동탁의 목을 단숨에 찔렀다. 그러자 이숙이 재빨리 동탁의 목을 베어 손에 들었다. 여포는 왼손으로 극을 바꾸어 잡고 오른손으로 품속의 칙서를 꺼내어 선언하였다.

"칙명으로 역신 동탁의 목을 쳤다. 그 밖의 사람의 죄는 묻지 않겠다."

이에 지켜보던 백관들 모두가 만세를 부르며 기뻐하였다.

필경, 장안 교외에서 들려온 동요 속의 '천리의 풀[千里草]'은 초(艹) 아래에 천(千)과 리(里)이니, 동(董)자가 되고, '열흘의 점괘[十日의 卜]'는 복(卜), 일(日), 십(十)이니 '탁(卓)'자가 되므로 곧 동탁의 멸망을 알리는 전조였던 것이며, 도인이 들고 있던 장대에 드리운 '천[布]'과 거기에 씌어져 있는 '입구(口)'자 둘은 여포(呂布)의 이름을 표시했던 것이다.

한편, 여포는 백관들의 환호성을 들으며 크게 소리쳤다.

"동탁의 악행을 조장한 자는 이유(李儒)였소. 그러니 누구든 그 놈을 잡아오도록 하시오."

이숙이 자신이 가겠다고 나서는데 때마침 궁문 밖에서 소란스러운 소리가 들렸다. 알아보니 이유의 집 하인들이 이유를 잡아 끌고 왔다는 것이었다. 왕윤은 거리 한복판에서 이유를 처형하라고 명하고 동탁의 시신도 그 곳에 효시하였다.

동탁의 몸이 어찌나 비대했던지 군사들이 그 주검의 배꼽에 심지를 박고 불을 당기니 몸에서 기름이 나와 땅바닥으로 넘쳐 흘렀다. 이에 지나가는 백성들 모두가 한두 번씩 동탁의 머리를 주먹질하고 그 몸뚱이에 발길질하였다.

한편 왕윤은 여포에게 명하여 황보숭(皇甫嵩)·이숙과 더불어 오만 병력을 거느리고 미오로 가서 동탁의 재산을 압류하고 일족을 처형하도록 명하였다.

이각·곽사·장제·번주 등 미오를 수비하던 동탁 휘하의 장수들은 동탁이 모살되고 여포가 달려온다는 소식을 듣고 재빨리 도주하여 비웅군을 이끌고 양주(凉州) 땅으로 피신하였다.

여포는 미오에 도착하여 우선 초선을 찾았다. 황보숭은 성 안에 강제로 수용되어 있던 양가의 자녀들을 모조리 석방하는 한편 동탁과 핏줄을 같이한 일족은 어린애에서 노인까지 가리지 않고 모조리 처형하였다. 동탁의 노모도 살해되고 아우 동민과 조카 동황도 죽음을 당해 거리에 목이 효시되었다.

이때 몰수한 황금이 수십만 근, 은이 수백만 근에 이르렀으며, 그 밖에 비단·피륙·보석·골동품·양식 등은 이루 헤아릴 수도 없을 정도로 쏟아져 나왔다. 그 모두를 왕윤에게 보고하니 왕윤은 그것을 장수와 군병들에게 나눠준 다음 남은 것으로 축하연을 베풀었다.

시중 채옹의 죽음

모두가 들뜬 기분으로 즐거워하고 있을 때 누군가가 전갈을 보내왔다.

"동탁의 주검을 효시한 자리에 와서 그의 죽음을 슬퍼하는 자가 있습니다."

왕윤은 크게 성을 내며 소리쳤다.

"동탁을 주살하여 만민이 모두 기쁨에 겨워하고 있는 지금 그런 괘씸한 작태를 보이다니. 당장 그놈을 잡아들여라."

이윽고 병졸들이 그를 잡아왔다. 잡혀온 이의 얼굴을 본 일동은 까무라칠 듯 놀랐다. 그는 바로 시중 채옹(蔡邕)이었다. 왕윤이 그를 꾸짖어 말했다.

"역적 동탁의 멸망은 한나라를 위해 크게 다행한 일인데 귀공은 한나라 조정의 신하로서 조정을 위해 기뻐하지 않고 슬퍼하다니 이 무슨 해괴한 일이오?"

채옹이 엎드려서 아뢰었다.

"이 몸, 대의가 무엇인지는 알고 있습니다. 그러니 어찌 나라를 등지고 동탁을 따르려 하겠습니까? 다만 동탁이 역적이긴 했지만 저를 높이 평가해 후한 대우를 해주었으므로 그만 저도 모르게 눈물을 흘리고 말았습니다. 제가 지은 죄가 크다는 것은 알고 있으나 공께서 너그러이 용서하시어 가벼운 형벌을 내리시고, 그동안 집필해온 《한사(漢史)》를 탈고하도록 관용을 베풀어주시면 다행히 속죄될 줄로 아나이다."

여러 사람들이 모두 채옹의 재주와 학문을 아껴 그를 구하기 위해 힘썼다. 태부 마일제(馬日磾)도 왕윤에게 간하였다.

"채옹은 뛰어난 인재입니다. 그에게 《한사》를 탈고케 하면 참으로 큰 유산이 될 것으로 믿습니다. 또한 채옹은 지극한 효자로 알려져 있으니 지금 그를 처형하시면 세상의 신뢰를 잃을 염려가 있사옵니다."

그러나 왕윤은 마일제의 말을 받아들이지 않았다.

"옛날 효무제(孝武帝)가 사마천(司馬遷)*을 죽이지 않았기 때문에 《사기(史記)》에는 그를 비방하는 글이 기록되었네. 지금 국운이 쇠하여 조정의 정사가 문란해져 있는 형편에 채옹 같은 자를 어린 황제 곁에 두어 우리를 비방하는 글을 기록하게 해서는 안 되네."

마일제는 말 없이 그 자리에서 물러나와 사람들에게 한탄했다.

"머지않아 왕윤의 집안은 대가 끊기고 말 것이오. 옛말에 선인(善人)은 나라의 기강(紀綱)이요, 술작(述作)은 나라의 법전이라 했거늘, 기강을 망치고 법전을 없애는데 어찌 좋은 일이 생기리오."

결국 왕윤은 채옹을 옥에 가둔 다음 목을 매게 하였다. 그 소

---

*사마천(司馬遷):B.C.135?~93? 전한(前漢)의 역사가. 무제(武帝) 때 아버지 사마담(司馬談)의 뒤를 이어 태사령(太史令)이 됨. 자는 자장(子長), 하양(夏陽)사람. B.C.104에 공손경(公孫卿)과 함께 태초력(太初曆)을 제정, 후세에 역법의 기초를 이루고, 획기적인 역사책 사기(史記) 130권을 지음.

식을 전해 듣고 백성들은 슬픔의 눈물을 흘렸다. 채옹이 동탁의 시신을 보고 곡을 한 것도 경솔한 행동이었지만 왕윤이 그를 죽인 것도 현명하지 못한 처사였다.

여포의 패주

그때 섬서(陝西) 땅으로 도피한 이각·곽사·장제·번주의 네 장수들은 장안으로 사람을 보내어 사면을 청하였다.

그러나 왕윤은 강경하게 말했다.

"동탁이 포악하게 권력을 행사한 것은 모두 이 네 사람의 뒷받침에 힘입은 것이었다. 다른 사람들은 모두 사면하더라도 이 네 놈만은 절대로 용서해줄 수 없다."

사자가 돌아가 왕윤의 말을 전하였다.

"사면받을 수 없다면 각자가 흩어져 살길을 모색할 수밖에 없겠구나."

이각이 이렇게 말하자 모사 가후(賈詡)가 반론을 제기하였다.

"우리가 각기 흩어진다면 길가의 파수꾼 혼자라도 우리를 쉽게 포박할 수 있을 것이오. 그럴 바에는 차라리 여기서 백성을 선동하여 부대를 이끈 후 장안을 쳐서 동탁 승상의 원한을 풀어드리는 것이 어떻겠소? 다행히 성공하면 황제를 품에 안고 천하를 휘어잡을 수 있게 될 것이고, 불행히 실패하면 그때 도피해도 늦지 않을 것이오."

이각을 비롯한 세 장수는 이 의견에 찬성하여 우선 서량주(西涼州) 일대에 다음과 같은 유언비어를 퍼뜨렸다.

"왕윤은 이 고장 백성을 모조리 학살하겠다고 큰소리 치고 있다. 가만히 앉아서 죽음을 당하느니 우리가 힘을 합해 싸워보는 것이 어떻겠는가?"

이것이 백성들의 마음을 움직여 마침내 많은 사람들이 궐기하였으니 그 수가 십여만 명에 달했다. 이각 등은 이들을 네 부대로 편성하여 장안을 향해 진격하였다. 도중에 동탁의 사위였던 중랑장 우보(牛輔)를 만났다. 우보 또한 오천 병력을 이끌고 장인 동탁의 원수를 갚기 위해 장안으로 들어가는 길이었다. 이각을 비롯한 네 장수는 합류하여 우보를 전위에 세웠다.

왕윤은 이 소식을 듣고 여포와 방비책을 강구하였다. 여포가 말하였다.

"안심하십시오. 그까짓 놈들이 무엇을 할 수 있겠습니까?"

그는 대수롭지 않게 여기며 이숙과 더불어 출병하였다. 이숙이 앞장서서 가다가 우보와 마주쳤다. 격전을 벌인 끝에 우보가 퇴각하였다. 싸움에 이긴 이숙의 군사가 자만에 빠져 방심하고 있는 사이에 우보는 어둠을 틈타 다시 역습해 왔다. 결국 이숙은 허둥지둥 삼십 리 길을 패주하였고 그 사이 병력의 태반을 잃고 말았다.

참담히 패한 이숙이 여포를 만나 구원을 청하니 여포는 격노하여 이숙의 목을 쳐버렸다. 여포가 이숙의 목을 자기 진지의 말뚝에 효시하고는 이튿날 직접 우보와 대진하였으나 우보는 여포의 적수가 되지 못했다. 대패한 우보는 그날 밤 가장 신뢰하는 심복인 호적아(胡赤兒)를 불러 의논하였다.

"여포를 당해낼 재간은 없으니 차라리 이각 무리의 눈을 속여 금은보화를 훔쳐낸 다음 측근 너덧 명과 더불어 잠적하는 것이 어떻겠느냐?"

호적아는 이에 동의하여 그날 밤 바로 금은보화를 훔쳐낸 후 우보와 몇 명의 측근을 데리고 도주하였다.

이윽고 그들이 조그마한 개천을 건너게 되었을 때 호적아는 딴 마음이 생겨 우보를 암살한 다음 그 목을 베어 여포에게 가지고 갔다. 여포가 까닭을 묻자 호적아의 측근들이 찾아와서 머리를 조아려 아뢰었다.

"호적아는 우보와 함께 달아나다가 금은보화를 독차지하려고 우보를 살해했습니다."

여포는 그 자리에서 호적아를 참살하고 다시 진군하여 이각의 부대와 맞섰는데 이각의 부대가 미처 전투대열을 갖추기도 전에 선제 공격을 했으므로 적진을 마음대로 유린하였다. 이각은 저항하지 못하고 퇴각하여 산기슭에 포진하였다.

그는 곽사·장제·번주를 모아 대책을 협의하였다.

"여포는 용맹스럽기는 하지만 지혜가 없는 놈이니 염려할 것 없소. 내가 골짜기 어귀를 방어하며 놈을 유인할 테니 곽 장군은 여포의 뒤로 돌아가서 적을 교란시키시오. 옛날 팽월(彭越)이 한나라 고조를 도와 초군의 후방을 무찔렀던 것처럼 전방과 후방에서 치고 빠지는 것입니다. 동시에 장·번 장군이 곧바로 장안을 덮치면 적군은 오도가도 못하고 반드시 쓰러지고 말 것입니다."

일동은 이 작전에 만족하여 이를 수행하기로 했다.

이윽고 여포 군이 산 아래로 진격해왔다. 이각이 작전대로 달아나는 척하다가 유인했다. 여포는 그 계략을 파악하지 못한 채 계속 전진했다. 이각의 부대는 산 위로 달아나 화살을 쏘고 돌멩이를 던졌다.

여포 군이 옴짝달싹 못 하고 있을 때 뒤에서 곽사의 부대가 기습하였다. 여포가 부랴부랴 방향을 바꾸어 맞서니 공격신호로 북소리만 한참 들려올 뿐 곽사 군은 자취도 없이 사라졌다. 여포가 부대를 정비하려 하자 이번에는 징소리가 울려퍼졌다. 이각의 공격이 다시 시작된 것이었다.

여포가 미처 대적하지 못하고 있을 때 뒤쪽에서는 다시 곽사의 군사들이 몰려왔다. 여포가 그쪽으로 방향을 바꾸니 이미 곽사 군은 달아나버린 뒤였다.

여포는 결국 쳇바퀴 도는 다람쥐 꼴이 되고 말았다. 여포가 분을 참지 못해 소리쳤다.

"나를 골탕먹이다니! 이놈들을 어쩌면 좋단 말이냐?"

이때 긴급히 통보가 들어왔다. 장제·번주가 장안을 공격하여 형세가 위태롭다는 것이었다. 이에 여포가 싸움을 그만두고 장안으로 달려가려 하자, 이번에는 이각·곽사 군이 뒤에서 몰려왔다. 여포는 이들과 맞서 싸우기는커녕 많은 사상자를 내면서 급히 달아나기에 바빴다.

천신만고 끝에 장안 성 밖에 도착하니 적의 군사들이 소나기 구름처럼 성을 포위하고 있었다. 여포는 그들과 싸워 끝내 이길 수가 없었다. 화가 치민 여포는 부하들에게 포악하게 굴었고 그 바람에 부하들 중 상당수가 적군에 투항하였다. 이에 여포는 더욱 조급해졌다.

며칠 뒤 성 안에 있던 동탁의 잔당 이몽(李蒙)과 왕방(王方)이 적군과 내통하여 몰래 성문을 열어주니 네 개 부대의 적군이 물밀듯이 쏟아져 들어왔다.

여포가 종횡무진으로 분전했으나 적들을 당해낼 수가 없었다. 그리하여 여포는 수백 기(騎)를 거느리고 청쇄문 밖에 서서 왕윤에게 말했다.

"이제 끝장입니다. 어서 말을 타십시오. 저와 같이 함곡관을 빠져나가 훗일을 도모하십시다."

그러나 왕윤은 여포의 말을 따르지 않았다.

"이 사람의 마음에는 한나라 황실만이 있을 뿐이오. 만일 일이 잘못 된다면 나라를 위해 이 몸을 바칠 뿐이지 결코 이런 국란에서 염치없이 달아날 생각은 없소. 부디 관동(關東) 땅의 제공에게 나라를 위해 힘써 달라고 전해주시오."

여포가 제삼 도피할 것을 권했으나 왕윤은 끝내 받아들이지 않았다. 얼마 뒤 모든 성문이 불길에 휩싸였다. 여포는 가족도 모두 내버리고 백여 기의 군졸을 거느리고 관문을 통과하여 원술을 찾아 달아났다.

장안이 함락되다

이각과 곽사는 부하 장병들에게 약탈과 살육을 마음껏 하게 하였다. 태상경(太常卿) 충불(种拂)·태복(太僕) 노규(魯馗)·대홍려(大鴻臚) 주환(周奐)·성문교위(城門校尉) 최열(崔烈)·월기교위(越騎校尉) 왕기(王頎) 등이 이때 모두 죽음을 당하였다. 시신(侍臣)들이 반군을 다스려주길 바라면서 황제를 선평문(宣平門)의 문루로 모셨다. 이각을 비롯한 반군은 문 위에 펼쳐진 황개(黃蓋:황제의 비단 양산)를 발견하고 부하들을 제지하며 만세를 외쳐댔다.

그러자 문루 위에서 헌제가 꾸짖었다.

"어찌하여 주문(奏聞)을 거치지 않고 함부로 장안을 침범하였는고?"

이각과 곽사가 문루를 우러르며 입을 열었다.

"동 승상은 폐하의 첫째 가는 중신이었습니다. 그런데 까닭도 없이 왕 사도의 손에 의해 모살되었기에 신들은 복수를 위해 달려왔을 뿐 다른 야심은 갖고 있지 않습니다. 그러니 왕 사도를 만날 수 있게만 해주신다면 즉시 철군하겠습니다."

왕윤은 황제 곁에 자리잡고 있다가 반군 측의 말을 듣고 황제에게 상주하였다.

"폐하! 소신은 한결같이 충성심으로 일을 도모해 왔사오나 사태가 이렇게 된 이상 나라를 위해 소신을 아끼지는 않겠습니다.

소신이 저들과 만나 직접 협의할 수 있도록 허락해주시옵소서.”

황제가 어찌할 바를 몰라 당황하고 있는 사이에 왕윤은 이 말을 마치자마자 선평문의 문루에서 뛰어내리며 외쳤다.

“왕윤이 여기 있다!”

이에 이각과 곽사가 검을 뽑아 들었다.

“동 승상을 왜 살해하였는가?”

“동탁의 죄과는 천상천하에 감출 길이 없다. 동탁이 주살된 날 장안의 모든 백성들이 얼마나 기뻐했는지 너희들은 아는 바가 없느냐?”

“승상의 죄는 그렇다 쳐도 어찌하여 우리까지 처벌하려 하느냐?”

“무슨 말이 필요한가? 너희들은 동탁과 조금도 다르지 않다. 나 왕윤은 비록 오늘 죽는다 해도 두려울 것이 없다.”

왕윤이 그들을 매도하자 이각과 곽사는 끝내 왕윤의 목을 쳐버렸다.

역적들은 왕윤을 살해한 후 그의 일족까지 몰살하였다. 백성들은 그 소식을 듣고 눈물을 흘리며 비통해하였다.

그런데 이각과 곽사는 여기서 생각을 멈추지 않았다.

“여기까지 와서 황제를 죽이지 않고 천하를 손에 넣지 않는다면 언제 다시 이 같은 기회가 오겠습니까?”

그리고는 검을 뽑아 들고 궁중으로 들어가려 하였다. 그야말로 거괴(巨魁)가 복죄(伏罪)하여 재난이 거두어지는 것 같더니만 잔적(殘賊)이 건재하여 비바람이 끊이지 않는 형국이었다. 헌제의 목숨은 그야말로 바람 앞의 등불이었던 것이다.

제 10 회 조조의 활약과 복수

근 왕 실 마 등 거 의
勤王室馬騰擧義

보 부 수 조 조 흥 사
報父讐曹操興師

황실을 바로세우려 마등이 거사하고
아비의 원수를 갚으려 조조가 거군하다

이각과 곽사의 횡포

이각과 곽사가 헌제를 시해하려 하자 장제와 번주가 그들을 말리고 나섰다.

"안 될 말이오. 지금 우리가 황제를 없애면 백성들은 결코 우리를 용서하지 않을 것이오. 황제는 그대로 세워놓은 채 제후를 함곡관 쪽으로 끌어들여서 먼저 그들을 제거한 다음 황제를 처치한다면 천하는 저절로 우리 것이 될 것이오."

이 말을 듣고 이각과 곽사는 칼을 거두었다. 그때 문루 위에 있던 황제가 그들에게 물었다.

"왕윤은 이미 죽었는데 어찌하여 군사를 거두지 않는가?"

이각과 곽사는 시치미를 떼고 아뢰었다.

"저희는 황제를 위해 노력했습니다만 아직 아무런 벼슬을 갖지 못했습니다. 그래서 군사를 거둘 수가 없습니다."

"어떤 벼슬과 포상을 바라는가?"

이각·곽사·장제·번주의 네 장수가 각자의 뜻대로 소원을 조목별로 써서 제출하니 황제는 하는 수 없이 그들의 요구를 들어주었다.

그리하여 이각은 거기장군 지양후(車騎將軍池陽侯) 겸 사예교위에 임명되었고, 대원수(大元帥)의 상징인 절(節:장군이나 사신에게 임금이 신임의 표시로 주는 기)과 월(鉞:의장기의 한 가지로 도끼 모양으로 되어 부(斧)라고도 한다)을 하사받았다.

곽사는 후장군 미양후(後將軍美陽侯)에 임명되었으며, 그에게도 절과 월이 수여되었다. 아울러 이각과 곽사는 정치의 대권도 장악하게 되었다.

번주는 우장군 만년후(右將軍萬年侯)에 봉해졌으며, 장제는 표기장군 평양후(驃騎將軍平陽侯)에 임명되었는데 둘은 모두 군대를 통솔하게 되었고, 홍농(弘農)에 주둔하였다. 그 밖에 이몽(李蒙)·왕방(王方)에게도 교위 자리가 주어졌다.

이렇게 서훈이 베풀어지자 비로소 이각 등은 성 밖으로 물러났다. 그리고는 포고문을 내어 동탁의 시신을 찾아내게 하였다. 그 결과 갈가리 찢겨 도저히 형체를 알아볼 수 없는 동탁의 시신이 발견되었다. 이에 향목(香木)을 조각해서 사람의 형상을 만들고, 거기에 가죽과 뼈를 바르고 끼워넣은 다음 시신에 왕자의 의관을 입히고 역시 왕자의 관에 거두어 넣었다. 그리고 길일을 택하여 미오 땅으로 옮겨 매장하고자 하였다. 그런데 매장 당일

천둥 번개가 몰아치고 폭우가 쏟아져 내려 땅 위에는 수 척 깊이의 물이 차고, 순간 벼락이 관 위에 떨어져 시체가 밖으로 튀어 나왔다.

이각은 날씨가 개기를 기다렸다가 다시 매장을 시도하였으나 그날 밤 또다시 천둥과 번개가 치고 호우가 퍼붓더니 관이 부서지고 시신이 굴러 떨어졌다.

이렇게 세 차례 매장을 시도하였으나 모두 똑같은 일이 벌어졌다. 시신 가운데 그나마 남아 있던 뼈와 가죽은 모두 벼락을 맞아 재가 되어버렸다. 동탁에 대한 하늘의 노여움이 이렇게 나타났던 것이다.

한편 이각과 곽사는 대권을 손에 넣고 백성을 혹독하게 학대하였다. 또한 황제의 측근에도 동정을 감시하기 위한 첩자를 배치하였다. 헌제는 마치 바늘 방석에 앉은 듯 두려움과 불안에 떨었다.

조정의 모든 벼슬아치들도 그들의 손에 의해 지위가 올라가고 내려갔다. 한편으로는 백성들의 신임을 얻기 위해 주전(朱雋)을 초빙하여 태복(太僕:거마(車馬) 담당관)의 지위를 부여한 후 조정의 정사를 담당하게 하였다.

얼마 뒤 서량의 태수 마등(馬騰)과 병주(幷州)의 자사인 한수(韓遂)가 십여만의 병력을 이끌고 '토적(討賊)'을 표방하며 장안으로 들어온다는 정보가 입수되었다. 두 장수는 미리 사람을 장안으로 보내어 시중(侍中:고문관)인 마우(馬宇)와 간의대부(諫議大夫:고문관) 충소(种邵) 및 좌중랑장 유범(劉範) 등과 내통하고 있었다. 이들 셋이 극비로 헌제에게 상주하여 마등은 정서장군(征西將軍)에 한수는 진서장군(鎭西將軍)에 임명되었고 각각 밀칙이 부여되어 이렇게 역적 토벌에 나선 것이었다.

이에 이각·곽사·장제·번주 등의 수뇌진들은 이 긴급사태에 대한 대비책을 강구하였다.

모사 가후가 먼저 입을 열었다.

"저들은 먼 곳에서부터 힘들여 군사를 이끌고 달려온 처지이니 이쪽에서 먼저 공세를 취해서는 안 됩니다. 상대하지 않고 방어하는 기세로 시간을 끌면 식량이 떨어져 백일 전후하여 퇴각하지 않을 수 없을 것입니다. 바로 그때 허를 찔러 두 장수를 사로잡는 것이 좋을 듯합니다."

그러나 이몽과 왕방이 반대하고 나섰다.

"그런 방안은 그다지 좋은 계책이 못 됩니다. 저희에게 일만 병력을 주신다면 즉시 마등과 한수의 목을 베어 오겠습니다."

가후가 다시 중간에 끼어들어 말하였다.

"지금 성급히 나가 싸우면 틀림없이 우리가 패배할 것이오."

이몽과 왕방이 지지 않고 반박하였다.

"우리가 지면 공이 우리의 목을 베어 가시오. 그러나 우리가 이기고 돌아오면 그땐 우리가 공의 목을 베어 가겠소."

가후는 하는 수 없이 이각과 곽사에게 권하였다.

"장안의 서쪽 이백 리 지점에 주질산(盩厔山)이 있는데 그 산은 길이 험하기로 소문나 있지요. 그러니 그곳을 장제와 번주 장군으로 하여금 방비케 하면서 이몽·왕방 장군이 군사를 이끌고 적진으로 나가 싸우는 것이 좋은 계책일 듯합니다."

이각과 곽사는 이 계책을 받아들여 이몽·왕방에게 일만오천의 병력을 주었다. 두 장수는 용감하게 전진하여 장안으로부터 이백팔십 리 되는 지점에 진을 쳤다.

마등과 한수의 반격

마침내 서량으로부터 토적군이 진군해왔다. 이몽과 왕방이 공

세를 취하자 서량군도 길을 가로막고 한판 싸움을 벌일 태세를
취했다.

이때 마등과 한수가 말머리를 나란히 하고 나서며 이몽·왕방
을 향해 소리쳤다.

"누가 나가서 저 역적 놈들을 해치우겠느냐?"

"제가 가겠습니다."

그 즉시 젊은 장수 하나가 뛰어나왔다. 그는 얼굴이 관옥처럼
해맑고, 눈은 유성처럼 반짝였으며, 호랑이 같은 체구에 원숭이처
럼 긴 팔, 거기에 표범 같은 배, 늑대 같은 허리를 자랑하며 장창
을 손에 들고 준마를 몰아 본진에서 달려나왔다. 그는 마등의 아
들 마초(馬超)로 자는 맹기(孟起)요, 나이는 열일곱에 불과한 어린
장수였다.

왕방은 마초를 우습게 보고 타일렀다.

"네까짓 어린 놈이 어디 감히……."

그러면서 말을 달려 나왔다. 왕방은 마초와 한참을 겨룬 끝에
마초의 장창에 찔려 쓰러지고 말았다. 마초는 의기 양양하게 본
진을 향해 말머리를 돌렸다.

그때 왕방의 최후를 지켜보고 있던 이몽이 혼자 마초를 뒤쫓
았는데 마초는 눈치채지 못한 듯이 느긋한 걸음걸이로 말을 몰
았다. 본진에서 이를 본 마등이 소리쳤다.

"뒤를 봐라. 적이 쫓아온다."

그런데 마등의 말이 끝나기가 무섭게 마초는 순식간에 몸을
돌려 이몽을 생포했다. 사실 마초는 이몽의 추적을 알아채고도
일부러 모르는 체하고 있다가 이몽이 다가와 창을 겨누자마자
재빨리 몸을 피한 것이었다. 이에 이몽은 몸의 중심을 잃게 되었
고 마초는 자신의 기다란 팔을 뻗어 이몽의 몸을 껴안 듯 낚아
챘다.

이 광경을 목격한 이몽의 부하들은 혼비백산하여 뿔뿔이 흩어졌다. 마등과 한수는 이 기회를 놓칠세라 적을 추격하여 대승리를 거두고 산기슭의 좁다란 어귀에 포진하였다. 이몽은 목이 잘려 진지 앞에 효시되었다.

이각과 곽사는 이몽·왕방의 참패 소식을 접하고 가후의 의견에 따르지 않은 것을 후회하였다. 이리하여 이각 등은 가후의 계책을 받아들여 공격태세를 바꾸어 어떠한 공격이 있어도 받아치지 않고 버티기로 했다. 과연 서량군은 석 달을 채 넘기기도 전에 양식이 떨어져 철수 여부를 논의해야만 하는 위기에 봉착하였다.

그럴 즈음 장안에서는 마우·유범·충소가 서량의 마등·한수와 내통한다는 사실이 마우의 집 머슴에 의해 폭로되었다. 이각과 곽사는 분개하며 마우·유범·충소의 목을 쳐 효시하고 그 가족들을 몰살하였다.

식량이 바닥 난데다가 장안성 안에서의 내통 사실이 드러나 곤경에 처한 마등과 한수는 부득이 철군할 수밖에 없었다. 그러자 이각·곽사는 기다렸다는 듯이 장제를 시켜 마등을 추격하게 하고 번주로 하여금 한수를 뒤쫓게 하였으니 결국 서량군은 패배하고 말았다.

마초는 후위로 돌아가 가까스로 장제를 물리쳤다. 번주는 진창(陳倉) 가까이에 이르러 한수를 따라 잡았는데 한수가 말을 멈추고 말했다.

"자네와 나는 같은 고향 사람일세. 그런데 왜 그리 악착스럽게 쫓아오는가?"

번주도 말을 멈추고 숨을 돌리며 말하였다.

"상사의 명이니 어쩔 수 없다네."

"내가 이렇게 군사를 이끌고 나선 것은 모두 나라를 위해서 하는 일이니 공은 우리를 더 이상 해하려 하지 말게."

번주는 이 말에 말머리를 돌리고 휘하 부대를 돌아가게 했다. 한수를 눈감아준 것이었다. 그런데 불행히도 이각의 조카인 이별(李別)이 경과를 지켜보고 있다가 본진으로 돌아와서 숙부에게 밀고하였다. 이각은 흥분하여 번주의 목을 치라고 명했다. 그러나 가후가 이를 말리며 진언하였다.

"아직 민심이 가라앉지도 않았는데 함부로 피를 보이는 것은 좋지 않습니다. 그러니 전공을 치하한다는 명목으로 번주와 장제를 연회에 초대한 다음, 그 자리에서 번주를 베어 죽이면 아무런 탈 없이 일이 수습될 것입니다."

이각은 가후의 의견을 수용하여 연회를 베풀었다. 두 장수는 기꺼이 초대에 응하여 술자리에 참석하였다. 잔치가 한창 무르익었을 때 갑자기 이각의 낯빛이 달라지더니 번주를 향해 호통을 쳤다.

"네 이놈, 번주! 네가 한수와 내통했다고? 무슨 이유로 모반을 도모했느냐?"

번주는 소스라치게 놀랐다. 그러나 한 마디 변명할 틈도 없이 칼잡이가 달려들었고 번주의 목은 식탁 아래로 떨어져 나뒹굴었다. 번주와 같이 연회에 참석한 장제는 새파랗게 질려 땅바닥에 엎드렸다. 이각이 그를 일으켜 세우며 타일렀다.

"번주는 반역을 도모했기에 그 목을 벤 것이네. 자네는 이 사람의 충직한 심복 아닌가? 그런데 뭐가 두려워 그렇게 떨고 있는가?"

그러고는 번주 휘하의 부대를 모조리 장제의 통제 아래로 이동시켰다. 장제는 충성을 거듭 맹세하며 홍농으로 돌아갔다.

조조에게 모여든 모신과 맹장들

장안에서는 이각과 곽사가 서량군을 무찌른 뒤로 제후들이 모두 그들의 눈치를 보느라 정신이 없었다. 가후가 수차례나 진언하였다.

"백성을 자애로 대하고 현인·호걸을 소중히 여겨야 하오."

가후의 진언 덕분에 조정은 조금씩 구색을 갖춰나갔다.

그러나 이즈음 청주(靑州)에서 다시 황건적이 난을 일으켰다. 수십만에 이르는 이 무리는 누가 우두머리인지 파악하기조차 불가능했는데 떼지어 다니며 양민의 재산을 마구 약탈하였다.

이에 태복인 주전이 황건적을 토벌할 인물을 천거했다.

"청주에서 일어난 황건적을 칠 수 있는 사람은 오로지 조조뿐입니다."

이각이 물었다.

"조조는 지금 어디에 있는가?"

"그는 지금 동군의 태수로서 큰 병력을 거느리고 있으니 그에게 명하신다면 순식간에 평정될 것입니다."

이각은 급히 조서를 써서 동군으로 보냈다. 조조와 제북국의 상(相)인 포신(鮑信)은 합심하여 황건적을 평정하라는 어명이었다.

조조와 포신은 어명을 받들어 토벌전에 나섰다. 수양(壽陽)에서 적에게 큰 타격을 입히긴 했지만 추격전을 벌이던 포신은 적의 손에 의해 살해되고 말았다.

조조는 적군을 추격하여 제북국으로 나아갔다. 이때 수만 명의 적군이 투항하였고 조조는 그 투항자들을 부대의 맨 앞에 내세워 계속 전진하였다.

가는 곳마다 적군은 무기를 버리고 투항해왔다. 백일 남짓한 기간 동안 남녀 백여만 명 이외에도 적군 삼십여만 명이 투항하였다. 조조는 그들 가운데 정예병을 선발, 새로운 군대를 편성한 다음 '청주병(靑州兵)'이라 이름 지었고 뽑히지 못한 병졸들은 모두 귀가시켰다.

이리하여 조조의 명망은 날이 갈수록 높아갔다. 그의 승전보가 장안에 전해지자 조정에서는 조조에게 진동장군(鎭東將軍)이라는 직위를 하사하였다.

조조는 연주(兗州)에서 인재를 등용했는데 하루는 숙부와 조카 사이인 두 사람이 지원해왔다. 숙부는 영천(潁川) 땅 영음(潁陰) 태생의 순욱(荀彧)이라는 인물로 자를 문약(文若)이라 하였다. 그는 순곤(荀昆)의 아들로서 지금까지 섬겨온 원소에게 실망을 느껴 조조를 찾아왔다고 털어놓았다.

조조는 순욱을 만나보고 기뻐하였다.

"나의 자방(子房)이로구나."

자방이란 한나라 고조 때 이름을 높인 모신(謀臣)이었다. 조조는 이렇듯 순욱을 몹시 칭찬하면서 즉각 행군사마(行軍司馬)에 임명하였다.

조카인 순유(荀攸) 또한 훌륭한 인물이었다. 자를 공달(公達)이라 하였으며 황문시랑(黃門侍郞)이라는 벼슬에 있었으나 그것을 물리고 고향에 칩거하던 차에 숙부와 같이 조조를 방문한 것이었다. 조조는 그를 행군교수(行軍敎授)에 봉하였다.

하루는 순욱이 조조에게 청하였다.

"이 고장에 훌륭한 인물이 하나 있었는데 지금 그가 어디에 있는지 한 번 찾아볼 수 없을까요?"

"어떤 사람인가?"

"동군의 동아(東阿)사람으로 이름은 정욱(程昱)이며 자를 중덕(仲德)이라 하는 사람입니다."

"나도 그 이름은 들어본 적이 있다네."

조조는 즉시 수소문해보았다. 가까스로 알아보니 그는 산 속에서 책을 읽으며 소일하고 있었다. 조조가 그를 불러들였으나 정욱은 사양하고 순욱을 통해 다른 인물을 천거하였다.

"이 몸은 도저히 그대의 추천에 값할 만한 인물이 못 되오. 오히려 그대와 동향 사람으로서 곽가(郭嘉)라는 자가 있는데 그자야말로 당대의 큰 인물임에 틀림없으니 마땅히 그를 불러들이는 게 옳은 줄로 아오."

"그렇군. 내가 왜 그를 잊고 있었을까?"

순욱은 즉시 조조로 하여금 곽가를 연주로 불러들이게 한 다음 함께 천하를 논의하였다. 곽가는 또 조조를 위해 광무제(光武帝)의 직계혈통이 되는 회남(淮南) 땅 성덕(成德) 출신으로 자를 자양(子陽)이라 하는 유엽(劉曄)을 불러들였다. 유엽 역시 인재 두 사람을 천거하였다. 하나는 산양(山陽)의 창읍 사람인 만총(滿寵)으로 자를 백녕(伯寧)이라 했고, 또 한 사람은 무성(武城) 사람 여건(呂虔)으로 자를 자각(子恪)이라 하는 이였다. 조조도 이 두 사람의 소문은 평소에 익히 들어 알고 있었으므로 그들을 군사종사(軍事從事)에 임명하였다.

만총과 여건이 또 한 사람을 추천하였는데 그는 진류(陳留) 땅 평구(平邱) 출신의 모개(毛玠)라는 사람으로 자를 효선(孝先)이라 하였다. 조조는 그에게도 종사(從事)라는 직함을 수여하였다.

그 밖에도 수백 명의 군병을 이끌고 온 장군이 있었다. 그는 태산(泰山) 땅 거평(鉅平) 출신으로 이름은 우금(于禁), 자를 문칙(文則)이라 하는 사람이었다. 조조는 궁술, 마술 모두에 비범한 그의 기량을 보고 점군사마(點軍司馬)에 임명하였다.

어느 날 하후돈은 체격이 어마어마하게 큰 장수 하나를 데리고 왔다.

"이 사람은 진류 출신으로 전위(典韋)라고 하는데 엄청난 괴력의 소유자입니다. 전에는 장막(張邈) 밑에 있었습니다만 동료와 사이가 나빠져 수십 명을 처단한 후에 산 속에 숨어 있었다고 합니다. 사냥을 하는데 이녀석이 시냇물을 건너 호랑이의 뒤를 쫓는 모습이 꽤나 볼 만하여 불러왔습니다."

조조가 감탄하며 말하였다.

"음, 내가 보기에도 보통 체격이 아니구나. 틀림없이 큰 힘을 발휘하겠다."

하후돈이 보태어 말하였다.

"예전에 이 친구가 자신의 동료를 위해 복수한 일이 있는데 그 원수의 목을 들고 적진 속에서 마구 날뛰었으나 누구도 얼씬 거리지 못했다 하옵니다. 현재 이자가 사용하고 있는 두 개의 철극(鐵戟)은 무쇠 팔십 근으로 만든 것인데 이런 무거운 것을 겨드랑이에 끼고도 말을 타고 쏜살같이 달린다 하옵니다."

조조가 흥미있다는 듯이 명하였다.

"어디 한번 그 재주를 보여다오."

전위는 명을 받자마자 극을 겨드랑이에 끼고 말을 몰았다. 때마침 본진에 내건 커다란 기가 강풍에 흔들려 금방이라도 쓰러질 것 같았다. 군병들이 모여들어 기를 잡고 버티어봤지만 역부족이었다. 이때 전위가 말을 멈추고 내려섰다. 그는 병졸들을 물러가게 한 다음, 한 손으로 깃대를 꽉 잡고 바람 속에 우뚝 섰다. 그러자 기는 꿈쩍도 하지 않았다.

조조는 크게 놀라서 말했다.

"그 옛날 악래(惡來)와 같은 괴력의 소유자로다!"

이에 그를 장전도위(帳前都尉:대장)로 삼고 자신이 입고 있던 비단 전포를 벗어 말과 안장을 곁들여 상으로 내렸다.

조조 일가의 죽음

이렇게 현명한 모신과 훌륭한 맹장이 조조의 수하에 몰려드니 조조는 산동(山東) 땅 전역에 걸쳐 위압을 떨치게 되었다. 조조는 태산의 태수 응소(應劭)를 낭야(瑯琊)까지 보내어 부친 조숭을 모셔오도록 하였다.

조숭은 진류로 피난한 뒤로 줄곧 낭야에 은거하고 있었는데, 이제 조조의 기별에 따라 아우 조덕(曹德)을 비롯하여 일가친척 사십여 명과 하인 백여 명, 수레 백여 량을 거느리고 연주로 출발하였다.

일행이 서주에 이르렀을 때였다. 서주 태수 도겸(陶謙)은 자를 공조(共祖)라고 하는 꽤 점잖은 사람으로 전부터 조조를 가까이 하고 싶었으나 아직 연줄을 대지 못하고 있는 처지였다. 그러던 차에 조조의 부친이 이 고장을 지나간다는 소식을 접하고는 일부러 주의 경계까지 마중나와 일행을 모신 다음, 이틀 동안이나 환영잔치를 베풀고 정중하게 대접하였다. 조숭 일행이 떠날 때는 서주 교외까지 나와 배웅하였고 도위인 장개(張闓)에게 오백 명의 병력을 주어 호송하게 하였다.

이들 일행이 화(華)·비(費)의 두 현 사이를 지나간 것은 여름이 지나고 초가을로 접어들 무렵이었는데 갑자기 폭우가 쏟아져 일행은 연도의 어느 낡은 절로 들어가 비를 피하였다. 절의 스님이 조숭의 가족들을 안으로 들여보냈다. 장개를 비롯한 호송대는 본당 앞의 양쪽 복도에 주둔하였는데 비를 흠뻑 맞은 병졸들은 불만이 이만저만 아니었다. 이때 장개가 부하 가운데 그 중 우두머리 하나를 구석진 곳으로 부르더니 은밀히 명하였다.

"우리는 사실 황건적의 잔당이었다. 도겸에게는 사실을 숨기고 붙어 지냈지만 별 신통스러운 일도 없고 앞날에 기대되는 바도 없으니 지금 조씨 일가의 저 엄청난 재물과 양식을 가로채면 당분간은 궁기 모르고 잘 지낼 수 있지 않을까 싶네. 그래서 오늘 밤 어두워지면 조숭 일족을 덮쳐 재물을 가지고 산으로 들어가려 하네. 결국 산적이 되자는 것인데, 그대는 어찌 생각하는가?"

"좋은 생각이십니다."

어느 틈에 삼삼오오 모여든 부하들이 일제히 찬성했다.

밤새도록 비바람은 계속되었다. 아직 조숭이 자리에 들지 않고 앉아 있는데 갑자기 고함 소리와 함께 호송병들이 들이닥쳤다. 조덕이 뛰어나갔지만 창에 찔려 목숨을 잃고 말았다.

그 와중에도 조숭은 첩의 손을 잡고 주지의 방 뒤로 돌아가 울타리를 넘어 달아나려 하였다. 그런데 첩의 몸이 비대하여 동작이 느렸기에 조숭은 당황한 나머지 그녀를 뒷간으로 끌고가 숨어 있었는데 결국 병사들에게 발견되어 살해되고 말았다. 응소는 간신히 빠져나와서 원소를 향해 도망쳤다.

장개는 조숭 일가를 몰살하고 재물과 양식을 약탈한 후 절에 불을 질러 흔적을 없앤 다음 군사 오백 명을 이끌고 회남 쪽으로 달아났다.

조조의 보복

당초에 조숭을 모시러 갔다가 불의의 변을 당한 응소의 부하 가운데 몇몇이 간신히 살아서 돌아가 조조에게 이 사실을 보고하였다. 조조는 땅을 치며 통곡하다가 그만 실신하고 말았다.

정신이 든 조조는 분을 가라앉히지 못한 채 소리쳤다.

"이는 도겸의 짓이 분명하다. 그놈이 부하를 시켜 아버지를 죽였단 말이다. 불구대천의 원수놈! 내 이 원수만은 무슨 일이 있

어도 갚고 말겠다. 대군을 보내어 서주 땅을 초토화할 것이야.”

조조는 즉시 순욱과 정욱에게 삼만 병력을 주어 견성(鄄城)·범현(范縣)·동아(東阿)의 세 현을 수비하게 하고 나머지 병력을 총동원하였다. 선봉으로는 하후돈·우금·전위를 세웠다. 조조가 몸을 떨며 큰소리로 명하였다.

“성을 빼앗아라! 성 안의 백성들도 가릴 것 없이 모두 처단하라! 부친을 위한 복수전이다!”

한편, 평소에 도겸과 교분이 두터운 인물로 구강(九江)의 태수 변양(邊讓)이 있었는데 그가 이 풍문을 듣고 오천 병력을 거느리고 서주로 향했다. 조조는 이러한 사실을 보고 받고 격분하여 하후돈으로 하여금 도중에서 공격하도록 명하였다.

지난날 동탁에게 쫓기고 있던 조조를 구해준 일이 있는 진궁(陳宮)도 아직 동군의 종사로 있는 상태였고 도겸과도 좋은 관계를 유지하고 있었다. 그러므로 진궁은 도겸에게 닥친 긴급사태에 대해 알게 되자 서둘러 조조를 만나러 갔다. 조조는 진궁이 도겸을 위해 자신을 회유하러 온 것이라 판단했으나 전에 입은 은혜를 생각하니 무조건 물리치기도 어려운 일이어서 일단 막사로 불러들였다.

진궁이 먼저 말을 꺼내었다.

“공께서 대군을 서주로 동원하여 선친을 위한 복수전을 벌이실 것이라는 소문을 들었습니다. 뿐만 아니라 서주의 백성들을 몰살하실 계획까지 꾸미고 계시다 하니 가만히 앉아 있을 수가 없어서 이렇게 달려왔습니다. 제가 알고 있는 바에 의하면 도겸은 인품이 남다른 사람으로 결코 은혜를 모르고 불의를 좇을 자가 아닙니다. 선친이 불행을 당하신 것은 장개에 의한 것이지 도겸에게는 죄가 없음이 분명합니다. 또 서주의 백성들과 공 사이에 무슨 원한이 있기에 살육하신다는 것입니까? 아무런 명분 없이 사람을 해하는 것은 더 큰 화를 초래할 뿐입니다. 그러니 부디 심사숙고해주시기 바랍니다."

이 말에 조조는 노여움을 느꼈다.

"이제 와서 용케도 나를 찾아왔네만 자네는 예전에 이미 나를 버린 몸일세! 도겸은 우리 집안을 도살한 놈이야. 그놈의 가슴을 빠개고 간을 도려내지 않고서는 내 원한이 풀리지 않을 것이네. 도겸을 위해 자네가 아무리 나를 설득하려 해도 내가 거절한다면, 그땐 어쩔 텐가?"

진궁은 조조 앞에서 물러나지 않을 수 없었다.

"도겸을 대할 면목이 없구나!"

그는 이렇게 탄식하며 진류의 태수 장막(張邈)에게 의지하고자 떠나버렸다.

조조의 대군은 가는 곳마다 백성을 도륙하고 무덤을 파헤쳤다. 도겸은 상황보고를 접할 때마다 하늘을 우러러 통곡하였다.

"하늘이시여! 서주의 백성들이 어찌하여 이같이 큰 수난을 당해야 하옵니까?"

도겸은 급히 휘하의 사람들을 모아 대책을 협의하였다. 조표(曹豹)가 먼저 간하였다.

"적이 내습하는데 가만히 앉아서 죽음을 기다리는 법은 없는 줄로 압니다. 그러니 이 몸이 기꺼이 나서서 목숨 바쳐 싸우겠습니다."

도겸은 궁여지책으로 군병을 이끌고 전선으로 나가보았다. 그곳에 당도하여 건너편을 바라보니 조조의 군사들이 서리내린 듯 가득히 깔려 있었다. 적의 본진에는 두 개의 백기가 꽂혀 있었는데 거기에는 '보수설한(報讐雪恨:원수를 갚아 원한을 씻는다)'이라는 네 글자가 크게 씌어 있었다. 조조의 군사들은 질서 정연한 대열을 이루고 있었다.

흰 상복을 입은 조조가 채찍을 휘두르며 도겸을 향해 욕설을 퍼부어댔다. 도겸은 진의 선두에 나서서 가볍게 예를 표한 뒤 입을 열었다.

"조공과 교분을 맺고자 했던 도겸이옵니다. 따라서 저는 조공의 가족들을 안전하게 호송하고자 최선을 다하였습니다. 이는 장개라는 놈이 저지른 것이지 결단코 저의 뜻이 아니었습니다. 아무쪼록 이 점만은 명찰해주시기 바랍니다."

조리에 맞는 해명이었지만 조조는 들으려 하지 않았다.

"이 늙어빠진 놈이 내 부친을 살해해놓고 이젠 변명을 늘어놓는구나. 누가 나서서 저놈을 잡아오겠느냐?"

이에 하후돈이 선뜻 나섰다.

"제가 가겠습니다."

하후돈이 접근하자 도겸은 뒤돌아 달아나고 조표가 나서서 저지하였다. 접전이 한창 진행되는데, 갑자기 큰 바람이 휘몰아치면서 모래가 일고 돌멩이가 날았다. 그리하여 양군 모두 후퇴하는 수밖에 없었다.

도겸은 성 안으로 돌아와서 휘하의 장수들에게 자신의 속마음을 털어놓았다.

"우리 힘으로는 도저히 조조의 군을 당해낼 수 없네. 그러니 내가 스스로 이 몸을 묶고 조조의 본진으로 가겠네. 그렇게 해서라도 서주 백성의 목숨만은 구해야겠네."

도겸의 말이 끝나자마자 앞으로 뛰어나와 목소리를 높이는 자가 있었다.

"오랫동안 서주를 다스려주시어 백성들은 공께 큰 감사의 뜻을 품고 있습니다. 조조 군이 제 아무리 막강하다 하더라도 성은 그리 호락호락 함락되지는 않을 것입니다. 부디 우리 서주 백성들

과 함께 성을 지켜주시기 바랍니다. 저는 그 동안 계책을 강구하
여 조조 놈이 죽어서도 묻힐 땅이 없도록 만들겠습니다."

　이는 애초에 교분을 돈독히 하려다가 도리어 원한을 맺은 격
이요, 길이 막힌 곳에서 다시 살 길이 열리는 셈이었다. 이렇게
얘기한 자는 과연 누구인가?

제 11 회 유비의 활약

유황숙북해구공융　　여온후복양파조조
劉皇叔北海救孔融　　呂溫侯濮陽破曹操

유비가 북해군에서 공융을 구하고
여포는 복양에서 조조를 치다

공융에게 요청한 미축

계책을 강구해야 한다고 주장한 이는 동해(東海) 땅 구현(胸縣) 사람으로, 성은 미(糜)요, 이름은 축(竺)이며, 자를 자중(子仲)이라 하는 대대로 집안이 부호였다.

어느 날 그가 상거래 일로 낙양에 갔다가 수레를 타고 돌아오는데 도중에 아름다운 여인과 마주쳤다. 그녀가 수레에 태워달라고 하기에 그 청을 들어주고 자신은 수레에서 내려 걸어가려 하였다. 그랬더니 그녀가 부디 같이 타고 가시라고 권하여 미축은 그 권유에 따라 수레에 올랐으나 흡사 좌선이라도 하는 양 그녀에게 전혀 신경을 쓰지 않았다.

몇 리인가를 그렇게 같이 타고 가다가 여인이 내리면서 미축에게 일렀다.

"이 몸은 사실 별의 신인 남방화덕성군(南方火德星君)으로 옥황상제님의 분부에 따라 댁의 집을 불살라버리러 가는 길입니다만, 댁이 이렇게 남녀 사이의 예의를 올바로 지켜주시어 솔직히 말씀드리는 것입니다. 그러니 어서 돌아가셔서 귀중품을 모두 밖으로 옮겨놓으십시오. 이 몸은 오늘 밤에 반드시 댁의 집으로 찾아갈 것입니다."

이렇게 말을 마치자마자 연기처럼 사라져버렸다.

미축은 부랴부랴 집으로 돌아가 집안의 귀중품과 가재도구 일체를 집 밖으로 꺼내놓았다. 아니나 다를까 그날 밤 부엌에서 불이나 집 한 채가 고스란히 타버렸다. 미축은 이후부터 재산을 아끼지 않고 가난한 사람과 고통받는 사람들을 도와주려고 힘썼다. 뒷날 이 선행을 들은 도겸의 초빙을 받아 별가종사(別駕從事:주의 속관)로 근무하여 오늘에 이른 것이었다.

미축이 제의한 방안은 이러하였다.

"이 몸이 북해군으로 달려가서 공융(孔融)에게 원군을 요청하겠으니 또 한 사람은 청주 땅의 전해(田楷)에게 구원을 청하도록 보내십시오. 이 두 곳으로부터 원병이 오면 조조는 철수하는 수밖에 다른 길이 없을 것입니다."

도겸은 이 방책에 따라 두 통의 밀서를 작성해놓고 물었다.

"청주에는 누가 갈 것이냐?"

그러자 당장 앞으로 뛰어나오는 자가 있었는데, 그는 광릉 출신의 진등(陳登)이라는 사람이었다.

도겸은 먼저 진등을 청주로 보내고 이어서 미축에게도 밀서를 위탁하여 북해로 급파하였다. 그리고 자신은 적의 공격에 대비하여 직접 군사를 지휘해 성을 지키기로 하였다.

북해의 공융은 자를 문거(文擧)라 하며 노국 땅 곡부(曲阜) 사람이었다. 공자의 이십대 손으로, 태산의 도위(都尉) 공주(孔宙)의 아들인 그는 어려서부터 총명한 인물로 알려져 있었다.

그의 나이 열 살 때 하남(河南) 땅의 윤(尹:장관) 이응(李膺)을 만나러 갔던 일이 있는데 문지기가 들여보내주지 않자 그에게 속임수를 썼다.

"여보시오, 우리 집과 이 어른 댁은 대대로 사귀어 오는 사이이니 어서 들여보내주시오."

이렇게 하여 안으로 들어갔다. 이응이 의아해하며 물어보았다.

"보아라. 너희 조상과 우리 조상 사이에 어떤 사귐이 있었다는 것이냐?"

"옛적에 공자(성이 공씨)께서는 노자(성은 이씨)에게 예(禮)를 가르침받았습니다. 헌데, 제 성은 공씨이고 나리의 성은 이씨이니, 아주 오랜 옛적부터 교제해온 사이가 아니겠습니까?"

이응은 공융의 영특함에 감탄하였다. 때마침 태중대부(太中大夫: 고문관)인 진위(陳煒)가 이응을 찾아왔는데 이응이 공융을 가리키며 말했다.

"이 아이는 영리한 아이입니다."

이 말을 듣고 진위가 빈정거렸다.

"어려서 영리하다고 어른이 되어서 큰 인물이 되는 것은 아닙니다."

그러자 즉석에서 공융이 응수하였다.

"그러면 아저씨께서는 어렸을 때 퍽이나 영리했었나 봅니다."

공융의 말에 진위와 이응은 모두 웃을 수밖에 없었다.

"이녀석, 상당한 인물이 되겠는걸."

서로가 공융을 칭찬했다. 과연 그 예측대로 공융의 이름은 널리 알려지기 시작했다. 중랑장부터 시작하여 현재는 북해군의 태수 자리에 올라 있었고 또 유난히 사람을 좋아해서 손님을 초대하는 것을 즐겼는데 그가 입버릇처럼 하는 말이 있었다.

"내 소원은 집안에 손님이 가득한 것과 술독에 술이 가득한 것이라네."

그때는 그가 북해에 부임한 지 이미 여섯 해째라 인심을 확고히 장악하고 있었다. 미축이 밀서를 가져온 그날도 그가 손님들과 담소하고 있는데 서주로부터 미축이라는 사람이 왔다는 기별을 받았다. 그를 불러들여서 찾아온 까닭을 물으니 미축은 도겸의 편지를 꺼내놓으며 이렇게 말했다.

"조조가 서주성을 삼엄하게 포위하고 있어 지금 말 그대로 위기에 처해 있습니다. 그래서 저희를 구원해주십사 하고 이렇게 찾아왔습니다."

"이 사람도 도겸과는 두터운 교분을 맺고 있소이다. 더구나 귀공까지 힘들게 찾아와 말씀하시니 구원 요청을 거절할 이유가 없구려. 그러나 다만 나는 조조와 아무런 원한이 없으니 먼저 편지로 화해를 추진해보겠소. 그래도 들어주지 않으면 그때 가서 군사를 동원해 나가는 방책이 어떻겠소?"

그러나 미축이 비관적으로 대답했다.

"조조는 지금 무서울 것이 없고 자만에 가득 차 있습니다. 그러니 결코 화해에 응하지 않을 것이 뻔합니다."

그래도 공융은 한편으로 출병준비를 하면서 한편으로는 화평을 이루게 하려는 일도 추진하였다. 그런데 그때 전혀 예기치 않은 사태가 벌어졌다. 황건적의 관해(管亥)가 수만 명의 도당을 거느리고 내습한다는 보고가 들이닥쳤다.

공융에게 이 돌발사태는 낭패가 아닐 수 없었다. 그는 성 안의 병력을 급거 출동시켜 대진하였는데 관해가 말을 타고 나타나서 협박해왔다.

"듣자하니 북해군에는 쌀이 남아 돈다는데, 우리에게 일만 석만 융통하도록 하라. 그러면 퇴각하겠다. 만일 거절한다면 별수 없이 우리가 성을 짓밟아버리고 백성들을 몰살할 것이다."

듣고 있던 공융이 소리쳤다.

"이 사람은 한나라의 신하로서 한나라 땅을 지키는 처지이다. 그러니 너희 같은 적도들에게 줄 쌀은 한 톨도 없다."

"뭐라고? 이 겁없는 놈들, 어디 맛좀 봐라!"

관해가 돌진해왔다. 공융이 종보(宗寶)를 내보내었으나 단칼에 쓰러지고 말았다. 이 바람에 공융의 부대는 대열이 와해되어 성 안으로 도피해버렸다.

그러자 관해는 기다렸다는 듯이 성을 빙 둘러 포위하였고 공융은 실의에 빠졌다. 미축 역시 기가 꺾였으나 어쩔 도리가 없었다.

이튿날 공융이 성루에 올라가 살펴보니 황건적의 병력이 물밀듯이 밀려와 성 주위에 뿌옇게 운집해 있는 것이 보였다. 공융은 그 기세에 눌려 낙망하였다.

바로 그때 창을 들고 말을 달려 성 밖의 적진을 종횡무진 뚫고 있는 용사 하나가 눈에 띄었다. 그는 일직선으로 성벽 앞으로 치달려오더니 고함을 쳤다.

"문을 여시오!"

공융은 그와는 전혀 안면이 없어서 문을 열어주지 않았는데 그 사이 적군이 외호(外濠:해자) 가까이까지 육박해왔다. 그러자 그가 그것을 눈치채고 뒤돌아서는가 싶더니 순식간에 십여 명의 적병을 모두 해치워버렸다.

이에 적병들이 겁에 질려 물러갔다. 그때서야 공융이 성문을 열라고 명하여 용사는 비로소 성 안으로 들어올 수 있었다. 이윽고 그가 말에서 내려 창을 놓고 성 위로 올라와 공융과 대면하였다. 공융이 그의 이름을 물었다.

"저는 동래(東萊) 땅 황현(黃縣) 출신으로 성은 태사(太史), 이름은 자(慈), 자는 자의(子義)라 하온데 노모께서 공의 은혜를 많이 입었다 합니다. 제가 노모를 만나러 요동에서 돌아오는 길에 공의 재난 소식을 들었는데, 노모께서 어서 가서 도와드리라 하시어 즉시 말을 몰아 달려온 것입니다."

이 말에 공융은 크게 기뻐하였다. 왜냐하면 태사자와의 사이에 면식은 없었지만 그가 영웅이라는 사실은 익히 듣고 있었기 때문이었다. 그가 멀리 타향에 나가 있다는 사실뿐만 아니라 그의 노모가 이 성 밖에 살고 있다는 사실도 알고 있었다. 공융은 그 노모에게도 여느 사람들에게 하듯이 약간의 쌀과 옷가지 등 생활 필수품을 정기적으로 배급해주고 있었다. 노모는 그런 공융의 인덕에 깊이 감복하여 이렇게 아들 태사자를 보내준 것이었다.

공융은 태사자를 후히 대우하여 그에게 갑옷·안장·말을 하사하였다. 이에 태사자가 공융에게 간청하였다.

"일천 병력을 주시면 성 밖으로 나가 싸우고 오겠습니다."

"그건 안 될 말이오. 적군은 엄청난 병력을 갖추고 있으므로 귀공이 아무리 뛰어난 장수라 해도 섣불리 나가서는 안 될 것이오."

그러나 태사자는 막무가내였다.

"아닙니다. 제가 성 밖의 포위망을 풀지 못한다면 공께 은덕을 입은 제 노모의 부탁을 어기는 것이 됩니다. 그러면 제가 무슨 면목으로 어머님을 뵙겠습니까? 부디 제가 나가 싸울 수 있도록 명을 내려주십시오."

이때 공융이 불현듯 생각난 듯이 말했다.

"나는 유비가 당대의 영걸이라고 들었소. 만약 유비가 와준다면 포위진을 풀고 적을 물리칠 수 있을 텐데, 연락할 만한 자가 없구려."

그러자 태사자가 흔쾌히 자원하였다.

"서신을 주십시오. 이 몸이 즉시 다녀오겠습니다."

공융의 기쁨은 이루 말할 수 없었다. 즉시 편지를 써서 태사자에게 주었다.

태사자는 배를 든든히 채우고 갑옷을 잘 챙겨입은 다음 말에 올랐다. 활과 화살은 허리에 차고 손에는 쇠창을 들고 성문을 나섰다. 성문이 열리자 태사자는 쏜살같이 말을 몰고 나갔다. 적군은 외호 바로 가까이까지 이르러 있었으나 태사자는 그들 몇몇을 간단히 처치해버리고는 포위망을 뚫었다. 달려나가는 태사자를 보고 적군의 진에서 명하였다.

"구원을 요청하기 위해 급파된 사자임에 틀림없으니 반드시 잡아들여라."

그러자 수백기의 병사가 태사자를 추격하여 이내 그를 포위해버렸다. 태사자는 달리는 말 위에서 창을 활로 바꾸어 들고 사방으로 활을 쏘아댔다. 그가 쏜 화살은 거의 모두 적의 가슴에 꽂혔다.

이에 적군이 멈칫거리자 태사자는 그 틈을 뚫고 포위진을 벗어나 맹호같이 질주하여 그대로 유비의 주둔지로 뛰어들었다. 유비에게 예를 갖추어 인사한 뒤 경위를 밝히며 공융의 서신을 올렸다.

유비는 서신을 다 읽고 태사자에게 물었다.

"귀공은 누구신지요?"

"이 몸은 태사자라 하옵니다. 동해군의 촌부이옵지요. 공융과는 한 핏줄도 아니고 또 동향의 관계도 아닙니다. 다만 서로 의기상통하는 바가 있어 돕고 있습니다. 관해가 난을 일으켜 북해 땅은 언제 함락될지 모릅니다. 이에 공융이 평소에 인의가 두터우시고 위급에 처한 사람을 자주 구제해주시는 유공의 성명을 익히 들어온 바 있어 저에게 포위진을 뚫고 귀공에게 가 원조를 청해달라고 의뢰하신 것입니다."

유비는 이 말에 고마움을 느꼈다.

"북해의 공융이 아직 세상에 유비가 있음을 알고 계셨다니……."

이리하여 유비는 관우·장비와 더불어 삼천 병력을 이끌고 북해군으로 떠났다.

유비의 등장

황건적의 진지에서는 관해가 멀리 구원군이 도착한 것을 목격하고 이쪽에서 먼저 급습하려 하였다. 제까짓것들이 몇이나 되겠느냐고 얕본 것이었다.

유비·관우·장비·태사자가 진두에 말머리를 나란히 하고 나섰다. 관해는 당당한 기세로 앞으로 나아갔다. 대사자가 그에 맞서 나가려는데 관우가 한 걸음 앞서 관해를 상대하였다.

관해가 정면대결의 태세로 진격해왔다. 양쪽 진영에서 함성이 터져나왔다. 드디어 둘 사이의 접전이 수십 차례나 전개되었다.

그러나 상대가 관우인데 어찌 맞서 싸울 수 있겠는가! 끝내 관우가 휘두르는 청룡도 아래 관해는 쓰러지고 말았다.

이번에는 태사자와 장비가 뛰어나가 나란히 창을 겨누며 적진으로 돌진하였다. 이때 유비는 총공격의 명을 내렸다.

성 안에서는 공융이 태사자·관우·장비의 종횡무진의 활약상

을 관찰하고 부랴부랴 성 안의 병력을 파견하였다. 이렇게 적군을 협공하니 적병 가운데 투항하는 자가 부지기수였고 나머지 병력은 괴멸하여 뿔뿔이 흩어졌다.

공융은 유비를 마중나가 성 안으로 정중히 모셨다. 승리를 축하하는 연회가 성대하게 베풀어졌다. 공융은 그 자리에서 미축을 유비에게 소개하고 장개가 조숭을 살해한 경위를 설명하였다.

"조조가 현재 서주를 포위하여 혹독한 약탈을 자행하고 있습니다. 그래서 애써 이 사람에게 구조를 청해온 것이지요."

유비가 숙연한 표정이 되어 말했다.

"도겸은 훌륭한 인물인데 그렇게 억울한 누명을 쓰고 곤경에 처하다니 안타까운 일입니다."

이 말에 공융이 때를 놓칠세라 제의하였다.

"공께서는 한나라 황실의 종친이시옵니다. 조조가 백성을 학살하며 자신의 힘만 믿고 약자에게 고통을 주고 있는 실정이니 저희와 함께 서주로 가서 그를 돕는 것이 어떻겠습니까?"

유비가 수심에 찬 표정이 되어 말하였다.

"거절할 생각은 없습니다만 가진 병력이 얼마 안 되어 망설여지는군요."

"이 사람이 도겸을 구하려 하는 것은 옛 정이 있기 때문이기도 하지만 또 한편으로는 세상의 대의를 생각해서입니다. 공께서도 대의를 위해서라면 같은 생각이 아니신가요?"

이에 유비는 더 이상 거절하지 않고 제의를 받아들였다.

"귀공께서 먼저 떠나십시오. 이 사람은 공손찬에게 교섭하여 사오천의 병력을 빌린 다음 공의 뒤를 따라가겠습니다."

공융이 다짐을 받으려는 듯이 말했다.

"부디 신의를 지켜주시오."

그러자 유비가 불쾌한 기색을 보이며 대답하였다.

"공께서는 이 몸을 어떻게 보고 그런 말씀을 하시는지요? 옛 성인의 말씀 중에 누구에게나 죽음은 있으니 사람이 신의가 없으면 사람다운 사람이 아니라고 하였습니다. 병력을 빌릴 수 있든 없든 간에 이 몸만은 반드시 달려갈 것입니다."

공융은 이 말을 듣고서야 마음을 놓았다. 경과를 알리고자 우선 미축을 서주로 보내고 자신도 출발 준비에 들어갔다.

여기서 태사자는 공융에게 작별을 고하였다.

"노모의 분부로 부족하나마 힘을 보태려고 왔는데 큰 탈 없이 수습되어 정말 다행입니다. 사실 양주 땅의 자사 유요(劉繇)가 저와 같은 군 사람이라 전부터 꼭 와달라고 신신당부를 하기에 저는 이제 그곳으로 가봐야 할 것 같습니다. 제가 떠나는 것을 용서하시고 장차 다시 뵈올 날이 있을 테니 그만 물러가겠습니다."

공융은 그에게 금과 비단을 선사하려 하였으나 태사자는 그것을 마다하고 물러나왔다. 집에 돌아와 모친을 뵙고 그간의 상황을 말씀드리자 모친은 크게 기뻐하며 말했다.

"이것으로나마 공 태수님의 은혜에 보답하게 되었구나."

그러고는 그를 양주로 떠나 보냈다.

공융은 기병을 이끌고 서주로 떠나는 한편, 유비는 공손찬을 만나 서주를 구하고 싶다고 말하였다. 그러자 공손찬이 걱정스러운 목소리로 말했다.

"귀공은 자신에게 아무런 원한이 없는 조조를 왜 적으로 돌리려 하시오?"

예상한 물음에 유비는 이렇게 대답하였다.

"그렇기는 하오나 이미 언약을 하였으니 신의를 저버리고 싶지는 않습니다."

"그렇다면 보병과 기병을 합하여 이천 병력만 빌려주기로 하겠소.”

유비는 한 걸음 더 나아가서 말했다.

“기왕 도와주시는 김에 조운(趙雲:조자룡)도 함께 가게 해주십시오.”

공손찬은 이 청도 수락하였다. 이리하여 유비는 관우·장비와 함께 자신의 삼천 병력을 앞서게 한 다음, 조운의 이천 병력을 뒤에 거느리고 출정하였다. 그들의 목표는 서주 땅이었다.

한편 미축이 서주로 돌아가서 도겸에게 보고할 때, 그는 공융이 내친 김에 유비의 원조를 청하였고 그 청이 받아들여졌다는 사실도 빼놓지 않았다. 진등(陳登)도 돌아와 청주의 전해가 출병을 승낙하였다고 알리니 도겸은 그때서야 비로소 마음의 안정을 되찾을 수 있었다.

공융과 전해는 군사를 이끌고 구원차 왔지만 조조 군의 용맹과 위엄에 대해 익히 들은 바가 있어 산기슭에 본진을 설치하고 좀처럼 진격하지 않고 있었다. 조조 군 또한 두 패의 원군이 도착한 사실을 알고 그쪽으로 두 무리의 병력을 보냈다. 그러나 성안으로는 섣불리 공격을 가하지 않았다.

유비가 뒤늦게 와서 공융을 만나 의논하니 공융이 말하였다.

“조조에게는 훌륭한 장수들이 많고 조조 역시 싸움에 밝은 자입니다. 그러니 우리는 신중을 기해야 할 것입니다. 먼저 그쪽에서 어떻게 나올지 상황을 보고 움직입시다.”

그러나 유비는 의견을 달리하였다.

“그보다 문제는 성 안에 구비된 식량입니다. 양식이 부족하면 성을 지킬래야 지킬 수가 없습니다. 제 생각에는 관우·조운의 사천 병력을 귀공의 휘하에 놓고 저는 장비와 더불어 적진을 뚫고 나가 서주에 입성하여 도겸과 협의하고자 합니다만……”

이렇게 말하니 공융은 크게 기뻐하였다. 자신과 전해가 사슴잡

이에서 뿔을 잡고 뒷다리를 잡는 기각지세(掎角之勢)의 대형을 이루는 셈이었고 관우와 조운이 그 양쪽 군진에 대한 유격수 노릇을 하게 된 셈이기 때문이었다.

이날 유비는 장비와 더불어 일천의 병력을 지휘하여 조조 군의 진지로 쳐들어갔다. 앞으로 나아가는데 북소리가 울리며 보병과 기병들이 물밀듯이 눈앞으로 밀고 들어왔다. 그 선두에 선 대장은 우금(于禁)이었다.

그가 말을 멈추고 소리쳤다.

"이놈들아, 어디서 온 놈들인데 감히 어디로 가려는 거냐?"

장비가 이 말에 가만 있을 리 없었다. 늠름한 기세로 몰아치듯 덤벼들어 말과 말이 서로 뒤엉키며 아슬아슬하게 싸우는 동안 유비가 지휘도인 쌍고검을 휘둘러 이끌고 온 휘하의 병력을 돌격시켰다. 그 결과 우금 군이 대패하여 우금의 군사들은 꽁무니를 빼고 달아났다.

조조의 후퇴

장비는 다시 선두에 서서 질풍처럼 달려 서주성 밑으로 다가갔다. 이에 도겸은 다가오는 부대의 분홍빛 기에 써 있는 '평원 유현덕(平原劉玄德:玄德은 유비의 자)'이라는 글자를 확인하고 성문을 열게 하였다.

마침내 유비가 입성하고 도겸이 마중 나와 서주 관아로 행차하였다. 서로 예를 갖춰 인사한 뒤 유비를 환영하는 연회가 베풀어졌다.

도겸은 유비가 기운 차고 시원시원하게 말하는 것을 보고 매우 유쾌해졌다. 잠시 후 그는 미축에게 일러 서주군 자사(刺史:장관)의 관인(官印)을 가져오게 한 다음 유비 앞에 갖다놓았다. 이것을 본 유비는 흠칫 놀랐다.

"이것은 무슨 뜻입니까?"

도겸이 답하였다.

"바야흐로 천하는 극도로 혼란스러워 정치가 조리를 잃고 있습니다. 귀공께서는 한나라 황실의 직계 종친이시니 당연히 나라를 바로세우는 데 가장 적임자라 생각됩니다. 부디 사양마십시오. 이 몸은 귀공을 천거하기 위해 조정에 상주할 작정입니다."

유비는 당황스러웠지만 겸손하게 답하였다.

"이 몸이 한나라 황실의 묘예(苗裔:여러 대에 걸친 후손)이기는 하지만 공도 없고 덕도 없이 현재 평원국의 상으로 있는 것도 분에 넘치는 영예라 생각하고 있습니다. 이번에 달려온 것은 오로지 '대의(大義)'를 세우고자 하였을 뿐입니다. 하온데, 귀공이 그런 말씀을 하시다니 혹시 이 몸이 서주를 차지하려는 야심이라도 있는가 하고 의심하시는 것은 아니신지요? 만약 제 마음에 그같이 터무니없는 생각이 있다면 하늘이 노할 것입니다."

"아니, 그런 게 아닙니다. 천만의 말씀이지요. 이 몸은 진심으로 간청드리는 것입니다."

도겸은 재차 간청했지만 유비가 어찌 이 제안을 받아들일 수 있겠는가! 이에 미축이 절충안을 제의하였다.

"성 아래에 적병들이 몰려와 있으니 먼저 그들부터 격퇴하도록 하십시오. 지금의 제안은 나중에 상의하셔도 늦지 않습니다."

그리하여 이 문제는 일단 접어두게 되었다. 이에 유비가 자신의 계책을 설명하였다.

"우선 조조에게 서신으로 화해를 권합시다. 그리고나서 그의 반응을 본 뒤에 공격여부를 결정하는 것이 좋겠습니다."

그리하여 원군의 세 군진에 대해서 공격을 멈출 것을 통고하고 동시에 종자(從者)에게 서신을 주어 조조에게 보내었다.

그때 조조는 부하 장수들과 한창 협의 중이었는데 서주의 도겸으로부터 결투신청이 왔다는 보고가 들어왔다. 조조가 개봉해 보니 그것은 유비의 서신으로 내용은 다음과 같았다.

관외(關外)에서 만나뵈온 뒤 서로가 멀리 헤어져서 그 동안 재회할 기회가 없었소이다. 이번에 귀공의 선친께서 당하신 불행은 장개의 극악무도한 행동으로 인한 것으로 도겸에게는 아무런 죄가 없는 줄로 압니다. 지금 황건적의 잔적들은 밖에서 소란을 피우고 동탁의 잔당들 또한 안에서 정사를 어지럽히고 있습니다. 원하옵건대, 사적인 원한보다 공적인 위급상황을 배려하여 주시옵소서. 서주로부터 철수하여 국난을 수습해주신다면 비단 서주뿐만이 아니라 천하를 위하여 매우 다행한 일이라 생각합니다.

편지를 다 읽고 난 조조는 화가 치밀어올라 소리쳤다.

"유비 따위가 대체 뭐길래 감히 내게 설교를 늘어놓느냐! 건방진 놈 같으니! 편지를 가지고 온 종자의 목을 베어 버리고 당장 서주를 쳐라!"

이에 곽가(郭嘉)가 간하였다.

"유비는 먼저 공과 협의해보고 여의치 않으면 그 다음에 싸움을 하려는 이중 작전을 취하고 있습니다. 그러니 공께서는 좋은 말로 부드럽게 답장을 쓰십시오. 그러면 유비는 방심할 것이니 그때 공격하면 손쉽게 성을 함락할 수 있을 것입니다."

조조는 곽가의 간언에 따라 정중히 사자를 대접하고 답장을 쓸 때까지 기다리게 하였다. 그때 전령이 급한 소식을 전해왔다.

"여포가 연주(兗州)를 치고 나아가 복양을 점령했습니다."

여포는 이각과 곽사의 난 때 달아나 무관(武關)을 지나서 원술에게 의지하려 하였으나 원술은 여포를 신용하지 않았다. 그래서 여포는 하는 수 없이 원소를 찾아가 그에게 합류했다.

원소는 여포와 더불어 처음에 상산에서 장연(張燕)을 격파하였다. 이에 여포는 그 공을 내세워 원소의 부하들에게 거만을 떨었다. 원소가 그 모습을 보고 그를 처치하려고 하자 여포는 먼저 눈치를 채고 달아나 장양에게 의지하였다.

당시 장안에서는 방서(龐舒)가 여포의 가족을 숨겨주고 있었는데 여포가 장양에게 가자 방서는 그 가족들을 여포에게 돌려보냈다. 이에 이각과 곽사가 이 사실을 알아내고 방서를 참살하였다. 아울러 장양에게도 서신을 통해 여포를 없애버릴 것을 명하였다.

그리하여 여포는 다시 장양을 등지고 장막에게 가 있게 되었는데 그때 마침 장막의 아우 장초(張超)가 진궁(陳宮)을 장막에게로 데리고 왔다.

진궁이 장막에게 권하였다.

"천하가 통째로 무너져 영웅호걸들이 저마다 궐기하고 있는 실정입니다. 장군께서는 넓디넓은 땅의 민중을 품에 안고 계시면서도 남의 간섭과 제약을 받고 계시니 이것은 무엇인가 잘못되어도 크게 잘못된 일입니다. 현재 조조는 동쪽으로 싸우러 나가 있으니 연주는 빈 집이나 다름없습니다. 또 여포로 말하자면 시대의 영웅임에 틀림없으니 만약에 여포와 함께 연주를 차지하게 된다면 패업(霸業)은 이룩되는 것입니다."

이에 장막은 여포를 시켜 연주를 빼앗고 나아가 복양마저 점령토록 하였다. 나머지 견성(鄄城)·동방(東防)·범현(范縣) 세 곳은 순욱(荀彧)과 정욱(程昱)의 필사적인 수비로 겨우 지킬 수 있었으나 그 밖의 지역은 모두 함락되고 말았다.

조인(曹仁)이 여포와 맞서 싸움에 나섰으나 도무지 결판이 나지 않았고, 결국은 조조에까지 위급한 사태가 보고되었다. 조조 역시 당황하지 않을 수 없었다.

"연주를 잃게 되면 내가 설 곳이 없어진다. 그러니 어서 방비책을 마련하도록 하라."

그러자 곽가가 제의하였다.

"좋은 기회입니다. 이번 기회를 이용해 유비의 의견을 받아들인다는 구실로 우선 철수한 다음, 그 군대를 연주를 탈환하는 데 투입하면 될 것입니다."

조조는 유비에게 답신을 쓴 다음 군진을 철수하고 다시 연주를 향해 진군하였다.

소패에 주둔한 유비

사자는 서주로 돌아가서 도겸에게 조조 군은 이미 떠났다고 보고하였다. 도겸은 기쁨에 겨워 공융·전해·관우·장비 등을 성 안으로 불러 축하연을 베풀었다. 연회가 거의 끝날 무렵, 도겸이 갑자기 유비를 윗자리로 모셔올리고 일동에게 선언하였다.

"나는 이미 늙었고 두 자식은 재주가 없어 큰 인물이 못 됩니다. 그런데 여기 계시는 유공께서는 제실(帝室)의 주예(冑裔:정계의 자손, 후예)이시며 재(才)와 덕(德) 모두가 빼어난 분이시고 서주의 통치를 위해서 모든 것을 갖춘 현자이십니다. 이 늙은이는 이제 여기서 물러나 양생(養生)에나 전념하고 싶은 심정입니다."

그의 말에 유비가 예의에 어긋나지 않게 거절하였다.

"공융께서 이 사람을 이곳에 보내신 것은 '의'를 위해서였습니다. 그런데 이제 이대로 제가 서주를 점령하면 천하가 저를 보고 뭐라 하겠습니까?"

이에 미축이 유비를 설득하였다.

"바야흐로 한나라 황실이 이미 기울어가고 천하가 극도의 혼란을 겪고 있습니다. 정치에 뜻이 있는 사람을 위해서는 다시없는 기회입니다. 더구나 서주 땅은 물자가 풍부하며 호구가 백만이나 되는 곳이니 더 이상 사양하지 마십시오."

진등 또한 유비를 설득하였다.

"도 태수께서는 병환 중이시므로 더 이상 정사를 돌보실 수가 없습니다. 그런데도 귀공께서 끝까지 거절하시는 것은 타당하지 않습니다."

유비는 여전히 자신의 뜻을 굽히지 않고 말했다.

"원술은 사대째 이어지는 최고의 명문가이며 나라 안의 인심도 모으고 있는 훌륭한 인물입니다. 더구나 그는 바로 이웃의 수춘(壽春) 땅에 계시는데 왜 그분에게 이 고장을 맡기지 않으십니까?"

그러자 공융이 노골적으로 불쾌감을 나타내며 말했다.

"원술은 썩은 시체와 같은 놈이니 여기서 거론할 인물이 못 됩니다. 이제 귀공께서 하늘이 내리신 기회를 잡지 않으면 반드시 후회할 것입니다."

그러나 유비가 계속해서 그 청을 받아들일 수 없다고 하자 도겸은 마침내 울음을 터뜨렸다.

"공께시 이 사람을 뿌리치고 가시면 이 몸은 죽어도 눈을 감지 못할 것입니다."

그때 관우가 유비에게 제의하였다.

"이렇게 모두의 뜻이 간절한데, 형님께서 서주를 일단 맡아보시는 것이 좋을 듯합니다."

장비도 거들었다.

"이쪽에서 달라고 손을 내민 것도 아니고, 어디까지나 상대방의 뜻이 간절한 것이니 그렇게 사양하기만 하는 것도 현명한 일은 아닌 것 같은뎁쇼."

유비는 관우와 장비를 크게 꾸짖었다.

"너희들마저 나를 불의의 인물로 만들 셈이냐!"

누가 설득하여도 유비의 대답은 마찬가지였다. 마침내 도겸이 대안을 제기하였다.

"그러면 이렇게 하십시다. 이곳 가까이에 소패(小沛)라는 조그만 성이 있는데 군대가 들어가 있기엔 안성맞춤인 곳입니다. 그 성에 한동안 주둔하시어 서주를 비호해주셨으면 하니 이것만은 거절하지 말아주십시오."

모두가 명안이라고 좋아하며 유비의 결정을 기다렸다. 유비도 이 제안만은 사양하지 않고 받아들였다. 이윽고 축하연이 끝나자 조운이 떠날 채비를 하였다. 조운과 유비는 이별을 아쉬워하면서 눈물로써 헤어졌다. 공융과 전해도 길을 떠났다.

유비는 관우·장비와 함께 소패로 이동하였다. 그곳에 도착하자마자 삼형제는 성의 울타리를 수리하고 민심을 수습하기에 바빴다.

조조와 여포의 결투

조조가 군사를 이끌고 돌아오니 조인이 도중에 마중나와 전황을 모두 털어놓았다. 조인의 말인즉 여포 군은 막강하여 도저히 당할 수가 없었고 여포 역시 대단한 맹장이라는 것이었다.

다 듣고난 조조가 말하였다.

"여포는 용맹하기는 하나 지혜가 부족하므로 그리 염려할 것 없다."

그러면서 조조는 군단으로 하여금 일단 진을 치게 하고 전략을 궁리하였다.

한편 여포 진영에는 조조가 돌아와 등현(滕縣)을 통과하였다는 소식이 알려졌다. 여포는 부수인 설란(薛蘭)·이봉(李封)에게 일렀다.

"나는 너희를 예전부터 한번 기용해보고 싶었다. 너희에게 일만 병력을 줄 테니 이 연주를 지키도록 하여라. 나는 지금부터 조조를 처치하기 위해 나서겠다."

이때 진궁이 여포를 찾아 허둥지둥 달려와 여포에게 물었다.

"연주를 버리고 어디로 가시옵니까?"

여포가 가던 길을 멈추고 말하였다.

"복양에 주둔하여 정족(鼎足:솥의 발이 세 개인 모양) 형태로 군단을 배치할 작정이네."

그러자 진궁은 펄쩍 뛰면서 말렸다.

"그것은 위험한 생각입니다. 설란의 힘으로는 연주를 지켜내지 못합니다. 이곳으로부터 남쪽으로 백팔십 리 떨어진 곳에 태산으로 가는 험한 길이 있으니 그곳에 일만 명의 정병을 숨겨놓으십시오. 그러면 조조는 연주가 함락되었다는 소식을 듣고 서둘러 달려올 테니 그들 병력이 그 험로를 통과하여 절반쯤을 지나가게 됐을 때 일격을 가하면 이길 수 있을 것입니다."

그러나 여포는 그 말에 귀기울이지 않았다.

"내가 복양에 군사를 매복시키려 하는 것은 따로 생각이 있어서이니 자네가 염려할 바가 아닐세."

그러고는 설란에게 연주를 맡기고 가버렸다.

조조 군이 태산의 험로에 이르렀을 때 곽가가 주의를 주었다.

"기다리십시오. 복병이 있을지도 모릅니다."

그러나 조조는 곽가의 말을 비웃으며 말했다.

"여포는 지혜가 부족한 놈이네. 그러니 설란 같은 자에게 연주를 맡기고 자신은 복양으로 떠난 것 아닌가? 녀석이 이곳에 복병을 매복시킬 만큼 지혜로울 리 없네."

그러고는 조인에게 명하였다.

"너는 지금 곧장 나아가 연주를 포위하여라. 우리는 복양의 여포를 불시에 공격할 것이다."

이윽고 조조의 군단이 복양으로 접근했을 때 여포의 군단에서 진궁이 또 진언하였다.

"적군이 장도의 행군으로 지쳐 있을 지금, 속전 속결로 공격해서 섬멸하도록 하십시오. 그들에게 쉴 틈을 주어서는 안 됩니다."

그러나 여포는 이 충고마저 묵살해버렸다.

"나는 독불장군으로 천하를 횡행하는 몸일세. 그러니 그까짓 조조쯤은 두렵지 않으니 놈이 진지에 도착했을 때 내가 나서서 생포하겠네."

조조는 우선 복양 가까운 곳에 진을 쳤다. 이튿날 야외에 병마를 나란히 세우고 몸소 본진의 정면에 우뚝 서서 여포의 도착을 기다렸다.

얼마 후 쌍방이 곧 대진하였다. 여포는 선두에 서서 좌우에 여덟 명의 장수를 거느리고 오만 병력을 이끌고 나타났다.

첫째가 장료(張遼)로 자는 문원(文遠)이고, 안문(雁門)의 마읍(馬邑) 사람이었다. 둘째는 장패(臧霸)라는 인물로 자를 선고(宣高)라 하는 태산 화음(華陰) 사람이었다. 이 두 사람이 여섯 명의 장수 학맹(郝萌) · 조성(曹性) · 성렴(成廉) · 위속(魏續) · 송헌(宋憲) · 후성(侯成)을 거느리고 있었다.

드디어 주위에서 북소리가 진동하였다. 이에 조조가 여포에게 말을 건네었다.

"너는 무슨 원한이 있어서 나의 영토를 침범하였느냐?"

여포가 대답하였다.

"모두가 한나라 영토인데 누가 이 영토의 주인임을 자처할 수 있겠느냐?"

이렇게 응수하면서 장패로 하여금 먼저 싸움을 걸게 하였다. 조조 군진에서는 악진(樂進)이 나섰다. 말이 스쳐 지나가며 창이 맞부딪쳤다. 그렇게 삼십여 차례나 싸우고도 승패는 나지 않았다. 이에 하후돈이 말에 박차를 가하였다. 여포의 군진에서 이를 보고 뛰어나온 자는 장료(張遼)였다. 둘은 불꽃 튀는 접전을 벌였다.

그러나 성질 급한 여포가 이를 끝까지 관망하지 못하고 극을 들고 말을 몰았다. 이 모습에 놀란 하후돈과 악진은 겁에 질려 달아났다. 여포가 뒤쫓아가 조조의 군진을 쑥밭으로 만들었다.

그날 싸움에서는 조조 군이 대패하였다. 조조 군은 삼사십여 리나 퇴각하여 다시 전열을 정비해야 했다.

조조는 뜻밖의 패배에 당황했지만 다른 계책을 마련하기 위하여 회의를 소집하였다.

우금이 제안하였다.

"오늘 산에 올라가보았더니, 복양의 서쪽에도 여포의 진지가 하나 있는 것이 눈에 띄었는데 그들의 병력은 얼마 안 되는 것 같았습니다. 저들은 오늘 싸움에서 우리가 졌기 때문에 방심하고 있을 테니 그곳에 야습을 가하는 것이 어떨는지요? 적군도 그곳을 빼앗기면 적잖이 당황할 것입니다."

조조는 우금의 제안을 받아들여 조홍·이전·모개·여건·우금·전위의 여섯 장수에게 보병과 기병 이만 병력을 주어 어둠을 틈타 공격하게 하였다.

한편 여포 진영에서는 여포가 전선에서 돌아와 장졸들을 쉬게 하고 있는 참이었다. 그때 진궁이 여포에게 건의하였다.

"서쪽 진지가 염려되옵니다. 조조가 그쪽을 칠 가능성도 없지 않으니 대비책을 마련하셔야 합니다."

이 말에도 여포는 여전히 냉소할 뿐이었다.

"조조가 오늘 우리에게 그렇게 패배하였는데 무슨 기력으로 또 공격을 하겠느냐? 쓸데없는 걱정은 하지 말아라."

그러나 진궁은 집요하게 설득하였다.

"조조는 용병(用兵)의 명인이옵니다. 그러니 자칫 우리가 허술하게 생각한 곳을 공격당할 염려가 있습니다."

이에 여포도 더 이상은 거부하지 못하고 고순(高順)·위속(魏續)·후성(侯成) 등을 서쪽 진지로 부랴부랴 보냈지만 그날 밤, 이미 진궁의 예측대로 서쪽 진지는 사방으로부터 돌입해오는 조조 군에게 순식간에 빼앗겨버렸다.

수비병은 맥없이 쓰러지고 군사들은 흩어졌다. 진지는 잠시 동안 조조의 손에 들어갔다. 고순을 비롯한 여포 군은 한밤중이 지나서 그곳에 도착하여 빼앗긴 진지를 급습하였다. 조조가 친히 고순을 맞아 싸웠는데 밤중이라 일대 혼전이 벌어졌다.

새벽녘이 가까워오자 서쪽에서 진군의 북소리가 들려왔다. 이는 여포가 친히 출전한다는 신호였다. 조조는 모처럼 손에 넣은 진지를 버리고 달아났다. 그 뒤로 고순·위속·후성 등이 쫓아왔다. 앞에서는 여포가 진격해왔다. 우금·악진이 함께 덤벼도 여포의 전진을 저지할 수는 없었다.

조조가 북쪽을 향해 정신없이 달려가는데 산 쪽에서 적군이 밀려 나왔다. 왼쪽은 장료, 오른쪽은 장패였다. 조조는 여건·조홍으로 하여금 나가 싸우도록 명했지만 대적하기에 쉽지 않았다.

적군의 공세가 계속되자 결국 조조는 서쪽을 향해 달아났다. 그런데 갑자기 앞에서 함성이 들려와 살펴보니 학맹·조성·성렴·송헌 등이 앞을 가로막고 있었다.

필사적인 싸움이었다. 조조가 먼저 적을 향해 돌진하였다. 그 순간 딱딱 하는 소리가 나더니 사방에서 화살이 날아오는데 그 기세가 마치 소나기가 퍼붓는 것과도 같았다.

조조는 당황하여 마침내 큰소리로 도움을 청했다.

"누가 와서 나를 살려다오."

이 소리에 기병대 가운데서 한 장수가 뛰어나왔다. 그는 바로 전위로, 양손에 각각 철극을 들고 있었다.

"장군, 염려 마십시오."

그러면서 말에서 뛰어내렸다. 그는 두 자루의 철극을 말의 몸에 감겨져 있는 밧줄에 매달아놓고 따로 수십 개의 단극(短戟)을 꺼내어 손에 쥐더니 종졸에게 명하였다.

"적병이 열 걸음 앞까지 가까이 오면 내게 알려라."

그리고는 그대로 빗발치는 화살 속으로 전진하였다. 이때 여포 군의 수십 기가 달려오자 어느 한 종졸이 소리쳤다.

"적군이 열 걸음 앞에 있습니다."

그러나 전위가 걸음을 멈추지 않고 다시 명했다.

"다섯 걸음 앞에 왔을 때 다시 일러라."

잠시 후 종졸이 목소리를 높여 소리쳤다.

"다섯 걸음 앞입니다."

그러자 종졸의 말이 떨어지기가 무섭게 전위의 손에서 단극이 날아갔는데 순식간에 십여 명의 적군이 쓰러졌다. 이를 본 나머지 병졸들은 뒤돌아서서 달아나기에 바빴다.

전위는 다시 말을 집어타고 이번에는 그 커다란 철극을 높이 들고 적진 속으로 뛰어들어갔으며 학맹·조성·성렴·송헌 등의 네 장수는 버티어 내지 못하고 흩어져버렸다.

이렇게 하여 전위는 조조를 구해내었다. 다른 장수들도 그 뒤를 좇아 일동은 퇴로를 찾기 시작했다.

이윽고 해질 무렵이 되자 뒤쪽에서 함성이 들렸다.

"조조야. 기다려라!"

이렇게 외치는 여포의 목소리가 사방에 울려퍼졌다. 조조 군은 이미 기진맥진해한 상태였으므로 모두들 혼비백산하여 전열은 엉망이 되고 말았다. 겹겹의 포위망은 가까스로 벗어날 수 있었지만 적군의 추적은 당해내기 어려웠다.

과연 조조 앞에는 어떤 운명이 기다리고 있을 것인가?

제 12 회 조조와 여포의 승부

陶恭祖三讓徐州　　曹孟德大戰呂布

도겸이 세 번째로 서주를 양보하고
조조는 여포와 한판 싸움을 벌이다

여포에게 혼난 조조

조조가 당황해서 허둥거릴 때, 남쪽에서 하후돈이 부대를 이끌고 구원하러 왔다. 그가 여포와 맞서 불꽃 튀는 접전을 벌이는데 일몰이 시작되더니 느닷없이 폭우가 쏟아졌다. 양군은 더 이상 싸울 수가 없어 승패를 내지 못하고 갈라졌다. 조조는 군진으로 돌아가서 공을 세운 전위를 후하게 포상하고 영군도위(領軍都尉: 대장)로 임명하였다.

여포도 할 수 없이 군진으로 돌아왔는데 진궁이 다시 모략을 짜내어 건의하였다.

"복양의 성 안에 전(田)씨 성을 가진 사람이 있는데 그는 고용인만도 일천 명이 되는 이 고장 으뜸 가는 부자입니다. 그러니 그에게 명하여 조조에게 내통하게 하여 몰래 밀서를 건네주도록 합시다. 밀서에는 '여포는 포악무도한 자로, 백성들의 원망을 사고 있습니다. 이제 그자는 여양(黎陽)으로 옮겨갈 작정이라 이곳 복양성에는 고순(高順)밖에 남아 있지 않습니다. 그러니 시급히 입성해주십시오. 이쪽에서는 제가 내응하겠습니다'라고 쓰게 한 다음 조조가 이 밀서를 믿고 출병해오면 성내로 유도해서 들어오게 한 뒤에 네 성문에 일제히 불을 지르는 한편, 미리 마련해 놓은 복병으로 하여금 습격케 하는 겁니다. 이렇게 하면 조조에게 천지 창조의 재주가 있다 하더라도 도저히 달아나지 못할 것입니다."

여포도 이 계략에 찬성하여 즉각 전씨에게 명하여 조조의 본진으로 은밀히 사자를 보냈다. 조조는 패전으로 질려 있는 판에 이 밀서를 받게 되었다. 밀서에는 이렇게 적혀 있었다.

여포는 여양으로 가고 성 안은 텅 비었습니다. 어서 빨리 입성해주십시오. 이쪽에서 편의를 도모하겠습니다. 암호로는 성벽에 '의(義)'자를 크게 쓴 흰 기를 내걸겠습니다.

조조는 매우 기뻐하면서 중얼거렸다.

"하늘이 나에게 복양을 주시는구나."

그러고는 사자에게 포상을 내리고 출격 채비를 하였다. 이때 유엽이 나서서 간하였다.

"여포는 어리석은 자이긴 하지만 진궁이라는 놈은 지모가 대단한 놈입니다. 여기에 어떤 속임수가 도사리고 있을지도 모르니

조심하셔야 합니다. 그래도 굳이 떠나시려거든 부대를 셋으로 나
누어 그 둘은 성 밖에 놓아두고 하나만 거느리고 입성하십시오.”
　조조는 이 건의에 따라 군을 셋으로 나누고 복양성 아래로 나
아갔다. 몸소 시찰해보니 성벽 위에 여러 개의 기가 즐비한데, 그
가운데 서문 모퉁이에 ‘의(義)’자가 새겨진 백기가 눈에 들어왔다.
이를 본 조조는 빙그레 웃었다.

조조의 행방

　그날 낮이 되자 성문이 열리며 여포 휘하의 두 장수가 출격하
였다. 앞선 장수는 후성이고, 뒤따르는 이는 고순이었다. 조조가
전위를 보내어 후성과 맞서게 하니 후성은 당해내지 못하고 달
아나버렸다. 전위가 조교(弔橋:한쪽만 올렸다 내렸다 하는 다리) 가
까이까지 추격하니 고순도 어쩔 수 없이, 후성과 더불어 성 안으
로 도피해버렸다.
　이런 조그만 싸움 와중에 병졸 하나가 전씨의 심부름으로 왔
다며 조조에게 다음과 같은 밀서를 건네주었다.

　　　오늘 해가 진 뒤 성 안에서 울리는 징소리를 신호로 진격해
　　주십시오. 그러면 성문을 열어드리리다.

　조조는 즉시 출병 준비를 갖추었다. 하후돈이 왼쪽, 조홍이 오
른쪽에 배치되었다. 또 조조 자신도 하후연·이전·악진·전위의
네 장수를 거느리고 입성하려고 준비하였다.
　이전이 아뢰었다.
　“일단 성 밖에서 기다려주십시오. 저희들이 먼저 들어가보겠습
니다.”

이렇게 조조를 말려보았지만 조조는 도리어 그를 꾸짖었다.

"무슨 소리를 하는 게냐? 내가 앞장 서지 않으면 아무도 나서려 하지 않을 것이다."

결국 조조 자신이 선두에 서서 입성하기로 결정하였다.

해가 기운 지 얼마 되지 않았을 때 갑자기 성의 서문 쪽에서 소라고둥 소리가 들리고 고함 소리가 들려오더니 잠시 후에 문 위에서 관솔불이 좌우로 움직이면서 성문이 활짝 열리고 조교가 내려졌다.

그러자 조조가 외쳤다.

"전진, 앞으로 전진!"

조조는 말에 박차를 가하며 뛰어들어갔다. 일직선으로 계속 달려 청사까지 이르고 보니, 주위에 아무도 없음을 알아차렸다. 도중에 적병과 마주친 것도 아니었다.

조조는 비로소 계략에 빠졌음을 깨닫고 급히 말머리를 돌리며 소리쳤다.

"함정이다. 퇴각하라!"

이때 주 청사에서 불꽃이 터지더니 성 안의 네 문에서 불길이 치솟으며 종소리와 북소리가 요란스럽게 울려퍼졌다. 그러자 다시 폭풍우 속의 파도 소리와도 같은 함성 소리가 터져나오며 동쪽 골목에서는 장료가, 서쪽 골목에서는 장패가 나와 협공하였다.

조조가 급히 빠져나가려고 북문을 향해 달리는데 길가에서 갑자기 학맹·조성이 달려들었다. 조조는 급히 방향을 바꾸어 남문으로 가려 하였다. 하지만 그 앞도 고순과 후성이 가로막고 있었다.

그러는 동안 조조와 진퇴를 같이 해온 전위가 눈을 치켜뜨고 이를 부드득 갈며 달려 나가니 그 기세에 눌려 고순·후성이 뒤돌아 성 밖으로 나갔다. 전위가 그들을 조교까지 추적하다가 문득 뒤돌아서 보니 조조가 보이지 않았다.

그래서 다시 성 안으로 돌아가는데 성문에서 이전과 마주쳤다.

"주공은 어디 계신가?"

"나도 모르오."

"그러면 나는 주공을 찾아볼 테니 자네는 성 밖으로 나가서 대기 중인 부대를 보내도록 하게."

이 말에 이전은 성 밖으로 나갔다.

전위는 필사적으로 성 안을 뒤졌는데도 조조를 찾지 못하자, 다시 성 밖으로 나와 외호까지 나갔다가 거기서 악진을 만났다. 악진이 먼저 물었다.

"주공은 어디 계시오?"

"실은 나도 이렇게 두 차례나 찾아 헤매고 있지만 못 찾았네."

전위의 말에 악진이 대답하였다.

"그럼, 우리 같이 가서 찾아보세."

그리하여 둘은 성문으로 되돌아갔다. 그러나 머리 위로 화약의 불똥이 빗발치듯 떨어져 내려 악진의 말은 끝내 안으로 들어가지 못하였고 전위만 불길과 연기 속을 뚫고 간신히 들어가기는 했으나 사방을 헤집고 다녀도 조조를 찾아낼 수가 없었다.

그때 조조는 불길과 연기 속에서 전위가 포위망을 뚫는 모습을 보고도 따라갈 수 없는 처지에 있었다. 적병이 여기저기서 튀어나와 앞을 가로막아 도저히 남문을 빠져나갈 수가 없었던 것이다. 하는 수 없이 북문 쪽으로 돌아가다가 불길 속에서 여포를 발견했는데 그는 극을 든 채 말을 달리고 있었다. 조조는 얼른 얼굴을 손으로 가리고 말을 급히 몰아 지나치려 하였다. 그런데 그냥 지나칠 것 같았던 여포가 뒤따라오는 것이 아닌가!

더욱이 여포는 극을 쳐들어 조조의 투구를 두드리며 물었다.

"조조를 못 보았느냐?"

간담이 서늘해진 조조는 엉겁결에 한 곳을 손으로 가리키며 대답했다.

"저쪽이요! 저쪽으로 갔습니다. 저 누런 말을 탄 자입니다."

그러자 여포는 그 누런 말을 뒤쫓아 달려갔다. 놀란 조조는 여포가 사라지자 비로소 안도의 한숨을 내쉬었다. 그러고는 다시 말머리를 돌려 동문 쪽으로 가다가 운 좋게 전위와 만날 수 있었다.

전위가 조조를 호위하며 혈로(血路:포위망이 뚫린 곳)를 찾아 동문에 이르러 보니 그 일대는 온통 불바다였다. 머리 위에서 짚더미가 쓰러지고 모든 것이 활활 타올랐다. 전위는 극의 끝으로 그것을 헤쳐나가며 앞서서 성문을 나서고 조조가 그 뒤를 따랐다.

성문으로 가는 통로를 지나는데, 머리 위로 기둥의 서까래가 무너져내렸다. 조조의 말이 꽁무니에 맞고 넘어졌다. 조조는 서까래를 손으로 받치려다가 손을 크게 데었고 머리카락과 수염마저 모두 노랗게 그을렸다.

다행히 전위와 하후연이 함께 달려와 힘을 합쳐 조조를 구해내었다. 조조가 하후연의 말을 타자 전위가 길을 헤쳐 나갔다. 혼전이 아침 나절까지 이어지는 가운데 조조는 구사일생으로 본진으로 돌아갈 수 있었다.

조조는 위문하러 온 부하 장병들을 보고 호탕하게 웃으며 큰소리쳤다.

"별것 아닌 놈한테 한방 먹었네만 이 앙갚음은 반드시 하고야 말 것이오!"

곽가가 조조를 부추기며 동조했다.

"이왕 칠 바에는 빨리 하셔야 합니다."

이에 조조가 즉석에서 계략을 짜냈다.

"적의 허점을 찌르는 것이네. 내가 크게 화상을 입어 죽었다고 소문을 퍼뜨리면 여포는 거드름을 피우면서 우리를 치러 올 것이니 우리는 미리 마릉산(馬陵山)에 주둔했다가 적군을 통과시킨 다음 싸우러 나가는 것이네. 그러면 여포를 사로잡을 수 있을 게야."

"좋은 방법입니다."

곽가도 찬성하였다. 곧바로 전군이 상복으로 갈아입고 조조의 죽음을 표시하는 나발을 불어대자 그 소식은 즉시 복양으로 날아갔다. 조조가 온몸에 화상을 입고 진지에 돌아왔으나 이미 죽은 뒤였다는 애기였다.

여포는 기다렸다는 듯이 즉각 공격해왔다. 그런데 마릉산에 이르러 조조의 군진이 눈앞에 보이는가 싶더니 갑자기 북소리가 울리며 복병이 쏟아졌다. 여포는 크게 당황하여 많은 병력을 잃고 간신히 복양으로 퇴각했는데 그 뒤로는 섣불리 한 걸음도 나가지 않았다.

그때 메뚜기떼가 극성을 부려 논의 벼란 벼는 몽땅 먹어치워 버렸다. 관동 땅 일대에서는 쌀 한 섬이 돈으로 오십 관이나 하였고, 먹을 것이 없어 사람이 사람을 잡아먹는 참상이 벌어졌다. 조조도 양식의 부족으로 쩔쩔매다가 견성까지 철군하였다. 여포 또한 아직은 어느 정도 먹을 것이 남아 있는 산양 땅으로 옮겨 갔다. 그리하여 전란은 일단 종결을 본 형세였다.

서주를 통치하게 된 유비

한편 서주에 있는 도겸은 예순셋의 나이로 갑자기 앓아 누워 병세가 악화되었다. 이에 그는 미축과 진등을 머리맡에 불러 후임자 문제를 의논하였다.

미축이 말하였다.

"조조 군이 철수한 것은 여포가 연주를 빼앗았기 때문입니다. 지금은 가뭄이어서 싸움을 멈추고 있사오나 내년 봄이면 틀림없이 다시 싸움을 시작할 것입니다. 그동안 태수께서는 두 번이나 유비에게 서주를 넘겨주려 하셨습니다만 그때만 해도 태수께서 건강하셔서 유비가 받아들이지 않았습니다. 하오나 지금은 병환이 예사롭지 않으니 다시 말씀해보시면 이번에는 사양하지 않을 것입니다."

도겸은 이 제안을 받아들여 소패로 사람을 보내어 유비를 불러들였다. 유비는 병중에 있다는 도겸의 소식을 듣고 관우·장비와 함께 수십 기를 거느리고 바로 달려왔다. 도겸은 그를 병석으로 맞아들인 다음 정중히 부탁하였다.

"이렇게 친히 오시게 한 것은 다름이 아니라 이 사람이 보시다시피 언제 어떻게 되는지 모르는 중병에 걸렸습니다. 그래서 다시 한 번 부탁하오니 한나라를 위해 나의 뒤를 이어 서주의 관인(官印)을 받아주십시오. 부디 이 사람이 마음 편히 저 세상에 갈 수 있도록 도와주십시오."

"자제분이 두 분이나 계시다고 들었는데 왜 그분들께 청하지 않으십니까?"

유비가 물어보았더니 도겸은 숨을 헐떡이며 대답했다.

"장남 상(商)과 차남 응(應)은 모두가 이 자리에 적합한 인물이 아닙니다. 이 사람이 죽은 후에 부디 그 애들을 돌봐 주십시오. 그러나 그 애들에게 서주를 통치하는 자리를 넘겨주셔서는 안 됩니다."

이에 유비가 망설이다가 조심스레 입을 열었다.

"저 혼자서는 이렇게 큰 임무를 감당할 수 없습니다."

"그렇다면 귀공의 보좌가 될 만한 인물을 추천하오리다. 북해 사람으로 성은 손(孫), 이름은 건(乾), 자를 공우(公祐)라 하는 인물이온데, 종사(從事:보좌관)로서 알맞은 사람입니다."

그리고 미축에게 일렀다.

"유비 공은 당대의 인걸이시니 나를 받들듯 충성으로 모시도록 하게."

유비가 아직 결정을 내리지 못하고 있을 때, 도겸은 제 손을 가슴 근처로 올리더니 끝내 눈을 감았다. 휘하의 장병들이 애도의 눈물을 흘리며 관인을 유비에게 건네주었지만 유비는 여전히 마음을 정하지 못하고 있었다.

그런데 이튿날이 되어서 서주의 백성들이 관아로 몰려들어 눈물로 애원하였다.

"유비 공이 여기 계시지 않으면 우리 백성들은 마음을 놓을 수 없습니다. 제발 저희를 지켜주십시오."

이에 관우와 장비도 재삼 유비에게 권고하며 설득하려 하였다. 그리하여 유비는 부득이 서주의 통치를 위임받게 되었다. 그리고 손건과 미축을 보좌관으로 명하고 진등을 고문관으로 추대하였다.

또한 소패에 주둔하고 있는 휘하 부대도 서주로 이동시키고 백성을 선무(宣撫)하기 위한 방문을 써붙이는 한편, 도겸의 장례 준비도 추진하였다. 이윽고 유비를 비롯하여 장졸 모두가 상복 차림이 되어 제례를 치르고 황하 연변의 들에 도겸의 시신을 묻어 장례를 치렀다. 그리고 그가 남긴 상주문도 조정에 바쳤다.

견성에 머무르고 있던 조조는 도겸이 죽고 유비가 서주의 목(牧:장관)으로 취임한 사실을 접하고 극도로 분개하였다.

"도겸이 내 앙갚음이 끝나기 전에 죽어버렸구나. 유비 이놈! 익어서 떨어지는 감을 손으로 받아 먹듯 서주를 가로채다니, 어디 두고 보자. 네 놈부터 처치하고 그 다음에 도겸의 무덤을 파헤칠 테다. 내 선친의 원수는 기필코 갚고야 말 테니 기다리고 있거라!"

조조는 분을 가다듬으며 즉시 서주를 토벌할 계획에 착수하였다. 이에 순욱이 조조를 말렸다.

"옛날 고조는 관중(關中) 땅을 확보하시고 광무제(光武帝:후한의 시조)는 하내(河內) 땅을 근거지로 하셨는데 두 분 모두 먼저 발붙일 곳을 든든히 하신 뒤에 천하를 생각하신 것이옵니다. 그리고 나아가서는 적을 이기고 물러서서는 자신의 근거지를 굳게 지키셨습니다. 그러니 비록 곤란한 경우에 처했더라도 결국은 난국을 타개하고 성공하셨던 것입니다. 주공에게는 연주 땅이 첫 근거지이옵니다. 황하와 제수(濟水)를 옆에 둔 이 고장의 지형은 그 옛날 관중, 하내와 다름없습니다. 그런데 지금 서주를 빼앗으려 하신다면 이곳 연주에 큰 병력을 남겨둘 수도 없고, 그렇다고 적은 병력만 남겨놓았다가는 여포의 밥이 되고 말 것입니다. 그렇게 되면 연주는 주공의 손에 다시는 돌아오지 않게 됩니다. 또 서주를 손에 넣지 못하신다면 주공께서는 어디로 거처를 옮기실 작정이신가요?"

이 말에 조조는 아무 말도 할 수 없었다.

"이제 도겸은 죽었지만 유비가 그 뒤를 이어받았고 서주 땅의 민초들도 그를 따르고 있습니다. 그러니 싸움이 벌어지면 유비의 뒤를 좇아 필사적으로 저항할 것입니다. 연주를 버리고 서주를 차지하려는 생각은 그야말로 대(大)를 버리고 소(小)를 택하는 것이요, 근본을 떠나는 일입니다. 부디 이 점을 신중히 혜찰하십시오."

조조는 순욱의 말을 들으며 몇 번이나 고개를 끄덕이면서도 아쉬운 듯이 말했다.

"그런데 이 가뭄으로 쌀을 구할 수가 없으니 언제까지나 이곳에 주둔하는 것도 현명한 일은 아닌 듯하구나."

이에 순욱이 전략가답게 건의하였다.

"차제에 동쪽의 진나라를 빼앗으면 양식 문제는 해결됩니다. 그곳은 여남(汝南)·영천(潁川) 일대의 땅으로서 황건적의 하의(何儀)·황소(黃劭)가 약탈한 돈과 물자 식량이 산더미처럼 쌓여 있습니다. 그들을 무너뜨리기란 쉬운 일이니 양식을 탈취하여 군에 돌린다면 조정에서 만족하실 것이고 백성들 또한 기뻐할 것이니 그야말로 하늘의 뜻을 받드는 격이 될 것입니다."

조조는 이 제의를 기꺼이 받아들여 하후돈과 조인을 견성과 그 밖의 몇몇 요지에 남겨놓고 몸소 군사를 이끌어 여남·영천 땅을 향해 진군하였다.

이에 황건적의 하의·황소는 양산(羊山)에서 조조의 부대와 대전할 태세를 취하고 있었다. 그들은 수적으로는 우세했으나 시정잡배로 구성되어 규율도 없고 질서가 어지러운 난잡한 군대였다.

조조는 활과 돌쇠뇌로 엄호하면서 전위를 출격시켰다. 이에 맞서 황건적의 군진에서는 하의가 부원수를 내보냈다. 드디어 한판 격전이 시작되었을 때 전위의 철극이 황건적의 부원수를 찔러버렸다. 조조는 그 기세를 타고 황건적의 군대를 추격하여 양산을 넘고 산 너머에 진을 쳤다.

이튿날은 황소가 출진할 차례였다. 그가 싸우러 나가려는데 한 장수가 뚜벅뚜벅 걸어나왔다. 그는 황건으로 머리를 싸고 푸른 옷을 입고 쇠몽둥이를 들고 있었는데 그런 이상한 차림으로 크게 외쳐댔다.

"야, 이놈들! 하만(何曼)이라는 장수다. 자, 어느 놈이건 나와보아라!"

이에 조홍이 크게 소리치며 말에서 내려섰다. 진지의 정면에서 두 사람은 사오십 차례나 난투전을 벌였지만 쉽게 결판이 나지 않는 막상막하의 격전이었다.

조홍이 고의적으로 달아나니 하만이 바싹 뒤쫓아왔다. 조홍의 이 전법은 타도배감계(拖刀背砍計)라 일컬어지는 전술이었다. 조홍은 달아나는 도중에 갑자기 몸을 홱 돌리고 하만에게 일격을 가한 다음 이어서 또다시 한칼을 휘둘렀다.

하만은 이 전법에 넘어가 고꾸라졌다. 그러는 동안 이전이 적진에 뛰어들어 우물쭈물하는 황소를 생포해버렸다. 마침내 조조 군이 총력을 기울여 습격하자 적의 양식과 재물은 송두리째 조조 군의 수하에 들어왔다.

허저를 얻은 조조

결국 하의는 혼자 떨어져 오도가도 못 하는 신세가 돼버렸으므로 그는 수백 기를 거느리고 갈파(葛陂) 쪽을 향해 달아났다. 도중에 어느 산기슭을 지나는데 갑자기 그늘에서 한 떼의 산적 무리가 나타났다. 그 선두에는 키가 여덟 자나 되고, 몸집이 코끼리 같은 장사가 큰 칼을 빼들고 길 한복판에 버티고 서 있었다. 하의가 덤벼들자 장사는 홱 하고 몸을 한 번 놀리더니 곧바로 하의의 목덜미를 잡고 끌고갔다. 나머지 졸개들은 당황히여 허둥지둥 말에서 내렸지만 모조리 잡히고 말았다. 이들은 모두 산 속 깊숙한 곳에 있는 성채에 감금되었다. 전위가 황건적의 무리를 뒤따라 달려왔다.

이번에도 그 장사가 부하들을 거느리고 나타나니 전위가 물었다.

"네 놈도 황건적이냐?"

그러나 그 장사의 대답은 뜻밖이었다.

"황건적은 모조리 잡아서 저 성채에 가둬 넣었소. 아마 오륙백 명은 족히 될 것이오.”

“미안하지만 그들을 우리에게 넘겨줄 수 없겠소?”

“내 칼과 싸워 이기면 그때에는 마음대로 하시오.”

이에 전위가 버럭 성을 내면서 두 자루의 극을 가지고 덤벼들었다. 둘의 싸움은 아침 나절부터 한낮이 되도록 결판이 나지 않았다. 한숨을 돌리고 나서 다시 저녁 나절까지 싸웠는데 이번에는 쌍방의 말이 움직이지 못할 정도로 지쳐 다시 휴전에 들어갔다.

이와 같은 경위를 전위의 부하가 조조에게 보고하자 조조는 몹시 놀라서 여러 장수들과 같이 나가보았다.

이튿날 그 장사가 다시 도전해왔다. 조조는 장사의 늠름한 풍채에 마음이 혹하여 전위에게 명령하였다.

“오늘은 이기지 말고 일부러 져주어라.”

전위는 서른 차례의 접전 끝에 일부러 진 척하고 본진으로 돌아왔다. 장사는 진지의 앞까지 쫓아왔지만 조조 부대의 활을 피해 다시 쫓겨갔다. 조조는 군을 오 리 정도 뒤로 물린 뒤 은밀히 함정을 파게 하고 구봉(鉤棒: 끝에 갈고리가 달린 몽둥이)을 들려 구덩이 주위에 잠복시켜놓았다.

이튿날 전위가 백여 기병를 거느리고 다시 도전해 나가니 장사 역시 말을 타고 덤벼들었다. 전위는 몇 번인가 싸워주다가 다시 달아났다. 장사는 행여 놓칠세라 미친 듯이 전위의 뒤를 쫓았으나 그만 함정에 빠지고 말았다. 구수들이 갈고랑이로 함정 속에서 버둥거리는 그를 사정없이 낚아채어 밧줄로 꽁꽁 묶었다. 그런 뒤에 조조는 군졸들을 물리치고 몸소 장사의 밧줄을 풀어주며 새 옷을 입혀준 다음 장사에 대해 물었다.

“이 몸은 초국 땅의 초군(譙郡) 태생으로 성은 허(許)요, 이름은 저(褚), 자는 중강(仲康)이라 하는 사람이오. 지난번에 황건적이

날뛸 때 종족(宗族) 수백 명을 모아 이 깊숙한 곳에 성채를 쌓고 방비하였습니다. 황건적이 쳐들어왔을 때에는 성채의 모든 사람들로 하여금 돌멩이를 모아놓게 해서 황건적 무리에게 던졌는데 모두 백발백중이었지요. 그래서 황건적들은 몽땅 줄행랑을 쳐버렸습니다. 그 뒤에 황건적이 또 공격해왔을 때에는 성채에 식량이 떨어져 황건적과 협상을 벌여 소와 쌀을 맞바꾸기로 하였습니다. 황건적이 쌀을 가져온 뒤, 이쪽에서 농우(農牛)를 끌고 갔는데 그 소들이 모두 성채로 되돌아왔지 뭡니까? 그래, 내가 한 손에 한 마리씩 소꼬리를 잡고, 한꺼번에 두 마리의 소를 이끌고는 한 백여 걸음쯤 그것들을 끌고 갔지요. 그랬더니 황건적 놈들이 놀라서 소를 찾아가긴커녕 겁을 집어먹고 달아나기에 바쁘더군요. 덕분에 그 뒤로 별탈 없이 지낼 수 있었습니다.”

조조는 이 사나이가 매우 마음에 들었다.

“자네가 바로 허저였군. 내 진작부터 이름은 듣고 있었네. 어떤가, 나와 같이 싸워보지 않겠나?”

“기꺼이 그러겠습니다.”

이렇게 하여 허저는 수백 명의 일족을 데리고 조조에게 귀순하였다. 조조는 그를 도위(都尉:부대장)로 임명하고 우대하였다. 성채에 갇혀 있었던 하의(何儀)와 이전(李典)이 생포해놓은 황소(黃劭)의 목을 베어 죽였다. 그리하여 여남·영천 일대가 조조의 손아귀에 들어갔다.

조조가 견성으로 돌아가 조인과 하후돈을 만나니 그들은 최근의 상황을 보고하였다.

“연주는 여포가 약탈하러 떠나고 설란과 이봉만 남아 있기 때문에 성 안이 텅 비다시피 하였습니다. 따라서 지금 곧 전승의 여세로 쳐들어가면 북소리만 한 번 울려도 쉽사리 성을 함락할 수 있을 것입니다.”

조조는 즉각 연주로 군을 파견하였다. 선란·이봉은 불의의 습격을 받고 허둥지둥 성 밖으로 나와 방어전을 폈다.

이때 허저가 앞으로 나서며 말했다.

"제가 투항의 인사로 저 두 놈을 처치하고 오겠습니다."

조조는 기뻐하며 허저를 내보냈다. 이봉이 화극으로 덤벼들어 접전이 시작되었다. 그러나 두세 차례 만에 허저가 이봉을 베어 죽이자 설란은 놀라 성 안으로 되돌아가려 하였다. 그때 조교 근처에서 이전이 그를 막고 통과시켜주지 않았다. 설란은 하는 수 없이 거야(鉅野) 쪽으로 달아나다가 도중에 여건(呂虔)에게 화살을 맞고 쓰러졌고 이에 설란의 부대는 산산이 흩어졌다.

조조는 이렇게 하여 연주를 되찾을 수 있었다. 그러나 정욱은 이에 그치지 않고 복양도 공략할 것을 권하였다. 조조는 이에 따라 허저와 전위를 앞세우고 하후돈과 하후연을 좌익, 이전과 악진을 우익, 조조 자신은 선두로 가운데에 서고 우금과 여건을 후위에 배치하였다.

대열을 정비하고 복양으로 진격한다는 조조 군의 소식을 듣고 여포가 즉시 맞서 싸우려 하였으나 이때 진궁이 여포를 말리며 말했다.

"기다리십시오. 일단 장군들을 모아놓고 대책을 협의해야 합니다."

성미 급한 여포는 진궁의 충고를 듣지 않았다.

"어느 놈이 덤비건, 나는 끄떡 없다.!"

여포가 뛰어나가면서 조조를 향해 욕을 퍼붓자 여포 앞으로 허저가 불쑥 나타났다. 둘은 스무 차례 이상 맞섰으나 쉽게 결판이 나지 않았다.

조조가 그 모습을 바라보다가 말했다.

"여포를 상대로 혼자 싸우기란 쉽지 않을 것이다."

그러고는 전위를 보내어 협공케 하였다. 이어서 왼쪽에서는 하후돈과 하후연이, 오른쪽에서는 이전과 악진이 덤벼들었다. 결국 여포도 더 이상 버티어 내지 못하고 성 안으로 돌아가려 하였다.

그런데 성 안에서 여포의 패전을 바라보고 있던 전(田)씨가 조교를 들어올릴 것을 명하였다.

이를 본 여포가 깜짝 놀라 소리쳤다.

"어서 문을 열어라!"

그러자 전씨가 응수하였다.

"이 성은 이제 조조 장군의 성이오."

여포는 화가 머리끝까지 치밀어올랐지만 별수 없이 군을 거느리고 정도(定陶)로 향하였다. 진궁도 동문을 부리나케 열어젖히고 여포의 가족을 호위하며 피신하였다.

여포를 이긴 조조

마침내 복양이 다시 조조의 손에 들어갔다. 조조는 앞서 전씨가 밀서로 속임수를 쓴 것에 대해서는 관용을 베풀기로 하였다.

유엽이 다시 조조에게 진언하였다.

"여포는 무서운 장수입니다. 지금 그를 치치하지 않으면 훗날 돌이킬 수 없는 화를 당할 것입니다."

이 말에 조조는 유엽 등에게 복양을 맡겨놓고 자신은 여포를 뒤쫓기 위해 정도로 향했다. 여포는 장막, 장초 등과 더불어 정도의 성 안에 있었다. 고순·장료·장패·후성 등은 멀리 쌀을 약탈하러 나간 채 아직 돌아오지 않았다.

조조는 정도까지 오긴 했지만 며칠 동안 싸움은 벌이지 않고 조용히 지냈다. 그리고 사십 리나 뒤로 물러나서 진을 쳤다. 그 부근은 밀보리가 갓 익은 철이어서 조조는 병사들로 하여금 그

밀보리를 베어들이게 하였다.

이 소식이 여포의 귀에까지 전해졌다. 여포가 즉각 몇몇 군사들과 함께 성을 나와 조조의 군진에 접근하여 문득 주위를 둘러보니 진지의 왼쪽에 울창한 숲이 있었다. 병력을 매복시키기에 안성맞춤의 장소라 생각한 여포는 그곳에 군사가 있으리라 생각하고 부랴부랴 물러났다.

그러한 여포의 행동을 뻔히 읽고 있었던 조조는 휘하 장수들에게 명하였다.

"여포는 숲속에 복병이 있는 줄 알고 물러났으니 그곳에 더 많은 깃대를 세워 복병인 양 위장하여라. 그리고 진지의 서쪽에 긴 둑이 있는데 물이 말라 있으니 복병을 그곳에다 숨겨놓도록 하라. 그러면 여포는 내일 출격하여 틀림없이 숲속에 불을 지를 것이다. 그때 둑에 숨어 있던 병사들로 하여금 퇴로를 차단케 하면 여포는 쉽게 사로잡을 수 있을 것이다."

이리하여 조조의 군진에는 쉰 명의 고수(鼓手)만이 북을 치기 위해 남았고, 군병들 대신 일대의 농민들을 징발하여 소리치게 하였다. 그리고 군병들은 모조리 둑의 그늘에 숨겨놓았다.

일단 진지로 돌아간 여포는 진궁과 상의하였다.

"조조는 속임수에 능한 자입니다. 절대로 얕보아서는 안 됩니다."

여포는 제 꾀를 자랑이라도 하려는 듯이 자신있게 말했다.

"불을 질러 복병을 몰아내면 문제는 간단해질 것이다."

그러고는 진궁과 고순만을 성 안에 남겨놓고 수풀 가까이까지 가보았다. 수풀 속의 깃대를 발견한 여포는 휘하 병졸들을 시켜 싸움을 걸며 사방으로 불을 질렀으나 단 한 명의 군사도 나타나지 않았다. 이에 진지 쪽을 향해 나아가려고 할 때 요란한 북소리가 울려퍼졌다. 여포는 어리둥절하여 어찌할 바를 몰랐다.

순간 진지 뒤쪽에서 한 무리의 군사가 뛰어나왔다. 여포가 말을 몰아 뒤쫓으니 화포가 터졌다. 그러자 그 소리를 신호로 하여 둑에 숨어 있던 병사들이 일시에 쏟아져 나왔다. 하후돈·하후연·허저·전위·이전·악진 등등 맹장들이 맹렬한 기세로 돌진해왔다.

여포는 갑작스런 공격에 당해내지 못하고 달아났고 그의 부관인 성렴이 악진의 화살에 맞아 쓰러졌다. 여포는 여기서 삼분의 이 이상이나 되는 병력을 잃고 말았다.

군사들이 돌아가서 진궁에게 위급한 상황을 알리자 진궁이 명했다.

"군이 없는 성은 지킬 수 없는 법이니 어서 이곳을 떠나도록 하자."

그러고는 고순과 함께 여포의 가족을 이끌고 정도를 떠나버렸다.

조조는 승승장구하며 성 안으로 단숨에 뛰어들어갔다. 이에 장초는 자결하였고 장막은 원술을 찾아갔다. 산동 땅의 모든 지역이 조조의 손에 들어갔고 싸움이 끝나 백성들은 안심하고 성채를 수리하였다.

여포가 달아나는 농안에 뿔뿔이 흩어졌던 장수들도 하나둘씩 모여들었고 진궁도 용케 여포를 찾아갔다.

"비록 병력을 많이 잃었어도 조조를 칠 수는 있다."

이렇듯 여포는 다시 투지를 불태워 보였다. 싸움에 승패는 으레 있게 마련인 법이다. 권토중래(捲土重來)*는 예측하기 어려운 것이므로 여포의 승패도 예측하기는 어려우리라.

---

* 권토중래(捲土重來):한 번 실패하였다가 힘을 돌이켜 쳐들어 감. 어떤 일에 실패한 뒤에 힘을 쌓아 다시 그 일에 착수함. 두보(杜甫)의 오강시(烏江詩)에서 강동자제다호준 권토중래미가지(江東子弟多豪俊 捲土重來未可知)란 구절에서 온 말.

제 13 회 이각과 곽사의 세도

李催郭汜大交兵　　楊奉董承雙救駕

이각과 곽사가 큰 싸움을 벌이고
양봉과 동승이 황제를 구해내다

유비에 의지한 여포

정도(定陶)에서 조조에게 크게 패한 여포가 가까스로 바닷가로 달아나 패잔병을 모아 부대를 정비하자 장수들이 다시 모여들었다. 이에 여포는 조조를 상대로 결전을 벌이려고 궁리했지만 진궁이 그 생각을 말렸다.

"지금 당장 조조 군과 싸울 수는 없습니다. 우리 군사들이 계속 패하여 설 곳을 잃었으니 정착할 수 있는 땅을 구해놓고 사태를 수습한 후에 치러 갑시다."

이렇게 말하니 여포가 시무룩한 표정이 되어 물었다.

"그러면 또다시 원소에게로 가야 한단 말인가?"

이 물음에 진궁이 의견을 냈다.

"먼저 기주 땅의 상황을 탐지한 다음 형편을 봐서 떠나지요."

여포는 진궁의 말을 따르기로 하였다.

한편 원소는 기주에서 조조와 여포의 싸움 소식을 듣고 있었다. 이때 모사(謀士)인 심배(審配)가 진언하였다.

"여포는 탐욕스럽기가 늑대와 같은 자이니 그가 다시 연주를 차지하면 다음에는 반드시 기주를 손아귀에 넣으려 할 것입니다. 그러니 차라리 이 기회에 조조와 손을 잡아 여포를 치는 것이 안전한 방법일 것입니다."

이에 원소는 안량의 오만 병력을 지원군의 명목으로 조조에게 보냈다.

이 소식은 첩자를 통해 여포의 귀에까지 들어가게 되었다. 그러자 여포가 크게 놀라 진궁에게 자문을 구했다.

"유비가 서주에 있으니 그 사람에게 도움을 청해보는 것이 어떻겠습니까?"

여포는 진궁의 충고에 따라 서주로 떠났는데 유비가 그 소식을 접하고 장수들을 모아 의논하였다.

"여포는 당대의 위대한 용사일세. 그러니 우리가 마중나가야 하지 않겠나?"

이 말에 미축이 반대하고 나섰다.

"그런 놈을 맞아들이시다니요? 그는 일단 들어오기만 하면 사람들에게 해를 입힐 것입니다."

그러나 유비는 생각을 달리하여 말했다.

"지난번에 만일 여포가 연주를 습격하지 않았다면 이 서주는 어떻게 되었겠는가! 조조와 싸웠던 여포가 이제 곤궁에 처해 우

리에게 의지하러 왔네. 그러니 설마 악의를 갖고 우리에게 덤비
진 않을 걸세."

유비의 말을 듣고 장비가 투덜댔다.

"마음이 그렇게 착하시니 딱도 하시오. 그렇다고 잔인한 여포
놈을 그대로 내버려둘 수는 없지요."

의견이 분분했으나 유비는 성 밖 삼십 리까지 나가서 여포를
맞았다. 둘은 말머리를 나란히 하고 입성하였다. 주의 청사에 들
어가서 인사를 나눈 후 여포가 입을 열었다.

"이 사람은 왕 사도와 공모해서 동탁을 멸망시켰지만 이각·곽
사의 반란 때문에 주인 없는 신세가 되어 관동 땅을 이리저리
떠도는 나그네가 되었습니다. 제후 가운데 어느 누구의 도움도
받을 수 없었는데 지난번에 조조가 서주를 침범하였을 때, 귀공
께서는 도겸을 도와 조조와 맞섰으며 저 또한 연주를 쳐 조조
군의 기세를 꺾었습니다. 그런데 이제 그의 간악한 계략에 빠져
오늘날 이 모양 이 꼴이 되었습니다. 앞으로 귀공과 더불어 큰일
을 도모하고 싶습니다만, 귀공의 의견은 어떠하신지요?"

유비가 그간의 경과를 설명하였다.

"얼마 전 도겸 태수께서 돌아가신 뒤로 서주를 다스릴 분이 안
계셔서 이 몸이 잠시 이 고장의 목(牧)이 되었습니다만, 다행히
용맹스런 여 장군께서 오셨으니 이제 이곳을 넘겨드리고 싶습니
다."

그러면서 관인을 여포에게 건네주려 하였다. 여포가 엉겁결에
관인을 받아 넣으려 하는데, 문득 주변을 살피니 유비의 등뒤에
서 관우와 장비가 노기 띤 얼굴로 노려보고 있는 모습이 보이자
여포는 손을 거두며 억지 웃음으로 답했다.

"이 몸은 한낱 무인일 뿐입니다. 주의 목 같은 자리는 제게 과
분한 지위입니다."

유비가 계속 권고하니 여포의 신하 진궁이 이 사이에 끼어들어 말하였다.

"옛말에 '강한 손님은 주인을 위압하지 않는다'고 하였습니다. 부디 저희를 믿어주시고 관인을 거두어주소서."

이에 유비는 더 이상 권하지 못하고 여포에게 환영의 연회를 베풀고 살 집도 마련해주었다.

이튿날은 여포 쪽에서 감사의 표시로 유비를 초대하였다. 유비는 관우·장비를 거느리고 여포에게 갔다. 술자리가 한창 무르익었을 때, 여포가 유비를 안사랑으로 모셔들였다. 관우·장비가 그 뒤를 따라갔다. 여포가 자기 처 초선으로 하여금 유비에게 배례하게 했지만 유비는 그럴 것 없다고 재삼 거절하였다. 그러자 여포가 거침없이 말했다.

"현제(賢弟:남의 아우나 나이 아래인 남자에 대한 존칭)께서는 사양하지 마시오."

장비가 '현제'라는 말에 화가 나 큰소리로 호통쳤다.

"이놈, 여포야! 우리 형님은 귀하신 몸이신데, 네 놈이 어떻게 우리 형님에게 '현제'라고 부른단 말이냐? 이놈 어디 한판 붙어볼 테냐? 네 코가 납짝해지도록 혼내줄 테다!"

유비가 가까스로 이를 제지하고 관우는 흥분한 장비를 밖으로 데리고 나갔다.

"내 아우가 취중에 폭언을 하였으니 과히 언짢게 생각하지 마시오."

유비가 사과하였으나 여포는 마음이 불편하여 아무 말도 하지 않았다.

이윽고 연회가 끝나고 여포가 유비를 대문까지 배웅하였다. 그때 장비가 겨드랑이에 창을 낀 채로 말을 몰고 달려와 여포를 향해 외쳤다.

"여포, 이놈! 썩 나서거라! 서로 끝을 볼 때까지 한판 겨뤄보자!"

유비는 관우에게 장비를 데려가도록 했다. 하마터면 큰 싸움이 벌어질 뻔하였다.

이튿날 여포는 하는 수 없이 유비에게 고별인사를 하러 왔다.

"모처럼 저에게 호의를 베풀어주셔서 감사합니다만 아우님들이 아무래도 이 사람을 미심쩍어하시는군요. 저는 이제 어디든 다른 곳으로 의지할 데를 찾아 떠나고자 합니다."

유비가 차마 그대로 떠나보내지 못하고 잡았다.

"이렇게 떠나신대서야 이 마음이 편할 수가 없습니다. 아우들의 잘못은 후에 사과하기로 하지요. 이 고장에 소패라는 고을이 있는데 얼마 전에 이 사람이 병력을 주둔시켰던 조그마한 성입니다. 비록 작은 성이지만 일단 그 고을에 가서 자리를 잡으시는 게 어떻겠습니까? 양식은 일체 이쪽에서 대어드리리다."

여포는 두말 할 것 없이 군을 이끌고 소패로 들어갔다. 유비는 그 뒤로도 장비를 달래느라고 진땀을 뺐다.

이각과 곽사의 대립

조조는 산동 땅을 평정하고 조정에 그 업적을 상주하여 조정에서는 그에게 건덕장군 비정후(建德將軍費亭侯)라는 호칭을 내렸다.

그 무렵 이각은 스스로 대사마(大司馬)라 칭하고 곽사 또한 대장군(大將軍)이라 자칭하며 이루 말할 수 없는 횡포를 부리고 있었다. 조정에는 이 두 사람을 제압할 수 있는 인물이 없었다. 태위인 양표와 대사농인 주전이 은밀히 헌제께 상주하였다.

"현재 조조는 이십여 만의 병력에 수십 명의 모신과 무장을 거느리고 있사옵니다. 폐하께서 그를 의지하시어 악당들을 없애버릴 수 있다면 얼마나 다행스러운 일이겠습니까?”

헌제는 울면서 하소연하였다.

“짐은 저들 두 도적 때문에 마음이 편치 못해 여간 고생이 아니오. 저들을 토멸할 수만 있다면 더 이상 바랄 게 없겠소.”

이에 양표가 진언하였다.

“이 몸에게 계략이 있사옵니다. 먼저 두 도적들을 서로 싸우도록 이간질을 시키는 것입니다. 그 뒤에 조조에게 조서를 내리시어 도적들을 도륙하고 그들 패거리를 섬멸케 하여 조정의 안정을 도모하시는 것이 좋을 듯합니다.”

헌제는 이 말에 귀가 솔깃하여 물었다.

“어떤 방법으로 둘을 등 돌리게 한단 말인가?”

양표가 자신만만하게 입을 열었다.

“곽사의 안사람은 매우 샘이 많은 여인이라 하옵니다. 그러하오니 그 여인에게 ‘반간지계(反間之計)’*를 쓰면 두 도적 놈이 서로 물어뜯게 될 것입니다.”

황제는 양표의 말에 찬성하여 그에게 은밀히 일을 추진하도록 명하였다.

얼마 뒤 양표의 부인이 핑계를 내어 곽사의 저택에 드나들게 되었다. 그녀가 기회를 보아 곽사의 부인에게 일렀다.

“곽 장군과 대사마 어부인 사이가 아주 친밀하다면서요? 대사마께서 눈치채셨다가는 큰일날 거라고 말이 많던데……. 부디 조심하시라고 이르십시오.”

그러자 곽사의 아내는 화가 치밀어 소리쳤다.

“그게 사실인가요? 그래서 계속 집을 비웠던 게로군. 뻔뻔스러운 인간 같으니……. 잘 알려주셨어요. 조심시키도록 하지요.”

---

*반간지계(反間之計):적의 간첩을 역이용해 아군을 위한 정보활동을 시키는 계책.

양표의 아내가 집으로 돌아가려 하자 곽사의 아내는 몇 번이고 되풀이해서 감사의 말을 전했다.

며칠 뒤 곽사가 언제나처럼 이각의 술잔치에 참석하러 가려는데 아내가 그를 붙들며 속삭였다.

"이각은 신용할 수 없습니다. 양웅(兩雄)은 공존할 수 없다고들 하는데 혹시 음식물에 독약이라도 타넣으면 어떡합니까? 그러면 저는 어찌되구요?"

한사코 내보내지 않아서 결국 해가 질 때까지 곽사는 집안에 붙잡혀 있었다. 이각은 참석하지 않은 곽사를 위해 일부러 술안주를 보내주었다. 그 안주에 곽사의 아내가 남몰래 독약을 풀어넣고는 곽사가 젓가락을 들고 먹으려는 것을 보자 그를 말리며 말하였다.

"아니, 당신은 남이 보내준 음식물에 독이 들어 있는지 미리 알아보지도 않고 드시려 합니까?"

그러면서 음식물을 떼어 개에게 던져주었다. 개는 단박에 숨이 끊어져버렸다. 그러자 곽사의 마음에 비로소 의혹이 싹트기 시작하였다.

어느 날 조정에서 회의가 끝난 후 이각이 곽사를 불러 향응을 베풀었다. 그런데 이날 밤 집에 돌아온 곽사는 공교롭게도 심한 배앓이를 하였다.

그러자 아내가 기다렸다는 듯이 다그쳤다.

"그것 보셔요. 끝내 독약을 마셔버렸군요."

그러고서 그에게 오물을 먹여 모두 토해내게 하니 배앓이는 나았다. 곽사가 생각에 잠겼다.

"내 일찍이 이각과 더불어 대사를 도모해왔거늘, 이제 와서 나를 독살하겠다고? 좋다! 네가 정 그렇게 나온다면 내가 선수를 쳐야지!"

그러고는 이각을 타도하기 위해 병력을 동원하였다. 당연히 이 비밀은 새어 나갔고 이각도 노기가 머리끝까지 치밀어서 소리쳤다.

"곽사 놈이 건방지게 나를 배반해?"

그러면서 이에 맞서 병력을 동원하였다.

양군 모두 합하여 수만 명이 되었다. 장안의 성 안에서 일대 혼전이 벌어졌는데 나중에는 병사들이 주민들의 집까지 덮쳐 약탈을 서슴지 않고 자행했다.

그럴 때 이각의 조카인 이섬(李暹)이 궁궐을 포위하고 수레 두 대를 장만하였다. 한 대에는 황제를 태우고 또 한 대에는 복 황후(伏皇后)를 태워서 가후(賈詡)와 좌령(左靈)으로 하여금 끌어내게 하였다. 궁중 나인과 환관에게는 그 뒤를 따라 걸어오라고 명하였다.

그런데 후재문(後宰門)을 나섰을 때 마침 지나가던 곽사의 부대와 만나 큰 싸움이 벌어졌다. 화살이 빗발치듯 날아다니는 그 난장판 속에 무수히 많은 나인들이 쓰러졌다. 이각이 달려오고 곽사 군이 이각 군에게 밀려 물러났다. 황제의 수레는 그 위험 속에서 끌려나와 다시 강제로 이각의 군영으로 이끌려 들어갔다. 한편에서는 곽사가 궁중에 난입하여 나인이란 나인은 관등의 높낮이를 가리지 않고 모조리 끌어다가 자기 군영으로 넣었으며 궁전은 불을 질러 태워버렸다.

그 다음날 곽사는 이각이 황제를 납치했다는 소식을 듣고 그의 진영으로 달려가 혈전을 벌였다. 황제와 황후도 이러한 상황에서 어쩔 줄을 모르며 두려움에 벌벌 떨었다.

곽사가 쳐들어가자 이각이 군영 밖으로 나와 맞서 싸우니 곽사 군이 크게 패해 물러갔다. 이각은 황제와 황후를 미오 쪽으로 피신시킨 후 조카 이섬에게 감시하게 하여 환관과의 접촉을 끊

었다. 그러면서 식량을 충분히 공급하지 않아 시신(侍臣)들 모두
가 영양 실조로 쓰러질 지경이 되었다.

황제가 사람을 보내어 이들 시신들을 위해서 쌀 다섯 섬과 소
다섯 마리의 뼈를 이각에게 요구하였다.

"그래, 아침 저녁으로 푸짐하게 먹여주는데 그래 모자라는 것
이 더 있더냐?"

그러면서 이각이 썩은 고기와 묵은 쌀을 보냈는데 모두 배가
고프긴 하였지만 도저히 먹을 수가 없었다. 황제가 크게 노하여
한탄했다.

"역적들이라 하더라도 나를 어떻게 보고 이 따위 짓을 하는가!"

이 말을 들은 시중 양기(楊琦)가 당황하여 아뢰었다.

"이각은 어떤 짓을 할지 모르는 포악한 자이니 일단 참으셔야
합니다. 저자를 화나게 했다가는 큰 화를 당하게 될 것입니다."

황제는 아무 말 없이 고개를 떨구었다. 자신의 신세를 생각하
니 한없이 슬펐다. 소매에 눈물이 한 방울 떨어졌다. 그때 갑자기
시신들이 황급히 황제에게 아뢰었다.

"군대가 폐하를 구출하려고 창과 칼을 번쩍거리며 징・꽹과
리・북소리를 요란하게 울리면서 이쪽을 향해 달려 오고 있습니
다."

황제가 불안한 목소리로 그들의 정체를 물으니 다름 아닌 곽
사의 군사들이라고 했다. 황제는 한껏 기대하였다가 크게 낙심하
였다. 그때 별안간 밖에서 함성 소리가 들리더니 이각・곽사 사
이에 백병전이 벌어졌다.

이각이 곽사를 향해 손가락질하며 소리쳤다.

"내 너를 얼마나 후대하였는데, 어째서 내 목숨을 노리는 것이
냐?"

이에 곽사도 질세라 대꾸하였다.

"네 놈 같은 모반자는 일찌감치 죽었어야 마땅했다."

"황제를 받들어 모신 내가 어찌 모반자란 말이냐?"

"뻔뻔스럽구나! 네 놈은 황제를 모신 게 아니라 빼돌려 달아난 것 아니냐?"

결국 이각이 냉정을 찾아 제안했다.

"이렇게 따져봐야 골치만 아프다. 차라리 군병을 모두 물리고 우리 둘이서 일 대 일로 한판 싸움을 벌이는 것이 어떻겠는가? 그래서 이 싸움에서 이긴 자가 황제를 모시면 되지 않겠느냐?"

이리하여 둘이 진지 앞에서 열 차례도 넘게 치고 받고 싸웠지만 결판이 나지 않았다. 마침 그때 양표가 달려와 아뢰었다.

"잠깐, 싸움을 멈추십시오! 제가 두 분 사이의 중재를 위해 여러 사람들과 같이 왔습니다."

이 말에 이각과 곽사가 싸움을 멈추고 물러서 각자의 진영으로 되돌아갔다. 양표는 주전과 더불어 공경(公卿) 육십여 명을 모아서 화평을 권고하기 위해 먼저 곽사의 군영을 찾아갔다. 그러나 곽사가 이들 공경을 모두 묶어 감금시켜버렸다. 애써 달려온 양표는 기가 막혀서 항의했다.

"모처럼 두 분을 위해 힘쓰려고 찾아온 우리에게 이 무슨 해괴한 짓입니까?"

그러나 곽사는 아무렇지도 않게 대꾸하였다.

"이각은 황제를 손에 넣고 있는 처지인데, 우리가 자네들을 감금했다고 해서 뭐가 그리 큰일이란 말인가?"

양표가 물러서지 않고 따졌다.

"황제를 생포하는가 하면 공경들을 묶어 감금시키다니…… 두 분들은 대체 앞으로 어떻게 하실 겁니까?"

이에 곽사가 버럭 성을 내면서 양표를 죽이려 하였으나 중랑장 양밀이 필사적으로 그를 말렸다. 결국 곽사는 양표와 주전을 석방하였으나 그 밖의 공경들은 모두 영내에 구금하였다.

양표가 주전에게 말하였다.

"국가의 중신이 황제를 구출하지 못하니, 이것이야말로 부끄러운 일이로다."

그러고는 둘이 끌어안고 통곡하였다. 주전은 귀가한 후에 곧 병사하였다.

이각·곽사는 그 뒤로 연일 싸움을 멈추지 않았고 그 후 오십여 일이 지났으며 그 틈바구니 속에서 수많은 사람이 죽고 다쳤다.

황제의 편에 선 가후

이각은 밀교(密敎)의 주술(呪術)을 열성적으로 믿는 신도였다. 그래서 휘하의 군대에도 무당을 두고 늘 기도를 드리게 하고 있었다. 가후가 이를 말리기 위해 수없이 간하였지만 헛수고였다. 가후의 그런 태도를 지켜본 시중 양기(楊琦)가 황제께 몰래 고하였다.

"가후는 이각 밑에 붙어 있지만 속으로는 딴 뜻이 있는 사람입니다. 그러니 그와 한번 대화를 나눠보시지요."

그때 가후가 들어왔다. 이에 황제가 측근을 물리치고 눈물로 하소연하였다.

"그대는 한나라 조정을 생각해보지 않았는가? 나라를 위해 짐을 도울 생각은 없는지 궁금하구나."

이 말에 가후가 고개를 숙이고 엎드려 말하였다.

"폐하! 아무 말씀 마십시오. 제게 어찌 그런 생각이 없겠습니까? 소신에게 모두 일임해주소서."

황제가 눈물을 거두며 고마움을 표하였다.

그때 이각이 칼을 찬 채 들어섰다. 이를 본 황제의 얼굴은 흙빛이 되었다. 이각이 말하였다.

"곽사가 공경들을 포로로 만들었나이다. 뿐만 아니라 폐하께도 손찌검을 하려 하였지만 다행히 제가 있었기에 화를 모면하실 수 있었던 것입니다."

황제는 황송스러워하며 감사의 말을 늘어놓았다. 이각이 물러가고 그 뒤에 황보력(皇甫酈)이 들어섰다. 황제는 그가 능변에 뛰어나다는 것을 익히 들어왔고 이각과 동향이라는 것도 알고 있었다. 그래서 두 역적의 중재를 그에게 위촉하였다.

그 동안 황보력이 먼저 곽사를 찾아가 설득하였지만 곽사는 이렇게 대답했다.

"이각이 황제를 내놓는다면 이쪽에서도 공경을 석방할 것일세."

이어 황보력은 이각을 만나 청하였다.

"폐하께서는 이 몸이 서량(西凉) 출신으로서 공과 동향이라는 것을 아시고 저에게 중재를 명하셨습니다. 곽 장군께서는 이미 황제의 분부를 좇기로 하였사온데 공께서는 어떠신지요?"

이 말에 이각이 기고만장해서 대답하였다.

"이 사람은 여포를 격파한 공신일세. 내가 조정의 정사를 보살펴온 지난 네 해 동안에 많은 업적을 남겼다는 사실은 천하가 모두 알고 있네. 그런 반면, 곽사는 본디 말도둑 주제이면서 공경을 볼모로 잡고 감히 나와 적대하겠다 하니 내 어찌 이를 용서할 수 있단 말인가! 내가 하는 행동방식이나 우리 군대를 보게. 어디 곽사 따위와 비교할 수 있단 말인가!"

황보력이 이각의 말을 듣고 물러서지 않고 답하였다.

"그렇지 않습니다. 옛적에 유궁국(有窮國:중국 고대 하나라 때 있었다는 전설 속의 나라)의 왕이었던 후예(后羿)는 활의 명인으로 자기 활솜씨만 너무 믿은 나머지 결국엔 망하였다 하옵니다. 가까운 예로 동탁이 있습니다. 그는 은고(恩顧)를 베푼 여포에게 배신당하여 마침내는 그 시신이 거리에 내걸리고 말았습니다. 필경, 강하다는 것은 믿을 바가 못 되옵니다. 그런데 장군께서는 현재 최고의 지위에 계시며 자손과 일족 모두가 고관대작이시니 국은을 크게 입고 계시옵니다. 더구나 곽 장군이 공경들을 볼모로 잡고 있기는 하지만 황제와 공경들은 비교가 안 될 줄 아옵니다."

이각은 성이 나서 칼을 뽑아들었다.

"네 이놈! 황제의 조종을 받고 나를 모욕하러 왔느냐? 네 놈의 모가지를 당장 베어 버릴 테다!"

그가 당장 목을 칠 기세로 덤비자 기도위(騎都尉:기병 연대장)인 양봉(楊奉)이 이를 말렸다.

"지금 여기서 황제의 사신을 베셨다가는 곽사가 군사를 일으킬 어엿한 구실을 제공하게 되고 제후들이 모두 그쪽을 편들 것입니다. 그러니 고정하십시오."

가후도 가세해서 간언하자 이각은 간신히 분을 가라앉혔다. 그 틈에 가후는 황보력을 밖으로 데리고 나갔다. 황보력이 죽을 고비를 겨우 모면하자 큰소리로 이각을 비난했다.

"이각은 황제를 배반하여 시해할 엉큼한 놈이다! 반역자 같으니!"

이에 놀란 시중 호막(胡邈)이 손으로 급히 그의 입을 틀어막았다.

"조심하십시오. 그런 위험한 말을 하다니, 목숨이 아깝지도 않소?"

그러자 황보력은 도리어 호막을 꾸짖었다.

"자네도 조정의 신이면서 어찌하여 역적 놈에게 붙는단 말인가? '임금이 욕보면 신하는 죽는다' 하지 않던가! 그러니 내가 이각의 손에 죽는다는 것은 당연한 이치이지."

황보력은 이각에 대하여 욕하고 꾸짖음을 그치지 않았다. 황제가 뒤늦게 이 사실을 알고 그를 서량 땅으로 돌려 보냈다.

이각의 휘하 군사는 그 태반이 서량인들이었는데 그 가운데에는 강족(羌族), 곧 탕구트 족(Tangut 族)의 병사도 섞여 있었다.

황보력은 이각 군대의 서량인들에게 선전하였다.

"이각은 모반을 기도하는 놈이다. 같이 있는 놈들은 결국 나중에 모두 역적으로 몰려 큰 화를 당할 것이다."

그러자 서량인들 다수가 이를 믿게 되었고 그에 따라 군심(軍心)도 이각을 떠났다.

이각이 이 사정을 알고 격노하여 궁중의 금군(禁軍) 소속 왕창(王昌)을 시켜 황보력을 잡아오라고 명하였다. 그러나 왕창은 황보력의 충성심을 알고 있었으므로 뒤쫓지 않고 그냥 돌아와서 얼버무렸다.

"어디로 갔는지 도무지 찾을 수가 없습니다."

가후도 탕구트 족 사람들에게 일렀다.

"황제께서는 자네들의 충성을 믿으시네. 오랜 전란 속에서 고생이 많을 것이라며 자네들에게 고향으로 돌아갈 수 있게 하라는 분부를 내리셨다네. 그러니 앞으로 자네들에게는 후한 상이 돌아갈 것이네."

탕구트 족 병사들은 이각 밑에서 혹사당하기만 하여 불만이 쌓여 있었으므로 가후의 이 선동은 병사들을 동요시키기에 충분했고, 결국 하나 둘씩 철수하기에 이르렀다.

가후는 다시 황제에게 은밀히 상주하였다.

"이각은 사람됨이 탐욕스럽고 무모하옵니다. 지금 그는 휘하의 군병들이 흩어져버리는 통에 조바심이 나있으니 그의 마음을 달래기 위해 큰 벼슬을 하나 내려보는 것이 좋겠습니다."

황제는 그 말을 따라 조서를 내렸고, 이각은 대사마에 임명되었다. 지금까지는 이각 자신이 대사마라 칭해왔는데 정식으로 대사마라는 직위가 주어진 것이었다. 이각은 흡족한 기분에 싱글벙글하였다.

"이게 다 신령님 덕분이지. 그 동안 무당들이 열심히 기도한 보람이 이제야 나타나는군."

그리고 무녀들에게 큰 상을 내렸다. 그러나 장졸들에게는 단 한푼의 포상도 내리지 않았다. 이에 기도위 양봉은 크게 노하였다.

"이 무슨 해괴망측한 일인가!"

그러고는 송과(宋果)를 붙들고 불만을 토로하였다.

"화살에 맞아 죽을 위험을 무릅쓰고 사선을 넘나든 우리들은 무당만한 값어치도 안 된단 말인가?"

이에 송과가 넌지시 제의하였다.

"차라리 우리가 이각을 죽여 충의로써 황제께 보답하는 게 어떻겠소?"

양봉도 그 말에 동의하였다.

"좋소. 자네가 군영 안에 불을 지르게. 그것을 신호로 내가 덮쳐 들어가겠네."

이들은 그날 밤 자정 직전에 거사하기로 하였다. 그런데 불행히도 이 기밀이 누설되어 이각이 먼저 선수를 쳤고 송과의 목은 이각의 칼에 의해 베어졌다.

양봉은 이 사실을 모른 채 바깥에서 대기하고 있었다. 그러나 아무리 기다려도 불길이 일어나지 않았다. 그때 이각이 덮쳐왔다. 서로 맞부딪혀 새벽녘까지 접전이 이어졌으나 양봉은 이각을 이기지 못하고 부하들과 함께 서안(西安) 쪽으로 피하였다.

이럭저럭 이각의 병력은 크게 줄었다. 거기에 또 곽사가 끊임없이 공격을 가해오니 사상자가 잇따라 속출하였다. 그런 판국에 이각은 다른 보고를 들었다.

"장제가 대군을 거느리고 섬서를 떠났다고 합니다. 그는 화평을 위해서라며 자신의 말을 듣지 않는 쪽은 실력으로 때려잡는다고 으름장을 놓고 있습니다."

보고를 들은 이각은 이 기회를 이용하여 자기의 체면을 세우려는 생각을 했다. 그래서 먼저 부하를 장제에게 보내어 화평을 환영한다고 통고했다. 그러자 싸움에 지친 곽사 역시 별다른 이의 없다는 태도를 보였다.

이에 장제는 황제에게 상주하여 홍농(弘農)으로 도읍을 옮기도록 하였다. 홍농현은 함곡관 일대의 땅으로 동도(東都)인 낙양에 훨씬 가까웠다.

황제는 매우 기뻐하였다.

"짐은 낙양을 잊지 못하고 있었는데 이제 홍농으로 가게 되어 만족스럽소."

그리고 장제를 표기장군으로 임명하였다.

장제가 쌀·술·고기를 백관들에게 갖다 바치니 곽사도 공경들을 풀어주었다. 이각은 황제가 동쪽으로 천도할 수 있게 준비하는 한편 수백 명의 금군으로 하여금 극을 들고 호위를 담당하게 하였다.

드디어 황제의 난여(鸞輿:황제가 타는 수레 또는 연)가 신풍(新豊)을 지나 패릉(霸陵)에 이르자 갑자기 함성이 울리면서 수백 명의 군사가 패릉의 다리 위로 뛰어나왔다.

"저들은 누구냐?"

황제가 묻자 시중 양기가 다리 위로 올라가 다시 한 번 물었다.

"황제의 행렬을 가로막는 너희들은 누구냐?"

그러자 장수 둘이 나타나 응수했다.

"곽 장군의 명을 받들어 수상쩍은 자의 통행을 막고자 다리를 지키고 있소. 황제의 행렬이라면 먼저 검문부터 해봐야겠소."

이에 양기가 난여의 주렴(珠簾:구슬발)을 높이 들어 올리니 황제가 안에서 근엄한 소리로 명하였다.

"짐은 여기 있다. 너희들은 어찌 길을 비키지 않느냐?"

이렇게 말하니 장졸 일동이 만세를 부르며 길가로 물러서 난여가 무사히 통과하도록 하였다.

두 장수는 돌아가서 곽사에게 자초지종을 보고하였다. 그러자 곽사가 노기 등등해서 소리쳤다.

"장제를 속여서 황제를 빼앗아 미오로 다시 데려갈 속셈이었는데 너희 두 놈이 두 눈 멀쩡히 뜨고도 놓치다니……."

그러고는 두 장수를 베어 죽이고서 병력을 동원하여 뒤를 쫓았다. 이윽고 황제 일행이 화음현까지 이르렀을 때 뒤쪽에서 하늘에 닿을 듯한 우렁찬 목소리가 들려왔다.

"난여를 멈추어라!"

황제는 겁에 질려 대신들에게 눈물로 하소연하였다.

"이리를 피하였다고 생각했더니 이제는 범을 만난 격이 되었구나. 이 일을 어찌하면 좋을까?"

일행이 모두 벌벌 떨었다. 곽사 휘하의 적병이 점점 다가왔다. 그때 마침 진군을 알리는 북소리가 나면서 산 너머 저쪽에서 한 떼의 군사들이 몰려왔다. 맨 앞에 커다란 기가 펄럭였는데 거기에는 '대한 양봉(大漢楊奉)'이라고 씌어 있었다. 그 뒤로는 일천여 병력이 정립해 있었다. 양봉은 이각과 싸우다 패퇴한 뒤로 군사들과 종남산(終南山)에 숨어 있었는데 이번에 황제가 지나간다는 말을 듣고 경호하고자 나온 것이었다. 그들은 즉시 전투 대열로 정비하였다. 곽사의 진영에서는 최용(崔勇)이 앞으로 나서며 양봉을 반적(反賊)이라고 매도하였다. 이에 양봉이 휘하 군영을 향해 물었다.

"공명(公明)은 어디 있느냐?"

말이 떨어지기 무섭게 장수 하나가 나서는데 그의 손에는 커다란 도끼가 들려 있었고 공명이 붉은 말을 달려 최용에게 다가서더니 순식간에 그를 도끼로 찍어 죽이고 말았다. 양봉은 때를 놓칠세라 진격하여 곽사 군을 산산이 흩어놓았고 곽사 군은 십여 리 밖으로 도망갔다.

양봉이 황제 앞으로 나갔더니 황제가 감격하여 말하였다.

"장군이 짐을 구해주었구려. 그 공을 높이 치하하는 바이오."

양봉이 황송해하며 고개를 조아리는데, 황제가 하문하였다.

"좀전에 역도들의 우두머리를 베어 죽인 그 장수는 누구인고?"

양봉이 그를 불러내어 황제 앞에 고하였다.

"하동(河東) 땅 양군(楊郡)의 서황(徐晃)으로 자를 공명(公明)이라 하옵니다."

황제가 그의 무훈을 치하하고 노고를 위무하였다. 양봉이 난여를 호위하며 화음에 이르자 장군 단외(段煨)가 의복과 음식물을 헌상하였다. 이날 밤 황제는 양봉의 군영에서 하룻밤을 묶었다.

황제를 구한 동승

곽사는 패전한 다음날 또다시 습격해 왔다. 서황이 맨 앞에 나섰다. 곽사의 대군이 황제와 양봉을 가운데 놓고 팔방으로 둘러쌌다. 위기일발의 순간이었다. 그때 동남쪽으로부터 한 장수가 기병부대를 거느리고 일제히 고함을 지르며 공격해왔다. 이에 곽사의 전진은 좌절되었고 서황이 기다렸다는 듯이 돌격하여 곽사

군을 크게 무찔렀다.

잠시 후 동남 쪽에서 진격해왔던 장수가 황제 앞으로 나왔다. 그는 황제의 외척인 동승(董承)이었다. 황제가 반가움에 눈물을 흘리며 그간의 심정을 털어놓으니 동승이 위로하였다.

"이제 안심하소서. 이 몸이 맹세코 양 장군과 같이 두 도둑의 우두머리를 주살하여 천하를 평안하게 하겠나이다."

황제가 급히 동도인 낙양으로 가자고 재촉하였으므로 어가를 부랴부랴 홍농으로 몰았다..

한편 곽사는 패하여 돌아가다가 이각을 만났다.

"양봉과 동승이 황제를 홍농으로 데리고 갔는데 놈들은 산동 땅에 근거지가 구축되면 천하의 제후들에게 우리를 토벌하라고 지령을 내릴 것이오. 그러면 우리 일족은 하나도 살아남지 못할 것이외다."

곽사의 말에 이각이 제의하였다.

"장제가 아직 장안에 있으니 섣불리 움직였다가는 우리가 도리어 위험해지오. 차차 기회를 보아 우리 둘이 홍농으로 가서 황제를 죽인 후에 천하를 둘로 나누어 갖는 게 어떻겠소?"

"좋은 생각이오."

곽사도 찬성하였다. 이렇게 다시 하나로 합친 두 병력은 가는 곳마다 노략질을 멈추지 않았다. 양봉과 동승은 도둑떼가 먼 곳에서 몰려온다는 보고를 듣고 병력을 멈추어 동간(東澗)에서 그들을 상대로 크게 싸웠다.

이각과 곽사는 여기서 다시 상의하였다.

"우리는 병력이 많고 저쪽은 적으니 혼전을 벌여 해치우는 것이 좋겠소."

이각은 왼쪽으로 곽사는 오른쪽으로 가서 산과 들을 가득 메운 병력으로 일제히 공격하였다. 양봉과 동승은 좌충우돌하면서 결사적인 항전을 벌였다. 간신히 황제와 황후의 어가를 전진시켰으나 백관과 나인을 비롯하여 문서·서책·일상용품 등 무거운 짐들은 미처 손이 미치지 못해 길에 내버리고 앞으로 나아갔다.

곽사 군은 홍농에 들어가서 부녀자를 겁탈하고 약탈을 일삼았다. 양봉과 동승은 가까스로 황제를 모시고 섬서로 향했으며 이각과 곽사가 계속 그 뒤를 쫓았다.

양봉과 동승은 한편으로 사람을 사이에 세워 이각과 곽사를 상대로 화평을 추진하였다. 또 한쪽으로는 비밀리에 조서를 꾸며 하동으로 사신을 보낸 다음, 백파적(白波賊:황건적의 일파)의 우두머리였던 한섬(韓暹)을 비롯한 이악(李樂)과 호재(胡才) 등 세 부대에게 구원을 청하였다.

이악은 본래 산적이었지만 황제가 워낙 위급한 지경에 처하여 불러들인 것이었다. 그들은 황제가 지난날의 죄를 용서하고 벼슬도 내리겠다고 하자 전투에 참여하지 않을 수 없었다. 결국 각자의 병력을 이끌고 동승·양봉 등과 더불어 이각·곽사로부터 홍농을 탈환하였다.

이각과 곽사는 가는 곳마다 약탈과 노략질을 서슴지 않았다. 백성을 벌거벗겨 알몸으로 만드는가 하면, 늙은이와 어린이를 잔인하게 죽이고, 건장한 젊은이는 병졸로 삼아 호되게 부려먹었다. 막상 싸움이 벌어지면 '감사군(敢死軍)'이라는 이름 아래 병졸들을 강제로 부대의 맨 앞에 내세웠고 이들의 세력은 엄청나게 커져갔다. 이에 이악이 위양(渭陽)에서 대전할 때에는 곽사가 그 부하들을 시켜 옷과 그 밖의 물건을 길바닥에 마구 버리게 하였다. 이악의 군사가 대오에서 흩어져 그것들을 줍느라 정신이 없자, 그 틈을 타 이각과 곽사 군이 사방으로 그들을 공격하였다.

이악 군의 패배였다. 양봉과 동승은 어쩔 도리 없이 황제를 모시고 북진할 뿐이었다. 뒤로는 이각과 곽사의 군사들이 시시각각으로 육박해왔다.

이악이 명령투로 아뢰었다.

"우물쭈물할 때가 아닙니다. 그러니 황제께서도 수레에서 내려 말을 타고 달리십시오."

황제가 울먹울먹하며 답하였다.

"짐은 백관을 버리고 혼자 갈 엄두가 나지 않느니라."

일동은 소리 높이 울면서 황제를 따라갔다. 그 과정에서 호재가 난리 중에 목숨을 잃었다. 동승과 양봉은 이각과 곽사의 병력이 추격해오는 것을 보고 황제에게 어가에서 내려 황하 기슭까지 걸어가 주십사고 청원하였다.

이악 일동이 강을 건널 조그만 배를 한 척 찾아냈다. 때는 엄동설한의 날씨여서 황제와 황후가 가까스로 강기슭까지 와보니, 둑이 높고 험하여 배까지 내려갈 수가 없었다. 뒤쪽에서는 적군이 바짝 다가오고 있었다.

양봉이 제안하였다.

"말의 고삐를 이어서 황제의 허리에 매어 배로 내려보내도록 합시다."

이때 일동 사이에서 황후의 오라비 되는 복덕(伏德)이 흰 명주천을 한아름 꺼내놓았다.

"난리 중에 주운 것인데 이것을 이어서 쓰면 어떻겠소?"

행군교위 상홍(尙弘)이 황제와 황후를 명주천으로 칭칭 감은 후 먼저 황제를 배에다 내려놓았다. 이악이 검을 들고 뱃머리에 섰고 복덕이 황후를 등에 업고 내려섰다.

기슭에는 배에 내려갈 수 없는 무리들이 앞 다투어 배의 밧줄에 매달렸다. 황제와 황후의 안전을 위해 이악이 그들을 남김없이 베어 강물에 떨어뜨려버렸다. 우선 황제와 황후를 건너 보낸 뒤, 그 밖의 사람들을 건너게 하였다. 먼저 살겠다고 뱃전에 매달렸던 사람들은 하나같이 손가락이 잘려나갔다.

이악과 한섬의 횡포

강 건너에 이르러 보니 황제의 측근이 열 명 정도밖에 남아 있지 않았다. 양봉이 소달구지를 하나 얻어와서 거기에 황제를 태우고 대양(大陽)까지 갔으나 먹을 것이 없었다. 이날 밤은 기와집에서 신세를 졌는데 그 와중에도 마을 사람 한 명이 좁쌀밥을 지어 황제에게 바쳤다. 그러나 황제와 황후는 목이 메어 그 밥을 넘길 수가 없었다.

이튿날 황제가 이악을 정북장군(征北將軍)에 임명하였다. 또 한섬에게는 정동장군(征東將軍)의 벼슬을 내렸다. 어가는 다시 전진하기 시작했다. 황제의 행렬임을 알고 찾아온 두 대신이 어가 앞에 엎드려 울음을 터뜨렸다. 그들은 태위 양표와 태복 한융으로 그들을 본 황제와 황후 모두가 슬픔에 복받쳐 눈물을 흘렸다.

한융이 아뢰었다.

"이각·곽사의 두 도적떼는 저를 신용하고 있사오니 이제 가서 목숨을 걸고 그들을 설득해보겠습니다. 폐하께서는 그간 아무쪼록 옥체를 보존하소서."

한융이 이렇게 고하고 떠나니 이악은 황제의 휴식을 위해 양봉의 군영 안에 그들을 모셨다. 양표는 황제에게 임시로 안읍현(安邑縣)을 도읍지로 삼도록 권하였다.

그러나 막상 안읍현에 가보니 궁전을 갈음할 변변한 건축물이 없었다. 황제 일행은 조그만 초가집에 들어갔다. 대문도 없고 중문도 없었다. 집 둘레에는 울타리 대신에 가시나무 가지들이 꽂혀 있었다. 황제와 대신들은 초가지붕 밑에서 회의를 열고 장병들은 울타리 밖에서 주위를 경비하였다.

벼슬을 얻은 이악과 한섬의 횡포는 말로 할 수 없을 만큼 대단했다. 제 마음에 안 들면 황제의 면전에서 벼슬아치들을 매도하고 심지어는 주먹질을 하기도 했다. 또한 일부러 황제에게 탁주와 보리밥을 바치기도 했으나 황제는 이 모든 모욕적인 상황을 꾹 참아냈다.

또 이악과 한섬은 노름꾼·무당·흥행사·건달·천민 등 이백여 명에게 부대장과 재판관 등의 벼슬을 내리라며 황제를 협박했다. 당시 옥새를 지니지 못한 황제는 그 같은 관인을 새길 틈이 없어서 송곳으로 대강 긁어댄 인장을 사용했으니 황제의 체면이 말이 아니었다.

한편 한융은 이각과 곽사를 열심히 설득한 결과 가까스로 이각과 곽사의 감시 아래 있던 관리와 나인들이 석방되었다.

그 해에도 심한 가뭄이 들어 백성들은 초근 목피로 간신히 목숨을 이어갔으며 길에 나가서 구걸하는 이들도 속출하였다.

하내의 태수 장양은 쌀과 고기를 황제에게 바쳤고 하동의 태수 왕읍도 비단천을 헌상했으므로 황제는 그런 진상품에 의지해 간신히 살아갈 수 있었다.

동승과 양봉이 상의한 끝에 사람을 보내어 낙양의 궁전을 수리한 다음 황제께서 환궁하실 수 있도록 조처할 것을 제안하였다. 그러나 이악이 이 의견에 반대하여 동승이 나서서 반박하였다.

"낙양은 본디 황제의 도성일세. 안읍은 너무 좁아서 황제가 기거하시기에 마땅치가 않을 뿐더러 이치를 따져도 낙양으로 돌아가시는 것이 옳은 일이네."

그러나 이악은 고집을 꺾지 않았다.

"가려거든 마음대로 하시오. 그러나 나는 여기 남을 것이오."

이윽고 동승과 양봉이 황제를 모시고 출발하였다.

결국 이악은 이각과 곽사와 내통하여 황제를 납치할 모계를 꾸몄다. 그러나 동승·양봉·한섬이 그것을 눈치채고 경비를 게을리하지 않았기 때문에 기관(箕關)까지 무사히 어가를 모셔갈 수 있었다. 이악은 뒤늦게 이 사실을 깨닫고 이각과 곽사의 부대가 도착하기 전에 자신의 부대만 이끌고 어가를 추격하였다. 밤이 되어 기산(箕山) 기슭에까지 이르렀을 때였다.

"어가를 멈추어라! 이각과 곽사 군이 여기 있다."

황제는 소스라치게 놀랐다. 산 위에는 관솔불이 줄줄이 늘어서 있었다.

앞서는 두 도적떼가 두 패로 갈리더니 이번에는 세 도적떼가 한패로 합쳐지는 상황이었다. 한나라 황제는 과연 이 위급한 상황을 어떻게 피해나갈 수 있을 것인가?

제 14 회   대세를 잡은 조조

조맹덕이가행허도   여봉선승야습서군
曹孟德移駕幸許都   呂奉先乘夜襲徐郡

조조가 황제를 허도로 모시고
여포는 야음을 틈타 서주를 덮치다

황폐해진 낙양성

이악은 자신이 이각과 곽사인 양 위장하여 황제를 위협하니 황제는 겁에 질려 몸을 떨었다. 그때 양봉(楊奉)이 눈치를 채고 아뢰었다.

"저자는 이각과 곽사가 아니라 이악이옵니다. 그러니 폐하께서는 두려워하실 필요가 없습니다."

그러면서 서황(徐晃)을 내보냈다. 이악이 맞아싸웠으나 서황이 도끼를 들어 휘두르니 꼼짝없이 당하고 말았다. 쉽게 싸움의 결판이 났다. 이악이 쓰러지자 그의 일당도 뿔뿔이 흩어져갔다.

황제의 어가는 다시 걸음을 재촉하여 기관(箕關)을 지나갔다. 태수 장양이 음식물과 어의 등을 마련하여 갈림길까지 나와 마중하니 황제는 장양을 대사마로 임명하였으나 끝까지 마다하고 군사를 이끌고 야왕(野王)으로 가서 그곳에 주둔하였다.

이윽고 황제 일행이 낙양에 이르러보니 궁전은 모두 불타 없어지고 시가지는 황량한 풀숲으로 변해 있었다. 고궁(故宮)의 잔영이라고는 무너져가는 벽과 울타리밖에 없었다.

황제는 우선 양봉에게 명하여 임시로 조그만 전각을 짓게 하고 거기에 머물렀다. 백관의 조례(朝禮)도 깨진 기와 조각과 잡초 속에서 치러졌다.

조칙에 따라 흥평(興平)의 연호가 바뀌어 건안(建安) 원년이 되었지만 이 해에도 계속해서 가뭄이 이어지고 있었다. 낙양의 거리는 뒤숭숭하고 어지러워 가구 수가 수백 채에 지나지 않았다. 더욱이 그들 모두가 먹을 것이 없어 성 밖으로 나가 나무껍질을 벗기고 풀뿌리를 파내어 겨우 연명해 나갔다. 상서랑(尙書郞)의 관리들 역시 장작을 얻으러 성 밖으로 나갔다. 불탄 폐허에는 굶어죽은 주검들이 나뒹굴고 있었다. 한나라 말기의 지옥의 변상(變相)이었다.

태위 양표가 황제께 상주하였다.

"지난번에 조칙을 받고도 그대로 남아 있는 조조는 바야흐로 산동 땅에서 일대 세력을 구축하고 있사오니 즉시 그를 소환하시어 나약해진 황실을 보위하도록 하십시오."

이에 황제가 그 자리에서 동의하여 명하였다.

"그 일은 거듭 말할 것도 없으니 즉시 조조를 불러 조처하도록 하시오."

양표가 황제의 분부에 따라 산동 땅으로 사자를 보내어 조조를 불러들이려 하였다.

그 무렵 산동의 조조 진영에서는 황제가 낙양으로 환행하셨다는 소식이 전해져 그에 관한 대책이 협의되고 있었다.

순욱이 말하였다.

"옛적에 진나라 문공(文公)은 주(周)나라 양왕(襄王)을 맞아들였을 뿐 아니라 제후들의 귀순을 받아들였고, 한나라 고조는 항우(項羽)의 손으로 암살된 의제(義帝)를 장례 지내줌으로써 천하의 인심을 끌어 모았습니다. 지금은 황제께서 적신들의 농간에 정처 없이 떠돌아다니는 신세가 되셨습니다. 바로 이때야말로 주공께서 군사를 일으켜 황제를 받드심으로 해서 민심을 수렴할 수 있는 절호의 기회입니다. 서두르지 않으면 남에게 선수를 빼앗기고 마니 당장 움직이셔야 합니다."

조조가 이 의견에 뜻을 같이해 기꺼이 거병을 결심하는 그때, 마침 황제의 조칙이 내려온 것이었다. 조조는 그날 안으로 병력을 동원하였다.

황제를 수호한 조조

황제는 낙양성에서 불편하기 짝이 없는 생활을 하고 있었다. 성곽이 무너졌지만 미처 수리의 손이 닿지 못하는 가운데 이각·곽사가 쳐들어온다는 소식이 전해졌다.

황제가 양봉에게 하문하였다.

"산동에 보낸 사신이 아직 돌아오지 않았는데 이각과 곽사 군이 먼저 쳐들어온다면 어떻게 대처해야 좋겠소?"

양봉과 한섬이 고개를 조아리며 답하였다.

"목숨을 걸고 폐하를 지켜 모시겠습니다."

동승(董承)이 한 걸음 나아가서 아뢰었다.

"성은 무너졌고 병력도 모자라니 싸워서 이기지 못할 때는 큰 일입니다. 그러니 차라리 산동으로 피난하는 것이 나을 줄로 압니다."

황제는 동승의 의견에 따르기로 하였다. 그날 황제 일행은 산동으로 출발하였는데 말이 모자라 백관들은 걸어서 어가를 따를 수밖에 없었다.

낙양을 떠나 아직 얼마되지 않았을 때, 문득 저멀리 아득한 곳에서 하늘 높이 흙먼지가 솟구쳐 오르는가 싶더니 요란하게 징과 북소리가 들려왔다. 이윽고 대규모의 군대가 이쪽을 향해 달려오는 것이 보였다. 이것을 본 황제와 황후는 사색이 되어 몸을 떨었다. 군대의 무리가 황제에게 다가왔을 때 살펴보니 그들은 뜻밖에도 산동으로 보냈던 사신들이었다.

그들은 어가 앞에 엎드려 아뢰었다.

"조조 장군이 폐하의 부르심을 받고 총병력을 동원하여 달려오는 중입니다. 이각·곽사가 낙양을 친다는 풍문을 듣고 폐하를 수호하겠다면서 하후돈을 선봉으로 상장(上將) 열 명과 정병 오만 명을 먼저 보낸 것이옵니다."

황제는 비로소 마음이 놓였다. 얼마 후 하후돈이 허저·전위 등과 함께 달려와서 황제에게 예를 갖춰 인사를 올렸다. 황제가 이들에게 위로의 말을 건네고 있는데 한 신하가 동쪽으로부터 한 무리의 군사들이 달려온다고 보고하였다.

하후돈이 나가서 살펴보고 돌아와 아뢰었다.

"우리 쪽 군대이옵니다."

이윽고 조홍·이전·악진이 달려와서 황제 앞에 각기 제 이름을 아뢰었다. 이어서 조홍이 황제에게 설명하였다.

"반란군이 가까이 다가왔으니 하후돈 장군 혼자의 힘으로는 위태로울 것 같아 소신들이 긴급히 달려왔습니다."

"조 장군은 참으로 이 나라 사직의 기둥이시오."

헌제는 이렇게 조조를 칭송하면서 그들에게 어가를 따라 행진하라고 일렀다. 그때 기마대 염탐꾼이 돌아와 보고하였다.

"지금 이각·곽사 군이 코 앞에 다가오고 있습니다."

헌제는 하후돈에게 군대를 둘로 나누어 적을 상대하라고 명하였다. 하후돈·조홍이 각기 일익을 이루어 기병을 앞세우고 보병이 뒤따라가면서 맹공세를 취하였다.

결국 이 싸움에서 이각·곽사 군이 대패하여 일만여 명의 군사가 처참한 최후를 맞이하였다. 크게 승리한 군신들은 황제에게 다시 낙양의 고궁으로 돌아가시도록 청원하였다. 그리하여 황제의 무리는 다시 낙양으로 돌아왔고 하후돈의 군대는 성 밖에 주둔하였다.

이튿날 조조가 자신의 주력 병력을 거느리고 낙양에 도착하였다. 조조는 먼저 군영을 설치한 뒤 입성하여 황제를 배알하였다. 헌제가 정중하게 고마움을 표시하자 조조가 아뢰었다.

"한나라의 신하로써 국은을 받고 항상 나라를 위해 제 한몸 바치겠다는 일념을 갖고 지금까지 지내왔습니다. 지금 이각·곽사의 두 반적이 이 나라 조정을 어지럽혀 그 죄가 극치를 이루고 있습니다. 부디 나라를 위해 옥체를 보존하십시오."

헌제는 조조를 사예교위에 봉하며 절과 월을 하사하고 거기에 녹상서사(錄尙書事)의 호칭을 내렸다.

한편 이각과 곽사는 서로 군대를 규합하여 먼 곳에서 달려온 조조 군이 피로에 지쳐 있을 때 속전 속공으로 무찔러버릴 궁리를 하였다.

이에 가후가 그 계략을 말리면서 간언하였다.

"그것은 옳은 계책이 아닙니다. 조조 군은 지쳐 있기는커녕 매우 당당한 위세입니다. 그러니 차라리 그들에게 항복하여 죄를 비는 것이 나을 것입니다.”

이 말에 이각이 버럭 성을 내었다.

“이놈! 내게 그런 굴욕적인 일을 시킬 셈이냐? 나를 어찌 보고 감히 그런 소리를 지껄이느냐?”

그러고는 검을 뽑아들고 그를 치려 하였으나 곁에 있던 장수들이 가까스로 그를 달래었다. 결국 가후는 그날 밤 홀로 고향 땅으로 떠나버렸다.

이각은 그 다음날에 공격해왔다. 조조는 먼저 허저·조인·전위 등 철갑마(鐵甲馬)의 기병 삼백을 내보내어 세 차례나 이각의 군진에서 맞서 싸우게 한 뒤에 구체적으로 작전을 짰다.

드디어 본격적으로 두 부대가 진격하였다. 이각의 조카 이섬과 이별(李別)이 말을 몰아 달려나오자 허저가 뛰어나가 이섬을 먼저 베어 버렸다. 이에 이별이 질겁을 하고 말에서 떨어지자 허저가 말 위에서 그를 베어 버렸다.

두 사람의 목을 손에 들고 허저가 돌아오자 조조가 그의 어깨를 두드리며 말하였다.

“자네는 나에게 있어 번쾌(樊噲:한 고조 유방의 맹장으로 유방을 여러 번 구출함)일세!”

이렇게 홍문지회(鴻門之會)*때의 맹사(猛士)인 번쾌에 비유하여 허저를 크게 칭찬하였다.

이어서 하후돈이 왼쪽에, 조인이 오른쪽에 배치되고 조조가 주력 부대를 이끌어 북소리를 신호로 일제히 전진하였다. 조조 군의 위풍당당한 세력에 반란군은 맥없이 쓰러지고 남은 군사들은

---

*홍문지회(鴻門之會):중국 섬서성 임동현에 있는 지명으로, 지금은 항우영(項羽營)이라 함. B.C.206에 한나라의 고조 유방(劉邦)과 초왕(楚王) 항우(項羽)가 홍문에서 만나, 항우는 범증(范增)의 권에 따라 유방을 죽이려 하였으나, 유방은 장량(張良)의 꾀로 번쾌를 데리고 도망친 사건.

도주하였다. 조조가 검을 손에 들고 눈을 번득이며 그 뒤를 쫓았다.

밤새껏 벌어진 격렬한 추격전에서 수많은 적병을 살해하였는데 이때 투항한 적병도 무수히 많았다. 이각과 곽사는 서쪽을 향해 계속 도주했지만 자신들의 거처를 찾지 못한 둘은 결국 산으로 들어가 산적이 되고 말았다.

동소와 왕립의 예견

반란군을 모두 소탕한 조조는 그 뒤에도 계속 낙양의 성 밖에 머물러 있었다. 이를 지켜본 양봉과 한섬은 서로 합의하였다.

"이제 조조가 황제를 구해내고 권력을 손에 쥐었으니 우리 같은 것은 안중에도 없을 것이네."

그리하여 이들은 황제에게 이각과 곽사의 뒤를 쫓는다는 구실을 들어 군사를 이끌고 대량(大梁) 쪽으로 향하였다.

하루는 황제가 궁중의 회의에 조조를 부르려고 사신을 파견하였다. 황제의 사절이라 해서 조조가 나가 맞이하였다. 그는 눈썹이 매우 뚜렷하고 기운이 넘쳐 당당해 보이는 인물이었다. 조조는 지금 낙양은 큰 가뭄이 들어 모두 청백한 얼굴을 하고 있는데 이 사나이만이 이렇게 건장한 체구에 또렷한 얼굴을 하고 있는 게 의심스러워 물어보았다.

"귀공은 그렇게 건강한 체구를 유지하고 있으니 무슨 특별한 비법이라도 있으신가?"

"아닙니다. 특별한 비법이 있는 게 아니라 서른 해 동안 채식만을 해왔습니다."

조조는 고개를 끄덕이며 다시 물었다.

"관위는 무엇이오?"

"시험으로 관리가 되었지만 전에는 원소와 장양 밑에 있었습니다. 그러다가 황제께서 환도하신다는 소식을 듣고 알현하러 온 것이옵니다. 현재의 관직은 정의랑(正議郞)으로 성은 동(董)이고 이름은 소(昭)이며 자를 공인(公仁)이라 하옵니다. 제음(濟陰) 땅 정도(定陶) 출신이옵지요."

조조가 고개를 끄덕이며 반가워하였다.

"성함은 익히 듣고 있었소이다. 잘 오셨구려."

그러고는 막사에서 술대접을 하고 순욱에게도 소개하였다. 이때 보고가 들어왔다.

"어느 쪽 누구의 군사인지 알 수 없는 무리가 지금 동쪽으로 달려가고 있습니다."

조조가 부하를 시켜 정찰하게 했으나 동소가 일렀다.

"그러실 필요없습니다. 그들은 이각의 옛 부하인 양봉입니다. 백파적(白波賊)*의 두목인 한섬과 둘이 대량으로 가는 것이지요. 아마 장군께서 이리 오셨기 때문일 것입니다."

이 말에 조조가 의아해하며 물었다.

"그러면 이 사람을 꺼림칙하게 여기는 것인가?"

"아니, 그게 아니라 그들이 어리석은 자들이라 그렇습니다. 염려놓으십시오."

조조는 다시 물어보았다.

"이각·곽사의 두 반적 두목은 앞으로 어떻게 나올 것으로 생각하시는가?"

"발톱 없는 범이자 날개 없는 새지요. 그들은 어차피 조 장군의 포로가 될 것입니다."

---

*백파적(白波賊):황건적의 난이 진압된 후에 그 잔당들이 각처에서 가끔씩 약탈행위를 해 왔다. 산서성(山西省)의 백파곡(白波谷)에 머물던 황건적의 잔당이 낙양을 위협한 것은 188년의 일이다. 이때부터 도적질하는 놈들을 백파적이라 하였다.

조조는 동소의 말 하나하나가 마음에 들어 계속해서 세상 돌아가는 추세에 관한 의견을 물어보았다.

"장군! 장군께서 의병을 일으켜 폭도들을 제거하여 황제를 보좌하심은, 이야말로 유명한 춘추오패(春秋五霸)*의 공훈과 같은 것입니다. 그러나 여러 장수들은 각기 딴 마음을 품고서 장군께 복종하지 않고 있으니 이대로 이 고장에 머물러 있다가는 틀림없이 사고가 날 것입니다. 그러니 제일 좋은 방책은 황제를 허창(許昌)으로 모시는 일이옵니다. 황제께서는 계속 유랑생활을 하시다 낙양으로 오신 지 얼마 안 되었기 때문에 다시 허창으로 모신다 하면 백성들의 원성이 자자하겠지요. 백성들은 빨리 이 나라 조정이 안정되기만을 바라고 있으니 말입니다. 하지만 어차피 그 정도의 각오 없이는 큰일을 이룰 수 없는 법입니다. 그러니 장군께서 이 기세를 몰아 빠른 시일내에 결행하시는 것이 옳을 줄 압니다."

조조는 이 말에 감격하여 동소의 손을 마주 잡았다.

"이 사람도 그 말에 찬동하는 바요. 하지만 대량에는 양봉이 있고 조정에는 대신들이 있소. 우리가 허창로 향하는 데 문제가 생기지는 않겠소?"

동소가 답하였나.

"그것은 문제될 바가 아닙니다. 양봉에게는 서신을 띄워 안심시키면 되고 또, 대신들에게는 '낙양에는 양식이 없지만 허차이라면 가까이에 노양(魯陽) 땅이 있으니 양식을 징발하는 데 곤란이 없다'고 일러주면 누가 감히 반대하겠습니까!"

조조는 이 말에 크게 기꺼워하였다. 동소가 이별을 고하자 조

---

*춘추오패(春秋五霸):춘추시대의 다섯 사람의 패자. 일반적으로 제(齊)나라의 환공(桓公)·진(秦)나라의 문왕(文王)·초(楚)나라의 장왕(莊王)·오(吳)나라의 부차(夫差)·월(越)나라의 구천(句踐)을 말함. 오·월나라를 빼고, 송(宋)나라의 양공(襄公)·진(秦)나라의 목왕(穆王)을 더하기도 함.

조는 아쉬운 듯이 그의 손을 잡고 당부하였다.

"앞으로 모든 일에 관해 그대의 의견을 듣고 싶구려."

조조는 이날부터 모사들을 모아 천도 문제를 협의하기 시작하였다.

이 무렵 태사령(太史令:천문학 박사) 왕립(王立)이 종정경(宗正卿:궁내 대신) 유애(劉艾)에게 은밀히 일렀다.

"천문을 읽었더니, 지난해 봄부터 오늘날까지 태백금성(太白金星)이 토성(土星)을 범하며 곧바로 나아가고 아울러 형혹화성(熒惑火星)이 역행을 계속하여 금성에 접근하고 있습니다. 이와 같은 오행(五行)의 교체는 지체하는 법이 없습니다. 지금 불에는 흙이 대체되고 있으니 곧 불을 상징으로 삼은 한나라를 이어받을 나라는 흙인 위나라가 될 것입니다."

조조는 은밀히 새어나온 이 이야기를 듣고 왕립에게 사람을 보내어 입을 막았다.

"자네는 조정에 충성하는 인물일세. 하지만 하늘의 가르침은 깊고 멀다네. 그러니 부질없이 지껄이지 않는 게 좋을 걸세."

조조가 이 일을 순욱에게도 알리니 순욱이 말하였다.

"한나라는 불을 본질로 해서 세워진 나라입니다. 그런데 주공께서는 흙에 속해 계시옵니다. 또 허창의 지리 역시 흙에 속해 있사오니, 그리 옮겨가시면 반드시 발흥하실 수 있을 것입니다. 불은 흙을 낳고, 흙은 나무를 키웁니다. 동소와 왕립 두 사람은 모두 이 점을 알고 있는 것입니다."

마침내 조조는 결심을 굳힌 후 이튿날 황제에게 상주하였다.

"낙양은 오랫동안 황폐해서 수복하기가 곤란하옵고 양식도 부족하여 근처에서 구할 수가 없습니다. 반면에 허창으로 천도하시면 이웃에 노양(魯陽)이 있어서 성곽·궁전·금전·식량·자재 등 모든 것들이 결핍될 우려가 없사오니 부디 허창으로 천도하십시오.”

헌제는 딱히 안 된다고 거절하지 못하였고 여러 신하들 또한 조조의 기세에 눌려 왈가왈부하지 못했다.

마침내 길일을 택하여 황제가 허창으로 출발하게 되었다. 조조가 군사를 이끌고 황제의 호위 임무를 수행하였고 백관들이 그 뒤를 따랐다.

서황을 얻은 조조

황제 일행이 얼마 가지 않았을 때 갑자기 언덕 위에서 함성이 울려퍼지더니 양봉과 한섬이 나타나 앞을 가로막았다.

서황이 앞으로 나서서 호통을 쳤다.

“조조 놈아! 너는 어디로 황제를 납치해가는 것이냐?”

조조가 나서서 보니 서황의 생김새와 차림이 너무나 훌륭하였다. 서황이 조조를 향해 무례한 말을 했지만 조조는 그의 모습에 감탄할 뿐이었다. 시험 삼아 허저를 내보냈더니 칼과 도끼로 오십여 차례나 접전을 벌였는데도 결판이 나지 않았다.

조조는 휴전의 종을 울리고 모사들을 모아 자신의 의견을 말했다.

“양봉·한섬은 별것 아니지만 서황은 아까운 인물이네. 그래서 우리 쪽으로 불러들이고 싶은데 어디 좋은 방책이 없겠나?”

행군종사(行軍從事:행군 중의 집사 역할)인 만총(滿寵)이 나섰다.

“어려운 일이 아닙니다. 이 몸이 예전부터 서황을 잘 알고 지내왔으니 오늘 밤, 병졸로 변장하고 적의 진영에 몰래 잠입하여 그를 설득하여 이쪽으로 데려오겠습니다.”

조조가 흔쾌히 승낙하였다.

“그래, 좋은 생각일세! 어디 힘 좀 써 보게나.”

그날 밤 만총은 병졸로 위장하여 적군의 진영으로 몰래 들어가 서황의 막사 안으로 잠입하였다. 서황은 불빛 아래 갑옷 차림으로 앉아 있었다. 만총이 뚜벅뚜벅 걸어들어가니 서황이 그를 쳐다보고 깜짝 놀랐다.

"오래간만이오."

"이게 누구야! 산양의 만총 아닌가? 그래 무슨 일로 나를 찾아왔나?"

서황의 물음에 만총은 즉각 응수하였다.

"나는 지금 조 장군 밑에 있네. 오늘 벌였던 싸움에서 문득 자네를 보았네만 내 자네에게 하고 싶은 말이 있어서 이렇게 위험을 무릅쓰고 찾아왔네."

서황이 미심쩍어하며 찾아온 까닭을 묻자 만총은 차근차근 입을 열었다.

"자네와 같은 재간과 용기있는 자가 어찌 양봉과 한섬 같은 무리를 받들고 있는가? 조 장군은 당대의 영웅일세. 사람을 알아볼 뿐만 아니라 사람을 잘 포용하시는 분으로 이름이 나 있네. 실제로 오늘도 자네의 싸우는 모습을 보고는 '아까운 인재로세' 하시며 위험한 싸움을 중지시키셨지. 그러고는 나를 보내어 자네를 데리고 오라는 분부를 내리셨다네. 어떤가? 그 따위 시시한 놈들 밑에 붙어 있지 말고 영웅다운 큰 인물 밑으로 들어올 생각은 없는가?"

서황은 한참 동안 생각에 잠기더니, 한숨을 쉬면서 말하였다.

"양봉과 한섬이 별볼일 없는 장수임을 모르는 바 아니지만 그래도 오랫동안 받들어왔는지라 인정상 차마 떨치고 나올 수가 없네."

만총이 다그쳐 말하였다.

"자네 '좋은 새는 나무를 골라 살고, 어진 신하는 주군을 골라 섬긴다'는 말을 들어보았겠지? 좋은 인물을 만나고도 기회를 놓친다면 이 얼마나 어리석은 일이겠는가?"

서황이 자리에서 벌떡 일어나며 결심한 목소리로 답하였다.

"자네의 말이 맞네. 내 그 말에 따르겠네."

이에 만총이 한술 더 떠서 말하였다.

"기왕에 이렇게 결심했다면 조 장군을 뵙는 인사로 양봉과 한섬의 목이라도 가져가는 것이 어떻겠나?"

"아니, 그것만은 아니되네. 신하로서 주인을 죽이는 것은 도리가 아니지 않은가?"

만총이 그를 칭송하였다.

"자네는 과연 의인이로세."

이렇게 하여 서황은 수십 기의 부하들과 더불어 그날 밤 만총의 인도하에 조조 진영으로 떠날 준비를 갖추었다. 양봉은 그 보고를 받자 즉시 일천 기를 거느리고 뒤쫓아와 소리쳤다.

"배신자 서황, 이놈 게 섯거라!"

이렇게 외치며 치달리는데 어디선가 불꽃 터지는 소리가 나더니 산 위, 아래 할 것 없이 일제히 횃불이 켜지면서 복병이 사방에서 쏟아져 나왔다. 그 선두에 선 자는 바로 조조였다.

"양봉아, 내 너를 기다렸다. 자, 저놈을 놓치지 말고 꼭 잡아라!"

양봉이 놀라서 후퇴하려고 군사들을 지휘하니 이미 조조 군에 의해 사방이 포위되어 버렸다. 그래도 용케 한섬이 양봉을 구출하여 도주할 수가 있었다.

조조는 혼란을 틈타 적이 달아나지 못하게 공격을 늦추지 않았다. 결국 태반의 군사들이 항복하였고 휘하 군사를 잃은 양봉과 한섬은 원술에게 의지할 작정으로 멀리 도망갔다.

군영으로 돌아온 조조는 만총이 서황을 데리고 온 걸 보고 매우 기뻐하였다.

그리하여 황제를 무사히 허창로 모시고 들어간 조조는 궁전·종묘와 성(省)·대(臺)·사(司)·원(院) 등의 관아를 짓고 성곽과 부고(府庫)를 수리하고 동승을 비롯한 열세 사람을 열후(列侯)로 봉하였다.

그 밖에도 공이 있는 사람에게는 상을 주고 과오가 있는 사람에게는 그에 마땅한 처벌을 내렸다. 그리고 조조 자신은 대장군 무평후(大將軍武平侯) 자리에 오르고 순욱이 시중상서령(侍中尙書令), 순유가 군사(軍師), 곽가는 사마좨주(司馬祭酒), 유엽이 사공연조(司空掾曹), 모개·임준(任峻)이 세금 식량 등의 징수를 맡는 전농중랑장(典農中郞將) 자리에 올랐다.

그 밖에도 정욱은 동평국(東平國)의 상(相)이 되고, 범성(范成)과 동소는 낙양의 영(令), 만총은 허도의 영, 하후돈·하후연·조인·조홍 등은 장군, 여건·이전·악진·우금·서황 등이 교위, 허저·전위가 도위로 임명되었으며 그 외의 여러 장졸들에게도 그에 걸맞는 관직이 주어졌다.

이렇게 하여 대권이 조조의 손에 들어갔다. 중요한 정무는 모두 조조의 손을 먼저 거친 다음에야 황제에게 상주하게 된 것이었다.

순욱의 모략

조조는 수도를 정비하고 정사를 개편한 뒤 축하연을 벌인 자리에서 모사들과 협의하였다.

"유비는 서주에 진주하여 주의 정치를 맡고 있네. 근래에 여포가 패전하여 유비에게 의지하러 갔더니 유비가 그를 소패에 머루르게 하였다고 하는데 만일 그들 둘이 뜻을 모아 협력하여 싸움을 걸어오면 난처해질 텐데, 좋은 방책이 없을까?"

이에 허저가 나서서 말하였다.

"군사 오만만 주시면 제가 단박에 유비와 여포를 처치해버리겠습니다."

그러나 순욱이 말렸다.

"장군의 용기는 가상하나 지략에 약하시구려. 허창이 가까스로 도성으로 인정된 참인데, 지금 서둘러 출병하다니, 그것은 졸렬한 짓이오. 이 사람에게 모략이 있는데 이것을 '이호교살지계(二虎嚙殺之計:서로 물어죽임)'라 합니다. 아시다시피 유비는 지금 서주에 있지만 아직 조칙을 받지 못하고 있습니다. 그러니 그를 정식으로 서주의 목으로 임명하는 동시에 비밀리에 서신을 띄워 여포를 죽이라고 부추기는 것입니다. 잘 되면 유비가 맹장 여포의 도움을 잃게 되고 잘 안 될 경우에는 반대로 여포가 유비를 쓰러뜨리게 되는 것이니 이것이 바로 이호교살지계이지요."

조조는 이 계략대로 즉시 황제의 조서를 만들어서 서주로 가져가게 하였다. 유비를 정동장군 의성정후(征東將軍宜城亭侯)로 봉하여 서주목으로 임명한다는 내용으로 거기에 밀서도 한 통 곁들여 보내었다.

유비는 황제가 낙양에서 허도로 옮겨간 사실을 알고 하표(賀表:축하의 글)를 바치고자 준비하던 중이었다. 그때 황제의 사절이 도착했다는 소식을 듣고 성 밖에 나가서 그들을 성 안으로 모셨다. 은명(恩命·임금이 임관 또는 죄를 사할 때 내리던 명령)을 받들고 뒤이어 접대의 연회를 베풀었다.

사신이 말하였다.

"이번에 공께 내린 영예는 조 장군이 주선하신 것이었소."

유비가 감사의 말을 전하니 밀서가 사신의 손에서 그의 손으

로 넘겨졌다. 유비는 그것을 훑어보고 청원하였다.

"잠시 생각할 여유를 주십시오."

연회가 끝나고 사신을 숙사로 모셔간 뒤 유비는 긴급히 협의에 들어갔다. 장비가 멋모르고 불쑥 말을 내뱉었다.

"여포같이 은혜도 모르는 놈은 한시 바삐 죽여 없애야 합니다!"

그러자 유비가 장비를 타일렀다.

"곤경에 빠져 우리를 찾아온 사람인데, 그런 사람을 죽여서야 되겠느냐?"

이에 장비가 발끈 화를 내며 반발했다.

"형님처럼 그렇게 인정만 많아서야 이 세상 살아가기 어렵습니다."

그러나 유비는 자신의 뜻을 굽히지 않았다.

이튿날 여포가 찾아와 유비에게 말하였다.

"황제의 은명이 내리셨다고 해서 축하드리러 왔습니다."

유비는 공손히 답례했다. 이때 장비가 칼을 빼어들고 들어섰다. 여포를 죽여버리겠다고 씩씩거리며 설쳐댔기 때문에 유비가 흥분한 장비를 말리느라고 쩔쩔 맸다.

여포가 깜짝 놀라서 물었다.

"아니, 왜 나를 죽이려 하는 거요?"

장비가 두 눈을 부라리며 밀서의 내용을 떠들어댔다.

"너 같은 부도덕한 인간은 죽여 없애라고 조조가 우리 형님에게 부탁했단 말이다."

유비는 장비를 크게 꾸짖고 여포를 안사랑으로 데려갔다. 일이 이 지경에 이르니 유비는 여포에게 진상을 실토하고 조조의 서신을 꺼내보였다. 여포는 분노에 떨며 소리쳤다.

"조조 놈! 우리 사이를 갈라놓으려고 이런 밀서를 꾸미다니!"

유비가 그를 타일러 달래었다.

"안심하십시오. 이 사람 유비는 그 같은 정의롭지 못한 일은 할 수 없소이다."

여포는 그 말에 감격하여 연신 유비에게 고개를 숙였고, 향연이 끝난 뒤 소패로 돌아갔다. 관우와 장비는 모두 불만에 가득 찼다.

"왜 그놈을 죽이지 않으십니까?"

유비는 정연하게 말하였다.

"조조는 나와 여포의 합작을 두려워하여 이 계략을 꾸민 것이네. 우리를 맞싸우게 해서 서로 자멸케 할 속셈이지만 그 속임수에 놀아나서야 쓰겠나. 천만의 말씀이지."

관우는 이 말을 듣고 납득하였지만 장비는 여전히 투덜댔다.

"나는 아무래도 뒤탈이 없게 여포를 처치하고 싶은걸요."

유비가 설득했다.

"사내 대장부는 그런 의를 저버리는 짓은 하지 않는 법이다."

이튿날 유비는 사신을 배웅하는 자리에서 황제에게 사은의 표문(表文)을 기탁하는 한편, 조조에게도 '말씀하신 건은 잠시 기회를 보아가며 고려해보겠습니다'라는 답신을 써 보냈다.

그 사신이 허도로 돌아가서 조조에게 유비는 여포를 죽이지 않았다고 고하자 조조가 근심스런 얼굴로 순욱에게 물었다.

"앞으로 어떻게 하는 것이 좋겠나?"

"또 하나의 계략으로 '이호탄랑지계(二虎呑狼之計)'를 써볼까 하옵니다."

"그것은 어떤 계략인가?"

"은밀히 사자를 원술에게 보내시어 '유비가 황제에게 비밀리에 상주문을 올려 남군(南郡)을 빼앗을 계획을 세웠다'라고 소문을 퍼뜨리는 것입니다. 그러면 원술이 유비를 치려 할 것이고 주공께서는 때를 보아 유비에게 원술을 치라는 조칙을 내리시면 됩니다. 둘이 서로 싸우기 시작하면 여포 또한 결코 가만 있지 않을 것입니다. 이것은 바로 호랑이로 하여금 늑대를 먹게 하는 계책이지요."

조조는 이 계략을 채택하여 원술에게 사자를 파견하였다. 그런 다음 황제의 조서를 위조해서 서주로 보냈다.

유비가 서주에서 조서를 읽어보니 '원술을 치라'고 씌어 있었다. 유비는 일단 사자를 돌려보내면서 '분부대로 거행하겠나이다'라고 답신하였다. 이것을 지켜본 미축이 아뢰었다.

"이것 역시 조조 놈의 잔재주에 불과하니 따르시면 안 될 것이옵니다."

"그렇지만 공적으로는 황제의 어명이시니 거절할 수는 없네."

유비는 결국 어쩔 수 없이 병력을 동원하기로 결정했다. 손건이 말하였다.

"그러면 우선 성을 누가 지킬 것인지 정해주십시오."

"글쎄, 누가 좋겠소?"

유비가 관우·장비를 앞에 놓고 생각에 잠겨 있는데 관우가 나섰다.

"제가 남지요."

그러나 유비가 반대하였다.

"아닐세. 아우와는 계속 의논해야 할 일이 많네."

장비가 나섰다.

"그럼, 제가 남겠습니다."

"아니지, 막내 아우는 아니되네. 첫째, 자네는 술 버릇이 고약하여 취하면 물불 안 가리고 흥분하여 남에게 함부로 손찌검을 하지 않나? 둘째로 너무 경솔해서 남의 충고를 듣지 않는단 말이야. 그러니 도무지 자네를 여기에 두고선 내가 마음을 놓을 수가 없네."

유비가 힐책하자 장비는 비장한 태도로 답했다.

"그렇다면 이제부터 술을 끊겠습니다. 그리고 사람을 때리지도 않을 것이고 남의 충고에도 귀를 기울이도록 하지요."

곁에 있던 미축이 물었다.

"자네, 그 말 진심으로 하는 소리인가? 혹시 말과 속마음이 다른 것 아닌가?"

장비가 눈썹을 씰룩거리며 말했다.

"나를 어떻게 보고 그런 말을 하는가? 나는 큰형님과 수년간 같이 지내왔네만 한 번도 형님을 욕되게 한 일은 없었네. 그러니 사람을 더 이상 우습게 여기지 말게!"

유비는 여전히 마음이 놓이지 않아서 말하였다.

"자네 말이 그렇다 하더라도 역시 안심이 되질 않네. 그러면 진등(陳登)을 자네의 감시역으로 두고 갈 테니 과음하여 실수하는 일 없도록 조심하게."

진등은 유비의 명을 수락하였다. 유비는 보병·기병 삼만을 거느리고 서주를 떠나 남양(南陽)으로 향하였다.

우이에서의 결투

한편 원술은 조조로부터 유비가 황제에게 상주하였을 뿐 아니라 자신의 영토를 치러 올 것이라는 내용의 밀서를 받고는 불같이 격노하였다.

"이놈, 어디 두고 보자! 가마니나 짜고 짚신이나 삼던 가난뱅이 주제에 서주에 기어 들어가서 영주 행세를 하더니 하늘 무서운 줄 모르고 나를 넘봐? 내 쪽에서 먼저 치려 했는데 네 놈이 먼저 나섰으니 이놈! 유비야, 기다리거라."

그러고는 상장 기령(紀靈)에게 십만 군사를 주어 서주로 출정케 하였다. 양군은 우이(盱眙)에서 대결하였다. 유비는 병력의 수가 적어서 산 기슭 냇가에 진을 쳤다. 기령은 산동 사람으로 세 갈래로 갈라진 칼날에 무게는 오십 근을 육박하는 대도를 휘두르고 다녔다. 양군이 맞선 그날 기령은 유비에게 욕설부터 퍼부었다.

"유비, 이 촌놈아. 네가 용케도 나타났구나!"

유비가 응수했다.

"나는 황제의 어의에 따라 반역자를 토벌하노라. 그대가 역신을 편드는 것은 황제를 배반하는 짓임을 기억하라."

이 말에 기령이 머리끝까지 화가 치밀어 말 위에서 대도를 획획 내두르며 달려왔다. 이쪽에서는 관우가 나섰다.

"저놈을 혼내주겠습니다."

관우가 뛰어나가 서른 차례나 맞붙어 싸웠지만 결판이 나지 않자 기령이 크게 소리쳤다.

"이제 좀 쉬었다 다시 붙자."

관우도 지쳐서 군진으로 돌아가 진두에서 대기하였다. 이때 적진에서는 기령이 자기 대신 부수인 순정(荀正)을 내보냈다. 관우도 이에 응수하였다.

"기령을 내보내라. 너 같은 조무래기와는 상대가 안 된다."

순정도 기세 등등하게 외쳤다.

"별볼일 없는 졸장부야! 감히 너 따위가 기 장군의 상대라니 될 법이나 한 말이냐?"

관우의 노기가 발동하여 순정에게 덤벼들어 머리끝부터 허리께까지 단칼에 순정을 베어 버렸다. 유비가 이를 지켜보고 있다가 군대를 진격시켰다.

결국 기령은 퇴각하여 회음의 강 입구를 지키되 출진하지는

않고 군졸들로 하여금 소규모의 싸움만 벌이게 하였다. 서주의
유비 군은 그들을 하나하나 처치하면서 오랫동안 대진하였다.

여포에게 서주를 빼앗긴 장비

한편 장비는 유비의 출진을 배웅한 뒤로 잡무 일체를 진등에
게 맡기고 자신은 군무의 중요한 부분만을 살펴보았다. 그러던
어느 날 술자리에 관리들을 불러놓고 말하였다.

"우리 큰 형님께서 출진하시며 내게 금주령을 내리셨으니 오늘
만 실컷 마시고 내일부터 금주하기로 하겠네. 자네들 성을 지키
느라 노고가 많으니 오늘은 마음껏 마시고 즐기도록 하게."

그러고는 관리들 하나하나에게 잔을 권하고 건배하였다. 이윽
고 조표(曹豹) 앞에 술잔이 왔으나 그가 술을 사양하면서 아뢰었
다.

"저는 천성이 술과 맞지 않아서 마실 수가 없습니다."

이 말에 장비는 울컥하여 소리쳤다.

"용감하게 싸우는 군병으로서 술을 못 마신다니 말이 되는 소
리냐? 정히 그렇다면 내가 억지로라도 먹여줄 테다!"

조표가 하는 수 없이 술 한 잔을 받아마셨다. 장비는 술잔을
계속 돌려가며 마시고 또 마셨다. 다시 조표 앞으로 잔이 돌아오
니 조표가 울상이 되어 하소연하였다.

"정말 이제 더 이상 못 마십니다. 엄살을 부리는 것이 아니니
제발 그만 권하십시오."

"조금 전에는 마시지 않았느냐? 그런데 이번에는 왜 못 마시겠
다는 거지?"

장비는 조표의 말을 무시해버리려 하였지만 조표가 한사코 거
절하여 다시 소리쳤다.

"네 이놈, 내 명령을 거역하겠다는 거냐? 정 그렇다면 채찍질 백 대로 처벌하겠다."

이에 병졸들을 시켜 조표를 끌어내렸다. 이를 보다 못한 진등이 나섰다.

"주공께서 떠나시며 뭐라고 하셨는지 생각나지 않으시오?"

그러나 장비는 취해서 이미 제정신이 아니었다.

"네까짓 문관 주제가 무관인 내게 설교를 늘어놓는 게냐?"

조표가 궁여지책으로 말을 꺼내었다.

"제발이지, 제 사위의 얼굴을 봐서라도 용서해주십시오."

"누구냐, 네 사위라는 놈이."

"여포 장군이 이 사람의 사위올시다."

이 말을 듣자마자 장비의 노기가 더욱 등등해졌다.

"네 놈을 정말로 때릴 생각은 없었다만 여포의 이름을 들먹거리며 나를 위협하니 더는 참을 수가 없다. 내가 네 놈에게 매질을 하긴 한다마는 이는 여포 놈을 때리는 것으로 알고 과히 아파하지 말거라."

결국 장비는 주위 사람들의 만류에도 아랑곳 하지 않고 조표에게 쉰 대나 매질을 하였다. 그런 후에야 여럿이 필사적으로 달려들어 겨우 중단시킬 수 있었다.

조표는 이렇게 까닭없이 태형 쉰 대를 맞고 돌아왔는데 생각할수록 분하고 장비가 원망스러웠다. 그래서 부랴부랴 편지를 써서 소패의 여포에게 보내었다. 내용인즉 장비의 폭행에 관한 경위를 밝힌 뒤, 유비는 지금 회남에 가고 없으니 장비가 만취한 틈을 타 서주를 공격하되 이 기회를 놓치지 말라고 신신당부하는 밀서였다.

여포는 장인의 밀서를 읽은 후 진궁을 불러 의견을 묻자 진궁이 답하였다.

"소패는 오래 머무를 곳이 못 되옵니다. 그러니 서주 땅에 허점이 발견된 지금 빼앗아 차지하지 않으면 그만큼 손해를 보게 되지요."

진궁의 말에 여포는 당장 갑옷 차림을 하고 오백 기를 거느려 서주로 달려갔다. 진궁이 주력을 데리고 뒤따랐고, 고순이 후위에서 따라갔다. 소패성은 서주와 사오십 리의 거리밖에 떨어져 있지 않았으므로 말에 올라탄 지 얼마 지나지 않아 서주성 언저리에 도착하였다.

달이 밝았다. 한밤 중이라 성의 안팎은 깊이 잠들어 고요하였다. 여포가 성문 앞에 이르러 조용히 일렀다.

"유비 장군께서 급히 보내셔서 왔느니라. 기밀에 속하는 사항이 있으니 속히 문을 열라."

그러자 안에서 조표의 부하가 대기하고 있다가 급히 그에게 알렸다. 이에 조표가 성벽에 올라가 살펴본 후 성문을 열게 하자 여포 군은 신호를 기다리고 있다가 일제히 난입하여 함성을 질렀다.

장비는 자택에서 만취되어 코를 골며 깊은 잠에 빠져 있었다. 측근이 그를 흔들어 깨우며 소리쳤다.

"큰일났습니다! 여포가 성 안으로 쳐들어왔습니다!"

이 소리에 장비는 벌떡 일어나 갑옷을 걸쳐입고 일 장 여덟 자 길이의 창과 방패를 들고 문 밖으로 뛰어나갔다. 막 말을 집어타려는데 여포가 불쑥 앞을 가로막아 정면으로 대면하게 되었다. 장비는 아직 취기가 가시지 않은 상태여서 몸을 마음대로 움직이지 못했다. 그러나 여포는 장비의 용맹함을 알고 있는지라 섣불리 덤벼들지 않았다.

이때 장비와 동향인 열여덟 명의 군사가 그를 에워싸고 동문으로 빠져나갔다. 성 안에는 유비의 가족이 있었지만 그들을 돌볼 겨를도 없었다.

조표는 장비의 호위 병력이 적고 그가 아직 취한 상태임을 계산하여 군사 백여 명을 거느리고 그를 뒤쫓아갔다. 장비가 멀리서 달려오는 조표를 발견하고 말머리를 돌려 소리쳤다.

"이놈이 감히 어디라고!"

조표와 세 차례나 싸운 끝에 그가 달아나자 강변까지 뒤쫓아가서 결국 그의 등에 창을 꽂았다. 조표는 말에서 떨어져 목숨을 잃었다. 장비는 성 밖에서 휘하 군대를 불러냈다. 성에서 나간 장졸들은 모두 장비를 따라 회남으로 향하였다.

뒤를 이어 여포가 입성하였다. 그는 성 안의 백성들을 선무하는 한편 유비의 저택에 백여 명의 병사를 파견해서 경호하게 하였다.

장비는 수십 기의 병사만을 거느린 채 우이로 가서 유비를 만났다. 조표와 여포가 안팎으로 내응해서 서주를 야습한 사실을 보고하자 일동의 얼굴이 흙빛으로 변했다.

유비는 한숨을 쉬면서 중얼거렸다.

"손에 들어왔다고 기뻐할 것도 없고 잃었다고 슬퍼할 것도 없지."

관우가 장비에게 물었다.

"형수님은 어찌 되셨나?"

"싱 인에서 사로잡히신 상태입니다."

유비는 아무 말도 하지 않았으나 관우는 발을 구르며 통분했다.

"자네가 성에 남기로 하였을 때 뭐라고 했는지 생각나는가? 또 큰 형님께서는 뭐라 하셨지? 그런데 성을 잃고 형수님은 포로가 되셨다니 도대체 어쩌면 좋단 말인가?"

장비는 몸둘 바를 몰라하던 중에 칼을 빼어들고 자결하려 하였다.

잔을 들어 술을 마실 때는 무엇을 망설였던가? 칼을 빼어들었을 때는 이미 늦었는데……. 장비는 과연 어떤 결단을 내리게 될 것인가?

한 무 희 박사

성균관대학교 중어중문학과 및 동대학원 졸업
성신여자대학교 한문학 박사
성대·이대·연대·고대·숙대 강사 역임
현재·· 단국대학교 중어중문학과 교수
　　　단국대학교 퇴계 기념 중앙도서관장
　　　한국 중어중문학 회장, 중국 현대문학 연구회 회장
저서·· 《고문진보》, 《당송팔대가 문선》, 《노신문집》, 《노신 평전》, 《손자병법4》,
　　　《중국문학사》, 《중국사상의 근원》, 《중국역대산문선》, 《중국예술정신》,
　　　《신편 기초 중국어》
논문·· <시경의 형성고찰과 문학적 가치>, <한·중 저항문학의 양상>,
　　　<노신의 문학관>, <굴원의 사상과 예술>, <중국문학 혁명운동의 연구>,
　　　<삼국지의 형성고찰과 문학적 가치>, <중국 현대산문의 형성배경과 그 특징>,
　　　<장자 산문의 연구>

우 주 형

<여성 생활>지·주간 춘추·삼중당 소설계 편집장, 자유문학사 초대 편집주간 역임
시사 일본어 연구 편집위원, 동서문화사 백과사전 팀장, 도서출판 예지사 주간
사단법인 대한체육회 편수 (기관지·출판물 전담), 황해도민 월남 50년 편집위원
역서·· 《게으름뱅이 정신분석 (上·下)》(깊은샘), 우신사 문고판 다수 번역
　　　이외 약 50여 권 번역

三國志
1

발　행·· 1998년 1월 10일
저　자·· 나　　관　　중
교　열·· 한　　무　　희
편　역·· 우　　주　　형
발행자·· 남　　　　용
발행소·· 일신서적출판사

주　소·· 서울 마포구 신수동 177-3(121-110)
등　록·· 1969.12. NO.10-70
전　화·· 영업부 703-3001~5　FAX 703-3009
　　　　편집부 703-3006~8　FAX 703-3008
　　　　대체 구좌 012245-31-2133577

ⓦ 값 8,000원